Volker Groh

Universum der Frauen

Erotischer Fantasy Roman

www.tredition.de

© 2017 Volker Groh

Verlag: tredition GmbH, Hamburg

ISBN
Paperback   978-3-7439-0232-9
Hardcover   978-3-7439-0233-6
e-Book   978-3-7439-0234-3

Printed in Germany

Ich befinde mich in einer fremden Welt. Eine Welt, die mir inzwischen zur Heimat wurde. Zwischen Tamarisken und Mandelbäumen beobachte ich eine Schar Kinder, welche am nahen Springbrunnen ihre Spiele treiben. Es sind meine Kinder. Ein jedes von einer anderen Frau. Und doch sind wir eine Familie. Nie hätte ich es auch nur im Entferntesten für möglich gehalten, das ich, ein Prolet aus einem unendlich fernen England, müßig herum sitze und doch der reichste Mensch der Erde bin. Nein – nichts treibt mich zurück in meine alte Welt. Hier wurde ich glücklich – im Universum der Frauen. Das hat seinen Grund. Denn ich bin der einzige Mann in diesem Universum! Ich lausche der Muezzinin, die in der nahen Moschee blechern Allah preist und meine Gedanken wandern zurück zu jenem Tag, an dem alles begann.

Die Straße von London nach Paytonhill wurde kaum befahren. Zu unbedeutend war das Provinznest. Die Frau, die soeben aus ihrem Auto stieg, konnte nicht ahnen welche Ereignisse mit dieser unbedeutenden Panne in Gang gesetzt wurden. Es gab keine Omen oder Warnungen. Eine ganze Welt sollte aus den Fugen gehoben und in ihren Grundfesten erschüttert werden. Das Universum der Frauen!

Die Sonne brach soeben durch die Wolkendecke, als ein Auto älteren Fabrikats qualmend stehen blieb. Die Türen öffneten sich und eine Frau mit ihrer Tochter entstiegen dem Kleinwagen.

„Nicht schon wieder!", schrie die Frau wutentbrannt. „Diese elende Mistkarre! Mädchen, wir schaffen es nicht rechtzeitig zu Omas Geburtstagsfeier."

Das „Mädchen" antwortete leichtbeschwingt:

„Dann kommen wir halt etwas später, Mutter."

Richtige Lust hatte sie nie. Das Geschwafel der Oma von längst vergangenen Zeiten und der selbstgebackene, harte Kuchen übten keinen Reiz auf sie aus. In ihrem Alter hatte man andere Interessen und Probleme. Sie fühlte sich durchaus erwachsen und Oma behandelte sie immer noch wie ein Baby. Insgeheim hoffte sie, dass der rauchende Wagen den Kelch der langen Weile an ihr vorüber gehen lassen würde.

Die Mutter fluchte laut und gab dem linken Vorderreifen die Schuld an allem Unglück dieser Welt. Voller Inbrunst stieß sie mit dem Fuß dagegen. Dann zückte sie ihr Handy und rief einen Abschleppdienst.

„Ich geh mal kurz pinkeln, Mutter", kündigte die Tochter an und hüpfte leicht tänzelnd davon.

„Geh nicht zu weit in den Wald", warnte ihre Mutter noch, wie jede andere Mutter dieser Welt das auch tun würde. Die Kleine winkte innerlich ab und sprang die Böschung hinab. Schließlich feierte sie vor kurzem ihren 18. Geburtstag und brauchte keine Amme mehr, die sie ständig vor Gefahren warnte.

Das Mädchen ging, vorsichtig Ästen und Brennnesseln ausweichend, etwa 50 Meter weit. Dann zog sie ihren String nach unten und hockte sich hin. Zuerst tröpfelte es, dann spie ihre Scheide einen satten gelben Strahl aus. Der Druck aus ihrer Harnröhre weckte Gefühle in ihrer Muschi. Ihre junge Spalte war leicht reizbar und weckte beim geringsten Anlass Bedürfnisse, deren Drang sie versucht war, nachzugeben. Mit einem Papiertaschentuch säuberte sie länger und intensiver als nötig, ihre kleine Scheide. Ein kleiner Vogel ließ sich ihr gegenüber auf einem Ast nieder und beobachtete sie. Das Mädchen begrüßte ihn mit einem leisen „Hallo" und warf das Taschentuch mit kühnem Schwung in einen Busch. Das kleine Tier flatterte erschrocken davon. Sie stierte geradeaus und entlockte ihrer Blase noch einen letzten Tropfen. Dabei erblickte sie ein Bündel Lumpen. Nein – kein Stoffbündel! Eher einen Menschen.

Vor Schreck fuhr ihr Finger schmatzend aus dem Jungmädchenloch.

„Mutter, Mutter, komm schnell", rief sie laut und zog das kleine Stück Stoff nach oben.

Es knackte im Gebüsch und die gerufene Mutter erschien eilend und mit fliegenden Haaren. Eine Strähne verfing sich in einem trockenen Ast und ihr Kopf wurde nach hinten gerissen. Ärgerlich riss sie sich los und rannte weiter.

„Was ist los? Ist etwas passiert?", fragte sie schon von weitem besorgt.

Stumm wies die Kleine auf die Gestalt im Gras. Auf Zehenspitzen gingen beide zu dem, halb von Gras bedeckten Wesen.

„Was ist mit der Frau?"

„Ich bin nicht sicher..."

Es war ein Mensch. Daran gab es nichts zu zweifeln. Die Kleidung war nicht mehr Kleidung zu nennen. Nur noch Fetzen hingen am Körper. Das zerrissene Hemd entblößte einen behaarten Oberkörper. Aus der im Schritt aufgerissenen Hose, hing ein fleischiger Schlauch mit einem Hautsäckchen darunter.

„Ich bin nicht sicher, ob das eine Frau ist", flüsterte Mutter.

„Was sollte es sonst sein?", fragte Töchterchen.

„Schau: Sie hat keine Brüste, alles ist behaart und zwischen den Beinen hat sie so ein „Ding". Sollte das ein Mann sein? Das IST ein Mann! Aber wo zum Teufel kommt der so plötzlich her? Es gibt keine Männer! Schon seit ewigen Zeiten gibt es keinen Mann mehr! Und wenn es doch einer ist, warum ist er in einem solchen Zustand? Ach, ist das alles aufregend."

Mit spitzen Fingern bedeckte die Frau anstandshalber notdürftig die Blöße zwischen den Beinen des Individuums. Einfach das Glied in die Hose zu schieben, traute sie sich denn doch nicht. Eine Mischung aus Ekel und Faszination bemächtigte sich ihrer. Aber auch ein leichter Hauch Erregung. Von Berufs wegen musste sie sich mit Sex beschäftigen. Daher waren entsprechende Gedanken naheliegend. Sie dachte aber auch an die Konsequenzen dieses „Fundes". Wenn er denn noch am Leben wäre. Instinktiv griff sie nach seinem Handgelenk um den Puls zu erspüren. Doch ihr eigener Puls raste zu stark, um den des Mannes zu erfühlen. Immerhin registrierte sie zufrieden die Wärme, die vom geschundenen Körper des Individuums ausging. Ihre Tochter brachte sie in die Realität des kalten Waldes zurück.

„Sieht denn so ein „Mann" aus, Mutter?"

„Mein Kind! Hast du in der Schule nicht aufgepasst? Männer und Frauen lebten zusammen. Ihr Sperma sorgte auf natürlichem Weg für Kinder. Später erzähle ich dir gern mehr. Aber nicht jetzt. Ich muss sofort die Polizei rufen. Und einen Krankenwagen. Er scheint noch zu atmen. Vielleicht ist er noch zu retten. Das wäre ein Ding. Wir beide würden berühmt."

Ein unerträglicher Druck im Kopf brachte mich zurück in die Realität. Es war nicht direkt Schmerz, aber doch sehr unangenehm. Mit jedem Herzschlag hämmerte mein Hirn dumpf an meine Schädelwand. Ich hatte Mühe meine Augen zu öffnen. Als sie offen waren, schloss ich sie sogleich wieder. Ein Strahler, wie über einem OP-Tisch, schickte sein bläuliches Kunstlicht direkt auf mein Gesicht. Langsam gewöhnte ich mich an die Helligkeit. Blinzelnd öffnete ich meine Lider und blickte mich um. Ein gefliester Raum von etwa 20 x 20 Metern Größe umgab mich. Ich wollte mich aufrichten. Doch ich war fixiert. Um den Hals spürte ich eine Klammer. Ebenso um Hand – und Fußgelenke. Panik stieg in mir hoch. Tausend Gründe gingen mir durch den Kopf. Zur Bewegungslosigkeit verdammt, harrte ich der Dinge die da kommen würden. Einen Eingang erkannte ich nicht. Dieser befand sich wohl hinter mir. Ich lag auf einer Art länglichem Tisch.

Eine silbrig glänzende Isodecke wärmte mich. Ein Toter würde behaupten, dass er sich in der Pathologie befände. Das ganze Umfeld sprach für eine solche Annahme. Automatisch bewegte ich meine Zehen, um den Anhänger mit meinen Daten an meiner großen Zehe zu erspüren. Aber Verstorbene fixierte man nicht! Was, zum Teufel, hatte ich in meinem Suff wieder angerichtet? Mein Alkoholkonsum stieg in letzter Zeit in gefährliche Sphären. Jeden Morgen wachte ich mit zittrigen Gliedern auf. Ein untrügliches Anzeichen eines beginnenden Problems. Und es war mir schlichtweg egal! Lange Weile, Perspektivlosigkeit, vermischt mit einer gesunden Depression, ließen die „Flasche" meine beste und einzige Freundin werden. Das Übliche halt in Proletenkreisen, deren Leben aus Arbeit und Stammtisch bestand. Nun aber hatte ich es scheinbar übertrieben. Zweifellos befand ich mich in einem Krankenhaus. Hinter mir tickte etwas. Zu langsam für eine Uhr. Ich drehte meinen Hals, bis die Fixierung in mein Fleisch schnitt. Eine Überwachungskamera blinkte grün im Rhythmus des Tickens. Vielleicht war ich doch schon tot und sie wollten meinen Körper ausschlachten? Meine Seele hatte sich vom Körper gelöst und ich würde zusehen können. Solche Filme zog ich mir allabendlich rein. Einmal verging sich ein Pathologe am Leichnam einer Frau, und die sah von außerhalb zu. Dagegen sprachen aber die Fixierung und die Kamera.

Endlich betrat jemand das Zimmer.

„Er ist aufgewacht", flüsterte eine weibliche Stimme mit einem rauchig – sexy Klang, so als ob ich besonderer Schonung bedürfte.

„Endlich. Hat auch lange genug geschlafen.", sagte eine andere weibliche Stimme. Sie klang reifer und schien einer älteren Dame zu gehören.

„Dann können wir mit der Untersuchung dieses Subjekts beginnen."

Subjekt? Hörte ich richtig? Ich wollte zu dieser Bezeichnung etwas sagen. Was bilden sich diese Schnepfen ein? Doch ich konnte nicht einmal Wasser sagen, vor Durst.

„Seine Vitalwerte sind in Ordnung. Nachdem was ich sah als er gebracht wurde, dachte ich er wäre dem Tode nah. Sein AZ ist aber besser als meiner. Ja, wir können beginnen. Beata, entferne ihm bitte die Halsfixierung."

Besagte Beata war die jüngere der beiden, wie ich auf Grund meiner Halsfreiheit feststellen konnte. Ich spürte ihren nach Kaffee riechenden Atem, als sie das „Halseisen" entfernte.

Ihre wunderschönen braunen Augen musterten mich durchdringend. Ich las Verwunderung, Neugier, aber auch einen Hauch Verachtung, ja sogar Ekel darin.

Sie löste sich von mir und stellte sich neben die andere. Beide trugen fast durchsichtige weiße Kasacks. Ihre dunklen Nippel zeichneten sich deutlich ab, da beide keinen BH trugen. Meine Beata hatte auch keinen nötig. Aber bei der anderen hingen die Dinger schon mächtig durch, aber doch noch im Rahmen des Ansehnlichen. Beide waren durchaus hübsch zu nennen.

Die Ältere zog mit einem Ruck die Decke weg und ich spürte einen kalten Hauch. Also war ich komplett nackt!

Die Alte nahm mein Glied zwischen zwei Fingern und hob es hoch.

„So sieht also das Ding in echt aus. Beata, kannst du dir ein solches Ding in deiner Vagina vorstellen?"

„So geht das ja gar nicht hinein. Ich lernte, dass das Ding bei Erregung hart wird und steif. Nur so könne man es einführen. Genau wie bei unseren Hilfsmitteln."

„Und wie erregt man es?", fragte die Alte wieder. „Ich habe mich damit nicht weiter beschäftigt. Aber es ist logisch, dass der – Penis – steif sein muss. Wir nehmen ja auch harte Dildos."

„Ich las, dass durch Reibung oder nackten Frauen der Mann sexuell erregt wird. Fragen wir ihn doch einfach."

Wo war ich hier hingeraten? Ein Irrenhaus? Die wollen mir doch nicht erzählen, dass sie noch nie gefickt worden sind?

Beata fragte mich in feinstem Englisch und jedes Wort einzeln betonend:

„Kannst – du – mich – versteh - hen?"

Ich nickte und krächzte ein paar Laute.

„Der hat Durst", stellte sie trocken fest. Aus einer Art Schnabelbecher flößte sie mir einen Saft ein. Es tat gut und mir ging es sofort besser.

„Beata – so heißen sie doch? Wo bin ich?"

Die Alte antwortete:

„Das erklären wir dir später. Zuerst müssen wir unsere Untersuchung abschließen. Beata! Du machst ein großes Blutbild. Und Sperma benötigen wir auch. Erst das Sperma, solang er noch so liegt. Hol bitte einen Reagenzglas."

Beata ging und kam mit einem Reagenzglas zurück, das gut einen halben Liter fasste. Ich fühlte mich geschmeichelt. Eine solche Menge trauten sie mir zu. Aber wollten die mir einen abwichsen? Warum nicht? Sollen sie mich entsaften. Nichts Menschliches ist mir fremd. Doch selbst würde ich keine Hand anlegen. Wenn sie eine Probe wünschten, sollten sie es mir selbst herausholen!

„Ob das reicht?", fragte sie ihre Oberin.

„Was weiß ich?"

„Und wie machen wir es nun?"

„Frag den Mann!"

Sie wandte sich an mich:

„Wir benötigen eine Spermaprobe von dir. Wie kannst du uns etwas geben?"

Sollte ich wirklich mitspielen? Warum eigentlich nicht? Die Mädels waren hübsch, wenn auch geistig umnachtet. Die hatten nicht alle Nadeln am Baum! Trotzdem ging mir alles etwas zu schnell.

„Wollt ihr mich nicht erst einmal fragen? Was glaubt ihr, wer ihr seid? Ihr lasst mich sofort frei und erklärt euch!"

„Warum bist du so aggressiv, Mann? Wir können dich nicht frei lassen. Nicht jetzt. Erst nach der Untersuchung. Dann wird über dein weiteres Schicksal entschieden. Nur so viel sage ich dir: Wir benötigen dringend dein Sperma. Du kannst es nicht ablehnen. Und du bist in unserer Gewalt."

Etwas seltsam war mir schon zu mute. Die Ältere sprach die letzten Sätze fast flehend. Es konnte nur ein Traum sein! Aber ich hatte schon schlechtere Träume. Ich musste mich in einem Heim für „Menschen mit geistiger Behinderung" befinden. So heißt ein Irrenhaus ja auf Neudeutsch. Oder die Mädels waren stark Nymphoman und wurden deshalb weggesperrt. Aber warum sperrte man mich zu ihnen? War das Teil ihrer Therapie? Letztlich konnte ich schon Erleichterung zwischen meinen Beinen gebrauchen. Das letzte Mal, dass eine Frau mein Glied in ihrer Hand hielt, war kurz nach der Eroberung Jerusalems durch die Römer. Und ich hatte nicht das Geringste gegen geistig Behinderte. Vor allem nicht, wenn sie so gut aussahen wie die beiden. Sollten sie machen. Aber sofort, ehe ich vom Traum erwachte.

„Also gut. Macht es mir herkömmlich. Aber tut mir nicht weh, bitte."

„Sag uns endlich, was wir machen müssen."

Die wussten nicht einmal, wie man einen Mann befriedigt! So nymphoman konnten die nicht sein. Es musste andere Ursachen für ihren Aufenthalt hier geben. Vielleicht hatten sie eine Amnesie?

„Nimm meinen Penis in die Hand und fahre auf und ab. Zieh meine Vorhaut zurück und schieb sie wieder vor. Diesen Vorgang wiederholst du, bis es mir kommt."

Sie blickten sich gegenseitig an und zogen OP-Handschuhe drüber.

„Zieht bitte diese Dinger wieder runter. Ich habe etwas gegen Latex-Sex."

Die Alte tat wie geheißen und nahm ihn zögerlich in die Hand. Dann fuhr sie auf und ab.

„Das Ding ist so weich, fast ekelig."

Trotz der ungewöhnlichen Situation tat mir ihre warme Hand gut. Ich ließ mich treiben. Woanders musste man für eine solche Handlung bezahlen. Langsam bekam ich die nötige Härte.

Beata sah fasziniert zu.

„So sieht also ein echtes Glied aus! Wahnsinn! Wie groß und hart es wird. Ich hätte es nicht für möglich gehalten! Jetzt sickert Flüssigkeit aus dem kleinen Spalt. Ist das schon Sperma?"

„Nein", sagte ich schon stöhnend. „Das ist eine Art Gleitmittel. Mein Samen kommt gleich. Halte das Gefäß vor."

Beata war nicht schnell genug. Der erste Spritzer klatschte gegen meinen Hals. Schnell hielt sie das Glas an meine Eichel. Ich richtete mich auf und beobachtete meine Eruptionen. Diese „Befreiung" war wirklich nötig. Aufstöhnend fiel ich zurück.

„Das nächste Mal haltet ihr meinen Schwanz aber etwas fester, ihr blöden Kühe", rief ich.

Beata wischte sich verstohlen über ihre Hose und auch die Alte hatte steife Nippel.

„Ich bin ganz feucht geworden zwischen den Beinen", sagte Beata. Die Alte ging nicht darauf ein, sondern füllte mein Sperma angeekelt in ein kleineres Reagenzglas um.

„Ich nehme das Zeug jetzt mit ins Labor und du kümmerst dich um unseren Gast", meinte die Alte unverständlich verärgert.

Als sie gegangen war, sagte Beata:

„Ich schnalle dich nun ab. Versprich mir, keinen Ärger zu machen. Vor der Tür wartet die Security."

Ich setzte mich auf, nachdem ich befreit worden war. Mein Rücken schmerzte und ich bog ihn kurz durch.

„Hast du nicht etwas zum Anziehen? Selbst ich habe ein gewisses Schamgefühl. Und kalt ist mir auch."

„Natürlich! Moment."

Sie ging in eine Ecke und kam mit einer weißen Hose zurück. Augenblicklich zog ich sie drüber.

„Du bist also ein Mann?", versuchte sie die Konversation anzukurbeln.

„Was sollte ich sonst sein? Du hast dich doch davon selbst überzeugen können", antwortete ich.

„Und wie ist dein Name?"

„Ich heiße …"

Ich wusste es nicht mehr. Nichts wusste ich noch! Eine gähnende Leere herrschte in meinem Kopf.

„Hast du ihn vergessen?"

„Ja", gab ich verschüchtert zu.

Sie führte einen Finger an den Mund und überlegte.

„Nun, dann nenne ich dich erst einmal „Adam". So wie der erste Mann hieß. Einverstanden?"

„Warum gerade „Adam"?" Mir gefiel der Name nicht.

„Weil du der erste Mann bist!"

Die spinnt doch. Ich bin wirklich in einem Irrenhaus gelandet.

„Ist das hier eine Frauenklinik? Wo bin ich der erste Mann?"

„Du bist seit langem der erste männliche Bewohner der Erde!"

Eigentlich ist es schade um sie. Warum sind immer die schönsten Frauen krank?

„Für eine geistig Behinderte siehst du sehr gut aus. Haben hier alle Frauen mit Handicap solche Freiheiten? Erzähle mir etwas. Wo bin ich? Wie komme ich hierher und warum nennst du mich wirklich den „ersten Mann"?"

Nun war es an ihr mich mitleidig anzusehen:

„Ich sehe schon: Du hast eine Amnesie. Wo soll ich beginnen?"

„Am Anfang", forderte ich.

Beata erhob sich und ging zu einem Tisch mit drei Stühlen. So, als ob ich nicht anwesend wäre, nahm sie Platz und stellte ihre Füße bequem, aber sehr breit auseinander. Sie trug einen kurzen Rock. Ihre Spalte schimmerte schwarz durch ihr durchsichtiges Höschen. Zusammen mit den fast entblößten Brüsten machte sie eine gute Figur. Meine Gefühle spielten verrückt. Ich war also doch ein Mann! Und ich war ohne jeden Zweifel am Leben! Zumindest das Teil zwischen meinen Beinen, das sich wieder zaghaft erhob. Was waren wir Männer doch für eine seltsame Spezies. Wir sitzen bis zum Hals in der Scheisse, aber wenn ein weibliches Wesen nur ihre Schenkel leicht öffnet, spielen unsere Hormone verrückt.

„Beata, du solltest dich vor mir nicht so hinsetzen. Sonst kann ich für nichts garantieren."

„Und was stört dich daran?"

„Was mich stört? Du präsentierst dich mir wie eine Hafennutte! Hast du keinen Anstand?", rief ich empört.

Beata überlegte fieberhaft. Sie entschied sich, nicht darauf einzugehen und das Thema zu wechseln.

„Adam. Zuerst erzähle ich dir etwas über mich. Ich bin Historikerin. Medizin- und Sozialhistorik, um genau zu sein. Vorher studierte ich Paläontologie. Ich beschäftige mich vorrangig mit der Zeit, bevor die männlichen Bewohner der Erde ausstarben."

„Was sagtest du? Ausstarben?" Ich setzte mich neben sie. Eine Verrückte! Ich fand meinen Traum langsam beschissen und beschloss spontan, um meiner Gesundheit willen in Zukunft auf Bier zu verzichten. Nur noch Schnaps!

Die gestörte Beata schloss endlich ihre Schenkel und überkreuzte sie.

„Du willst also das volle Programm? Du sollst es bekommen! Hör also gut zu!

Vor 110 Jahren etwa, stürzte ein Meteorit auf die Erde. Mit ihm kamen die Killerviren. Ausnahmslos männliches Erbgut wurde befallen. Die Viren stürzten sich förmlich auf alle Männer. Alle starben in kürzester Zeit aus. Notgedrungen gab man ein Forschungsprogramm in Auftrag. Die Männer waren aber nicht mehr zu retten. Um die Menschheit nicht aussterben zu lassen, entwickelten Wissenschaftlerinnen künstlichen Samen. Dieser Samen brachte aber wiederum nur weibliche Nachkommen. Es war unmöglich, männliches Erbgut zu generieren. Warum auch immer. Die Männer waren weg und Frauen bevölkerten die Erde. Inzwischen besiegten wir den Virus. Trotzdem fanden wir keinerlei brauchbare männliche Chromosomen. Und nun fanden wir dich! Eingewachsen in einem Strauch, aber noch am Leben Niemand weiß wo du herkommst. Und du weißt es ja selbst nicht. Viele von uns glauben, du wurdest uns von Gott gesandt. Bist du ein Geschöpf Gottes?"

„Moment mal. Willst du damit sagen, dass ich der einzige Mann auf der Erde bin? Welches Jahr haben wir?"

„2016. Und bei dir fanden wir einen kleinen Kalender. Ebenfalls aus dem Jahr 2016."

Ich überdachte meine Situation. Als Fan der Serie „Star Trek" fiel mir spontan eine Veränderung im Raum – Zeit – Gefüge ein. Entweder war ich komplett verrückt, oder die. Ich musste mich in einer Parallelwelt befinden. Natürlich nur wenn ich voraussetzte, dass diese unbekannte Schöne nicht verrückter als ich war. Als einziger Mann auf dem Planeten hätte ich den Himmel auf Erden. Oder eben die Hölle. Ungeahnte Möglichkeiten böten sich mir.

Krampfhaft suchte ich nach Erinnerungen. Dunkel sah ich mich im Wald spazieren gehen. Dann war da plötzlich Licht. Ein unirdisches Licht. Eher ein Blitz. Nicht länger als eine Sekunde sah ich es. Mehr brachte ich nicht zusammen im Moment. Und dennoch konnte ich es nicht glauben. War das alles ein böser Traum? Ein Wunschtraum, hervorgerufen durch übermäßige Spermaproduktion? Oder ein Delirium? Die „versteckte Kamera" käme ebenfalls in Betracht. Gleich würde der Regisseur durch die Tür treten und alle würden auf meine Kosten lachen. Und wenn ich nach entsprechender Gage fragte, würde er auf den Handjob verweisen. Ich lehnte mich zu ihr und sah sie mitleidig an:

„Beata! Wie ist deine Diagnose? Heutzutage ist vieles heilbar. Die Psychiatrie machte große Fortschritte und es wäre schade um dich. So ein hübsches Mädchen …"

„Was soll das, Mann? Akzeptiere endlich dein Schicksal. Du befindest dich in einer Welt der Frauen. Woher du auch immer kamst – richte dich hier ein. Du wirst Hilfe bekommen. Aber nicht, wenn du deine Situation nicht akzeptierst."

„Ich bin nun einmal da. Und wenn dem tatsächlich so ist wie du sagst, muss ich alles wissen. Überzeuge mich von deinem Geschwätz! Können wir nicht diesen sterilen Raum verlassen und uns bei einem Kaffee unterhalten? Ein Schnaps wäre noch besser."

„So einfach ist es leider nicht. Du bist ein Unikat! Dein Körper ist unbezahlbar. Du bist ein Politikum. Entscheidungen treffen deshalb andere, wichtigere Leute. Ich kann nicht einfach mit dir verschwinden. Sobald wir das Zimmer verlassen, hast du ständig Bodyguards um dich. Aber ich rufe meine Chefin an."

Sie zückte ein Handy.

„Ja … Nein… Selbstverständlich…"

So ging es weiter bis Beata das Handy lächelnd wieder einsteckte. Sie reichte mir einen Kasack.

„Komm mit. Gehen wir einen Kaffee trinken. Danach ist eine Sondersitzung geplant."

Als wir aus der Tür traten, hefteten sich sofort zwei hünenhafte Gestalten an meine Seite. Zwei Meter groß, mit mächtigen Brustkästen und muskelbepackt. Erst beim zweiten Hinsehen waren sie als Frauen zu erkennen.

„Beata, da bekommt man es doch mit der Angst!"

Wenn Blicke Säbel wären, wäre sicher jetzt viel Blut geflossen. Mein Blut! Denn die ehrenwerten Damen von der Sicherheit fühlten sich überhaupt nicht geschmeichelt. Nur Beata lachte.

Der lange triste Gang war leer.

„Ich dachte wir befinden uns im Krankenhaus. Hier ist ja keine Menschenseele zu sehen", fragte ich Beata.

„Alles wird geräumt. Keine Frau darf dich vorerst zu Gesicht bekommen. Zu deiner eigenen Sicherheit."

„Warum zu meiner Sicherheit?", fragte überrascht.

„Keine Frau sah je einen leibhaftigen Mann. Männer kennen wir nur von alten Illustrationen. Wir können im Moment kein Risiko eingehen."

„Du meinst, sie würden über mich herfallen und mich vergewaltigen? Das glaube ich nicht. Frauen können zu Furien werden. Aber so etwas…?"

Sie beugte sich zu mir und hauchte flüsternd in mein Ohr:

„Du kennst Frauen schlecht. Alles ist möglich."

Ihre feuchten Lippen berührten dabei meine Ohrläppchen. So intim nah war mir schon lange keine Frau mehr. Es fühlte sich sehr gut an. Es ist eine Sache seinen Naturtrieb an einer gleichgesinnten Frau zu befriedigen, aber eine andere, die ungezwungene Nähe zu spüren.

In der leeren Kantine krampfte ich meine Hände um meinen Kaffeetopf. Ich brauchte dringend einen Whisky. Das sagte ich ihr auch. Sie hätte aber nur Pepsinwein im Angebot. Ich nahm an. Hauptsache Alkohol! Sie brachte mir ein Wasserglas voll, welches ich auf Ex hinter kippte. Ein Rülpser stieg hoch, den ich mir jedoch tapfer verkniff.

„Wie geht es weiter mit mir? Sag mir das! Oder wache ich irgendwann schweißgebadet auf? Der einzige Lichtblick in diesem Wahn bist du!"

Ich verlegte mich aufs Flehen und sprach mit weinerlicher Stimme:

„Das kann doch alles nicht wahr sein? Sag, dass es nicht wahr ist – bitte!"

Mein Verstand verabschiedete sich langsam. Außerdem litt ich unter Entzugserscheinungen.

„Über dich wird später entschieden. Adam, du könntest der Urvater eines neuen Menschengeschlechts werden."

Sie beugte sich zu mir, sodass ich im V-Ausschnitt die Ansätze ihrer Brüste sehen konnte.

„Dein Samen wird uns wieder männliche Nachkommen bescheren. Nicht nur das! Du könntest uns die Liebe lehren. Keine Frau dieser Erde spürte je einen Penis aus Fleisch und Blut in sich. Und wenn ..."

Sie überlegte und fuhr mit sich fast überschlagender Stimme fort:

„Seit meinem Studium beschäftige ich mich mit dem Individuum „Mann". Ich machte mir ein Bild von ihm. Der „Mann" erschien mir sehr widersprüchlich. Begehrenswert und liebevoll. Dann wieder dominant, herrschsüchtig und aggressiv. Die Frau wurde von ihm zu allen Zeiten unterdrückt. Den Grund verstehe ich nicht. Es ist doch ein gegenseitiges Geben und Nehmen. Entweder man liebt sich oder man liebt sich nicht. Warum wurden so viele Kriege geführt? Warum – ach ich weiß nicht. Erklär du mir das Wesen des Mannes. Gibt es bei euch sehr viele Männer? Wie gehen die mit uns Frauen um? Warum ..."

„Der Mann soll sofort vor dem Gremium erscheinen", wurden wir unterbrochen.

Für diese Störung war ich unendlich dankbar. Ich musste erst zu mir selbst finden, ehe ich solche Fragen beantworten konnte und wollte. In mir drehte sich alles. Meine Gedanken gingen wirr. Wenn der Traum kein Traum war, begann für mich ein großes Abenteuer!

Aufgeregt atmend erhob sich meine Begleiterin und zog mich mit hoch.

In Begleitung der zwei „Damen" gingen wir ins Auditorium. Etwa 20 Frauen älteren Semesters blickten mir gespannt entgegen. Ich sollte mich in die Mitte stellen. Beata blieb am Rand stehen.

Eine Matrone begann mit der hochnotpeinlichen Befragung.

„Kolleginnen! Das ist der besagte Mann. Mann – wie nennt man dich?"

„Beata gab mir den Namen „Adam". An meinen Richtigen kann ich mich leider nicht erinnern."

„Man sagte mir, du hättest alles vergessen?"

„Das ist richtig."

„Zieh dich aus!"

Sie behandelten mich wie den letzten Dreck! Wollten sie mich als Sklaven halten?

„Das geht dann nun doch zu weit. Was erlauben sie sich eigentlich?", entrüstete ich mich.

Ich zögerte und die Matrone nickte den Bodyguards zu. Daraufhin entblätterte ich mich freiwillig und ergab mich meinem Schicksal. Ich bedeckte meinen Schwanz mit meinen Händen.

„Finger weg dort", befahl die Chefin.

Na gut. Sollen sie es haben. Ich stellte meine Beine leicht auseinander und präsentierte mein Gehänge. Die Matrone kam zu mir und hob mit einem Lineal meinen Penis an.

„So sieht also das mystische Ding aus. So viel schrieb man früher darüber. Es soll Wunder bewirken."

Die anderen Frauen nahmen die Gelegenheit wahr und tätschelten ebenfalls mein Ding, befühlten meine Hoden, drückten und kneteten. Natürlich versteifte sich mein Penis bei so viel Zuwendung. Ich fühlte Scham aufsteigen.

„Der ist so dick geworden. Beata, komm her und lass ihn dir einführen. Wir möchten es sehen."

Beata widersprach:

„Das könnt ihr doch nicht machen. Habt ihr kein bisschen Schamgefühl? Nehmt doch Rücksicht auf den Mann. Er ist ein Mensch mit Gefühlen!"

Versöhnlich sprach die Chefin:

„Beata! Wir haben uns entschlossen, dir die Verantwortung für diesen Mann zu übertragen. Wir möchten nur einmal sehen, wie dieser viel gerühmte Akt vollzogen wird. Danach gehst du mit ihm zu dir nach Hause. Bis wir beschlossen haben, wie wir weiter mit ihm verfahren. Fliehen kann er ja nicht. Wo sollte er hin?"

„Und ich? Werde ich nicht gefragt? Wer seid ihr, dass ihr über mich bestimmt? Bis jetzt habe ich alles mitgemacht. Aber nun wird es mir zu bunt!", schrie ich sie an.

„Adam! Wir sind die, die über deine Zukunft entscheiden. Du kooperierst, oder wir nehmen mit Gewalt was wir brauchen. Die Sache ist zu ernst zum Spielen. Wir brauchen dringend deinen Genpool. Und ich diskutiere nicht mit dir. Also, was ist mit euch beiden?"

Beata stöhnte resigniert auf, ging zum Tisch, zog ihre Hosen herunter und setzte sich breitbeinig mit entblößter Scham drauf. Ich musste mitspielen. Schon um des lieben Friedens willen. Also setzte ich meinen Steifen an und drang mit meiner Eichel ein. Beata sah mich ängstlich an. Langsam glitt ich in sie. Aus ihrer Angst wurde Geilheit. Ich spürte ihre Säfte fließen.

„Das genügt", meinte die Matrone. Langsam zog ich ihn wieder heraus.

„Es passt und es scheint Beata nicht wirklich weh zu tun."

Eine Andere fragte:

„Und sein Samen ist wirklich in Ordnung? Ist er fruchtbar?"

„Das Labor sagte, sein Sperma wäre überaus geeignet. Er ist gesund und könnte für viele männliche Nachkommen sorgen."

„Also müssen wir einen Weg finden, wie wir von ihm so viel als möglich Sperma bekommen. Beata, du sorgst vorerst für ihn. Hast du Platz bei dir zu Hause?"

Die Gefragte überlegte:

„Ich lebe mit meiner Mutter und meiner Schwester zusammen. Aber wir hätten genug Platz."

Eine eher unscheinbare Person, die bis jetzt im Hintergrund stand, meldete sich:

„Wollen wir ihn wirklich gehen lassen? Ist es nicht besser den Mann gefangen zu halten?"

„Ich glaube, es wäre seiner Gesundheit abträglich. Für unsere Pläne ist es günstiger, wenn er sich wohl fühlt. Und wo soll er schon hin?"

„Kluge Frau", dachte ich. Was aber haben sie mit mir vor? Und warum fragen sie mich nicht einfach und beziehen mich mit ein?

„Beata, wir müssen vorher noch einmal mit dir reden – allein." Sie nickte den beiden Hüninnen zu und deutete auf das Nachbarzimmer. Die begriffen und zogen mich in eben dieses Zimmer. Dort setzte ich mich auf einen Stuhl und betrachtete die „Damen". Die sicherten den Ausgang und begannen sich schamlos vor mir zu küssen und zu befummeln. Meine Gegenwart schien sie nicht im Geringsten zu stören. Eine griff der Anderen sogar in die Hose und rieb ihre Scham. Ungewollt meldete sich mein Schwanz. Die Beule in meiner Hose blieb nicht unbemerkt.

„Zeig uns deinen Schwanz, Mann", forderte mich eine mit dunkler Stimme auf. Der Umgangston hier schien ungewöhnlich und rau. Aber er gab mir auch Gelegenheit aus mir heraus zugehen. Wie weit konnte ich gehen? In meiner Welt kämpfte man ständig mit falscher Rücksichtnahme auf alle und jeden. Wer sagte was er dachte oder seine Sexualität auslebte, lebte gefährlich und stand schnell im Abseits. Nun war ich aber in dieser Welt, obwohl ich nicht wusste, warum und wie. Warum sollte ich es nicht probieren? Was hatte ich schon zu verlieren? Also antwortete ich unverschämt:

„Erst wenn du mir deine Ritze zeigst."

Unverschämt grinste ich ihr ins Gesicht.

Würde sie mich nun schlagen? Nein! Dafür war ich zu wertvoll. Man würde sie dafür bestrafen. Und das wusste der weibliche „Schrank" natürlich. Ich versuchte in ihrem Gesicht zu lesen. Und ich erkannte – Geilheit. Der Frau gefiel der Gedanke daran. Er machte sie rallig! Sie kam zu mir und baute sich vor mir auf.

Ohne Zögern schob sie ihre Hosen nach unten und präsentierte ihre Fotze! Die Dame spreizte ihre Beine etwas und zog die muskulösen Schamlippen auseinander. Ihre Kollegin kicherte im Hintergrund und rieb ihre Spalte ungeniert. Vor meinen Augen reckte sich ein überdimensionaler Kitzler aus der Spalte. Mein Schwanz sprengte meine Hose.

„Gefällt sie dir?"

Nein – sie gefiel mir nicht. Ich schwankte zwischen Erregung und Ekel. Sie hatte keine Klitoris, sondern einen Penis! Er erinnerte mich zu sehr an einen Mann. Und schwul war ich nicht.

„Jetzt zeig mir deinen Schwanz."

Was blieb mir anderes übrig? Ich erhob mich, zog meine Hosen nach unten und mein Penis schnappte nach oben. Die Andere trat näher und befühlte meine Hoden, während die Erste meinen Schaft drückte. Ihre Augen glänzten lüstern.

„Ich möchte ihn in mir spüren", sagte sie mit nunmehr belegter Stimme. Sie zog mich am Schwanz näher. Ich stand kurz vor einer Vergewaltigung und hatte ihnen kräftemäßig nichts entgegenzusetzen.

„Was fällt euch ein? Solche geilen Weiber sah ich noch nie! Das hat ein Nachspiel. Raus hier", schrie Beata, die soeben den Raum betrat.

Beleidigt verließen meine Aufseherinnen den Raum.

„Entschuldige, Adam. Du bist eben etwas Besonderes. Gehen wir."

„Beata. Es machte den Frauen nichts aus, sich vor mir auszuziehen. Ist das normal hier?"

„Ich erkläre dir alles zu Hause. Vorerst wohnst du bei mir. Und glaub mir, dir wird es gut gehen. Gewöhn dich bitte recht schnell an dieses neue Leben, du geheimnisvoller Mann."

Vor der Tür wartete ein unscheinbarer Kleinwagen. Ich sah mich um. Alles war so, wie ich es kannte. Das Laub der Bäume war grün und der Himmel blau. Die Sonne strahlte unbarmherzig herab und machte mich sofort schwitzen. Blumen wuchsen und Vögel trällerten ihre Liebeslieder. Nur eben die Autos waren allesamt hässlich zu nennen. Frauen besaßen keinen Sinn für Style und Luxus. Und noch etwas stellte ich fest: Viele Menschen wuselten herum. Aber eben nur Frauen! Kein einziger Mann zeigte sich. Bisher hoffte ich immer noch, einen Traum zu erleben. Doch dieser Traum war bittere Realität! Es wurde langsam zur Gewissheit - ich lebte in einer reinen Frauenwelt! Wie und warum, das galt es noch herauszufinden.

Wir fuhren durch die belebte Stadt. Ohne Zweifel befand ich mich in London. Aber auch wieder nicht. Die Gebäude wirkten graziler und leuchteten pastellfarben. Der Gedanke an eine Spielzeugpuppe drängte sich auf. An ihren Namen erinnerte ich mich jedoch nicht. Natürlich besaß auch die Werbung eine andere Priorität. Es wurden ausschließlich Frauen beworben. Keine Autoreklame, keine Rasierwasserwerbung. Nur Klamotten, Wässerchen und sogar Dildos wurden beworben.

„Gibt es bei euch auch Fußball?"

Beata lächelte:

„Natürlich. Wir haben sehr erfolgreiche Mannschaften."

Ich saß eng neben ihr. Sie trug nun einen Rock und ein sehr gewagtes Shirt. Der Rock war während der Fahrt nach oben gerutscht und enthüllte wohl geformte Schenkel. Ihre Spalte dazwischen war eng – sehr eng sogar. Der kurze Moment, als ich ihr mein Glied einführen musste, verlangte nach einer Wiederholung. Lange schmale Finger krampften sich ängstlich um das Lenkrad. Um mich abzulenken, konzentrierte ich mich auf die vorbei ziehende Stadt. Wir verließen das Stadtinnere und fuhren in einen Vorort. Vor einer prächtigen Villa hielten wir.

„Wir sind da", rief Beata. Scheinbar brachte ihr Job etwas ein und sie verdiente sehr gut.

Sie öffnete die Wohnungstür und drinnen erwartete uns eine Frau. Auch sie trug ein legeres, aber gewagtes Shirt. Ihre Brüste brachte sie wirkungsvoll zur Geltung und in der engen Jeans versprachen zwei wohlgeformte Schenkel schöne Stunden. Beata war schön – zweifellos. Doch diese Frau strahlte reife Sinnlichkeit ohne Tabus aus. Ich schätzte sie auf Mitte 40. Sie war Beatas Mutter. Unverkennbar. Mein Charme musste her! Ich deutete vor ihr eine Verbeugung an und hauchte einen Kuss auf ihre dargebotene Hand an.

„Sie sind also Beatas Schwester. Es freut mich sie kennenzulernen."

Empfänglich für Schmeicheleien und Galanterien wie jede Frau, lächelte sie.

„So habe ich mir immer einen Mann vorgestellt. Meine Tochter kündigte dich an und ich konnte es kaum glauben. Wir sind hier alle per du. Gewöhn dich daran. Mein Name ist Gloria und ich bin

Beatas Mutter, wie du sicher unschwer erkennen kannst.", säuselte
sie. „Setzen wir uns. Ich habe einen kleinen Imbiss vorbereitet."

Der „kleine Imbiss" hätte fünf ausgewachsene Männer satt
gemacht. Während des Essens wurde ich neugierig beäugt. Dann
bat man mich auf der Couch Platz zunehmen. Ich sah mich im
Raum um. Ein geschmackloser Kronleuchter hing von der Decke.
Er bildete einen starken Kontrast zum anheimelnden Mobiliar im
Stil des großen Empires. Ein riesiges Bücherregal mit alten
Schwarten stand verloren in einer Ecke. Und an den Wänden
klebten Landschaftsmalereien. Eigentlich hätte ich Beata und ihrer
scharfen Mutter einen anderen – moderneren Geschmack
zugetraut.

Gloria nahm neben mir Platz und streichelte mich. Mein
unrasiertes Gesicht faszinierte sie.

„Wirklich ein echter Mann. Ich fasse es nicht. Und so herrlich
animalisch."

„Mutter, bitte!"

„Ich bin Paläontologin und beschäftige mich, wie meine
Tochter, mit der ausgestorbenen Art „Mann". Und nun sitzt ein
lebendes Fossil vor mir."

„Mutter!", schrie Beata wieder auf.

Es war an mir etwas zu erwidern:

„Wenn alle Frauen in dieser Welt so sind wie du, dann werde
ich mich hier wohlfühlen. Du bist sehr attraktiv, weißt du das?"

„Das erleichtert es mir, einen Wunsch zu äußern, der keinen
Aufschub duldet. Neben dem sozialen Verhalten des Mannes und
seiner Interaktion mit der Frau, beschäftigte ich mich vor allem mit
seiner Sexualität.

Der Überlieferung zufolge und des Aufhebens um die Sache in
der alten Literatur, muss der Akt mit einem Mann das Paradies
sein. Immer wieder versuchte ich das Gefühl eines echten Penis in
mir nachzuempfinden. Jeden Dildo und Vibrator, alle möglichen
Hilfsmittel probierte ich. Nie bekam ich auch nur annähernd das
gleiche Gefühl wie in den alten Büchern beschrieben. Waren nun
die Autoren allesamt unglaubwürdige Phantasten, oder dienten

unsere Hilfsmittel wirklich nur der Befriedigung des weiblichen Dranges? Leider, dachte ich, würde ich es nie herausfinden. Nun sitzt du neben mir und kannst mir Antworten geben."

Gloria unterbrach sich, um Luft zu holen und Mut.

„Du musst es unbedingt mit mir treiben, bitte!"

Ihre Hand krampfte sich dabei in meinen Oberschenkel.

Wo war ich nur hingeraten? Ich sah zu Beata und erkannte – Eifersucht! Sie war auf ihre Mutter eifersüchtig. Wie konnte sie schon nach ein paar Stunden eifersüchtig sein? Nun sollte ich hier wohnen und es gab nichts Schlimmeres, als zwischen eifersüchtigen Frauen zu stehen. Ich musste diplomatisch schlichten:

„Ehe ich dir antworte, möchte ich dich zu dieser außerordentlich schönen Tochter beglückwünschen. Ich werde es dir gern besorgen, wenn dir so viel daran liegt. Aber deine Tochter muss einverstanden sein. Übrigens: Geht es in dieser Welt immer so offen zu? Bei uns hätten solche Äußerungen nur Nutten getätigt."

„Nutten? Nutten waren doch die, die ihre Körper den Männern verkauften. Nein Adam, wir haben hier keine Hemmungen die Sexualität betreffend. Du wirst es sehen. Warum auch? Hier leben nur und ausschließlich Frauen. Warum sollten wir uns für unsere Sexualität schämen. Wie soll ich es dir erklären…?"

„Er wird es verstehen, Beata. Was wurde übrigens im Institut im Bezug auf den Mann beschlossen?"

Beata lehnte sich zurück und sah mich zweifelnd an:

„Kannst du die Wahrheit vertragen, Adam?"

„So schlimm kann sie nicht sein. Erzähle!"

„Ich kenne die Psyche von Männern schlecht. Mir persönlich würde es nicht gefallen. Adam, deine oberste Pflicht besteht darin, soviel Frauen wie möglich zu schwängern. Du bist noch jung und produzierst viel und gesundes Sperma. Keine Frau darf sich dir verweigern. Außerdem muss ein Grundstock mit deinem Sperma angelegt werden. Dein Samen wird eingefroren, um allen Eventualitäten vorzubeugen. Im Groben wäre es das."

Was bedeutete das nun für mich. Ich lehnte mich zurück und schloss meine Augen. Im Grunde sollte ich eine Samenbank eröffnen und ficken bis mein Schwanz glüht. Das konnte Fluch oder Segen sein. Außerdem musste ich alles was ich über Anstand und Moral lernte, vergessen. Die Sitten schienen hier sehr locker. Dieser Planet bestand ausnahmslos aus Lesben. Und sie schämten sich nicht. Sexualität besaß hier einen anderen Stellenwert. Mir drehte sich der Kopf. Manchmal träumte ich feucht in einsamen Nächten von solch einer Welt. Doch zwischen Traum und Wirklichkeit besteht ein gewaltiger Unterschied! Wenn ich an meine Perspektiven dachte, wurde mir Angst. Hier war ich ein Sklave. Ein reiner „Begatterich", wie man in alten Zeiten sagte. Nein! Ich würde mich stellen und mein bisschen Ehre verteidigen. Mein Sperma benötigten sie? Sie sollten es bekommen. Aber zu meinen Bedingungen!

Die Frauen deuteten mein Schweigen anders.

Gloria versuchte mich zu beruhigen:

„Adam, es wird sicher nicht so schlimm. Meine Tochter wird dir helfen."

„Gibt es noch etwas, das ich wissen müsste?"

Beata beantwortete meine Frage:

„Du bleibst bei uns. Ich habe die Verantwortung für dich. Kann ich dir vertrauen, Adam?"

„Die Frage ist doch, ob ich dir vertrauen kann. Meine Möglichkeiten sind begrenzt. Ich kann mich schlecht wehren. Ich benötige einen Fürsprecher. Nein – eine Fürsprecherin, die sich notfalls für mich einsetzt und meine Rechte verteidigt. Pro-Forma bin ich rechtlos. Bist du die Frau, der ich mein Vertrauen schenken kann?"

Mit fester Stimme antwortete Beata:

„Ja, das bin ich", und fügte etwas leiser hinzu: „Und das bin ich gern!"

Nach einer kurzen Pause sah sie mich fest an:

„Es gibt aber darüber hinaus noch eine Festlegung: Da du hier wohnst, sollst du meine Mutter und meine Schwester schwängern. Nur mich nicht."

Ruckartig ging mein Kopf zu Gloria. Ich erwartete Entrüstung oder etwas in der Art. Sie lächelte nur.

„Es ist mir eine Ehre, als Erste ein Kind von dir zu empfangen."

„Es stört dich nicht?", fragte ich in einem Tonfall, der höchstes Erstaunen ausdrückte.

„Ich wiederhole noch einmal: Schon von Berufs wegen beschäftigte ich mich mit alter erotischer Literatur. Und natürlich mit der Sexualität zwischen Mann und Frau. Adam, in einsamen Nächten träumte ich davon, den Samen eines Mannes zu empfangen und einen Sohn auszutragen. Nach den alten Schriften zu urteilen, muss das Gefühl ein echtes Glied in der Vagina zu spüren, überwältigend sein. Bitte zeige mir die Liebe. Ich kann und will nicht länger auf diese Erfahrung verzichten."

Ihre Nippel hatten sich vor Erregung versteift und stachen durch das Shirt. Sie zitterte leicht. Gloria war hochgradig schon von der Vorstellung erregt! Und ich wollte sie ficken! Seit meiner Ankunft hielt man mir Muschies vor die Nase und tätschelte meinen Schwanz. Das Zeug wollte endlich aus mir raus. Aber immer mit der Ruhe. Noch Jahre sollte sie von diesem Fick schwärmen. Ich griff vorsichtig an ihre Brüste. Warm und fest waren sie. Ich erwartete ihre Hand in meinem Gesicht. Doch sie schien es zu genießen. Ihr Atem ging schwerer.

Ich nickte ihr zu und sie führte mich in ein Schlafzimmer. Beata ging mit.

„Nein Beata. Allein, bitte."

Nachdem Beata mit hängendem Kopf gegangen war, sagte Gloria:

„Sag mir bitte was ich machen soll."

„Muss ich irgendwelche Rücksicht nehmen?"

Sie verneinte.

„Dann zieh dich aus."

Lasziv entfernte sie ihre Kleidung. Auch ich war schnell nackt. Gloria besaß eine sehr erotische Ausstrahlung. Ihre Brüste hingen etwas, waren aber voll und schwer. Zwischen ihren Schenkeln drängten sich volle Schamlippen durch den schwarzen Busch. Sie heftete den Blick auf meinen Schwanz, der sich zuckend erhob.

„Einfach Wahnsinn dieser Anblick. Darf ich ihn anfassen?"

„Ich bitte darum", antwortete ich und setzte mich auf die Bettkante. Ich lehnte mich zurück und mein Glied stand nun weit nach oben. Gloria nahm daneben Platz und fuhr zögerlich mit den Fingerspitzen an meinem Schaft nach oben. Dann nahm sie meine Hoden in die Hand und wog sie. Ihre Berührungen brachten mich an den Rand des Abspritzens. Jahrelange Selbstbefriedigung lehrte mich jedoch die Kunst, meinen Samen zurückzuhalten bis er gebraucht wurde.

„Darf ich die Haut zurück schieben?"

Ich nickte. Sie griff mit zwei Fingern unter die Eichel und zog die Vorhaut andächtig zurück, bis die Eichel blank lag.

Gloria sabberte. Mit einer Hand rieb sie sich beständig ihre Spalte.

„Gloria, wir haben in Zukunft noch genügend Zeit. Leg dich auf das Bett und spreiz deine Beine."

Breitbeinig lag sie nun vor mir und aus ihrer Spalte sickerte ein wahrer Strom ihres Liebessaftes. Ihr Körper vibrierte vor Erwartung. Ich hatte nun keine Lust mehr auf Spiele.

Ich drückte ihre Knie weiter nach oben und außen. Dann legte ich mich zwischen ihre Schenkel. Ich las Angst in ihren weit aufgerissenen Augen. Aber auch Geilheit. Meine Eichel fand ihren Eingang. Schnell überwand ich den geringen Widerstand und drang langsam in ihr feucht – warmes Inneres vor. Ich entlockte ihr ein tiefes Stöhnen. Am Grund angekommen, blieb ich ruhig. Sie genoss und ich genoss. Nach einer Weile stieß ich.

Ihr liefen Tränen der Lust aus den Augenwinkeln. Ohne Übergang forcierte ich meine Stöße bis Gloria hechelnd ihre Lust herausschrie. Sie krallte sich in meinen Rücken und ihre Beine schlugen wild um sich.

„Ich glaube ich sterbe", schrie sie mich an. In ihren wilden Zuckungen entlud ich mich in ihr. Schub um Schub gab ich ihr, wonach sie verlangte. Unablässig schrie sie dabei. Endlich beruhigten wir uns und ich glitt neben sie. Nach einer Phase der Erholung legte sie sich auf mich und küsste mich.

„Du machtest aus mir eine glückliche Frau, Ed. Keine Beschreibung glich dem, was ich soeben erlebte. Danke."

Sie nannte mich tatsächlich „Ed". Mein neuer Kosename.

Ich packte ihren Arsch und vergaß alle Hemmungen.

„Gloria, ich werde dich noch oft ficken. In den verschiedenste Stellungen. Das verspreche ich dir."

„Du bist der Mann aus den Romanen. Und alle Bücher die ich las, untertrieben diesen Akt schamlos. Aber das Gefühl ist auch nicht mit Worten greifbar. Du hast ein Begehren in mir geweckt. Keine Frauenzunge und kein Dildo brachte mir je solch einen Orgasmus. Lass uns nun baden."

Wir erhoben uns und gingen an der erstaunten Beata vorbei ins Bad. In der Wanne setzten wir uns gegenüber. Beata nahm auf dem Wannenrand Platz.

„Ich bin neugierig: Hattest du Schmerzen als er bei dir eindrang, Mutter?"

„Schmerzen? – Nein. Ich kann dir versichern, meine Tochter, es war die Ekstase! Ein Inferno der Gefühle. Wenn er dein Innerstes mit seiner warmen und pochenden Härte ausfüllt, möchtest du vor Glück sterben! Mach es mir sofort noch einmal, Ed!"

„Gloria, ein Mann benötigt nach dem Akt eine Pause zur Regeneration."

Ich drückte noch einen Tropfen Sperma aus meiner Spitze und nahm ihn mit dem Finger auf. Ernst hielt ich den Tropfen vor Beatas Gesicht.

„Das ist es, Beata. Schau es dir an. Das weise Gold, das ich allein und auch nur ich euch spenden kann. Und ich werde mich nicht von euch zum Zuchthengst degradieren lassen. Ich ficke euch. Aber zu meinen Bedingungen. Sag das deinen Chefs."

Beata griff nach meinem Glied. Weich schwamm es auf dem Wasser.

„Du hast Mutter stark beeindruckt mit dem Ding. Das nächste Mal möchte ich beeindruckt werden. Und meine Schwester soll auch ein Kind bekommen. Wo ist sie überhaupt, Mutter."

„Sie müsste eigentlich schon hier sein. Sie wird bei ihrer Freundin sein und wieder einen übergroßen Dildo in der Spalte haben. Wie oft sagte ich ihr schon, wie schädlich so ein großes Ding ist. Sie ist zu jung dafür."

„Ich bin neugierig: Für einen großen Dildo ist sie zu jung, aber für ein Kind ist sie alt genug?"

„Sandy zählt 18 Jahre", meinte Beata. „Ihre Vagina ist noch nicht für wilde Spiele geeignet. Junge Mädchen müssen sich austoben und vergessen sich dabei selbst. Der Dildo kann bei ihnen nicht groß genug sein und meistens ficken sie sich, bis sie aus der Muschi bluten. Immer warnen wir sie, aber die Hormone ... Du wärst sicher vorsichtiger."

„Ihr redet so locker und ohne Scham darüber, als wäre es das Normalste der Welt."

„Es ist das Normalste, Adam. Was sollte daran falsch sein. Der Druck ist da, um abgelassen zu werden. Wir haben hier keine Männer und greifen deshalb notgedrungen zu Penisnachbildungen, die wir alten „Schwarten" entnehmen. Lass dir ein Patent auf dein Glied geben und stelle es der Erotikindustrie zur Verfügung. Dann wirst du ein reicher Mann."

Kopfschüttelnd stieg aus der Wanne und griff nach einem Tuch. Ich zog meine Vorhaut zurück und trocknete meine Eichel ab. Beata rieb sich bei diesem Anblick wieder ihre Scham.

„Wann bist du wieder bereit, Adam?"

„Ich bin keine Sexmaschine. Außerdem bin ich noch durcheinander. Ich muss meine Gefühle zunächst in den Griff bekommen. Versteh doch bitte meine Situation."

„Natürlich! Bitte entschuldige. Wie fühlst du dich eigentlich?"

Ich hörte ihre Frage schon nicht mehr. Denn durch die Tür sah ich einen Traum von einem Mädchen treten. Langes blondes Haar, volle feste Brüste und das Gesicht einer 14jährigen.

Das musste Sandy sein! Sie bemerkte mich und betrachtete augenblicklich meinen baumelnden Schwanz. Sie wirkte schockiert. Anstandshalber hätte ich mich schamhaft bedecken sollen. Aber hier zählte keine Scham. Soviel lernte ich schon.

„Darf ich dir meine Schwester Sandy vorstellen?"

Der ständige Blick des jungen Mädchens auf meinen Penis erregte mich. Mein Schwanz füllte sich mit Blut. Inzwischen stand Gloria nackt neben mir.

„Sandy, schau bitte nicht so. Er ist fremd hier."

„Kann ich etwas anziehen?", fragte ich.

Ohne auf eine Antwort zu warten, griff ich nach meinem Frauenslip. Für Männer hatten sie ja nichts. Es handelte sich um einen Liebestöter der übelsten Sorte. Gloria erbte ihn von ihrer Mutter und gab ihn mir in der Hoffnung, dass er alles Herumhängende zähmen würde. Sonst wären nur Strings im Haus. Ich sah aus wie eine Schwuchtel, aber niemand lachte. Sandy hatte sich gefangen und sprach mit lieblicher Stimme:

„In der Stadt erzählten sich die Weiber, ein Mann wäre plötzlich aufgetaucht. Keine wüsste woher. Jede, die über ein wenig Verstand verfügte, tippte sich an die Stirn. Nun komme ich nach Hause und der Leibhaftige steht vor mir. Ich fasse es nicht. Darf ich das Objekt unser aller Begierde berühren - irgendwann?"

Beata lächelte:

„Das musst du sogar. Du bist eine der Auserwählten, die von ihm ein Kind empfangen soll."

„Ich? Warum gerade ich?", fragte die Kleine erstaunt.

„Weil Adam hier wohnen wird und es sich sicher von selbst ergibt. Es sei denn, du möchtest keinen Sex mit ihm."

„Er muss es mir besorgen. Ich möchte als Erste ein originales Glied in mir haben. Wie wird meine Freundin mich beneiden?"

Man reduzierte mich hier nur auf Sex. Was war das nur für eine beschissene Welt? Sollte ich nicht in meine Welt zurückkommen, erwartete mich hier eine Karriere als Stecher und Model für ihre Erotikindustrie. Anfangs mag das ja noch Spaß machen, aber auf Dauer ...?

Ich fand es an der Zeit, die Damen zu befragen. Zu fremd war mir diese Welt. Geduldig antworteten sie. Und dabei verging die Zeit wie im Fluge. Sandy musterte mich ständig unverhohlen. Und auch mir entlockte sie mehr als wohlwollende Blicke. Sie war der Traum eines jeden pädophil veranlagten Mannes: Der Körper einer verführerischen und unverbrauchten Frau und das Gesicht und das Verhalten einer unreifen Göre. Lüsternheit und Ungeduld las ich in ihrem Gesichtsausdruck. Oh ja – ich wusste was sie wollte und brauchte. Und ich war nicht abgeneigt. Warum sollte ich nicht nutzen was mir geboten wurde?

„Sandy. Ich glaube, du möchtest meinen Penis sehen. Oder nicht?"

Sofort straffte sich ihr Oberkörper. Etwas unwohl war ihr doch, wie mir schien.

„Wenn ich darf?", antwortete sie zaghaft. Wie süß sie doch war.

„Dann komm, greif zu." Ich erhob mich und ließ den Slip fallen. Baumelns hing mein Zeug vor ihrer Nase. Die zwei anderen setzten sich in Beobachterposition.

Sandy griff mit ihrer, vor Erregung zitternden kleinen Hand um mein Glied. Zaghaft und fast ohne Druck hielt sie es einfach fest. Alle konnten sehen wie sich mein Schwanz versteifte. Obwohl ich kurz vorher die Dose von Gloria veredelte. Ihre kleine warme und sehr weiche Hand fühlte sich einfach wunderbar an. Ich schloss die Augen vor Wonne.

„Deine Eichel ist ja versteckt unter einer Haut", stellte sie fest.

Beate klärte mich auf:

„Unsere Nachbildungen eines Penis zeigen immer die nackte Eichel. Durch meine Forschungen fand ich aber heraus, dass die Eichel manchmal von der Vorhaut bedeckt ist. Wie bei dir."

„Wenn das so ist, kannst du sie zurück schieben, Sandy", ermunterte ich sie.

Sanft schob sie die Vorhaut nach hinten.

„Tut dir das weh."

„Nein, meine Kleine. Wenn ich mein Glied in eine Vagina einführe, wird sie auch automatisch nach hinten geschoben."

„Mutter, Schwester. Ich bin so feucht zwischen meinen Beinen. Ich möchte mir das Ding einführen. Darf ich?"

Ärgerlich antwortete Beata:

„Ich laufe schon seit Stunden aus und habe ihn nur einmal kurz auf Verlangen der Chefinnen drin gehabt."

Sie funkelte ihre Schwester an. Ich musste schlichten:

„Beata, ich gebe ihr, wonach sie verlangt und heute Abend brauche ich deinen ganzen Körper. Du verstehst? Außerdem würde sie keine Ruhe geben und ich benötige dringend Ruhe!"

Sie verstand. Und wie sie verstand!

„Versprichst du mir das, Ed?"

Sie nannte mich auch schon „Ed"!

Ich setzte mich neben Sandy.

„Also gut, Sandy. Stülp deine Vagina drüber. Aber sei vorsichtig. Du bist noch sehr eng", warnte Beata.

Während sie sich auszog, fragte ich:

„Woher weißt du, dass sie noch eng ist?"

„Ich war auch einmal jung", antwortete sie nachsichtig.

„Und jetzt bist du wohl eine alte Frau?"

„Du weißt was ich meine."

Inzwischen war Sandy nackt. Ohne Scham fragte sie:

„Was muss ich tun? Ach, ich bin ja so aufgeregt."

Ich sah zwischen ihren Beinen eine kleine feste Spalte vor Geilheit glitzern.

Sandy sprang vor Aufregung vor mir hin und her. Sie war im Grunde eine unreife Göre. Aber eine Scharfe.

„Sandy, ehe wir zum Akt kommen, halte mir deine Scheide vors Gesicht und zieh deine Schamlippen auseinander. Ich möchte deine Vagina sehen."

Sie tat wie geheißen und öffnete für mich ihre Scheide. Rosiges und jungfräuliches Fleisch schimmerte mit entgegen. Dazwischen reckte sich ein kleiner Kitzler hervor. Kurz leckte ich durch ihren Spalt und Sandy zuckte zusammen.

„Sandy, nimm mein Glied, setz es an deinen Eingang und lass es langsam in dich gleiten. Es ist schön, beim ersten Mal zu genießen. Ich deine Vagina und du mein Glied."

Sie griff nach unten. Mit großen Augen sah sie mich an. Sie hatte Angst! Ich spürte ihren Vaginalmuskel um meiner Eichelspitze. Dann versank ich ganz in ihr. Zentimeter um Zentimeter genoss ich ihre superenge Vagina. Ihre Scheidenwände schlossen sich wie Schraubzwingen um meinen Schaft. Sandy stieß die Luft aus ihren Lungen vor ängstlicher Erregung. Dann legte sie ihre Ärmchen um meinen Hals und begann voller Hingabe zu reiten. Ich stieß vorsichtig entgegen und bald fanden wir einen gemeinsamen Rhythmus. Ihre Vagina war der pure Wahnsinn! Doch welche war das nicht?

Sandy wurde schneller. In ihr fühlte ich ihre samtige Hitze, die mir meine Sinne raubte. Ihre straffen, mittelgroßen Titten baumelten kaum. Ich drückte mein Gesicht in sie und sie dankte es mir mit ihrem ersten wahren Orgasmus. Ich bekam keine Luft, da sie mich in ihrer Ekstase gegen ihre Brüste gedrückt hielt. Atemnot bringt einem Mann aber den letzten „Kick". Nicht umsonst strangulieren sich manche Typen extra, um sich in den Genuss dieses erotischen Hochgefühls zu bringen. Es wurde auch von Gehängten berichtet, deren Glied sich im Todeskampf versteift und abgespritzt hatte. Der abgegangene Samen wurde zumeist von Hexen eingesammelt und zu Wundermitteln verarbeitet. Ich befand mich nun in einer ähnlichen Situation und spritzte ihr, mit einer Macht und Wucht die ich nicht für möglich gehalten hätte, meinen Samen an den Gebärmuttermund. Sandy spürte mein Zucken und warf sich leidenschaftlich zurück. Das rettete mir mein Leben. Endlich hatten wir beide ausgezuckt und während ich Sandys Wahnsinnsbrüste knetete, beobachtete ich wie sich Beata und ihre Mutter selbst befriedigten und mit ihren Beinen wild um sich schlugen. Was war das für eine Welt? Sandy schwitzte und der

Schweiß lief durch das Tal ihrer blaugeäderten Titten. Verklärt lächelnd blickte sie mich an.

„Danke", hauchte sie durch ihren halb geöffneten Mund. „Das war der ultimative Orgasmus. Ich möchte dich nur noch für mich. Soll sich meine Schwester selbst ficken."

Mein erschlaffter Penis rutschte aus ihrem Fötzchen und ein Schwall Flüssigkeiten ergoss sich zwischen meine Beine.

„Das wird nicht gehen, Kindchen. Ich soll die halbe Welt ficken."

„Sandy, reis dich am Riemen. Du kannst ihn nicht für dich behalten.", rief Beata mit gerötetem Gesicht. Sandy schmollte. Als wir uns gesäubert und erholt hatten, sagte ich:

„Bitte erzählt mir weiter von eurer Welt. Freizügig scheint sie ja zu sein."

Beata sammelte zunächst ihre Gedanken. Sie musste gedanklich zunächst meinen Penis aus sich ziehen, ehe sie ernsthafte Gespräche führen konnte.

„Wie ich dir schon erzählte und wie du schon bemerkt hast, leben wir Sex ohne Scham aus. Immer und überall! Nachdem alle Männer tot waren, mussten wir die Gesellschaft neu arrangieren. Jahrelang herrschte das pure Chaos auf der Welt. Du kannst dir sicher vorstellen, dass die Frauen das Ende nahen sahen. Nach und nach zog Ordnung ein. Natürlich blieb auch unsere Sexualität nicht von den Veränderungen verschont. Nun lebten aber nur noch Frauen. Was blieb uns anderes übrig, als lesbisch zu werden. Unsere Offenheit resultiert nicht zuletzt aus dem vorangegangenen Chaos. Die Frauen glaubten, das Jüngste Gericht stünde bevor. Alle Werte schienen ausgehebelt und Vergangenheit. Es war eine sexuelle Revolution und Evolution, wenn du so möchtest. Wir ließen uns künstlich befruchten und mussten keine Angst mehr vor einer ungewollten Schwangerschaft haben."

Beata unterbrach sich, um einen Schluck Wasser zu nehmen. Mir stellte Gloria die dritte Flasche Bier, oder wie auch immer man das Gebräu nannte, hin. Immerhin machte es mich ruhig. Wenn ich hier bestehen wollte, musste ich mir das Saufen sowieso weitestgehend abgewöhnen.

„Ansonsten leben wir eigentlich in Frieden. Zumindest in Europa. Krieg gibt es im Augenblick nur zwischen den USA und Mexiko und in Afrika. Es sind halt Entwicklungsländer, die unserer Hilfe bedürfen."

„Die USA sind ein Entwicklungsland?", fragte ich erstaunt dazwischen.

„Weite Teile dieses Landes blieben bis um 1905 unerschlossen. Schließlich machten sich Frauen auf die Suche nach Männern. Man hoffte in den unerforschten Weiten welche zu entdecken. Vergebens. Aber zumindest das Land wurde dadurch teilweise erforscht. An der Westküste entstanden einige große Industriestädte. Aber sonst..."

„Das ist ja interessant. Gibt es überhaupt Großmächte und welche sind das?"

„Im Wesentlichen sind es drei Mächte die das Sagen haben. Zum einen Großbritannien, das die Übersee und die Schifffahrt beherrscht. Die größte kontinentale Macht ist das Deutsche Reich. Wirtschaftlich und industriell beherrschen sie den Markt. Und China, das den Asiatischen Raum kontrolliert."

„Es gab also keine Weltkriege?", fragte ich weiter.

„1935 gab es einen größeren Krieg. Drei Jahre dauerte er. Vier Millionen kamen um. Zwischen dem Deutschen Reich und Russland. Die Deutschen besetzten Russland. Aber wegen der Größe dieses Landes blieb es unbesetzt und weitgehend selbstbestimmt, aber von Deutschland abhängig. Die Zarin ist auch heute noch eine treue Vasallin der deutschen Kaiserin."

Ich konnte mich nicht mehr konzentrieren. Die Eindrücke dieses Tages machten mir zu schaffen. Es hörte sich alles so unglaublich an. Mir schwirrte der Kopf. Ich bat Beata mir Ruhe zu gönnen.

„Gut, morgen erzähle ich dir von meiner Welt. Nun bin ich müde. Es war für einen Tag sehr viel."

„Das verstehen wir", sagte Gloria. „Ich zeige dir dein Zimmer."

Nackt und mit schaukelnden Titten ging sie voran. Und ich mit baumelndem Schwanz hinterher. Das Zimmer war spartanisch eingerichtet. Ein Bett, ein Nachttisch und ein Kleiderschrank. Für meine Zwecke reichte es aber."

Gloria drehte sich zu mir um:

„Ed, ich habe keine Ahnung, wie lange du bei uns bleibst. Aber gib mir bitte so viel wie möglich Sex. Es war ein tolles Gefühl, dein Glied in mir zu spüren."

Ich knetete ihre Brüste.

„Natürlich, du bist eine scharfe Braut. Es war auch für mich ein schönes Gefühl in dir."

Sie ging lächelnd und ich legte mich todmüde hin. Nicht lange und Beata störte mich.

„Bitte streichle mich wenigstens etwas."

Lasziv bot sie mir ihren Körper dar. Sie war schön. Ihre Figur glich einer antiken Statue. Ihre Brüste standen straff nach oben. Die kleinen Nippel aufgerichtet wie Schornsteine. Die Müdigkeit überwältigte mich fast, als ich begann ihre Titten zu liebkosen. Trotz des wunderbaren Körpers neben mir, kam keine Lust auf.

„Beata, du bleibst doch in Zukunft an meiner Seite?"

„Ja, Adam. Ich bin nur für dich da. Mein Auftrag lautet, dich zu begleiten und für dein Wohlergehen zu sorgen."

„Dann bitte ich dich um Verzeihung. Ich muss schlafen. Die ganze Aufregung, ja und auch der viele Sex – ich bin einfach nur ausgebrannt. Wir werden noch manche Nacht zusammen verbringen."

Sie erhob sich.

„Ich bin dumm Adam, oder soll ich wie meine Mutter „Ed" sagen? Und selbstsüchtig. Bitte verzeih auch mir."

Damit verließ sie mein Zimmer. Ich verschränkte meine Arme hinter dem Kopf. Wie soll es hier weitergehen. Wenn ich morgen früh erwachte und es war doch nur ein Traum, würde ich lachen. Wenn nicht... Ich musste mich hier einrichten und versuchen zurückzukommen.

Ich fickte eine 98jährige und wollte mich gerade übergeben, als es klopfte. Ich erwachte aus dem bösen Traum. „Herein", rief ich schlaftrunken und bereute es sofort. Mein Penis schmerzte vor Härte und stand schräg nach oben. Ehe ich mich bedecken konnte, betrat Beata das Zimmer und ihr erster Blick ging zwischen meine Beine. Nein – sie lächelte nicht. Zu ungewohnt war der Anblick einer Morgenlatte für sie.

„Guten Morgen Ed. Wir sollen sofort ins Institut kommen."

„Guten Morgen, schöne Beata", flirtete ich. „Es ist schön dich zu sehen. Oder auch nicht."

„Warum nicht?"

„Ich hoffte, wenn ich erwache bin ich wieder in meiner Welt."

„Darf ich dir etwas sagen?", fragte sie wie ein Schulmädchen. Ich bat darum.

„Wir kennen uns erst einen Tag", begann sie zaghaft. Es ist ein seltsames Gefühl, einen Mann neben sich zu wissen. Ich war schon einmal verheiratet und ich liebte diese Frau. Aber bei dir ist es anders. Wie soll ich es ausdrücken…?"

„Wir werden sicher eine lange Zeit miteinander verbringen und uns zusammen raufen. Im Moment beeinflusst dich der Reiz des Unbekannten. Und wer weiß? Eventuell …", half ich ihr.

Sie schmiegte sich an mich.

„Meine Schwester und meine Mutter wollen nur gefickt werden. Ich benötige nur deine Nähe und Zuwendung. Und vielleicht auch einmal dein Glied. Ein unbändiges und unbekanntes Verlangen bemächtigt sich meiner, denke ich auch nur an dich. Befriedige alle Frauen die du möchtest. Aber mir gib Zärtlichkeit, bitte!"

„Beata, ich soll sie schwängern. Darf ich das so einfach und vor allem, wollen sie es?"

„Du darfst es ihnen nicht verweigern. Du ehrst sie und erhöhst sie damit. Ein natürlich gezeugtes Kind hebt sie aus allen anderen heraus."

„Es ist also für sie eine Ehre? Dann soll es so sein. Gehen wir frühstücken."

Ich zog einen Slip über und ging ins Bad. Nach dem Duschen sagte Beata, wir sollten sofort kommen. Dort könnten wir auch frühstücken.

Vor der Tür erwarteten mich wieder zwei dieser hünenhaften Exemplare. Sie geleiteten mich und Beata zu einem etwas größeren Auto. Die Sonne schien und ich ahnte, es würde ein richtungsweisender Tag werden. Ich musste heute die Grundlagen für meine Zukunft schaffen. Keinesfalls wollte ich mich zum Sexsklaven abstempeln lassen. Ich war ein Mann und ein Mensch. Ein seltener Mann, und das musste ich in die Waagschale werfen. Ich sah ein, dass sie auf mein Sperma angewiesen waren. Also wollte ich es ihnen geben. Aber zu meinen Bedingungen. Zwangsentsaften konnten sie mich nicht. Soweit hatte ich meinen Körper im Griff. Also mussten sie auf meine Bedingungen eingehen.

An einer roten Ampel erblickte ich eine Zeitungsverkäuferin. Sie schwenkte eine rosafarbene Tageszeitung in der Hand und schrie:

„Die neusten Nachrichten: Die Erde hat wieder einen männlichen Bewohner. Woher kam er und was wird aus ihm? Lesen sie die aktuellsten Meldungen! Welche Pläne hat die Regierung mit ihm?"

Beata sagte:

„Du bist schon berühmt auf der ganzen Welt. Woher sie von deiner Ankunft wissen, bleibt ein Rätsel. Ich sagte jedenfalls nichts."

Im Institut erwartete uns die Matrone von gestern wieder. Sie führte uns in einen Raum, in dem ein kaltes Buffet aufgebaut war. Eine streng gekleidete Frau in Schwarz blickte uns erwartungsvoll entgegen. Sie stellte sich als Oberbürgermeisterin dieser Stadt vor und überreichte mir einen Blumenstrauß. Was auch immer ich für Wünsche hätte, sie seien mir gewährt. Ich würde ihr eine Freude machen, wenn ich beim Essen kräftig zulangen würde. Anstandshalber nahm sie einen Teller und verschlang ein Brötchen. Dann verabschiedete sie sich gestresst. Ich sah ihr hinterher. Sie machte eine gute Figur in dem Anzug. Aber ich schätzte sie schon auf über 60.

Nachdem wir uns gestärkt hatten, bat uns die Matrone in ein anderes Zimmer. Sie trug wieder einen dünnen Kasack, durch den ihre dunklen Brustwarzen schimmerten. Ihre Titten baumelten wie Glocken beim Gehen. Wir nahmen Platz. Die Frau lächelte mich an. Das erste Mal sah ich sie freundlich.

„Ich möchte mich für mein Verhalten gestern entschuldigen. Der ganze Stress durch dein plötzliches Erscheinen. Entscheidungen mussten getroffen werden, und..."

Ich unterbrach sie genervt.

„Schon gut. Entschuldigung akzeptiert. Komm endlich zur Sache. Wie stellst du dir meine Zukunft vor?"

Sie lehnte sich zurück.

„Zunächst einmal übertragen wir Beata die volle Verantwortung für dich. Sie ist die erste Ansprechpartnerin und wird dich in unsere Gesellschaft einführen. Bis du selbstständig geworden bist und dich eingelebt hast. Natürlich nur wenn sie möchte."

Beata nickte schnell.

„Adam – so nannte sie dich doch? Wir benötigen dringend dein Sperma. Die ganze Welt benötigt es. Deutschland fragte auch schon an. Entschuldige den Ausdruck, aber wir müssen dich ausleihen."

Ich musste unwillkürlich lachen. Ich sollte ficken bis der Schwanz glüht. Nichts anderes verlangten sie von mir. Meine Zukunft sah rosig aus. Aber auf Dauer würde es mir keinen Spaß mehr machen. Der Reiz geht verloren, wenn man sich nicht mehr um die Frau bemühen muss, die man zu pimpern gedenkt.

„Wie hast du dir das mit meinem Sperma gedacht?"

„Das liegt an dir. Wie oft produzierst du Sperma?"

„Bei Männern wird ständig Sperma produziert. Je größer der Bedarf, umso mehr produzieren meine Hoden."

„Dann würde ich dich bitten, uns drei Mal am Tag deinen Samen zu geben."

„Und wie soll das ablaufen?" Ich bekam es mit der Angst.

„Das wirst du ja selbst am besten wissen!"

„Nein! Da mache ich nicht mit!", widersprach ich energisch.

„Nein? Dann werden wir dir Gewalt antun müssen."

„Ihr versteht Männer schlecht. Mit Gewalt erreicht ihr nur das Gegenteil."

Ich setzte ein spöttisches und überlegenes Lächeln auf.

Sie sah sich hilfesuchend nach den anderen Ärztinnen um.

Jetzt kommt der Moment, wo sich der Mensch vom Affen trennt.

Der Punkt war erreicht, meine Forderungen anzubringen. Die halbe Nacht sann ich darüber nach. Nun würde ich mein weiteres Leben hier konkretisieren und auf eine stabile soziale und wirtschaftliche Basis stellen.

„Wie nennt man dich eigentlich?"

„Mein Name ist Agnes."

„Also gut Agnes. Ich bin hier der einzige Mann und ich verlange gewisse Rechte! Selbst ich als Mann habe eine Würde zu verlieren. Stimmst du mir bis dahin zu?"

Agnes nickte:

„Fahr fort. Ich höre zu."

„Punkt 1. Ich sehe ein, dass ihr meine Hilfe benötigt. Folgender Vorschlag zu diesem dringlichen Thema: Ich werde jeden Morgen ein Röhrchen mit meinem Sperma füllen. Aber nur eines. Den restlichen Samen pflanze ich direkt in die Frauen. In 30 Tagen habt ihr schon genug Sperma, um 1000 Kinder künstlich zu zeugen. Das ist eine vorsichtige Schätzung. Aber eine natürliche Zeugung ist mir lieber und euch sicher auch.

Punkt 2. Die Frauen die ich beglücke, suche ich mir aus. Sicher habt ihr gewisse Frauen schon im Blick, die würdig sind meinen Segen zu empfangen. Stellt sie mir vor und ich werde entscheiden. Nochmals: die Entscheidung liegt letztendlich bei mir, welcher Frau ich meinen Samen spende!

Punkt 3. Keine Bodyguards mehr. Man wird mich schon nicht vergewaltigen.

Punkt 4. Ich habe mich verpflichtet, freiwillig meinen Samen zu geben. So oder so. Dafür möchte ich meine Freiheit. Freiheit in jeder Beziehung!

Punkt 5. Ich lebe in dieser Welt und möchte bezahlt werden für meine Leistung. Ich kenne hier die Verhältnisse nicht. Aber ich möchte angemessen bezahlt werden. Angemessen bedeutet überdurchschnittlich. Und sofort ein Auto. Aber ein besseres.

Punkt 6. Um Ansprüchen anderer Frauen mir gegenüber eine Abfuhr erteilen zu können, möchte ich Beata heiraten. Sofern sie es auch wünscht und mit meiner Fremdfickerei einverstanden ist."

Beata sah mich ruckartig an, beherrschte sich jedoch.

„Punkt 7. Bevor ich ins Ausland „verborgt" werde, möchte ich gefragt werden. Keinerlei Entscheidungen über meinen Kopf hinweg.

Das war es fürs erste."

Ich verschränkte zufrieden meine Arme und lehnte mich zurück.

Agnes blickte betreten zu ihren Kolleginnen. Mit ihrem Kopf gab sie ihnen zu verstehen ihr zu folgen. Beata sollte bei mir bleiben.

„Du möchtest mich wirklich heiraten?"

„Nur wenn du einverstanden bist."

„Natürlich. Warum nicht?"

„Beata. Das kann auch ein Strohfeuer sein. Ich möchte dich heiraten, weil du mir sympathisch bist und ich deine Hilfe benötige. Ich benötige hier vorerst einen Betreuer. Jemanden, der mir Rückhalt gibt und der sich um mich kümmert."

„Also ist es nicht wirklich Liebe?", fragte Beata etwas enttäuscht.

„Wir kennen uns doch erst ein paar Stunden. Ich fühle mich zu dir hingezogen – aber Liebe?"

Ich zog sie zu mir und während ich sie küsste, griff ich ihre knackigen Brüste. So vertrieben wir uns die Zeit bis zur Entscheidung.

Dann kam das Gremium zurück. Agnes richtete ihre Titten etwas und begann:

„Wir sind mit allem einverstanden. Aber nur unter der Bedingung, dass du mit uns in ständigem Kontakt bleibst. Jederzeit möchten wir wissen, wo du dich aufhältst. Du wirst gut bezahlt und darfst Beata heiraten. Jeden Morgen erwarten wir von dir eine Spermaspende. Du musst nicht extra herkommen. Das kannst du zu Hause machen. Beata verpflichten wir, dich aufzunehmen im Haus. Und wir machen sie persönlich für alles verantwortlich! Des Weiteren wirst du sobald als möglich zuerst ihre Mutter und Schwester schwängern. Ich telefonierte schon mit ihnen und sie fühlen sich dadurch geehrt. Adam, du darfst jede Frau nehmen, die du begehrst. Keine darf und wird sich dir verweigern. Wir haben außerdem eine Liste mit besonderen Frauen. Bitte beglücke sie auch einmal. Sind wir uns einig?"

Ich reichte ihr wortlos die Hand.

„Um die Sache nicht unnötig in die Länge zu ziehen, schlage ich vor, ich gebe euch euer Röhrchen und dann verschwinde ich. Ich habe eine ganze Welt zu entdecken. Ich brauche aber eine Vorlage zum Wichsen."

Erleichtert die Probleme behoben zu haben, sagte Agnes: „Ein paar Magazine werden wir schon auftreiben."

Magazine mit nackigen Weibern! Ich lachte in mich hinein. In meiner Welt stellte man so etwas nur für Männer her. Und hier eben nur für Frauen. Sachen gab es.

„Nein, ich möchte keine Magazine. Ich möchte die da!" Ich zeigte auf eine der Bodyguards an der Tür. Es war die gleiche wie gestern.

Agnes gab ihr nur einen Wink und sie folgte mir ins Nebenzimmer. Dabei drückte sie mir ein Glasröhrchen in die Hand. Dort zog ich mir die Hosen runter und nahm auf einem Stuhl Platz.

Ich forderte die „Dame" auf:

„Setz dich auf den Tisch und zeig mir deine Fotze!"

Die Angesprochene entkleidete sich hastig und zog auf dem Tisch ihre Beine auseinander. Richtig feucht war sie noch nicht und der Kitzler dementsprechend noch verhältnismäßig klein. Für mich reichte der Anblick jedoch. Mein Schwanz wurde steif und ich begann ihn zu verwöhnen. Die Gute auf dem Tisch rubbelte sich inzwischen ihre Dose. Ihre Klitoris wuchs und wuchs. Ich bekam Lust auf ihren Minipenis und ging zu ihr. Ich rieb meine Eichel an ihrer Klit und die wuchs zu ungeahnter Größe. Die Versuchung war groß und ich führte meinen Schwanz probeweise ein. Sie stohnte auf. Eng war sie, sogar super eng für eine solche Frau. Bis zum Anschlag versenkte ich mein Ding in ihr. Sie begann mit ihren Scheidenmuskeln zu arbeiten. Das Mannweib hatte ihre Vagina im Griff. Sie massierte meinen Penis regelrecht. Sie saugte mir den Samen nach oben. So etwas erlebte ich bisher noch nie. Ich nahm mir vor, sie nach ihrem Namen zu fragen und bei Bedarf anzufordern. Jetzt musste ich spritzen. Ich zog ihn aus ihr heraus und durch die Enge entstand in ihr ein Unterdruck. Dieses Gefühl ließ sie schlagartig, kurz und heftig orgasmieren. Sie zuckte am ganzen Körper und zog dabei ihre Klitoris lang, während ich Strahl um Strahl in das Röhrchen spritzte. Irgendwie war die Nummer geil!

Ich packte meinen Samenspender weg und ging zurück. Agnes empfing das Röhrchen mit einer Mischung aus Ekel und Geilheit. Sofort überreichte sie das spermawarme Glas einer Untergebenen, die es sicher ins Labor brachte.

„Ich habe mir in der Zwischenzeit erlaubt, für dich ein Konto zu eröffnen mit 100000 RM Guthaben. Die Reichsmark ist internationale Leitwährung."

„Ich danke dir."

„Eine bescheidene Frage habe ich noch. Privat sozusagen. Ich war nicht immer freundlich zu dir. Aber könntest du es mir nicht auch einmal besorgen?"

Ich schätzte sie von oben bis unten ab. Mein Blick hatte schon beleidigende Züge. Wie auf einem Sklavenmarkt befühlte ich Titten und Arsch. Jeden Moment erwartete ich einen Schlag ins Gesicht. Doch sie blieb erstaunlich ruhig und für mich war es Rache. Dann sagte ich:

„Warum nicht? So schlecht bist du nicht."

„Dann melde ich mich bei dir oder du bei mir. Ich würde es gern erleben. Nur einmal, Adam!"

Ich zwinkerte ihr zu und ging mit Beata zur Tür hinaus.

„Gibt es auch Bier bei euch?"

„Ja, mein Gatte." Sie lächelte mich an. Es war ein gewinnendes Lächeln.

„Ich habe Lust auf ein Bier, oder zwei, oder drei."

Der Weg zur Bar glich einem Spießrutenlauf. Frauen, die mir entgegen kamen, machten ehrfürchtig Platz. Andere lachten mich an. Ich musste mich an diese Art Aufmerksamkeit gewöhnen. In meiner Welt war ich ein blasser Mann von 30 Jahren. Hier war ich DER Mann.

In der Bar bestellte Beata zwei Bier.

„Ed, möchtest du wirklich unsere Chefin ficken?"

„Inwieweit ist sie denn auch meine Chefin?", fragte ich zurück.

„Nun, wenn jemand deine Dienste benötigt, wendet er sich zuerst an sie. Sie bestimmt wo es lang geht. Und du bekommst dein Gehalt von ihr. Nebenbei bemerkt muss ich dir ein Lob aussprechen. Der hast du es gegeben und du hast dir sofort Respekt verschafft. Und das mit mir war ein kluger Schachzug. Du bist ein raffinierter Hund. Sind wir erst Mann und Frau, verweist du immer auf unsere Ehe, wenn dir eine nicht passt."

„Also wäre es doch klug, sie zu pimpern. Ich würde ihre Gunst gewinnen. Und so schlecht sieht sie auch nicht aus. Hoffentlich bekomme ich nicht solche hässlichen Weiber vorgesetzt zum Ficken."

„Ed, bei uns gibt es keine hässlichen Frauen. Durch das künstliche Sperma hat man gleichzeitig die Gene in den Griff bekommen."

Mir gegenüber saß eine schwarzhaarige Schönheit und trank Kaffee.

„Beata, ich könnte praktisch jede Frau immer und überall nehmen? Und sie dürfen sich nicht wehren. Habe ich das richtig verstanden?"

„Das ist richtig und auch so gewollt. Und glaube mir, keine wird sich wehren. Im Gegenteil!"

Ich wollte diese Versicherung auf die Probe stellen. Die Schönheit am anderen Tisch machte einen hochnäsigen Eindruck. Arrogant überblickte sie das Lokal. Mich übersah sie anscheinend absichtlich, während alle anderen anwesenden Damen mich durchdringend musterten. In meiner Welt würde ich eine schallende Ohrfeige von ihr bekommen, wenn ich eine solche Schnepfe ansprach.

„Entschuldige mich einen Moment, Beata", sagte ich und ging zu der Dame. Frech und ohne zu fragen setzte ich mich neben sie.

„Gnädige Frau! Ich hätte Lust auf sie. Sicher haben sie eine schöne enge Möse. Wollen wir es tun?"

Sie funkelte mich an. Das war zu viel, dachte ich.

„Junger Mann. Wir sagen alle du hier. Es wäre mir eine Ehre, dich in mir aufzunehmen. Wo tun wir es?"

Ich war entwaffnet, bekam aber gleichzeitig Lust auf sie. Ursprünglich als Scherz gedacht, stieg meine Erregung. Ungeniert griff sie mir zwischen die Beine. Lange schlanke Hände ertasteten meine größer werdende Beule. Wer A sagt, muss auch B sagen können.

„Gehen wir auf die Damen – oder Herrentoilette?"

Nachsichtig lächelte sie mich an.

„Es gibt nur Damentoiletten."

Sie zog mich hoch und in Richtung Toiletten. Neidisch beobachtet von anderen Frauen.

Ich wollte in eine Kabine. Sie aber zog den Rock hoch und den String nach unten. Mit ihren Händen stützte sie sich auf dem Waschbeckenrand ab und reckte mit ihren Hintern entgegen.

Ohne Spielerei drang ich in sie.

Jede Frau die herein kam, konnte uns sehen.

Zwischenzeitlich standen zwei andere Frauen daneben und beobachteten unser Treiben. Normalerweise hätte ich den Akt sofort unterbrochen. Aber erstaunlicherweise störte es mich schon nicht mehr. Die gaffenden Weiber rieben sich ungeniert zwischen ihren Beinen und ich stieß zu – wollte zu einem Ende kommen. Ich griff in ihr langes Haar, zog ihren Kopf brutal zu mir und biss in ihren Hals. Als hätte sie darauf gewartet, wurde ihr Körper von einem heftigen Orgasmus geschüttelt. Während dessen verströmte ich mich in der unbekannten Schönen. Dann zog ich ihn heraus, ließ die Dame respektlos stehen und ging zurück zu Beata.

„Du hattest Recht. Ich kann jede Frau haben und jede will es."

„Nur ich muss mich erst daran gewöhnen, dass du ja nur deine Pflicht tust. Als einzige Frau dieser Welt darf ich nicht schwanger werden. Und das, obwohl wir Tag und Nacht zusammen sind."

Inzwischen saß die beglückte Schwarzhaarige wieder mit aufgelöster Frisur an ihrem Tisch. Freudig lächelte sie zu mir herüber.

„Diese Frau ... sie wollte in der Öffentlichkeit gefickt werden. Zwei andere sahen zu und wichsten dabei ihre Spalte. Wenn ich gewollt hätte, hätte sie es mit mir hier in der Bar getrieben. Ich kann mich nicht daran gewöhnen. Sex ist doch etwas Intimes. Eins werden mit der geliebten Frau, Liebe geben und empfangen. Es kann so schön sein. Aber so..."

„Du sagst es. Jede Frau besitzt Hormone. Oder anders ausgedrückt: Jede Frau steht unter Druck. Ich weiß nicht ob Männer das verstehen. Aber ihr müsst sicher auch euren Samen loswerden. Und bei uns kann dieser Druck überall abgelassen werden. Keine stört sich daran, weil es natürlich ist. Man wird sonst krank. Wenn zwei Frauen zusammen sind und eine äußert den Wunsch befriedigt zu werden, wird es die andere gern tun. Natürlich nur wenn sie sich näher kennen. Und sie erwartet das Gleiche von ihrer Freundin. Die Frau vorhin stand unter Dampf und sie hatte noch nie einen echten Penis in sich. Schon allein die Vorstellung machte sie scharf. Warum sollte sie sich diese einmalige Chance entgehen lassen. Und es würde auch niemanden stören. Und die anderen, die zusahen, standen ebenfalls unter Druck. Warum also, sollten sie sich nicht befriedigen. Liebe aber, wird zu Hause gemacht. Du weißt, dass Frauen auf Zärtlichkeiten stehen. Wir lieben es, uns gegenseitig zu verwöhnen. Allein und abgeschieden. Es sind zwei verschiedene Seiten einer Medaille. Ich drückte mich blöd aus, aber ich hoffe du hast mich verstanden."

Ich überlegte eine Weile.

„Ich glaube, ich verstehe. Druck ablassen ist hier wie Pissen oder Scheißen. Es muss halt sein. Aber geliebt wird in der Intimität. Allein mit dem geliebten Menschen. Und deshalb hast du anscheinend auch nichts dagegen, wenn ich eine andere bumse. Wenn ich dir nur heute Abend Zärtlichkeit gebe."

„So drastisch kann man es ausdrücken. Nun, da du mir versprochen bist, verlange ich einfach, von dir geliebt zu werden. Ficken kannst du meine Schwester. Sie ist jung und braucht es. Und vielleicht lässt sie dann auch die Sache mit den übergroßen Dildos. Besorg es ihr regelmäßig, denn sie hat ihre Hormone nicht im Griff. Sie ist ein hübsches junges Ding. Und du musst kein schlechtes Gewissen haben. Nur wenn du dich in sie verliebst oder in irgendeine Andere und ich merke es, drehe ich dir den Hals um."

Beata drohte mit ihren kleinen Fäusten.

„So gern hast du mich schon? Beata, als ich meine Augen öffnete, warst du die erste die ich sah. Und du sollst auch die letzte sein die ich sehe, wenn ich meine Augen für immer schließe!"

„Alter Schmeichler."

„Ehrlich gesagt, möchte ich in meine Welt zurück. Und ich muss einen Weg finden, dich mitzunehmen."

„Warum möchtest du zurück? Dir steht unsere Welt offen. Sie liegt dir zu Füßen. Sie hungert förmlich nach dir."

„Warten wir es ab."

Ich nippte am Bier. Es schmeckte wie eingeschlafene Füße. Es gibt Dinge, die Frauen einfach nicht können. Z.B. Bier und Autos.

Eine Weile schwiegen wir. Ich verarbeitete meine heutigen Erlebnisse und beobachtete nebenbei die Passantinnen auf der Straße. Die Schwarzhaarige zahlte, kam zu mir und hauchte einen Kuss auf meine Lippen.

„Danke, schöner Fremder." Und schon entschwand sie. Beata ging nicht darauf ein.

„Erzähle mir von dir, Ed."

Mein altes Leben war eher gewöhnlich. Lehre, Arbeit, Freizeit.

„Ich weiß eigentlich noch alles. Nur wo und wann es stattfand ist weg. Wo soll ich anfangen. Ich wuchs auf dem Lande auf. Mein Vater verdiente sein Geld mit Schafzucht. Mutter half ihm. Ich war sehr schüchtern und sensibel. So bin ich eigentlich heute noch. Zurückgezogen lebte ich mit meinen Eltern auf dem Gut. Mein Leben prägten Schule und Langeweile. Ich sah meine Zukunft nicht in der Schafzucht. Es kotzte mich einfach nur an. Nach Beendigung der Schule ging ich in der Nachbarstadt zur Lehre. Alles war so fremd und ich igelte mich ein. Selten ging ich mal in die Disco. Und noch seltener lernte ich ein Mädchen kennen. Ich trank immer mehr. Schon früh begann mein übermäßiger

Alkoholkonsum. Ich war fast nur noch im Tee. Mein Arbeitgeber kündigte mir und als ich eines Tages meinen Briefkasten leerte, fiel mir ein Brief in die Hand. Meine Eltern wurden bei einem Unfall getötet. Ich hatte sogar die Beerdigung verpasst. Das war der Wendepunkt in meinem Leben! Ich nahm an einer Therapie teil und verkaufte das Gut meiner Eltern. Ich wollte etwas Gutes tun und schulte um. Ich wurde Sozialpädagoge und kümmerte mich von nun an um behinderte Menschen. Die Arbeit mit meiner Gruppe machte einfach Spaß. Ein Mädchen war dabei. Geistig zurückgeblieben, aber wunderschön. Ich verliebte mich verbotenerweise in sie und sie sich in mich. Man merkte ihr ihre Behinderung eigentlich nicht an. Mitleid spielte sicher auch eine Rolle. Ich überraschte sie eines Tages, als sie sich selbst befriedigte. Sie sah mich mit diesen traurigen Augen an. Ich sehe sie noch heute vor mir. Dieser Blick prägte sich tief in mein Gedächtnis!"

Es fiel mir schwer, meine Erzählung fortzusetzen. Ich musste meine Emotionen, die das Bild des Mädchens in mir hervorriefen, in den Griff bekommen.

„Die folgenden Sätze hatten sich tief in mein Gedächtnis eingeprägt.

„Ich kann nicht anders!", sagte sie entschuldigend mit tief trauriger Stimme. „Kein Mann wird mich je lieben. Ich bin doch nur eine Behinderte. Und gefangen in diesem Heim.

Ich zog mich schweigend aus und legte mich zu ihr. Wir liebten uns die ganze Nacht."

Die Erinnerung an das Mädchen, dessen Namen ich vergessen hatte, trieb mir die Tränen in die Augen.

„Was ist, Ed? Must nicht traurig sein, nur weil ich euch liebtet." Beata streichelte besorgt meine Hände.

„Das ist es nicht. Da war noch etwas. Entschuldige bitte. Die verfluchte Sensibilität."

„Das macht dich menschlich und sympathisch. Musst dich nicht schämen."

„An alles kann ich mich erinnern. Nur an meinen Namen nicht und wie ich hergekommen bin."

„Gehen wir spazieren, Ed."

Wir liefen zu einem Park und setzten uns unter eine Platane. Ich musste Beata alles erzählen. Viel zu lange trug ich diese Schuld mit mir herum. Mir war einfach danach mein Herz auszuschütten. In meiner Welt war ich ein einsamer Wolf, der allabends in der Kneipe den Wald beherrschte.

„Dieses Mädchen, Beata. Von dem ich dir vorhin erzählte. Ich liebte sie wirklich. Man kam uns auf die Schliche und brachte sie in eine andere Stadt. Nie werde ich ihren fragenden, anklagenden Gesichtsausdruck und ihre stillen Tränen beim Abschied vergessen. Telepathisch hämmerte sie ihre Fragen in meinen Kopf: „Warum lässt du zu, dass sie das mit mir machen? Warum hilfst du mir nicht? Wir liebten uns doch!"

Doch kein Wort kam über ihre Lippen, aber sie musste fast zum Auto getragen werden. Ich wusste, es würde sie zerstören. Und es zerstörte mich! Es war, als wenn man mir einen Teil meines Körpers heraus riss. Und ich? Ich stand nur feige da und sah zu! Wenn ich doch nur den Mut gefunden hätte … Ihr Blick und mein Versagen verfolgen mich fast jede Nacht. Jedenfalls gab ich meinen Job auf und arbeitete fortan in einer Fabrik. Nur um nicht noch einmal in eine solche Situation zu geraten."

Weiter kam ich nicht. Mir versagte die Stimme. Die Erinnerungen und die Anspannungen der letzten Tage forderten ihren Tribut. Beata streichelte meinen Kopf.

Endlich beruhigte ich mich.

„Entschuldige Beata. Ich habe mich gehen lassen."

„Du musst dich für nichts entschuldigen. Ich liebe dich umso mehr. Ich weiß nun, dass ich kein hartes Sexmonster heiraten werde, sondern einen Mann mit Herz. Einen Mann voller Liebe. Komm, ich bring dich nach Hause. Du brauchst Ruhe."

„Und du denkst nicht schlecht von mir? Weichei oder so etwas?"

„Nein, du Dummer. Du bist mir jetzt noch lieber als vorher."

In der Wohnung sah Gloria auf den ersten Blick das etwas nicht in Ordnung war. Sofort umsorgte sie mich. Beide brachten mich ins Bett und deckten mich zu.

Ich erwachte am späten Nachmittag mit einem ungewohnten Glücksgefühl. Neben mir lag, nackt und zusammengerollt, Beata. Sie war wohl neben mir mit eingeschlafen. Süß sah sie aus. Und sehr hübsch. Ich küsste liebevoll ihre nackte Schulter. Brummend erwachte sie. Ihre großen Augen blickten mich an. Ich strich eine Haarsträhne aus dem Gesicht und fuhr mit meinem Daumen ihre Lippen nach. Sie legte sich auf den Rücken und nahm ihre Hände über den Kopf. Eine stumme Aufforderung ihre Brüste zu liebkosen, die sich mir nun entgegen reckten. Blaue Äderchen zogen sich bis zu den Brustwarzen. Ich umfuhr ihre Rundungen und nahm einen Nippel zwischen meine Lippen. Sofort richteten sie sich auf. Beata gab wohlige Laute von sich. Ihre elastische weiche Haut schmeckte nach Frau. Eben nach Beata. Und die war ein Traum. Von der Figur her ihrer Schwester nicht unähnlich. Aber eben etwas reifer. Und doch nicht so reif wie ihre Mutter, die ihr natürlich auch ähnelte. Ich ließ von ihren Brüsten ab und glitt tiefer. An ihrem Nabel hielt ich einen Moment inne und stieß mit der Zungenspitze hinein. Weiter ging es zum Zentrum der Lust. Sie öffnete sich mir nur leicht. Ich kam nicht an die wulstigen Schamlippen heran. Ich sog ihren Duft ein. Es roch nach Scheidensekret, vermischt mit einer Art Rasierwasser. Ja, Beata hatte sich für mich frisch rasiert. Mein Glied verlangte nach einer engen Vagina. Beata bemerkte meine Ungeduld. Mit einem Lächeln zog sie ihre Knie an den Oberkörper und spreizte sie weit. Ihre Spalte klaffte auseinander. Vorsichtig und zaghaft kostete ich von ihrem Nektar. Mit der Nasenspitze stieß ich dabei an ihre Klitoris. Beata stöhnte auf. Sie wollte genommen werden. Ich beugte mich über sie und legte mich zwischen ihre Beine. Ungeduldig stochernd begehrte mein Glied Einlass. Endlich fand ich das Tor zum Himmel. Langsam glitt ich in sie. Samtige Nässe umfing mich. Meine vorsichtigen Stöße trieben sie in den Wahnsinn. Sie versuchte es mit Gegenstößen. Ich forcierte das Tempo und Beata krallte sich in meinen Rücken. Spasmen durchzuckten ihren Körper. Sie schrie gellend auf. Gleichzeitig schlugen ihre Beine wild auf und nieder. Ihre Vagina kontrahierte um meinen Schaft. Meine Hoden zogen sich nach oben und mein Sperma forderte sein Recht auf Freiheit. Gerade rechtzeitig konnte ich mich aus ihr zurückziehen und mit lautem Stöhnen kam ich auf ihrem Bauch. Dann rollte ich zur Seite. Schwer atmend drehte sich Beata glücklich lächelnd zu mir.

„Verstehst...du...nun den...Unterschied zwischen...Druck und Liebe?"

„Ich glaube, es war von allem etwas. Viele Frauen werde ich pimpern müssen. Aber lieben möchte ich nur dich. Beata, ich benötige einen festen Halt in dieser fremden Welt. Einen Fixpunkt! Wenn ich dich aber schwängere, bist du für mich verloren. Also sollten wir uns vorsehen. Ich brauche dich und eventuell noch deine Mutter. Sag mir, ich soll die Fickerei dir zuliebe lassen und ich werde mich verweigern."

„Hast du es noch nicht begriffen. Meine Liebe gehört dir. Vielleicht liebst du mich ja auch. Besorge es den anderen Frauen. Ihnen zum Druckabbau und Kindergebären und du aus deiner Pflicht heraus. Es ist nichts dabei, solange keine echte Liebe entsteht."

Gloria und Sandy erwarteten uns zum Abendessen. Sandy trug ein gelbes Top, das mich scharf machte. Immerhin war ich ein Mann im besten Alter. Ihre zarten Brüste wurden fast vom BH aus dem tiefen Ausschnitt gehoben. Natürlich bemerkte sie meine Blicke.

„Ed, du bist doch verpflichtet, mir ein Kind zu machen?"

„Ich bin zu überhaupt nichts verpflichtet, meine liebe Sandy. Aber wenn es sein muss …?"

„Warum bist du so garstig zu mir? Mutti, sag du doch auch etwas. Gefalle ich dir denn nicht?"

„Sandy, du bist der schönste Teenager den ich kenne."

„Dann nimm mich doch endlich wieder einmal."

„Ich habe gerade mit deiner Schwester."

„Immer die!"

Sie schmollte. Gloria sah sich genötigt eine Erklärung abzugeben:

„Ed, du musst ihr Verhalten entschuldigen. Sie steht in vollem Saft und fühlte schon dein Glied in sich. Das vergisst man nicht und macht süchtig. Du bist nun einmal der einzige Mann im Universum. Und auch ich könnte wieder einmal ... Mir macht es keinen Spaß mehr mit Vibratoren, Dildos und Frauenzungen. Du lebst bei uns und möchtest meine Tochter heiraten. Also solltest du auch für uns etwas tun."

„Gloria, ein Mann ist nicht ständig bereit. Auch wenn das immer behauptet wurde und wird. Aber ich sehe die Notwendigkeit ein. Und es wäre eine Lüge, würde ich behaupten, dass ihr drei hässlich wärt. Aber ihr müsst mich verstehen. Ich kann nicht immer. In meiner Welt gab es ein Medikament namens „Viagra". Das Glied wurde steif damit und blieb es über längere Zeit. Die Lust des Mannes wurde zwar dadurch nicht größer, aber die Frauen hatten ihre Befriedigung. Leider habe ich dieses Medikament nicht."

Ich stöhnte schicksalsergeben auf und zog Sandy in das Schlafzimmer. Ihr jugendlicher Körper verschaffte mir die notwendige Härte und ich nahm sie. Rücksichtsvoll, aber bestimmt!

Sandy meinte am Frühstückstisch:

„Das war geil gestern. Wenn ich das meinen Freundinnen erzähle, glauben die mir kein Wort."

„Du willst es rumerzählen?", fragte ich aufgebracht.

„Was ist dabei? Vielleicht wollen sie auch ein Kind von dir?"

So unangenehm war mir der Gedanke an die Teenager nicht. Beschwichtigend fragte ich sie:

„Habe ich dir gestern auch nicht wehgetan? Ich konnte mich bei deinem Luxuskörper nicht mehr beherrschen."

Nun fühlte sich Beata angepisst.

„Was hat das Flittchen, was wir nicht haben, Ed?", zischte sie.

„Die Jugend, meine Liebe. Die ist auf ihrer Seite. Gloria ist ein scharfes Stück und du bist sehr hübsch. Bei Sandy erwacht der Beschützerinstinkt des Mannes. Wie soll ich es euch erklären? Wenn euch die Muschi juckt, lasst ihr es euch an den unmöglichsten Orten von wildfremden Frauen besorgen. Ihr habt ja keine Männer. Ein Mann tickt in etwa genauso. Wenn ich Druck habe, benötige ich schnelle Entlastung. Ich schäme mich immer noch, es zu sagen. Für den schnellen Fick ist die Fotze von Gloria perfekt. Mit meiner zukünftigen Frau ist Sex gleich Liebe. Und Sandy ist für die zarten Gefühle eines Mannes zuständig. Eigentlich müsste auch in meiner Welt jeder Mann mindestens drei Frauen haben. Leider wird nur eine offiziell genehmigt. Und außerdem ..."

Der Gong rettete mich. Beatas Handy läutete.

„Ja – natürlich – wir kommen."

„Ed wir sollen sofort ins Institut kommen. Wenn du dein Röhrchen gefüllt hast. Heute kommt kein Kurier. Wir nehmen es mit."

Ich seufzte und verschwand mit dem Röhrchen im Bad. Gloria bot mir ihre Hand an. Ich lehnte sie dankend ab. So ging es schneller.

Auf dem Weg zum Institut hielten wir an einer Ampel. Nebenan an der Bushaltestelle stand eine blonde Frau mit einer sehr erotischen Ausstrahlung. Natürlich war sie mir einen Blick wert.

„Sie gefällt dir?", fragte Beata.

„Nun – sie ist nicht schlecht."

„Dann fahre ich rechts heran und du fickst sie hier im Auto."

Beata sagte das mit einer Selbstverständlichkeit, die Zorn in mir aufwallen ließ.

„Macht es dir den überhaupt nichts aus, oder bist du so kühl? Willst du mich verarschen?"

„Adam – Liebster. Ich habe es dir doch erklärt. Nur wenn Liebe im Spiel ist, macht es mir etwas aus", antwortete sie gelassen.

Ich schüttelte mit dem Kopf und Beata fuhr weiter. Agnes begrüßte uns mehr als freundlich. Sie umarmte mich und drückte ihre Titten übermäßig gegen meinen Brustkorb.

Sie führte uns in einem Raum. Drei mir schon bekannte Frauen und die Security erwarteten mich.

Wir nahmen Platz. Ohne Umschweife kam sie auf den Punkt.

„Adam. Zunächst das kleiner Übel. Von höherer Stelle wirst du gebeten, vor ein paar Medizinstudentinnen deinen Körper zu zeigen und eventuell zu erklären."

Agnes erwartete eine scharfe Antwort. Ich gab ihr lässig mit der Hand ein Zeichen, fortzufahren.

„Des Weiteren soll mit dir ein Aufklärungsfilm gedreht werden. Sex und so weiter. Du verstehst?"

Ich verstand. Ich hatte es einfach schon erwartet.

„Ich soll mich also vor einer Meute pubertierender Jugendlicher ausziehen und danach einen Porno drehen?"

„Mit etwas bösem Willen kann man es so ausdrücken."

„Gut! Und mit wem?"

„Such dir eine aus. Du hast die Wahl."

Ich blickte fragend zu Beata. Die schüttelte mit ihrem Kopf. Ich verstand sie.

„Adam, aus allen Ländern kommen Anfragen. Jeder möchte dich. Zumindest eine Zeit lang. Früher oder später müssen wir dich ausleihen."

„Mich ausleihen…?" Mich störte ihre Ausdrucksweise.

„Ich lasse mich nicht „ausleihen". Sieh dir das Röhrchen mit meinem Sperma an!"

Ich fuchtelte damit vor ihrer Nase herum.

„Ich bin kein Ornithologe, aber mit dem Inhalt dieses Glaszylinders könnte man dutzende Kinder zeugen. Nein – vorerst bleibe ich hier. Ihr könnt doch meinen Schlamm exportieren und noch das große Geld damit machen."

„Das ist nicht das Gleiche", schrie sie mich aufgebracht an. „Sie wollen den Mann!"

„Ich weigere mich einfach. Später vielleicht. Aber nicht jetzt."

„Du hast nicht die Macht, dich zu verweigern oder überzogene Forderungen zu stellen!", schrie sie wieder.

Ich ging erzürnt über ihr Verhalten aufs Ganze.

„Du meinst, ich habe hier keine Macht? Ich habe sehr wohl Macht. Macht über diesen ganzen beschissenen Planeten voller verfickter Weiber. Jede würde vor mir kuschen. Ich werde es dir beweisen", brüllte ich zurück.

Alles auf eine Karte setzend, stand ich auf und ging zu einer der Security-Damen. Wenn ich jetzt versagte, hätte ich endgültig verloren. Es musste einfach funktionieren! Noch während ich lief, zog ich meine Hose herunter und wichste meinen Schwanz hart. Die Dame war einen Kopf größer als ich und doppelt so breit in den Schultern. Von unten sah ich sie scharf an. Sie wäre hübsch zu nennen, wenn sie nicht so gebodybildet gewesen wäre.

„Zieh dich aus, du Miststück", forderte ich. Sie zögerte und wirkte stark verunsichert. Ihre Augen flatterten. Hilfesuchend blickte sie zu Agnes. Etwas schärfer wiederholte ich meine Forderung:

„Sofort ziehst du deine beschissene Hose aus und machst die Beine breit, du Schlampe."

Und wirklich: Sie zog ihre Kampfhose zögerlich herunter mitsamt dem Höschen. Dann lehnte sie sich breitbeinig an die Wand. Ich rieb mit meinen Händen ihre Fotze nass und bockte sie mehr oder weniger brutal auf. Lang benötigte ich nicht! Nach kurzem Zucken zog ich ihn aus ihr heraus. Eigentlich tat sie mir leid. Aber es musste sein! Schon um meine Macht zu demonstrieren. Normalerweise war ich für gleichberechtigte Kooperation mit Frauen und nahm Rücksicht. Aber nicht hier und jetzt.

Ich packte meinen Schwanz weg und setzte mich wieder zu Agnes. Sie schien beeindruckt und eingeschüchtert. Die frischgefickte Hünin verließ verschämt den Raum. Sicher nicht weil sie gefickt wurde wie eine Hure, sondern weil sie sich nicht beherrschen konnte. Weil sie sich ohne Gegenwehr benutzten ließ.

„Gestehst du mir nun Macht zu? Wenn ich wollte, könnte ich mit der Zeit den ganzen verdammten Planeten beherrschen. Ihr könnt eure Weiblichkeit nicht verleugnen. Tief in euch drin seid ihr immer noch dem Manne Untertan. Schon dein Instinkt sagt es dir. Und ich lasse mich in Zukunft nicht mehr nötigen. Ich respektiere Frauen im Allgemeinen und achte sie. Das Gleiche erwarte ich von ihnen. Ich bin kein Tier und möchte mit euch über meine Zukunft diskutieren dürfen. Agnes – verdammt! Sie mich bitte als Partner."

Merklich ruhiger meinte Agnes:

„Gut, Adam. Ich werde es so weitergeben. Menschenrechte gelten auch für dich. Das sehe ich ein und ich werde dir in Zukunft Respekt entgegen bringen. Das mit der Universität bleibt? Und auch der Film?"

„Agnes, natürlich akzeptiere ich bestimmte Notwendigkeiten. Ein ganzer Planet sah noch nie einen Penis und wie der Akt damit vollzogen wird. Was ich einsehe, kann ich mit meinem Gewissen vereinbaren. Aber ich bin keine Handelsware, die man herumreicht und verkauft."

„Dann wäre es das. Morgen möchte dich die Uni haben. Die drehen auch den Film. Such dir dort eine Studentin aus. Ich würde gern selbst deine Partnerin geben. Aber ich glaube, ich bin nicht mehr ganz so das ideale Model."

Agnes besaß tatsächlich so etwas wie Humor. Ich betrachtete sie etwas genauer. Ihre Zornesröte vom Anfang war einer gewissen Blässe gewichen. Im Gesicht hatte sie diese Art von Lippen, zwischen die man gern seinen Schwanz schiebt. Unter ihrer fast durchsichtigen Arbeitsbluse blitzten große Warzenhöfe. Die Nippel standen hart nach vorn. Ich hatte sie mit meiner Nummer erregt. Sie trug keinen BH. Überhaupt trug in diesem Institut niemand einen. Warum auch immer.

„Agnes, ich würde mich freuen, dich beglücken zu dürfen. Für eine weiterhin gute Zusammenarbeit. Zunächst verabschieden wir uns. Morgen fahre ich zur Uni."

Sie reichte mir die Hand.

„Du bist selbstverständlich weiterhin freigestellt, Beata. Wann werdet ihr heiraten?"

„Demnächst", antwortete Beata kurz.

Im Café unweit des Instituts nickte Beata.

„Das war vorhin eine beeindruckende Vorstellung. Ich glaube, du bist ein gefährlicher Mann. Gibst dich immer ruhig und einfühlsam und in deinem Inneren brodelt ein Vulkan. Muss ich Angst haben?"

„Ich muss mich schützen! Mit guten Worten ist es nicht getan. Ich hatte starke Hemmungen als ich hier – ankam. Euer ganzer Umgang miteinander befremdete mich. Ich lernte aber falsche Rücksicht abzulegen. Hier gilt das Recht des Stärkeren. Mehr als in meiner Welt. Frauen untereinander sind auch bei uns wie Furien. Um meiner selbst willen muss ich mich durchsetzen. Oder ich bin bald ein menschliches Wrack, welches nur noch dahin vegetiert und allen zu Willen ist. Im Inneren sehne ich mich aber nach Liebe und Geborgenheit. Ich sehne mich nach dir, Beata. Hilf mir einfach und wir werden glücklich."

„Wie ein Tier hast du sie behandelt und gefickt!"

„Es musste sein. Im Übrigen hatte ich den Eindruck, dass es die anwesenden Damen eher erregt als abgestoßen hat."

„Adam, du musst verstehen – wir kennen so etwas nicht. Diese Brutalität ist uns fremd. Mach so etwas bitte nie wieder! Aber mal was anderes."

Beata kramte in ihrer Handtasche und brachte eine zerknitterte Zeitung hervor. Die legte sie vor mich hin. Ich las. Es war eine Pressemitteilung der Regierung, meine Person betreffend.

Grob gesagt ging es darum, dass ich unter Artenschutz stehe. Man sollte mich respektvoll behandeln. Eine jede Frau im gebärfähigen Alter hätte mir zu willen zu sein, wenn ich dies wünschte. An jedem Ort und zu jeder Zeit. Eine Abtreibung der dadurch gezeugten Kinder wäre verboten. Aus einem Spezialfond würden Frauen, die natürlich gezeugte Kinder bekämen, vom Staat unterstützt. Und so weiter.

Der Artikel war die Überleitung zu einer Frage, die mich letzte Nacht plötzlich quälte.

„Beata!" Ich nahm ihre Hand in meine. „Was ist, wenn der Virus von damals noch aktiv ist? Wenn auch ich sterbe?"

Erschrocken fuhr sich hoch. Dann setzte sie sich lächelnd.

„Nein, Adam. Der Virus ist nicht mehr aktiv. Er wurde seit langem nicht mehr nachgewiesen. Keine Angst."

„Erzähle mir mehr von dem Meteoriten. Ich meine, er schlug doch in einem bestimmten Gebiet auf. Wie kann sich ein freigesetztes Element über die ganze Welt verteilen?"

Beata trank einen Schluck Kaffee um ihre Gedanken zu ordnen, ehe sie antwortete:

„Dieser Meteorit schlug nicht einfach nur auf. Er verdampfte förmlich in der Atmosphäre. Die Wolke verteilte sich umgehend in der Luft. Nur einzelne Bruchstücke trafen auf die Erdoberfläche. Das größte Teilstück ging in einem Kaff in Sibirien nieder. Tunguska, oder so. Auch in England, hier ganz in der Nähe und in Persien schlugen kleinere Stücke auf. Einen Tag danach entstellte blutiger Ausschlag alle Männer. Vom Kind bis zum Greis. Die einen verfielen dem Wahnsinn und starben unter Krämpfen, andere verübten Suizid. Zwei Wochen später war der Spuk vorbei und wir Frauen blieben übrig. Deutsche Wissenschaftlerinnen führten notgedrungen die Forschungen ihrer männlichen Kollegen weiter und unter Zeitdruck entwickelten sie dieses künstliche Sperma. Mit der Zeit vermissten wir die Männer nicht mehr und fügten uns in unser Schicksal. Ja – und dann kamst du. Und der totgeglaubte Wahnsinn beginnt von vorn."

Sie lächelte mich liebevoll an. Ehe ich rückfragen konnte, stand eine attraktive Brünette mit ihrer reizenden Tochter vor unseren Tisch.

„Entschuldigt bitte die Störung. Wir sind die, die dich fanden, Mann. Und wollten dich kennen lernen."

„Das ist eine Überraschung! Setzt euch doch."

Ich freute mich wirklich.

Sie nahmen Platz. Etwas unsicher blickten sie von Beata zu mir und dann zurück.

„Möchtet ihr etwas trinken?", fragte ich, um die Spannung herauszunehmen.

Unaufgefordert bestellte ich zwei Saft für sie.

„Wie soll ich beginnen?", fragte die Mutter. „Wir wollten sehen, wie es dir geht. Ob es dir gut geht."

Sie war in Erklärungsnot. Ich musste ihr helfen.

„Schön, euch zu treffen. Ich habe viele Fragen an euch. Früher oder später wäre ich auf euch zugekommen. Ihr müsst mir unbedingt erzählen wie ihr mich gefunden habt. Könnt ihr mir die Stelle zeigen, an der ich lag?"

Die Kleine war sichtlich nervös. Ihr enganliegendes Top verbarg kleine feste Brüste. Schmale Hände mit langen Fingern lagen auf dem Tisch und spielten miteinander. Ich fragte die Kleine:

„Wie heißt ihr denn?"

„Ich bin die Nelly und meine Mutter heißt Barbara."

„Also Nelly! Wie habt ihr mich denn nun gefunden? Habt ihr Pilze gesucht?"

„Mein Auto gab just an dieser Stelle den Geist auf und meine Tochter musste pinkeln. Also ging sie etwas abseits in den Wald, um sich zu erleichtern", antwortete ihre Mutter.

„Du hast mich also beim Pissen gefunden? Ich hoffe du hast mich nicht getroffen."

Die Kleine blickte verschämt nach unten. Sie gefiel mir auf Anhieb. Ich fühlte mich sofort zu ihr hingezogen. Obwohl ich nicht zu sagen wusste, warum. Die Jugend und Schönheit konnte es nicht sein.

„Gut Barbara und Nelly. Zeigt ihr mir den Platz? Jetzt gleich?"

Beata war einverstanden und so fuhren wir nach einigen Minuten los. Es ging Richtung Norden aus der Stadt heraus. Die Landstraße kam mir bekannt vor. Dunkel erinnerte ich mich, diese Straße schon öfter befahren zu haben. Während der Fahrt ging mir die kleine Nelly nicht mehr aus dem Sinn. Immer wieder drehte ich mich zur Rückbank um und lächelte sie wie ein schüchterner Schuljunge an. Und sie lächelte zurück. Wie die Mutter trug sie lange braune Haare. Ihr Lächeln war unvergleichlich. Sie musste so um die 18 Jahre alt sein. Für das Alter benahm sie sich aber sehr unerfahren, fast kindisch. Wie zu Hause Sandy auch. Und doch zog sie mich an.

„Beata, wie steht es bei euch mit der körperlichen und geistigen Entwicklung?"

„Wie kommst du jetzt darauf?", fragte sie zurück.

„Ich muss mein Verhalten an die hiesigen Bedürfnisse anpassen. Ich komme ja zwangläufig auch mit Teenies zusammen."

„Die Kinder wachsen normal auf. Mit 11 oder 12 Jahren beginnt ihre Pubertät. Körperlich sind sie dann Frauen und werden als Frauen respektiert. Die geistige Reifung zieht sich aber bis ins 20. Jahr hin."

„Ich bemerkte bei deiner Schwester Diskrepanzen. Sie ist eine Traumfrau und benimmt sich sexuell erfahren. Aber sie verhält sich nicht entsprechend."

„Sexuell sind die Mädchen schon früh reif. Sie sind sich dessen auch bewusst und es wird gefördert. Wenn sie es wünschen, können sie mit 15 schon befruchtet werden. Ein Kind fördert nämlich auch ihre geistige Entwicklung. Was sagst du dazu als Mutter?"

Beata blickte kurz zu Barbara.

„Meine Kleine interessierte sich schon sehr früh für die Selbstbefriedigung. Ich bin Verkäuferin in einem Sozialwarenladen und …"

„Was bitte schön, ist ein „Sozialwarenladen"?", fragte ich dazwischen.

„Ein solcher Laden bietet alles für das Wohlbefinden einer Frau an. Für ihr körperliches Wohlbefinden, um genauer zu sein. Von Dildos über Gleitmittel bis Bücher."

„Zeigst du mir einmal deine Arbeitsstelle?"

So ein Sexshop nur für Frauen interessierte mich schon.

„Natürlich, Adam. Aber um auf unser Gespräch zurückzukommen. Nelly fing mit 12 Jahren an, sich zu befriedigen. Ich half ihr, ihre Vagina zu entdecken. Das ist normal. In meinem Laden hatte ich schon Kundinnen, die nicht älter als 10 waren. Nur geistig zieht es sich lang hin. Dabei ist Nelly fast schon ausgereift. Sie spürt, dass es außer Selbstbefriedigung noch etwas anderes gibt – Liebe!"

Nelly war die Unterhaltung natürlich peinlich. Sie sah so süß aus.

„Wie viele Frauen darf eine Frau hier eigentlich haben?", fragte ich.

„Du meinst sicher aus Liebe? Heiraten darfst du zwei."

Barbara bat Beata anzuhalten. Wir stiegen aus und ich sah mich um. Von diesem Ort ging etwas Unheimliches aus. Ich fühlte eine mystische Kraft. Nellys Finger ertasteten meine Hand. Ich umschloss ihre kleine Hand zärtlich und rieb mit meinem Daumen über ihren Handrücken. Mit seltsamem Blick sah sie mich von unten an. Ich fühlte mich gut neben ihr.

„Ich zeige dir die Stelle. Folge mir."

Sie zog mich die Böschung hinab. Beata merkte etwas von der Spannung zwischen Nelly und mir. Denn sie warf mir fragende Blicke zu.

Durch Büsche und über knorrige Äste brachte sie mich zu jener bestimmten Stelle. Das Gras war noch niedergetrampelt. Deutlich war der Abdruck eines menschlichen Körpers zu sehen. Hier lag ich also. Ich schloss meine Augen und versuchte mich zu erinnern. Bilder schossen mir durchs Hirn. Ich ging spazieren. Nein, ich suchte Pilze. An einer Stelle ruhte ich mich aus. Ich sah plötzlich ein weißes Licht. Es war eher ein Blitz von unwirklicher Farbe. Meine Erinnerungen verschwanden von einem Augenblick auf den anderen.

Ich fand mich auf dem Boden liegend wieder. Beata prüfte meinen Puls und den Herzschlag. Nelly kniete neben mir und weinte. Nicht Beatas Sorge beeindruckte mich, sondern Nellys verheultes Gesicht. Sie kannte mich kaum. Und doch weinte sie um mich. Ich fuhr mit meiner Hand durch ihr Haar. Barbara lächelte wissend.

„Du hast anscheinend ein kleines Herz erobert, Adam", sagte sie.

Ich ging nicht darauf ein.

„Was war eigentlich los?"

„Du wurdest schlagartig blass und fielst um. Ein Herzinfarkt ist ausgeschlossen und auch ein Schlaganfall."

„Barbara, wie heißt das nächste Dorf?", fragte ich.

„Paytonhill! Dort wohnt meine Mutter."

„Ich muss sofort dort hin."

Nelly half mir auf.

Das Dorf war mir größtenteils unbekannt. Nur an einzelne alte Gehöfte erinnerte ich mich. Das brachte mich nicht weiter. Fakt war, dass ich nach London unterwegs war und ein „Licht" mich in eine andere Welt brachte.

„Gehen wir noch kurz zur Oma, wenn wir einmal da sind?", fragte die Kleine.

„Ja, gute Idee."

Die Oma begrüßte die zwei herzlich. Wir wurden vorgestellt. Die Oma checkte mich gründlich.

„Du bist also der berühmte Mann! Die ganze Welt spricht von dir. Leider bin nicht mehr im gebärfähigem Alter. Sonst hätte ich mich jetzt von dir bespringen lassen."

Sie lachte heiser.

„Aber Mutter. Was sind das für Töne?"

Die Alte war mir sympathisch.

„Was regst du dich eigentlich auf, Babsy? Hast du seinen Schwanz schon einmal in dir gespürt?"

„Nein, natürlich nicht. Aber ich hoffte ... Kannst du nicht deine Ausdrucksweise etwas ändern? Wir müssen uns doch für dich schämen!"

Babsy war zornesrot. Ob wegen ihres Versprechers oder wegen Oma konnte ich nicht herausfinden.

Oma winkte nur kurz ab und wandte sich an die Kleine:

„Und du, Nelly? Du liebst diesen Mann?"

„Wie kommst du auf so etwas, Oma? Was redest du für ein Zeug?", fragte Nelly und senkte ihren roten Kopf.

„Bis über beide Ohren bist du verliebt. Das sehe ich ganz deutlich. Und noch etwas sehe ich: Ihr zwei seid miteinander verbunden. Eine Art Seelenverwandtschaft."

„Aber Oma! Ich kenne ihn doch überhaupt nicht. Und ich bin zu jung für ihn. Wie kannst du von Liebe sprechen? So ein Quatsch!"

„Ich sehe so etwas halt", sagte die Alte und kniff Nelly verschmitzt lächelnd in die Wange.

„Gute Frau", sagte ich um vom Thema abzulenken. „Ich möchte dich etwas fragen."

„Essen wir zuerst. Dann frag."

Sie ging, um die Pasta zu holen, die sie gerade fertig hatte. Beata zog mich auf die Seite.

Harsch fragte sie:

„Was läuft zwischen dir und dieser Göre?"

„Soll ich ehrlich sein oder dich belügen? Ich könnte künstlich lachen und abwinken. Das wäre die Lüge. Und für die Wahrheit ist es noch zu früh."

Nelly beobachtete uns misstrauisch.

Am Tisch fragte ich nach ungewöhnlichen Erscheinungen in der Gegend.

„Ja, es gab solche Erscheinungen. Sie wurden der Jungfrau Maria zugeschrieben, weil sie immer mit einem Leuchten auftraten. Und dann war da eine Frau. Sie erschien in unserem Dorf und wusste nichts mehr. Sie war vollkommen verwirrt und eines Tages verschwand sie wieder."

Also war ich nicht der Erste! Ob die Frau zurück kehrte? Und wohin kehrte sie zurück? Kam sie aus meiner Welt oder wieder aus einer anderen? Ich bat Oma, mir mehr von dieser Frau zu erzählen. Nichts wüsste sie. Doch ich hatte das Gefühl, sie verschwieg etwas.

Ehe wir gingen, sagte die Oma:

„Eine große Bitte hätte ich aber noch. Treibt es einmal vor mir. Ich möchte vor meinem Tod einmal nur sehen, wie ein Glied in eine Vagina eingeführt wird. Ich las viele alte Bücher darüber. Aber Live ist eben Live. Bitte Adam und Barbara."

Ich sollte vor Oma ihre Tochter ficken. Zustände waren das hier!

„Wenn Barbara möchte? Aber unter Ausschluss der Öffentlichkeit. Beata und Nelly verlassen den Raum. Ich habe Hochachtung vor Barbara und in meiner Welt ist es nicht üblich unter Publikum zu ficken. Männer machen das wohl ab und an. Aber es verletzt die Würde der Frau zutiefst."

Beata nickte und auch Nelly stimmte zu. Fragend sah mich Barbara an.

„Du möchtest mir diese Ehre erweisen?"

„Ob es eine Ehre für dich ist, bleibt zumindest fraglich."

„Ich hätte dich ohnehin um diese Gunst gebeten, Adam", hauchte sie.

Und die Alte forderte:

„Du bist gütig und im Grunde deines Herzens rein. Schenke meiner Tochter einen Sohn und adele sie damit."

„Gute Frau. Ich lud schwere Schuld auf mich. Wie kannst du mich da „rein" nennen?"

„Das war in einem anderen Leben. Und nun treibt es bitte."

Ich fühlte mich auch hier auf meinen Schwanz reduziert und fragte mich, ob ich jemals ein normales Leben führen würde.

Barbara zog sich aus. Auch ich entledigte mich meiner Kleidung. Die Oma tätschelte mein Glied und Barbara blickte lüstern darauf. Es zitterte sich steif. Die Alte nahm meine Hoden in ihrer Hand auf. Kein Wort sprachen wir. Ich bedeutete Barbara sich auf das Bett zu legen. Sie legte sich hin und öffnete für mich ihre Beine. Sie war eine schöne Frau und auch ihre Mutter strahlte trotz ihres Alters eine gewisse Noblesse aus.

Ich ließ ihre Berührungen zu. Sie spielte sanft mit meinem Geschlechtsteil. Währenddessen rieb sich Barbara zwischen ihren Beinen. Forsch gab mir Oma einen Klaps auf den Hintern und schob mich zu ihrer Tochter. Ich legte mich zwischen ihre Schenkel und drang langsam ein …

Für sie war es das erste Mal. Und sie kam auch schnell. Ein gewaltiger Orgasmus brachte sie an den Rand des Wahnsinns. Tränen liefen aus ihren Augen, während sie sich unter mir wand. Sie krallte sich in meinen Rücken und ihr ganzer Körper bäumte sich zum Finale auf. Meine Zeit war gekommen. Ihre Vagina umkrampfte mein Glied, welches seinerseits den Samen in sie pumpte. Barbara spürte meine Eruptionen und wurde von einem neuen Orgasmus geschüttelt. Sie schrie sich die Seele aus dem Leib. Das Dorf würde zusammenlaufen.

Ich blieb in ihr bis ihre Kontraktionen abgeebbt waren und küsste ihr die Tränen von der Wange.

„Großmutter, ich habe deiner Tochter ein Kind gezeugt. Du wirst sehen."

Barbara schwitze und litt unter Atemnot. Ich setzte mich neben sie. Glücklich sah sie mir in die Augen. Ich streichelte sie.

„Hat es wehgetan, Barbara?"

„Es war so unbeschreiblich schön."

„Adam, ich muss mit dir reden, ehe die anderen wieder kommen."

Oma setzte eine ernste Miene auf.

„Du bist dabei dich in meine Tochter zu verlieben. So gern ich es sähe, es ist falsch! Barbara, verstehe mich bitte richtig. Du wirst ein Kind bekommen, um das du dich kümmern musst. Und du, Adam, bist für Beata. Und noch etwas: Bitte nimm auch Nelly an. Ihr seid füreinander bestimmt. Ich weiß es genau. Du allein hast die Pflicht, dich ihrer anzunehmen. Frag nicht warum. Auch die Kleine spürt es. Eventuell gibt es da eine Verbindung zweier Welten. Rede mit deiner Beata. Nelly ist für dich wichtiger als sie. Die Zukunft wird es zeigen."

„Was ist mit mir, Oma?", rief es aus dem Hintergrund. Beata und Nelly erschienen mit hochroten Köpfen. Ich konnte es ihnen nicht verübeln. So wie Barbara schrie?

„Nichts, mein Kind. Adam wird mit dir reden."

Die Kleine sah mich ängstlich an.

„Aber morgen schon werden wir getrennt sein. Und du, Mutter, zieh dich an."

„Das war ja eine wilde Party hier. Ich dachte das Haus fällt zusammen", meinte Beata lachend.

Niemand lachte mit. Eine seltsame Spannung lag in der Luft.

„Wie dem auch sei. Es war nett dich kennengelernt zu haben, Oma. Wir müssen leider gehen."

Damit half ich Barbara hoch. Sie bekleidete sich schnell und folgte uns nach draußen.

„Versprich mir, dich darum zu kümmern, Adam!", rief Oma hinterher.

„Ich verspreche es."

Im Auto dachte ich nach. Was meinte sie mit Nelly? Gewiss, sie war ein reizendes Mädchen und ich fühlte mich zu ihr sonderbar hingezogen. Bis jetzt schob ich es auf ihren Lolita – Bonus. Und das sie für mich schwärmte, war auch nichts Besonderes. Schließlich war ich der einzige Mann weit und breit. Und doch, so einfach war es nicht. Ich sollte gar eher von Beata lassen als von ihr! Beata war schön, witzig und pragmatisch. Ich hatte sie gern. Was konnte mir Nelly außer ihrer Jugend bieten?

Plötzlich wurde Beata feindselig:

„Ich verbiete dir, meinen Mann so anzusehen. Und auch du, kleines Mädchen. Ihr habt beide kein Recht auf ihn."

„Wir sollten nicht streiten", sagte Nelly ruhig. Schon heute Abend verabschieden wir uns für immer."

„Möchtest du nicht morgen zu mir kommen? Ich hatte mich so darauf gefreut", sagte ich.

„Ich darf dich besuchen? Au ja – das ist cool." Nellys Gesicht hellte sich sofort auf.

Wir passierten „meine Stelle" auf der Landstraße und ich hatte ein Déjà-vu. Wenn ich zurück wollte, dann nur an dieser Stelle!

In London gingen wir noch einen Kaffee trinken.

„Barbara – darf ich auch Babsy sagen? Gut. Nein – nicht gut. Beata ich muss mit dir reden –allein."

Unter den Augen neidischer Frauen verließen wir kurz das Café.

„Was ich dir zu sagen habe, wird dir nicht gefallen. Doch vorher möchte ich dir mit Nachdruck meine Liebe zu dir gestehen."

Beata erwartete Schlimmes.

„Lass die Katze aus dem Sack, Ed."

„Ich möchte – nein – ich muss diese Nelly um mich haben. Irgendetwas verbindet uns. Ich möchte herausfinden was es ist."

„Du liebst sie?"

„Nein. Ich liebe nur dich. Zwar hege ich eine gewisse Sympathie für sie, aber das ist es nicht. Ihre Oma bat mich auch eindringlich, mich um sie zu kümmern. Wir würden uns gegenseitig brauchen."

„Du lässt dich von einer dementen Greisin verkuppeln? Und wie dachtest du dir das?"

„Beata! Da ist mehr. Mit Liebe oder sexuellen Wünschen hat das nichts zu tun. Wir nehmen sie mit zu uns. Alternativ könnte ich auch eine große Wohnung für uns mieten."

Beata überlegte. Ihre Stirn lag in Falten.

„Du tatest bisher noch nichts ohne triftigen Grund. Ich vertraue dir. Sie kann die Freundin meiner Schwester werden. Aber versprich, dass du mich nicht wegen dieses Kindes verlässt."

Ich nahm sie in meine Arme. Sie schmiegte sich an mich.

Zurück am Tisch begann ich das Gespräch von vorn.

„Babsy! Bitte gib mir deine Tochter. Ich möchte bis auf weiteres mit ihr zusammen leben."

„Du schenkst mir einen Sohn und nimmst dafür meine Tochter?"

„Ich nehme sie dir nicht! Da ist aber etwas. Du hast deine Mutter selbst gehört. Angefleht hat sie mich förmlich, auf Nelly aufzupassen. Und ob du schwanger bist, weißt du auch nicht."

„Sollten wir nicht Nelly fragen? Wir streiten hier um des Kaiser Bart."

Alle erwarteten von der Kleinen eine Antwort. Ihre kleinen Brüste hoben und senkten sich aufgeregt.

„Mutti, ich möchte bei ihm bleiben. Ich bin 18 Jahre alt und weiß was ich tue. Auch ich fühle eine Anziehungskraft, die von ihm ausgeht. Von Anfang an, also seit heute Morgen spürte ich es. Er ist meine Zukunft. Ich beende meine Ausbildung und gehe mit ihm. Vielleicht war es Vorsehung das gerade ich ihn fand."

„Nelly, du sprichst plötzlich wie eine Erwachsene. Was ist passiert mit dir?"

„Ich weiß es nicht, Mutti. Aber ich brauche ihn und ich bitte Beata mich zu akzeptieren. Ich werde ihr nicht im Wege sein."

„Na gut. Gehe mit ihm. Irgendwann musste es ja so kommen."

„Danke, Mutti! Ich liebe dich."

„Nelly, komm morgen Nachmittag. Früh habe ich etwas vor. Und du, Barbara, musst mir noch deinen Sexshop zeigen."

„Was für einen Sex – Shop? Meinen Laden? Nennt man ihn bei euch so?"

„Bei uns gibt es in einem solchen Laden alles für Frauen UND Männer. Penisse in allen Größen und Farben für die Frau z. B.. Für den Mann künstliche Vaginen und aufblasbare Frauenpuppen für den einsamen Mann."

„Ihr fickt in Gummipuppen?", fragte Beata.

„Wenn der Herr nicht immer nur wichsen will – ja."

„Na, das hast du ja zum Glück nicht nötig."

„Nicht nötig? Erst heute Morgen musste ich wichsen."

Und zu Barbara:

„Stell dir das vor: Drei Frauen um mich herum, eine schöner und geiler wie die andere! Und ich musste mir selbst meinen Schwanz schrubben."

Alle lachten los. Und ich erklärte das mit dem Röhrchen. Nelly war ganz „Frau" und bot mir ihre Hilfe an:

„Ab morgen werde ich dir das Zeug herausholen. Und wehe ein Tropfen geht daneben!" Sie sah verlegen nach unten.

„Adam könntest du mir nicht auch ... ich meine ... ich möchte doch auch einmal ...?"

Ich wusste, was sie meinte.

„Natürlich Nelly. Es wird sich ergeben."

Beata schnarchte leise neben mir. Die Sonne lachte und die Vögel zwitscherten ihre Lebensfreunde heraus. Die Decke war verrutscht und ihre Brüste lagen blank. Wenn ich nicht schon einen Steifen gehabt hätte, wäre er bei diesem Anblick nicht ruhig auf meinem Schenkel liegen geblieben. Ihre harten, nach oben gerichteten Nippel verführten mich zu einem unbedachten Griff. Ich nahm ihre rechte Brust und drückte sie. Dadurch schob sich der erregte Nippel nach oben und Beata wurde wach.

„Was zum Teufel …? Ach so. Du bist scharf."

„Guten Morgen. Ja, ich bin rallig und du bist ein geiles Teil."

Sie blickte auf meinen Ständer und spielte mit der Vorhaut.

„Ich kann nicht begreifen, wie wir es so lange ohne dieses Stück Fleisch aushielten. Und er sieht so anderes aus als unsere Nachbildungen."

„Euch fehlten die Vorlagen und deshalb steht zu befürchten, dass ich mich auch der Sexindustrie zur Verfügung stellen muss."

„Das ist ja die Idee! Wir fertigen Gipsabdrücke deines erigierten Gliedes und verkaufen sie in alle Welt. Gegen einen Aufpreis könntest du ihn noch signieren."

Ich stieg in diese schweinische Geschäftsidee ein:

„Noch teurer würde er, wenn wir eine kleine Spermaprobe dazu liefern. Eingetrocknet natürlich. Das Zeug kratzen wir von deinem Bauch, auf den ich ja gezwungen bin zu spritzen."

Plötzlich wurde sie ernst.

„Ed, ich möchte auch deinen Samen in mir spüren. Warum ist es mir verwehrt?"

„Das weißt du genau. In meiner Welt haben Frauen die „Pille" als Verhütung. Du bist im besten Alter und würdest sofort schwanger."

„Du hast natürlich recht. Aber später möchte ich auch ein Kind. Und nun melke ich dir deinen Schwengel. Ich hole das Röhrchen."

„Nein, heute nicht, Beata. Ich benötige für die kommenden Aufgaben volle Bereitschaft. Agnes wird es verstehen."

Am Frühstückstisch fragte Sandy:

„Kommst du dir nicht blöd vor, dich von den Tussis begutachten zu lassen wie ein ausgestopftes Tier?"

Ich lachte:

„Der Vergleich ist gut! Tatsächlich bin ich ein Fossil. Aber du bist genauso eine Tussi und hast mich nicht nur begutachtet. Ich bezweifle jedoch, dass ich dort ein Mädchen von deiner Schönheit finden werde."

Sandy wurde rot! Man glaubt es nicht. Um ihr über ihre Verlegenheit hinweg zu helfen, kündigte ich Nelly an:

„Heute Nachmittag werde ich das Mädchen mitbringen. Ich hoffe, ihr versteht euch."

„Wir werden mit ihr klarkommen, Adam", meinte Gloria.

Es hupte vor der Tür. Agnes erwartete mich mit zwei Bodyguards. Oder hießen die hier Bodyguardinnen, oder Bodyguardessen? Egal.

Sie befahl Beata hierzubleiben. Sie würde nicht benötigt. Und schon fuhren wir zur Universität.

„Adam, ich weiß, du wirst dir blöd vorkommen. Aber das sind alles Medizinstudentinnen. Du musst nicht denken, dass …"

Plötzlich hatte ich das dusslige Gequatsche satt!

„Es reicht Agnes. Anstand, Sitte und Schamgefühle habe ich auf diesem Weiberplaneten schon lange verloren. Ich frage mich nur, warum ihr Frauen so verkommen seid. In meiner Welt spielen sie immer die Moralapostel, die Unschuldslämmer. Emanzipation ist das Gebot der Stunde. Dem hat sich alles unterzuordnen. Die Männer sind eh alles nur Verbrecher. Und sie fühlen sich ständig unterdrückt. Sogar das Kinderbekommen sei eine unerträgliche Erniedrigung. Was herauskommen würde, wenn man die Frauen an die Macht ließe, sehe ich hier. Mein Gott, was seid ihr nur für Schweine? Wenn ich über diese Zustände hier in meiner Welt berichten würde, hätten sie mich am nächsten Tag an den Haaren zum Marktplatz geschleift, um mich nach dem Teeren und Federn zu steinigen. Seelenruhig fährst du mich zu einem Ort, an dem ich wie ein Sklave begutachtet und verschachert werde. „Es sind doch nur Studentinnen" Es sind Frauen, Agnes! Und ich bin ein Mann! Geht es nicht in deinen Schädel, dass auch ich eine Würde habe? Der Mann als solcher ist hier nicht gefragt. Keinerlei Interesse habt ihr an meinem Wesen oder Besonderheiten. Ich soll euch nur literweise Sperma geben und meinen Schwanz hinhalten. Euch geht es nur um Sex!

Ich verstehe eure Sorgen und möchte euch helfen. Aber ich kann mich nicht mit den Zuständen hier anfreunden. Agnes, Sex sollte etwas Heiliges sein. Wenn eine Frau scharf ist und ihre Fotze läuft, soll sie sich zu Hause befriedigen, oder von ihrer angeheirateten Frau befriedigen lassen. Und sich nicht in einer Ladenstraße von einer x-beliebigen Frau die Finger in die Spalte schieben lassen. Ihr gabt mir den Auftrag, zu ficken was das Zeug hält. Das mag am Anfang neu sein und Spaß machen. Aber auf Dauer? Oder jetzt die Fleischbeschau. Ein gut gedrehter Film hätte es auch getan. Ich werde gleich von einem Haufen Teenager befummelt, mein Penis wird steif und ich werde abspritzen. Was hat das noch mit Würde zu tun? Ich werde es machen! Aber nur heute und auch nur heute. Auch den Film könnt ihr drehen. Aber zu meinen Bedingungen! Ich habe mehr Erfahrung mit solchen Filmchen. Es soll kein billiger Porno werden! Lasst mich danach einfach in Ruhe! Ich bin ein Mann im besten Alter und brauche Sex wie ihr auch. Hier habe ich paradiesische Möglichkeiten. Eine Frau schöner wie die andere. Ich werde Kinder zeugen. Aber ihr setzt mich so unter Druck. Agnes, ich besorge es dir auch. Du bist eine attraktive Frau. Aber hilf mir! Setz dich für mich ein, bitte! Oder leck mich am Arsch."

Damit beendete ich meinen Wutausbruch.

Ich fühlte mich erleichtert und hatte Agnes zum Nachdenken gebracht. Sie legte einer Weile ihre Hand auf mein Knie und sagte wohlmeinend:

„Übersteh diesen Tag. Dann bereden wir unsere weiteren Pläne. Ohne deine Zustimmung werden wir nichts mehr arrangieren, einverstanden? Ja, du hast eine Würde. Und deine Wut ist berechtigt. Es wird ein Ende haben, versprochen."

„Danke, Agnes"

Im Schulhof der Uni hielten wir. Ein Haufen knackiger junger Girls lungerte herum. Eine jede war gekleidet, als würde sie auf ihren Zuhälter warten. Kindisches Gelächter brandete auf, als ich aus dem Wagen stieg. Sofort war ich von Autogrammjägerinnen umringt. Meine Security bahnte mir mit unbewegter Miene einen Weg. Im Eingang stand die Dekanin.

„Herzlich willkommen in der medizinischen Fakultät. Ich freue mich, dass sie unserer Einladung folgten und die, für sie sicher unangenehme Sache über sich ergehen lassen wollen."

Damit reichte sie mir ein Glas Sekt. Eine schwarze Kassenbrille beherrschte ihr hübsches, wenn auch altes und faltiges Gesicht. Sie trug die typische schwarze Office – Uniform. Ohne weitere Erklärung führte sie uns zum Hörsaal. Aufgeregtes Geschnatter junger Hühner empfing uns.

„Ruhe! Bitte Ruhe", schrie die Dekanin. Augenblicklich verstummten die Mädchen und nahmen auf ihren Stühlen Platz.

„Ich möchte euch Adam vorstellen. Ein Mann aus Fleisch und Blut. Die Anatomie des Mannes ist bei uns Pflichtfach. Auch wenn wir keinen hatten."

Sie sagte es mehr als Erklärung für mich. Ich sah mich um, während sie ihre Einleitung fortsetzte. Ca. 100 Mädchen blickten mich erwartungsvoll und sicher geil an. Ich sah keine Hässliche unter ihnen.

„… Adam erklärte sich bereit, uns seine Anatomie zu zeigen. Und natürlich sein Geschlechtsorgan. Wir kennen es ja nur noch aus Büchern und Zeichnungen. Bitte Adam, sag wie weit wir gehen dürfen. Wir möchten deine Menschenwürde nicht verletzen."

Verlegenheit machte sich bei mir breit. Ich musste sie für mich gewinnen. Am besten wäre ein Kompliment am Anfang.

„Mädchen – junge Frauen und angehende Ärztinnen. Ihr seid alle, wie ich sehe, bildhübsch und normalerweise ist es mir ein Vergnügen mich vor solchen Schönheiten auszuziehen. Aber die Umstände hier schrecken mich doch etwas ab. Trotz eurer Jugend setze ich eine gewisse Reife voraus. Ich appelliere an euer Gewissen: Macht es mir nicht unnötig schwer, bitte. Ich werde mich nackt ausziehen. Ihr dürft mich anfassen. Auch meinen Penis. Dabei wird er sich sicher versteifen und wenn ihr es geschickt anstellt, werde ich ejakulieren. Das alles wird für mich sehr peinlich sein."

Zwei Mädchen in der hintersten Reihe kicherten unangemessen. Die würde ich mir merken.

Die Dekanin meldete sich zu Wort:

„Es kostet Adam sicher große Überwindung. Wenn eine von euch aus der Reihe fällt, fliegt sie von der Schule! Das verspreche ich euch."

Langsam zog ich mich aus. Ein Raunen ging durch den Saal als ich mich meines Slips entledigte. Baumelnd sprang mein Schwanz nach vorn.

„Adam, was ist das für ein Gefühl, wenn die Hoden voll sind?", fragte eine Studentin.

„Ja, wie soll man das erklären, Mädchen? Einen gewissen Druck zwischen den Beinen spürt man schon. Potenzielle Partnerinnen werden intensiver gecheckt. Es kommt auch darauf an, wie oft man Geschlechtsverkehr hat. Je öfter ein Mann ejakuliert, umso mehr Sperma produzieren die Hoden. Also nimmt man sich die Frau, macht es sich selbst oder geht in ein Bordell. Danach fühlt man sich gleich wohler."

„Was ist ein „Bordell"?"

„In einem Bordell bezahlt man Frauen für den Geschlechtsverkehr."

„Ihr müsst Frauen dafür bezahlen? Sind sie nicht froh, wenn sie es auch besorgt bekommen?"

Ich wollte das leidige Thema beenden. Meine Geduld war erschöpft und mir wurde kalt.

„Mädchen. Lasst uns zum Ende kommen. Ich werde eine Publikation veröffentlichen. Dann könnt ihr euch informieren. Begutachtet noch einmal meinen Penis und dann Schluss!"

Sie stellten sich in einer Reihe an und nahmen mein Glied in ihre Hände. Keine ließ es sich entgehen. Nach und nach richtete mein Schwanz sich zu voller Härte auf. Viele der Mädchen griffen sich in den Schritt. Alle würden da unten sehr feucht sein und ich stellte mir vor, was in der Pause auf den Toiletten los sein würde. Die zwei Freundinnen, die vorhin so negativ auffielen, machten sich über das Ding lustig und ich schwor Rache. Irgendwann kam der gewisse Punkt und mein Samen ging ab.

Ich zog meinen Slip hoch und die Jeans.

„Schluss der Vorstellung. Ich habe noch einen Film zu drehen, in dem ich mit einem Mädchen Geschlechtsverkehr habe. Wer von euch möchte mitmachen?"

Alle meldeten sich und schrien durcheinander.

„Ich benötige zwei. Fünf wähle ich aus. Die zwei Geeignetsten nehme ich."

Ich ging durch ihre Reihen. Eine hübscher als die andere. Ich wählte eine Schwarzhaarige und eine Blonde. Und die zwei lästerlichen und unreifen Freundinnen. Und noch eine Brünette.

„In zwei Stunden treffen wir uns im Zimmer der Dekanin", verkündete ich. Meine fünf konnten ihr Glück kaum fassen.

Agens nahm mich beiseite.

„Ich bin stolz auf dich. Das war eine perfekte Vorstellung. Bring den Film noch hinter dich, und du wirst in dieser Beziehung nicht mehr belästigt werden. Ich mag dich immer mehr."

„Danke, Agnes. Du wirst dich doch nicht noch verlieben? Ehrlich gesagt dachte ich damals als ich aufwachte: Was für ein Drachen! Mittlerweile erkannte ich dich als Mensch – als Frau."

Geschmeichelt geleitete sie mich in die Mensa. Man hatte aufgetafelt und ließ sich dabei nicht lumpen. Ein Foto wurde von mir geschossen mit der Bitte, es an exklusiver Stelle aufhängen zu dürfen.

Nach der Schlemmerei stellte mir Agnes zwei professionelle Kamerafrauen vor. Wie alle Frauen hier, sahen sie sehr gut aus. Ich fragte mich ernsthaft, ob es nicht besser wäre sie zu ficken, anstatt zweier Teenager. Aber sie wären schon wieder zu abgeklärt. Um des Effekts willen, brauchte ich wenig erfahrene Mädchen.

Dann ging es ans Eingemachte. Die fünf warteten schon auf mich. Mir wurde ein kleines Zimmer zur Begutachtung der Mädchen zugewiesen. Wahrscheinlich ein Frauenruheraum!

Ich bat die erste herein. Es handelte sich um eine der Feindinnen. Die Zeit meiner Rache schien gekommen.

„Zieh dich aus", forderte ich barsch.

„Nackt?", fragte sie zurück.

„Natürlich, dummes Ding."

Zaghaft entblätterte sie sich. Dann stand sie nackt vor mir. Wunderschön. Eine super Figur. Ihr schwarzes Dreieck zwischen den Beinen lud ein, von meinem Schwanz geöffnet zu werden.

„Nun, du hast ein hübsches Gesicht, aber keine Figur. Deine Titten sind zu klein und deine Fotze zu unentwickelt. Zieh dich wieder an. Ich brauche dich nicht. Und schick deine Freundin herein."

Sie schluckte und begann zu weinen. Dann rannte sie aus der Tür. Mit ihrer Freundin verfuhr ich ebenso. Meine Rache war billig, aber befriedigend. Ich endschied mich letztendlich für die Schwarze und die Blonde.

Ich beriet mich mit den Kamerafrauen.

„Folgendes schlage ich vor: Zuerst machen wir eine Bildserie. Also nur andeuten! Das erste Mädchen wird, da bin ich mir sicher, trotzdem einen Orgasmus haben. Für den zweiten Teil, dem

Aufklärungsfilm benötige ich aber ein unverbrauchtes Mädchen. Da kommt die zweite ins Spiel. Sollte ich schon beim ersten Mal abspritzen, müssen wir notgedrungen eine Pause einlegen. Einverstanden?"

Alle nickten und die etwas ängstlichere Blondine erklärte sich für den ersten Teil bereit. Ich schickte die Schwarze aus dem Raum.

Als wir nackt waren, bat ich die Frauen zu fotografieren, wenn ich es sagte. Ich ging zum Mädchen. Ihre Anspannung war spürbar.

„Wie heißt du, Mädchen?"

„Eve", flüsterte sie kaum hörbar.

„Also Eve. Es wird nicht wehtun. Das verspreche ich dir. Im Gegenteil. Für dich wird es sehr schön werden.

Knie dich vor mich hin und nimm mein Glied in den Mund."

Sie ging vor mir in die Hocke und zuckte mit dem Mund an meinen Penis. Mit geschlossenen Augen nahm sie ihn halb in sich auf. Warm und feucht wie in einer Vagina war ihre Mundhöhle und er wuchs. Die Frauen fotografierten fleißig. Als er in ihrem Mund steif geworden war, zog ich sie hoch.

„Setz dich auf den Tisch. Er müsste die richtige Höhe haben", forderte ich.

Sie tat wie geheißen, ich spreizte ihre Schenkel und drückte sie nach oben. Ihre junge rasierte Spalte glänzte feucht. Mit zwei Fingern öffnete ich ihre zarte Spalte. Ein Bächlein weißlich klarer Flüssigkeit rann aus ihr heraus. In Zeitlupe führte ich meine Eichel ein und ließ fotografieren aus allen Richtungen. Ich betrachtete Eve. Ihr liebliches und sehr sinnliches Gesicht war gerötet. Ihre blau geäderten Brüste standen mit spitzen Nippeln nach oben. Mein Gott, ich würde es nicht bis zum zweiten Durchgang schaffen. Langsam stieß ich weiter in sie. Eve presste ihre Luft aus den Lungen. Nachdem die Fotos dieser Stellung im Kasten waren, zog ich mein Glied aus ihr. Eve himmelte mich an.

„Adam, das ist ja geil. Kein Dildo – nichts verschafft einem solche Gefühle."

„Ich wünschte, ich könnte dich richtig nehmen. Und das werde ich. Ich ficke dich, den Film drehen wir morgen."

Keinen Widerspruch duldend, blickte ich die Kamerafrauen an. Zu meiner Verwunderung standen diese ohne Hosen da und befingerten sich. Ich lachte in mich hinein. Was hatte ich anderes erwartet?

„Eve, knie dich auf alle Viere auf das Bett."

Mein Gott! Hatte die einen Knackarsch. Ihr etwas geweitetes Löchlein erwartete mich. Sie war bereit mich aufzunehmen. Zuerst also nur mit der Eichel in ihr Feuchtgebiet. Sie war so heiß und eng! Nach den Schnappschüssen schlüpfte ich tief in sie. Wieder stöhnte Eve auf. Plötzlich bockte sie mir entgegen. Eve hielt es nicht mehr aus. Ihre Prachttitten baumelten leicht im Rhythmus. Was soll es? Kreisend bewegte ich mich in ihrer Vagina und brachte damit das Fass zum Überlaufen. Ich ergriff ihre Hüfte ich stieß ihr entgegen. Ihr Atem begann schneller zu werden und mit einem letzten Gegenstoß schrie sie ihre Lust heraus. Ich musste mich aus ihr zurückziehen, sonst käme es mir auch. Beide brauchten wir eine kurze Pause.

Ich setzte mich auf einen Stuhl, während Eve nach vorne fiel. Aus ihrer rosa Ritze lief kein Rinnsal mehr, sondern ein Bach. Ich riss ein Blatt von einer Küchenrolle und reichte es ihr.

„Eve, mach dein Loch sauber. Das sieht nicht gut aus auf den Bildern."

Die Kamerafrauen rieben sich, eingedenk der unverhofften Pause, selbst zum Orgasmus. Ein Gestöhne und Gequieke hub an. Eve rollte ein Stück Papier zusammen und schob sich das Röllchen in die Vagina. Dort saugte das Papier das Vaginalsekret auf.

Ich klatschte in die Hände.

„Weiter geht es, Mädchen."

Ich zog Eve vom Bett und legte mich selbst darauf.

„Eve, hock dich auf mich und stülp deine Vagina über meine Eichel."

Langsam spürte ich ihren engen Ring über meine Spitze gleiten. Die Damen hatten sich erholt und schossen Fotos in

Großaufnahme. Eve sank weiter nach unten und ich spürte ihre Gebärmutter. Ihre Scheidewände krampften um meinen Schaft und sogen mir meinen Samen aus den Hoden. Eves wundervolle Brüste schaukelten vor meinem Gesicht. Ich griff sie und saugte an ihren Nippeln. Sie waren so weich und zart, die Nippel hart und spitz. Langsam begann ich in sie zustoßen. Vergessen war mein Auftrag: Nur andeuten und Fotos machen. Eve war die Sünde pur. Längst genoss ich es. Selbstdisziplin war mir im Augenblick fremd. Alles um mich herum verschwamm im Inneren dieses Körpers. Eve bäumte sich zum großen Finale ihres nächsten Orgasmus auf. Meinen ersten Samenerguss konnte ich erfolgreich unterdrücken. Dadurch konnte ich den zweiten kontrollieren. Eve stieß sich von mir ab und aufrecht mit hängenden Händen ritt sie mich weiter. Nur um kurz darauf wieder auf mich zu sinken und zu schreien. Ihre Fotze krampfte und zuckte. Ihr Körper erbebte unter ihren Spasmen. Ich spürte heiße Flüssigkeiten auf meinen Sack laufen. Selbst ihr Gesicht verkrampfte sich stark bei diesem Megaorgasmus.

Als sie wieder Luft bekam, hauchte sie:

„Adam, ich kann nicht mehr."

Ich strich ihr wildes Haar aus dem Gesicht.

„Nur noch eine Stellung. Möchtest du meinen Samen in dir spüren? Dann könntest du aber schwanger werden."

„Was gäbe es schöneres als ein Kind von dir. Ich möchte einen Jungen, dem ich von seinem Vater erzählen kann. Von dem Vater, der mir solche übermenschliche Lust und Freude verschaffte."

„Gut, also noch einen Gang. Du musst dabei fast nichts machen. Nur die Beine breit."

Sie ließ meinen Schwanz unter hässlichen Geräuschen aus sich gleiten und legte sich nun ihrerseits auf das Bett. Ich drückte ihre Schenkel nach oben und sie spreizte sie.

Die Fotgräfinnen kümmerten sich inzwischen nur noch um sich selbst. In der 69iger Stellung leckte sie sich gegenseitig ihre Lippen sauber. Mir war es inzwischen gleich.

Des Mädchens Spalte klaffte unanständig auseinander und war stark gerötet. Ihren Eingang verdeckte eine weiße Schaumwolke. In diese tauchte ich nun den Kopf meines Gliedes und drang in sie ein. Eve schien es nicht so richtig zu realisieren. Trotz der Weitung ihrer Vagina durch rabiaten Gebrauch derselben, war sie noch eng genug. Diese Tatsache unterschied junge Fotzen von Alten und prädestinierte sie für den mehrmaligen Gebrauch.

Als ich am Grund anlangte, kam sie wieder zu sich. Ein letztes Mal krallte sie sich in meinen Rücken und ihr Körper erbebte unter meinen Stößen. Sie verbiss sich in meinem Hals mit irrem Blick. Dann verlangte der in mir angestaute Samen sein Recht, sich in die junge Vagina ergießen zu dürfen. Ich pumpte ihr mein Sperma in den Unterleib. Wieder und wieder, begleitet von einem tiefen erlösten Stöhnen. Sie spürte das Zucken meines Schwanzes in sich und bäumte sich noch einmal mit letzter Kraftanstrengung auf. Verzweifelt schrie sie langezogen meinen Namen und ihre Glieder fielen kraftlos zur Seite. Schwitzend und keuchend zog ich mich aus ihr zurück. Eve lag mit geschlossenen Augen und von sich gestreckten Gliedmaßen einfach nur da. Ihre Brüste hoben und senkten sich in schnellem Rhythmus. Das Haar klebte ihr schweißnass an der Stirn und die Scham sah grauenerregend aus. In der anderen Ecke lagen die unzuverlässigen Kamerafrauen. Breitbeinig und nackt. Doch halt: Ganz so unzuverlässig waren sie denn doch nicht. Ihre beiden Kameras staken auf Stativen und waren auf unser Liebesnest gerichtet. Eve gab keinen Mucks von sich. Einen Moment überlegte ich, einen Arzt zu holen. Mich übermannte ein schreckliches Durstgefühl und riss die Tür auf. Erschrocken sprang Agnes zurück. Sie hatte gelauscht.

„Agnes, ich sehe da mal drüber weg, wenn du sofort und stehenden Fußes eine Flasche Bier und zwei Flaschen Sekt bringst!"

Umgehend brachte sie das Gewünschte und versuchte bei dieser Gelegenheit einen Blick ins Zimmer zu erhaschen. Ich drohte ihr mit dem Zeigfinger und schloss die Tür schnell wieder.

Ein lauter Rülpser entfuhr mir, nachdem ich das Bier auf Ex getrunken hatte.

Ich legte mich mit einer Flasche Sekt neben Eve und flößte ihr einen Schluck ein. Ihre Scheide, ihre Brüste und ihre Lippen waren geschwollen. Das Gesicht tränenverschmiert.

Ich küsste sie zärtlich.

„Es war so schön Adam. Aber alles schmerzt. Meine Muschi brennt. Und doch werde ich nie wieder mit einer Frau intim werden können. Nicht nach diesem Erlebnis! Wie kann ich dir danken?"

Ja, Eve musste sehr gelitten haben. Aber es war ein süßer Schmerz. Ein Schmerz, nach dem es sie immer wieder gelüsten wird.

„Du warst gut, Liebes. Sehr gut sogar. Jede Frau nach dir werde ich an dir messen. Schenke mir einen gesunden Sohn. Und denke an mich. Ich verlasse dich nun. Vielleicht für immer."

„Bitte Adam. Bleib. Geh nicht, bitte!"

„Möchtest du bei mir bleiben? An meiner Seite?"

Ich hatte plötzlich eine Idee.

„Ja – natürlich!" Ihre Augen leuchteten auf.

„Ich werde dich holen. Bis dahin lerne fleißig, bis du meinen Sohn zur Welt bringst. Auf Wiedersehen, Süße."

Eine Frau schaltete die Kameras aus. Es wurde also doch nur ein Porno. Aber ein echter! Ohne Vorgaukeleien der Darsteller. Ich zog mich an und widerwillig verließ ich das Zimmer. Draußen plagte mich das schlechte Gewissen und ich wollte zurückgehen. Zurück zu meiner Eve. Doch es wäre falsch gewesen. Agnes und die Dekanin öffneten ihren Mund um zu fragen. Ich schnitt ihr das Wort ab:

„Ich möchte nicht darüber reden. Frau Dekanin. Dir lege ich Eve ans Herz. Du wirst sie fördern und unter deine Fittiche nehmen. Ich möchte ihre Adresse. Eve gehört von diesem Augenblick an zu mir. Wenn die Zeit reif ist, werde ich mich um sie kümmern. Bis dahin bist du für sie verantwortlich. Keine Fragen und keine Vorwürfe. Die Aufnahmen kannst du dir anschauen. Veröffentlicht und für alle zugänglich wird das Material nur mit der Erlaubnis von Eve. Alle finanziellen Erträge aus einer eventuellen

Vermarktung bekommt Eve. Sie besitzt das alleinige Urheberrecht. Sollte sie von mir schwanger sein, bekommt sie ihren Abschluss vor der Zeit. Hast du mich verstanden? Das gilt auch für dich, Agnes. Ihr beide haftet mir für ihr Schicksal."

Mein Ton war völlig überzogen und unangebracht. Keinerlei Recht besaß ich, so mit den Frauen zu reden. Es ärgerte mich, dass ich die Kleine so verlassen hatte. Wie eine billige Nutte. Eine scharfe Zurechtweisung erwartend, sah ich die Damen an.

Überraschend für mich, deutete die Dekanin eine Verbeugung an.

„Es soll so geschehen. Sie wird in meinen besonderen Schutz genommen."

Ich erwartete eigentlich Empörung und keine Demut. Ihr Verhalten bestätigte mir, dass Frauen eine straffe Hand benötigten. Gleich welchen akademischen Titel sie hatten. Doch was machte ich mit Eve?

„Agnes, ich möchte, dass du ein Haus suchst. Ein Großes und Feudales. Der viele Verkehr mit den unterschiedlichsten Frauen bringt es mit sich, dass ich die eine oder andere besonders gern habe. Diese Frauen sollen unter einem Dach leben und meine Kinder dort erziehen. Natürlich nur wenn sie möchten."

„Du verlangst viel. Ist das ein privates Vergnügen?"

„Keine Ahnung. Vielleicht! Ich weiß, dass ich in dieser Welt noch Großes erreichen werde. Und du bist mein ausführendes Organ."

„Dein ausführendes Organ sitzt doch in deiner Hose."

„Du hast ja Sinn für Humor. Langsam wirst du mir sympathisch. Also rede mit der Bürgermeisterin. Im Gegenzug werde ich eure Zukunft sichern."

„Ich werde es für dich einrichten. Dein Zuchthaus."

„Zuchthaus?"

„Das Haus in dem du deine Kinder züchtest."

Lachend ging ich mit beiden davon und fuhr nach Hause. Beata und Gloria empfingen mich freudig.

„Nelly ist schon angekommen. Ihre Mutter brachte sie. Ich weiß nur nicht so richtig etwas anzufangen mit ihr", sagte Beata.

Nelly saß mit Sandy auf dem Sofa und schwatzte. Sie verstanden sich offensichtlich sehr gut. Das erleichterte mir meine Aufgabe. Welche Aufgabe eigentlich?

„Ich kann euch nicht sagen, warum ich sie haben möchte. Aber einen Grund muss es geben. Kommt, ich erzähle euch von meinem Tag."

Während meines Berichtes, in dem ich natürlich die Details weg ließ, beobachtete ich die Mädchen. Nelly hatte mich nicht einmal begrüßt. Auch Sandy nicht. Sie verstanden sich gut und lachten ab und zu. Über Jungs konnten sie nicht herziehen – es gab ja keine. Worüber redeten sie?

Nachdem mein Bericht beendet war, fragte Gloria:

„Du möchtest dir also tatsächlich einen privaten Harem zulegen und der Staat soll es bezahlen? Na gut! Wenn sie so blöde sind."

„Gloria, abgesehen von euch habe ich hier niemanden. Keine Verwandtschaft, keine Freunde kein Niemand. Ich möchte nur eine Familie. Und wenn das mit dem Haus funktioniert, habe ich wenigstens eine Aufgabe."

„So dumm ist der Plan nicht! Wir könnten die Entwicklung der männlichen Kinder kontrollieren und daraus lernen. Und am einfachsten ist es, wenn einige Frauen auf einem Punkt konzentriert sind. Für die Wissenschaft wäre es nützlich und Adam kann seiner Eitelkeit frönen."

„Mädchen, alles existiert bisher nur vage in meinem Kopf. Ich möchte nur liebe Menschen um mich haben."

Ich nahm beide in meine Arme.

„Aber die Liebsten habe ich hier. Eine Mutter und ihre Töchter. Ich brauche euch! Und nun, Gloria, habe ich eventuell noch etwas Liebessaft für dich übrig. Heute bist du wieder dran."

Ich zog sie hoch und ging in ihr Zimmer. Euphorie kam in mir auf. Ich hatte einen Plan und eine Zukunft. Meine Forderungen waren unverhältnismäßig hoch. Aber ich wollte es wagen. Gleich morgen wollte ich beginnen.

Die reife Schönheit Gloria stand nackt vor mir. Aber er wollte nicht hochkommen. Betreten stand ich vor ihr und zuckte bedauernd mit den Schultern. Sie bückte sich und lutschte verständnisvoll meinen Schwanz hart. Ich befahl ihr sich hinzulegen und fickte sie hart und lustlos. Meine Gedanken schweiften dabei ab. Trotzdem kamen wir beide gleichzeitig und ich spritzte ihr meinen Restsamen in ihr williges Loch.

„Entschuldige bitte. Ich war einfach nicht bei der Sache."

„Schon gut, Adam. Geh zu deiner Nelly. Du hast sie noch nicht begrüßt."

Ich trat durch die Tür ins Wohnzimmer. Nelly ignorierte mich weiterhin. Ich setzte mich zu ihnen. Sandy begrüßte mich:

„Hallo, Ed. Deine Freundin gefällt mir. Wir verstehen uns prächtig."

„Hallo, Sandy, hallo Nelly. Wie geht es dir?"

Nelly sah mich fragend an.

„Ich möchte mit dir reden – allein. Bitte!"

„Morgen früh, Kleine. Es ist spät und mein Tag war schwer. Wir reden, aber nicht mehr heute."

Wir gingen nach einem kurzen Genuss des hiesigen Frauenfernsehens und mehrerer Flaschen Bier ins Bett. Nelly schlief in meinem Zimmer. Meine Zelte schlug ich dauerhaft neben Beata auf.

Blasendruck war der Grund meines Erwachens. Beata blickte aufgestützt auf den Ellenbogen auf meinen steifen Schwanz. „Warum ist der morgens immer hart?"

„Guten Morgen, meine Frau. Ich muss pinkeln, aber vor allem deine Nähe ist auch schuld. Ich träumte die ganze Nacht von dir."

„Du alter Charmeur. Eher träumtest du von deiner Nelly."

„Beata! Musst nicht eifersüchtig sein. Aber die Kleine hat ein Geheimnis – nein, sie ist ein Geheimnis. Das muss ich einfach ergründen. Da ist etwas. Sie kann dir nicht das Wasser reichen und ich liebe dich. Sicher, und das bleibt nicht aus, werde ich sie auch einmal nehmen. Sie ist jung und hübsch. Aber du bist meine Zukunft. Nelly ist im Grunde noch ein Kind, das Hilfe bedarf. Bis jetzt lebte sie scheinbar in einer heilen Welt mit ihrer Mutter. Dann kam ich und wühlte etwas in ihr auf. So wie sie in mir. Etwas Unbestimmbares und Parapsychologisches. Ich bitte dich nur, sie zu akzeptieren. Nelly ist keine Konkurrenz für dich. Auch deine Mutter oder Schwester sind es nicht. Glaube mir bitte."

„Das weiß ich doch, du Dummer. Wir werden herausfinden was euch verbindet. Da bin ich mir sicher. Was machen wir heute?"

„Zunächst das Röhrchen. Dann müsste ich eigentlich noch einmal zur Uni. Du weißt …

Danach der Sex-Shop von Barbara. Und Nelly bat um ein Gespräch. Aber zuerst muss ich dringend pinkeln."

„Zeigst du mir, wie ein Mann pisst?"

„Dann folge mir", sagte ich.

Nackt wie ich war, ging ich zur Toilette. Mein nunmehr baumelnder Schwanz erregte die Aufmerksamkeit der gesamten holden Weiblichkeit. Vor dem Becken bat ich Beata:

„Halte ihn mir."

Sabbernd nahm sie mein Ding zwischen zwei Finger. Schon schoss der gelbe Strahl plätschernd ins Becken. Die neugierige Sandy musste es natürlich auch sehen. Als die Quelle versiegte, tupfte Sandy mir die Eichel sauber. Ihr tiefer Ausschnitt ließ die Brustwarzen blitzen und als sie mir noch die Vorhaut mit ihren kleinen zarten Fingern zurückschob, kam wieder Leben in das Teil. Meine Reaktion auf ihre Berührungen animierte sie weiter zu reiben.

„Du kleine Schlampe", rief Beata scheinbar entsetzt.

„Was hast du, Schwesterchen?", fragte Sandy scheinheilig und nahm mein Glied zwischen ihre Lippen. Als ob sie in ihrem Leben nichts anderes tat, saugte sie mir den Saft heraus. Stöhnend bat ich Beata das Röhrchen zu holen. „Weg da, Sandy!", schrie ich. Geistesgegenwärtig hielt Beata mir das Röhrchen vor und Sandy wichste mit hohler Hand. Die Öffnung schmiegte sich um meine Eichel und Strahl um Strahl füllte das Glas. Die Frauen beobachteten fasziniert, wie sich meine Eier leerten. Ich schrie brünftig auf und schlug mir mit den Fäusten nach Gorillaart an den Brustkasten.

„Einfach nur geil", schwärmte Sandy und Beata hielt entzückt das Glas gegen die Sonne.

Nelly bestand auf einer Aussprache. Ich vertröstete sie auf Nachmittag.

Sie stand vor mir. Verführerisch schaute sie mich an. Mir schien ein Kompliment angebracht:

„Weißt du, dass du eine sehr hübsche Frau bist?"

„Ich bin ein Mädchen, Adam", stellte sie richtig.

„Wenn du bei mir bleibst, mache ich aus dir eine Frau. Psychisch und physisch."

„Adam, du bist so distanziert und gleichzeitig ziehst du mich an. Warum ist das so? Ich möchte es so gern verstehen lernen."

„Das liegt am Respekt, Kleines. Ja – du bist ein Mädchen. Aber ich respektiere deine Person. Ich möchte unsere Zuneigung nicht „verheizen", indem ich dich einfach nehme und mir hörig mache.

Ich habe so ein Gefühl, dass wir zwei zu höheren Aufgaben bestimmt sind. Und ich möchte aus dir eine Frau machen. Aber nicht so! Nicht du! Dein schmaler Körper ist sehr verführerisch und sexuell ansprechend. Dennoch halte ich mich zurück, weil ich dich respektiere und es noch etwas anderes gibt als Sex. Ich brauche dich als die Frau, die ich aus dir formen werde. Ich drücke mich blöd aus. Du sollst einfach an meiner Seite sein. Verstehst du mich?"

Nelly überlegte:

„Ich hatte eine Freundin. Sie liebte ich und bei jeder sich bietenden Gelegenheit trieben wir es miteinander. Bis ich merkte, dass sich unsere Liebe nur auf den Sex fokussierte. Uns verband eigentlich nichts. Bei dir ist es umgekehrt. Wir haben keinen Sex und das ist vielleicht gut so. Auf diese Weise können wir unsere Beziehung besser verstehen lernen und sie gründet sich nicht auf einen reinen Geschlechtstrieb. Sex sollte auf der Basis von Liebe stehen und nicht Liebe wegen Sex."

„Genau! Du bist sehr klug. Also warten wir ab, was sich bei uns entwickelt. Bleiben wir zusammen. Und heute Abend reden wir in Ruhe miteinander."

Ich küsste sie flüchtig und verabschiedete mich.

Wir fuhren zunächst zum Institut. Beata hatte uns schon angekündigt.

Agnes bat uns zum Kaffee.

„Adam", begann sie. „Die Uni rief an. Die Aufnahmen waren so gut, dass sich die Weiber nach dem „Stoff" in einer wilden Orgie ergingen. So haben sie es natürlich nicht ausgedrückt. Aber sie bestätigten, dass sich neben dem wissenschaftlich - sozialen Wert des Materials, auch die Erotik nicht abstreiten lässt. Aber sie betonten, dass das Ziel verfehlt wurde. Abgemacht waren vorerst nur Bilder. Das was du abgeliefert hast, war ein Mischmasch. Außerdem gingen die Emotionen zu sehr mit euch durch. Sie fordern, nein, bitten um eine Wiederholung. Frei von Gefühlen und sachlicher!"

„Das dachte ich mir. Agnes, weißt du überhaupt was sich in diesem Raum abgespielt hat? Niemand konnte sich mehr beherrschen. Es war ein Selbstläufer! Das Mädchen verlor ihren Verstand und raubte mir den Meinen. Ich kann das mit solchen Girls nicht mehr machen. Und keine Kamerafrauen mehr. Ich selbst übernehme die Kamera."

„War das Mädchen nicht gut? Oder wie soll ich das verstehen?"

Agnes war tatsächlich schwer von Begriff. Woher sollte sie auch wissen, was sich bei einem solchen Akt abspielt. Man wird zum Spielball der eigenen Hormone und verliert schnell die Beherrschung.

„Nicht gut? Brillant war sie. Ich vergaß alles um mich herum. Und die anderen Frauen eben auch, wenn du weißt was ich meine?"

„Woher sollte ich wissen was du meinst. Wir kennen nur den Orgasmus durch Dildos und Zungen. Die Dekanin sprach auch von dieser Eve. Völlig aufgelöst wäre sie. Verstockt und abwesend. Was hast du mit ihr gemacht?"

„Ich zeigte ihr die Liebe! Die Liebe zwischen Mann und Frau. Ein Geben und Nehmen. Frag Beata wie schön es sein kann. Und sie ist halt noch jung. Ich verlange, dass Eve geschont wird."

„Sie wurde krankgeschrieben."

„Ich möchte mit der Dekanin reden. Und noch etwas: Hast du das mit dem Haus in Schwung gebracht?"

„Ich sprach mit der Bürgermeisterin und erklärte ihr die Vorteile. Ich sprach vom Ruhm unserer Stadt und von sozialwissenschaftlicher Bedeutung. Sie war begeistert. Sie hätte auch schon ein Objekt im Auge."

„Wundervoll Agnes. Du bist gut. Ich möchte mit Eve sprechen. Wenn sie schwanger ist, soll sie die Erste sein. Aber zuvor – hast du nicht ein freies Zimmer wo wir ungestört sind?"

Ihre Augen bekamen einen seltsamen Glanz. Sie nahm meine Hand und führte mich in ein Nebenzimmer. Beata ging ihre Kolleginnen besuchen.

Schweigend zogen wir uns aus. Ihre frauliche Figur ließ meinen Penis hart werden. Zwischen ihren Beinen erwarteten mich dicke Schamlippen. Sie kam zu mir und nahm mein Glied in die Hand.

„Warum haben wir Frauen nicht auch so ein geiles Teil zwischen den Beinen", fragte sie.

„Für uns Männer ist dieses Fleisch zwischen deinen Beinen das Non plus Ultra auf der Welt."

Kurz, hart und lustlos nahm ich sie. Ich pimperte sie aus reinem Egoismus. Sie bestimmte immerhin meine Zukunft. Und Agnes ging es auch nur um das Gefühl, mein warmes Teil in sich zu spüren.

„Adam, das war unvergleichlich. Ich erfülle dir in Zukunft jeden Wunsch, wenn du es mir noch einmal besorgst", sagte sie mit belegter Stimme.

Ich ging zum Waschbecken und säuberte meinen gestressten Schwanz.

„Es war schön in dir", lobte ich und ging. Agnes folgte mir nicht.

Beata und ich fuhren, wie versprochen, vor der Uni bei Barbara vorbei. Über dem Bogen der Eingangstür prangte ein Schild mit dem etwas einfallslosen Namen: „Babsys Spielzeuge". Ein Vorgeschmack auf ihr Angebot lag im Schaufenster daneben.

Reger Betrieb herrschte in dem Laden. Ich sah mich um. In einem langen Regal standen Dildos, aufgereiht wie Gewehre in einem Wildwestfilm. Die unmöglichsten Spielzeuge, dessen Funktion ich nur erahnen konnte, füllten die Schränke und Regale. In einer Ecke lagen Magazine und Ratgeber. Ich griff mir ein solches Heftchen. Frauen mit weit gespreiztem Schritt schrien mir ihre Lust entgegen. Im Prinzip nicht anders als bei uns. Nur dass hier mir Dildos und anderen Werkzeigen gearbeitet wurde und nicht wie in meiner Welt, die Damen von Männern mit übergroßen Schwänzen beackert wurden. Selbst Fisting nahm einen großen

Raum in den Frauenfantasien ein. Barbara führte mich nach einer Weile in einen Nebenraum. Dessen Wände zierte eine Tapete mit rohem Ziegelmuster. Die Decke überzogen schwere Holzbalken und der Bodenbelag imitierte grobe Steine. Diffuses Licht zauberte einen Hauch von Grusel in das Zimmer. Hier bot Barbara ein Sammelsurium von Folterinstrumenten an. Lange dünne Peitschen, Ochsenziemer, Handschellen, Keuschheitsgürtel, Klammern, Paddle, Andreaskreuze, Knebel, Seile, Latexklamotten und was weiß ich nicht alles.

Ich fragte Barbara, ob sie auf solche Praktiken stehe? Sie antwortete, dass sie manches schon ausprobiert und dabei auch Lust empfunden habe. Einmal ließ sie sich den Hintern auspeitschen und ging dabei ab wie Nachbars Lumpi. Seltsamerweise erregte mich die Vorstellung, Barbara nackt auf einer Streckbank mit gespreizten Beinen liegen zu sehen. Ehe ich der Versuchung nachgab, die Frau an der Wand anzuketten und zu nehmen bis sie blutete, verließ ich den Raum lieber. Die Frage blieb, ob sie es wohl zugelassen hätte?

Eine der Kundinnen wurde auf mich aufmerksam und zeigte auf mich. Ein Gekreische wie auf einem Boygroup – Konzert hub an. Sofort umringten mich die Damen und forderten Autogramme. Beata lächelte und Barbara, die erst jetzt von mir Notiz nahm, ärgerte sich. Ich sollte Dildos, Vibratoren und andere Teile signieren. Nun wurde ich frech! Einer dickbrüstigen Blondine knöpfte ich die Bluse auf und hob eine Brust aus dem BH. Mit einem dicken Marker schrieb ich ihr meinen Namenszug quer über das Euter. Sie hielt ruhig und schämte sich nicht. Nun brachen alle Dämme. Augenblicklich hatte ich nur noch Titten zu signieren. Langsam fand ich Gefallen an dieser Tätigkeit, da ich, um schreiben zu können, jede Brust festhalten musste. Beata unterhielt sich mit Barbara. Sicher machten sie sich über mich lustig. Babsy ging den Laden schließen, um nicht noch mehr Frauen einzulassen.

Als Höhepunkt stellte ich mich auf einen Hocker und ließ meine Hosen fallen. Mein Glied baumelte, etwas versteift, vor ihren Gesichtern. Ca. eine Minute ließ ich Schnappschüsse machen, dann zog ich, unter enttäuschtem Raunen der Damen die Hosen wieder hoch. Babsy kassierte ab und schmiss die Hühnerschar aus dem Laden.

„Du hast heute meinen Umsatz verdreifacht, Adam", sagte sie lächelnd. Ich bat Barbara, mir die Funktionsweise von verschiedenen Teilen zu erklären. Sie tat das sehr detailliert und ohne dabei rot zu werden. Aber meine Hose wurde langsam eng. Deshalb verabschiedete ich mich vorerst und fuhr mit Beata zur Uni. Unterwegs hielten wir an einer Snackbar.

„Wie die Weiber dir ihre Titten entgegen reckten? Da war schon eine beeindruckende Vorstellung von dir."

Ich biss in meine Pizza. Millionen Männer würden dafür sterben mein Leben führen zu dürfen.

„Beata, die Idee von einem Gipsphallus gefällt mir immer mehr. Du musst einen Abdruck nehmen – unbedingt."

„Ja, und deinen Gipsständer in Gold oder Silber könnten wir als Auszeichnung für verdiente Frauen verleihen. An die Bürgermeisterin etwa. „Trägerin des silbernen Hodens und anderer staatlicher Auszeichnungen"."

„Wir verstehen uns", stellte ich unter Lachen fest. „Barbara geben wir das alleinige Recht, originale Nachbildungen zu verkaufen. Sie würde sicher sehr wohlhabend."

Die Dekanin erwartete uns schon. Und das Gekichere der Studentinnen. Sie trug ihre Bluse heute verdächtig offen. Ihre fleckigen Brüste spannten das Teil auseinander. Sie bemerkte meinen Blick in ihr Dekolletee und lächelte geschmeichelt. Ich sprach sie an:

„Eigentlich wollte ich nur sagen, dass es heute nichts wird. Aber wir haben ja Zeit. Ich möchte bitte die andere Auserwählte sprechen."

Sie rief laut einen Namen und das schwarzhaarige Mädchen, dass für die Filmaufnahmen vorgesehen war, erschien. Ich hätte sie nicht vergessen und sie bekäme ihr Vergnügen noch. Sie gab sich damit zufrieden und meinte, sie könne es kaum noch erwarten. Nach allem was sie hörte. Dann ging sie enttäuscht wieder.

„Habt ihr das Material von gestern schon gesichtet und gezeigt?", fragte ich die Chefin.

„Eine Auswahl von Frauen sah sich die Bilder und Videos an. Die breite Mehrheit war dagegen, das Material den Studentinnen zu zeigen. Vorerst jedenfalls."

„Und warum?", fragte ich dümmlich. Ich wusste genau warum.

„Adam, die Aufnahmen waren schon wieder zu intim. Eve hat sich dir voll hingegeben. Das war kein Dokumentarfilm, sondern die Intimität zweier Liebender. Um Eve zu schützen, müssen wir die Aufnahmen zurück halten."

„Du hast recht. Es überkam uns. Ich wiederhole das Spiel mit einer älteren, erfahreneren Frau. Wo ist Eve eigentlich? Ich sollte mit ihr sprechen."

„Sie ist zu Hause. Vollkommen durcheinander war sie. Wie in einer anderen Welt. Ich gebe dir ihre Adresse. Hast du schon eine ältere Frau im Blick? Ich meine für die Aufnahmen."

Provokativ trat ich einen Schritt zurück und schaute sie von oben bis unten an.

„Ja – du würdest in mein Schema passen."

Sie lachte nur und winkte ab.

„Ich hätte eine Dozentin. Die ist durch und durch Lesbe! Als sie die Aufnahmen sah, war sie schockiert. Sie ließe sich nicht von einem Mann auf diese Weise penetrieren und demütigen. Auch wenn es der einzige Mann auf Erden ist. Es wäre nur widerlich. Die würde sich nicht hingeben und du könntest ohne Kontrollverlust die Aufnahmen machen. Sie sieht gut aus und ist eigentlich sympathisch."

„Wir verstehen uns", sagte ich und wandte mich zum Gehen. Unterwegs fragte Beata ärgerlich:

„Was willst du eigentlich bei dem Mädchen?"

„Ich möchte einfach nur nach ihr sehen. Ich fühle mich schlecht, denn ich habe sie benutzt. Und danach einfach liegenlassen."

„Du hast ein weiches Herz, Adam. Und dafür liebe ich dich."

Wir fuhren Richtung Süden. Mietskasernen beherrschten das Bild. Abgewohnt und baufällig. Solche Wohnblocks nannte man bei uns „Arbeiterintensivhaltung"! Vor einem kleinen Lebensmittelladen saß eine Gruppe verwahrloster Frauen die die Flasche kreisen ließen. Oh, ich kannte das nur zu gut! Verzweifelt, perspektivlos und arm, gab man sich die Kante um zu vergessen. Nichts war in dieser Welt anders! Und sicher auch in keiner anderen Welt. Mit oder ohne Männer! Vor einem alten grauen Haus an dem der Putz abbröckelte, hielten wir. Im Inneren des Hauses sah es nicht besser aus. Auf ausgetretenen Stufen stiegen wir drei Etagen nach oben. Es roch muffig und nach Katzenpisse. Ich klingelte und Eve öffnete nach einer Weile die Tür. Wortlos fiel sie mir um den Hals. Ich nahm ihren zarten und zitternden Körper sanft in meine Arme.

„Kommt doch bitte herein."

Ich sah mich um. Ein langer Flur roch nach Schimmel. Im Wohnzimmer beherrschten nicht zueinander passende Möbelstücke den Raum. Ein Strauß frischer Blumen stand auf dem Tisch und lockerte das Bild etwas auf. Insgesamt glich die Wohnung eher eine Spelunke und nicht der einer angehenden Ärztin. Abgewohnt und ungemütlich. Ich war schockiert.

Eve begrüßte nun auch Beata freundlich. Sie brachte mir ein Bier und fragte auch meine Partnerin nach ihren Wünschen. Die hatte keine und so nahm sie bei uns Platz. Ihre Augen strahlten. Eve trug ein legeres rotes Top, unter dem ihre Brüste bei jeder Bewegung leicht wippten. Sie trug offensichtlich keinen BH und sie hatte auch keinen nötig, wie ich mich erinnerte.

„Es ist so schön, dass du an mich gedacht hast und mich besuchst."

Ihre Augen leuchteten und ihr ganzes Auftreten passte nicht recht in das Bild eines verwirrten und scheinbar missbrauchten Mädchens.

„Eve, wegen gestern. War es schlimm für dich?"

„Schlimm? Was redest du für einen Stuss? Etwas Schöneres als diese Stunde mit dir, werde ich nie wieder erleben. Es war ein Wechselbad der Gefühle. Am Anfang hatte ich Angst. Schreckliche Angst. Doch du nahmst mir die Angst mit deiner Rücksicht und gabst mit das Gefühl, eine echte Frau zu sein, die begehrt wird. So wie in den alten Romanen, die ich häufig lese. Ich hielt die Beschreibungen darin für maßlos übertrieben. Du belehrtest mich eines Besseren. Danke Adam."

„Und wenn du ein Kind von Adam bekommst?", fragte Beata.

„Ich würde glücklich sein. Nein – ich bin glücklich, denn ich bin schwanger. Ich weiß es einfach."

„Eve, ich möchte dir nicht zu nahe treten. Aber du lebst hier unter sehr ärmlichen Verhältnissen. Du bist nicht der Typ, der sich hier wohlfühlen würde. Erzähle mir von dir. Möchtest du es?"

Eve erhob sich und ging zum Fenster. Lange blickte sie hinaus. Dann begann sie:

„Wir wohnten in einem eigenen Haus im Westen. Meine Mutter arbeitete als Krankenschwester. Ich war 6 Jahre alt, als Mutter auf dem Weg vom Spätdienst nach Hause überfallen und brutal vergewaltigt wurde. Zwei Frauen waren es. Eine hielt sie fest, die andere rammte ihr ihre Fäuste in die Vagina. Der Schmerz ließ Mutter ohnmächtig werden. Sie zerfetzten ihre Vagina förmlich und verbrannten ihr die Nippel mit einer Zigarette. Man fand sie fast verblutet und es war ein Wunder das sie überlebte. Ihre Scheide ist seitdem völlig vernarbt und sie hatte seit diesem Tag auch keinen Sex mehr. Psychisch hat sie das Geschehen bis heute nicht verarbeitet. Sie wurde verbittert, ließ sich gehen und schlug mich beim geringsten Anlass. Sie wurde entlassen. Das Haus mussten wir verkaufen und in diese verdreckte Gegend ziehen. Mutter streift, wie auch heute, ruhelos durch die Gegend und kommt erst spät in der Nacht zurück. Ja und ich? Ich wollte raus aus diesem Milljöh und mich nicht mit den Zuständen abfinden. Ärztin wollte ich werden und meinen eigenen Weg gehen. Ich stehe zwar kurz vor dem Abschluss, aber durch meine Schwangerschaft schaffe ich es nicht mehr. Aber das ist es mir wert."

Eve drehte sich um. Tränen füllten ihre Augen.

„Mutter braucht mich doch", sagte sie leise.

Beata war sichtlich beeindruckt:

„Mädchen, was hast du nur durchmachen müssen?"
Sie reichte ihr ein Taschentuch. Auch ich musste schlucken. Die arme Mutter und dieses bildhübsche Mädchen. Brutalität ist scheinbar kein Privileg der Männer.

„Warum hast du dich eigentlich auf mich eingelassen?"

„Adam, als du eine Partnerin suchtest, hoffte ich inständig, dass du mich wählst. Einmal nur wollte ich etwas Besonderes sein. Herausragen aus der Masse. Die Auserwählte, die mit dem einzigen Mann der Erde Sex hatte. Auch wenn ich nur ein Anschauungsobjekt wäre. An ein Kind dachte ich gestern nicht. Du gabst mir während des Aktes nie das Gefühl, nur ein Mittel zum Zweck zu sein. Nach den anfänglichen Ängsten gab ich mich der Illusion hin, von dir geliebt zu werden. Ich konnte mich fallen lassen. Einfach nur eine begehrte Frau sein. Als ich dein Glied in mir fühlte, schwebte ich davon. Hob einfach ab, dem Himmel entgegen. Ich fühlte mich so leicht wie eine Feder. Ich träumte von einer anderen Welt, in der ich begehrenswert war und geliebt. Ein rosa Himmel mit weißen Wolken umgab mich. Ein lauer Wind trug mich davon. Ich sah mich auf einer grünen Wiese liegen. Und inmitten eines Blumenmeeres standst du. Du riefst meinen Namen: Eve, komm zu mir. Lass uns verschmelzen und ein Leib werden. Dann wechselte mein Traum wieder. Wir lebten auf einer kleinen einsamen Insel. Viele Kinder um uns herum. Eine Familie ..."

Eve schüttelte unwirsch ihren Kopf. Sie durchlebte unseren relativ kurzen Geschlechtsverkehr noch einmal und kam nun wieder zu sich.

„Entschuldige bitte", sagte sie mit gesenktem Kopf. „Ich bin ein dummes Huhn."

Ich zog sie zu mir auf den Schoss, ungeachtet der Blicke von Beata. Sie legte zaghaft ihre Arme um meinen Hals und ihre bläulich-weißen Brüste drückten sich nach oben. Eve tat mir unendlich leid. Feinfühlig wie sie war, würde sie hier zu Grunde gehen.

„Du BIST eine begehrenswerte Frau, Eve. Wenn ich könnte, würde ich alle deine Träume wahr werden lassen. Ich verspreche dir, mich um dich und unser eventuelles Kind zu kümmern. Du sollst als erste in mein neues Haus einziehen. Hier kannst du nicht bleiben. Kümmere dich endlich um dich selbst. Für deine Mutter finden wir auch eine Lösung. Bestimmt! Und du wirst auf jeden Fall Ärztin werden. Möchtest du das?"

So richtig glaubte sie mir nicht. Doch dann nickte sie.

„Darf ich dich küssen?" Und schon drückte sie ihre vollen Lippen auf die Meinen.

„Halte durch, Eve. Und versuch, so viel zu lernen wie möglich. Und grüß deine Mutter von mir."

„Schon morgen gehe ich wieder zur Uni. Ich werde auf dich warten, Adam. Ich glaube dir."

Eve verabschiedete uns freudig erregt und gut gelaunt. Beata sah mich im Auto von der Seite an:

„Ich werde dich nie für mich allein haben. Damit muss ich mich abfinden. Wenn man einen solchen berühmten und feinfühligen Mann hat…"

Auch ich war mir mit Beata nicht mehr so sicher. Zweifel bemächtigte sich meiner Gefühle. In meiner Welt hat man eine Frau. Eventuell noch eine Zweite. Da konnte man sich auf eine Frau konzentrieren und seine Emotionen und Gefühle in diese Frau investieren. Aber nicht als einziger Mann in einer Frauenwelt! Eine liebreizender als die andere. Entweder akzeptierte Beata mehrere Frauen, oder es würde ewiger Krieg und Eifersucht herrschen.

Zu Hause empfingen uns die Mädchen überschwänglich. Nelly fühlte sich wohl und ließ es mich mit einem Kuss wissen. Gloria war noch auf Arbeit.

„Kommt ihr zwei klar?", fragte Beata.

„Nelly ist eine gute Freundin. Ich liebe sie."

„Ich machtet also auch schon Liebe?"

„Schwesterchen! So etwas fragt man doch nicht", antwortete die Kleine mit verschmitztem Gesicht.

Nelly war wirklich ein hübsches Girl. Lange braune Haare flossen über ihre Schultern und die kleinen Titten luden zum Befummeln ein.

„Adam, willst du jetzt mit mir reden?"

„Gleich, Kleine. Lass mich vorher noch ein Bier trinken."

Ich nahm eine Flasche und beobachtete die beiden Teenies. Sandy war schon ein geiles Teil. Erotisch wie Mutter und Schwester. Es lag in der Familie. Letztendlich wurden aber alle künstlich hergestellt. Woher kam diese Ähnlichkeit? Oder war es der gleiche Effekt wie bei Herrchen und Hund? Das Herrchen wurde dem Hund mit der Zeit auch immer ähnlicher. Mir war es egal. Ich hatte anscheinend Glück durch die „Adoption" von Beata. Und Nelly? Sie wuchtete gerade ein dickes Buch ins Regal. Dabei musste sie sich strecken. Ihre Brüste hoben sich und ihr Knackarsch reckte sich nach hinten. Warum hatte ich sie noch nicht genommen? Sicher aus Respekt. Ich hegte andere Gefühle für sie. Was war ihr Geheimnis? Ich musste es ergründen.

„Nelly", rief ich. „Lass uns spazieren gehen. Beata du erlaubst doch?"

„Geht nur, ihr zwei."

Wir flanierten im nahegelegenen Park die gepflegten Wege entlang. Spaziergängerinnen grüßten uns ehrfürchtig. Nelly suchte meine Hand. Die schmale kleine Hand fühlte sich gut an. Weich und warm. So schlenderten wir wie zwei Verliebte am Teich vorbei in Richtung eines kleinen Fichtenwäldchens.

„Also Adam, warum?", fragte sie mich nach einer Weile. Es war Zeit zum Kern der Sache zu kommen.

„Setzen wir uns, Nelly."

Ich fand eine Liebesinsel in einer von Nadelbäumen abgeschirmten Bucht. Hier waren wir allein.

„Du möchtest wissen, warum ich gerade dich auswählte?"

„Ich bin fast noch ein Kind. Unreif und unerfahren. Soviel Realitätssinn habe ich schon. Heute Morgen sprachen wir nur über eine eventuell tiefer gehende Beziehung. Aber nicht darüber, warum gerade ich in diesen fragwürdigen Genuss kam. Verstehe mich bitte nicht falsch. Ich fühle mich wohl in deiner Gegenwart und von Anfang an fühlte ich auch eine gewisse Bindung zu dir. Ein Gefühl der Vertrautheit. Aber ..."

„Nelly, du bist nicht unreif. Du bist wunderschön, intelligent und sehr begehrenswert. Aber das ist es nicht. Deine Aura ist es. Ich fühle einfach, dass wir uns brauchen. Du bist so geheimnisvoll. Nein, das war falsch ausgedrückt. Du trägst ein Geheimnis in dir, dass mich mit dir verbindet. Das gilt es zu ergründen. Unabhängig davon, ob wir uns mögen oder nicht."

Ich nahm ihre Hand in meine und sie lehnte sich an mich. Nicht wie zwei Verliebte, sondern eher wie eine Tochter an ihren Vater.

„Deine Oma sprach auch davon. Ich soll mich ja um dich kümmern. Und es war ihr sehr ernst. Nelly, ich bin dir vielleicht zu alt mit meinen 30 Jahren. Du möchtest sicher einen jüngeren Mann. Bleibe einfach an meiner Seite. Um mehr bitte ich dich nicht."

Sie lachte glockenhell auf.

„Na du bist mir einer. Gut, versorge mir einen Kerl von 19 Jahren und ich verlasse dich sofort."

„Mit anderen Worten: Du bleibst bei mir! Möchtest du, neben Beata meine zweite Frau sein. Nicht wegen Sex oder so. Ich habe dich halt sehr gern. Mein Gott, wie soll ich es ausdrücken?"

„Ihr Männer seid etwas kompliziert, was? Das mit dem Sex weiß ich. Sonst hättest du mir schon lange gegeben, wonach mich so dringend verlangt. Ich bin dir sicher zu dünn oder zu hässlich. Ja, Adam. Bleiben wir einfach nur zusammen und gehen gemeinsam in die Zukunft. Mein Leben hat sich schon verändert. Ich möchte es so gern. Wer weiß schon was das Leben noch bringt. Und..."

In diesem Moment hörte ich es hinter mir metallisch klicken und eine Frauenstimme sagte mit seltsamem, hartem Akzent:

„Ganz ruhig, ihr Täubchen. Dann geschieht euch nichts."

Ich drehte mich um und sah zwei Frauen mit einem Revolver hinter uns stehen. Eine dritte setzte sich neben uns.

„Ihr zwei folgt uns bitte ohne Geschrei. Das reimt sich sogar. Bin ich nicht gut? Ich gehe vor, mit dir am Arm, Mann. Und sag nicht, ich wäre zu hässlich um sich mit mir zu zeigen."

Tatsächlich war sie ausnehmend hübsch. Eine heißblütige Araberin mit langem schwarzem Haar. Ich hoffte auf einen Scherz und versuchte es auf die spaßige Tour:

„Und was habt ihr Schönen mit uns vor? Wenn ihr nur gefickt werden wollt, können wir doch ..."

Die Hübsche wurde zornig:

„Halt dein schändliches Maul. Wir haben keine Zeit für Späße. Wenn du Sperenzchen machst, erschießen wir deine Freundin. Nun gehen wir unauffällig zum Wagen."

Nelly war erstarrt vor Angst. Auch mir wurde auch Angst – um Nelly. Die Dame hakte sich bei mir ein und tat, als würden wir scherzen. Die anderen folgten uns, mit Nelly in der Mitte.

„Leute, ich hatte einen anstrengenden Tag und möchte meine Ruhe. Sagt was ihr wollt und lasst vor allem die Kleine gehen. Vergreift ihr euch jetzt schon an Kindern?"

„Sie ist kein Kind mehr! Das weißt du genau. Und sie ist die Garantie für deine Kooperation."

Die Tussis meinten es ernst! Ich drehte mich zu Nelly um. Blankes Entsetzen stand in ihrem Gesicht. Sie blickte mich hilfesuchend an.

„Lasst uns laufen und ich vergesse die Sache einfach", versuchte ich es erneut.

„Ihr kommt schön mit. Denk an deine Kleine. Sie ist die einzige, die sich in Gefahr befindet. Wenn du nicht machst was wir sagen, stirbt sie. Und noch etwas: Gebt uns eure Handys."

Wir hatten keine mitgenommen. Die Exotin klopfte uns daraufhin ab und fand nichts von Interesse.

Sie schoben uns in einen Kleinbus. Auf Nelly wurde ständig eine Pistole gerichtet. Was sollte ich machen? Gleich was ich auch unternahm, Nelly war in Gefahr! Wo würde man uns hinbringen? Schnell wurde unser Ziel offenkundig – der Flughafen! Panik bemächtigte sich meiner. Man brachte uns sicher in ein fernes Land und nie wieder würde man von uns hören.

Vor dem Flughafen hielten wir. Ich wagte noch einen Versuch: „Mädchen. So nehmt doch Vernunft an. Was soll das alles? Wir können über alles reden."

„Halt endlich die Schnauze, Mann. Du musst keine Angst haben."

Etwas nervös kam sie mir nun doch vor. Aus ihrer Sicht traten wir in die heiße Phase. Hier entschied sich, ob die Entführung gelang oder nicht.

Ich hoffte auf die Sicherheitskontrollen. Die Entführerinnen konnten da nicht einfach durchmarschieren. Doch ich irrte mich gewaltig! Meine letzte Hoffnung zerstob. Sie mussten Beziehungen haben oder viel Geld. Auf verschlungenen Wegen gelangten wir aufs Rollfeld. Ein kleiner Privatjet erwartete uns. Am Heck sah ich das Zeichen: Ein Halbmond, der sechs Sterne im „Hof" einrahmte.

Auf dem Flugzeug stand in großen Lettern und auf Englisch „Arab Union". Das Gleiche sicher darunter noch einmal auf Arabisch. Die Sonne ging hinter dem Flugzeug unter. Ging mit ihr auch mein kurzer Aufenthalt in dieser Welt zu Ende? Sie hätten mich längst umgebracht, wenn sie es wollten.

Auf der Gangway klammerte sich Nelly an mich.

„Ich habe solche Angst, Adam. Bitte beschütze mich."

Wie sollte ich sie aber beschützen?

Freundlich, aber bestimmt, schob man uns auf die Plätze. Eine nahm uns gegenüber Platz, die zwei anderen im Cockpit. Sie steuerten also den Jet selbst! Es mussten Spezialistinnen sein, die sich nicht so leicht übertölpeln lassen würden. Der Innenraum des Flugzeugs strahlte Eleganz aus. Luxus pur. Eine Bar im Hintergrund und eine Liege daneben. Stilelemente aus Gold verzierten die Einrichtung. Wem der Jet auch gehörte: Er zählte sicher nicht zu den Ärmeren der Gesellschaft!

„Ich habe solche Angst. Ich möchte zurück zu Mutter und zu Sandy."

Den Namen „Sandy" hörte ich gern. Es bewies, dass sie Freundinnen waren. Das erleichterte mir meine Sache enorm. Falls ich wieder zurückkam!

Während des Startvorganges begann ich die Befragung der hübschen Araberin mir gegenüber. Zum ersten Mal hatte ich Muse, sie genauer zu betrachten. Die ganze Gestalt war schwarz! Einzig ihr schmales, schönes und orientalisches Gesicht überspannte bronzene Haut. Eingerahmt wurde es von schwarzer Lockenpracht. Die Gute war von schlanker und dennoch muskulöser Gestalt. Kein Gramm überflüssiges Fett. Das hautenge schwarze T-Shirt mit dem Aufdruck „Persia Security" betonte ihre festen Brüste. Gleichmäßig hoben und senkten sie sich. Ihr BH konnte sie kaum bändigen. Er war zu knapp und drückte sie in Wülsten nach oben heraus. An den Oberarmen spielten ihre Muskeln bei jeder Bewegung. Die Frau war fit wie ein Turnschuh und sicher im Nahkampf ausgebildet. Sonst machte ihr Einsatz keinen Sinn. Lange Beine in hautengen Jeans rundeten das Bild ab.

„Auf welchen Namen hörst du, unbekannte Schöne?", begann ich die Konversation.

„Ich höre auf überhaupt keinen Namen", fuhr sie mich an. „Jedoch wisse: Wenn du mich anspricht, dann darfst du mich Aischa nennen", antwortete sie bedrohlich düster.

„Aischa also! Es gibt schlimmere Namen und du kannst ja nichts dafür", reizte ich sie.

Ihre Augen blitzten auf. Doch sie konnte sich beherrschen.

„Warum das alles? Nenne mir den Grund bitte", fuhr ich mit der Befragung fort, obwohl ich den Grund kannte. Er steckte in meiner Hose! Meine Hoden waren in dieser Welt nicht mit Gold zu aufzuwiegen.

„Den Grund wirst du noch zeitig genug erfahren."

Aischa schien schlecht gelaunt.

„Wohin bringst du uns, Aischa?"

„Zu meiner Emira."

„Emira? Was zum Teufel, ist eine „Emira"?"

„Hüte deine Zunge, Mann!", fauchte sie mich an. „Du wirst sie kennenlernen. Und Allah stehe dir dann bei."

„Du kannst mir nicht drohen. Sie wird mir garnichts tun. Sie möchte schließlich von mir gefickt werden! Allein die Vorstellung eines Penis aus Fleisch und Blut bringt euch um den Verstand! Ihr Weiber habt eure Hormone nicht im Griff. Auch du nicht, Aischa! Du bist eine Frau. Auch wenn du es selbst vielleicht nicht wahrnimmst."

In meiner Situation war ein solches Verhalten gegenüber meinen Entführerinnen mehr als unangebracht und gefährlich. Der Teufel musste mich geritten haben, sie so zu reizen.

Entrüstet wollte sich Aischa auf mich stürzen. Im letzten Augenblick beherrschte sie sich.

„Du überschätzt deine Macht, Mann. Aber rede ruhig weiter. So vergeht die Zeit etwas."

Sollte ich sie weiter reizen? Sie blieb bisher erstaunlich cool. Würde sie Nelly etwas tun? Ihr Revolver steckte mittlerweile in einem Holster an ihrer Hüfte. Ich war mir sicher, dass sie ihn bei

Bedarf schnell in der Hand hatte. Und sicher war auch, dass diese ominöse Emira keine Laien geschickt hatte. Aber auch ich besaß eine Waffe. Ein mächtige Waffe, die diese Welt aus den Fugen bringen würde.

„Ich heiße Adam. Und wenn ich meinen Schwanz hier vor dir auspacke, wirst auch du weich wie Butter – wetten?"

Nun wurde Aischa nervös. Weither war es mit ihrer Spezialausbildung ja nicht.

„Das wirst du nicht wagen", sagte sie drohend. Nelly hatte sich in den Griff bekommen und verfolgte belustigt den Disput.

Ich erhob mich betont langsam und ließ meine Hosen sinken. Aischa blickte wie paralysiert auf mein vor ihr baumendes Glied. Langsam rieb ich es hart.

Aischa verlegte sich aufs Flehen:

„Bitte – Mann…pack das Ding wieder weg."

„Ich denke nicht daran. Du nimmst es in die Hand und holst mir mein Zeug heraus", forderte ich provokant. Wie weit würde sie gehen? Und tatsächlich: Ihre Hand ging zuckend nach oben und umfasste meinen Penisschaft.

„Greif fester zu. Er bricht nicht ab. Und nun runter und rauf."

Anfangs führte ich ihre Hand. Ihre andere fummelte an ihrem Hosenreisverschluss und wollte sich in den Slip schieben.

„Nichts da. Die andere Hand gehört an meine Hoden."

Ich nahm sie und führte sie zwischen meine Beine. Warm umschloss ihre Handfläche meine Eier. Nelly rieb sich dabei ungeniert ihre kleine Fotze durch die Hose.

„Du bist ein Schwein", hauchte sie mit belegter Stimme. Durch ihr Shirt stachen die nun harten Nippel. Erstes Sperma tropfte aus meinem Eichelschlitz. Ich wollte hier niemandem Lust verschaffen, sondern der Dame nur klar machen, dass auch sie nur eine Sklavin ihrer Fotze war. Die Situation ähnelte sehr der in dem Institut. Also eine reine Machtdemonstration! Ein verräterisches Ziehen in den Oberschenkeln kündigte einen baldigen Samenausstoß an. Schub um Schub verließ meine Röhre. Nelly stieß zurückhaltend ihren Atem aus. Meine bespritzte Schöne rannte eilends davon.

„Nelly, wir sind eine Weile allein. Es tut mir so leid, dich in diese Scheiße hineingezogen zu haben. Musst keine Angst haben. Alles wird gut."

Nun verblüffte sie mich. Mit ihrer jugendlichen Unbekümmertheit sagte sie:

„Ich finde es toll. Endlich erlebe ich etwas. Und an deiner Seite habe ich keine Angst."

Etwas leiser flüsterte sie:

„Deine Nummer war perfekt. Und wie das Zeug gespritzt kam, einfach geil. Ich hatte einen Orgasmus dabei."

Ich nahm sie in meine Arme und sie schmiegte sich an mich.

„Bist ein tapferes Mädchen."

Aischa kam zurück. Mit einem frischen T-Shirt. Nur Hosen hatten sie keine zum Wechseln. In ihrem Schritt erkannte ich deutlich einen dunklen feuchten Fleck. Einige Strähnen ihrer Haare klebten zusammen.

„Was hast du nun damit bewiesen?", fauchte sie in ihrem gutturalen Akzent. Ihre schwarzen Augen funkelten mich an.

„Ich bewies euren Urinstinkt! Eine Frau benötigt einen Schwanz. So einfach ist das. Nein – ihr habt nur sehr eingeschränkte Macht über mich. Aber schließen wir Frieden. Bitte sage mir etwas über die Arabische Union. Ich bin ja nicht von dieser Welt."

„Emira wird nicht erfreut sein, wenn ich ihr davon berichte. Sie wird dich hart bestrafen."

„Aischa – so war wohl dein Name. Ich glaube nicht, dass du die Geschichte herum erzählst. Du hast dich bei der ersten Gelegenheit übertölpeln lassen. Du scheinst eine große Nummer zu sein. Wenn das deine Emira erfährt, bist du nur noch eine Nummer. Also – schließen wir nun Frieden? Von mir erfährt niemand etwas. Versprochen."

Ich reichte ihr versöhnlich die Hand und sie nahm sie lächelnd an.

„Also gut – Frieden." Aischa holte hörbar Luft. Sie war froh, die Angelegenheit ad Acta legen zu können.

„Ich versuche dir alles möglichst einfach zu erklären. In den 70iger Jahren wurden Teile der arabischen Halbinsel und Nordafrikas von Naturkatastrophen und Dürreperioden heimgesucht. Die Wirtschaft dieser Länder brach zusammen. Nur das Erdöl rettete uns vor dem totalen Ruin. Wir wurden vom Deutschen Reich und England abhängig. Um in Zukunft die Wirtschaft zu sichern, setzten sich die Minister der betroffenen Länder, natürlich nur Islamische, zusammen und gründeten diese Union. Nur das Osmanische Reich hielt sich mehr an Europa. Von Persien bis Marokko sind wir nun praktisch ein Land. Die einzelnen Länder blieben aber in ihrer Politik souverän."

„Das Land „Persien" gab es aktuell nicht bei uns. Was ist Persien? Und wie verhält sich Israel, nun da es praktisch nur von Feinden umgeben ist?"

„Die früheren Länder Iran und Irak wurden ständig von den Osmanen angegriffen. Um sich besser schützen zu können, schlossen sie sich zum Persischen Reich zusammen. Syrien stellte vor kurzem einen Aufnahmeantrag. Eine ähnliche Union gibt es in Asien zwischen China, Japan und den kleineren Staaten wie Vietnam und Kambodscha. China wehrt sich gegen Russland und Japan hält den Seeweg frei. Russland greift ständig nach Asien. Ihr Expansionsdrang wird vom Deutschen Reich geduldet, solange es nicht gegen den Westen geht. Und Japan hält die Inselreiche fern und verhindert eine mögliche Invasion auf dem Seeweg durch Russland. Was meinst du eigentlich mit „Israel"? Ein solches Land kenne ich nicht."

Natürlich, es gab keinen zweiten Weltkrieg und somit auch keine Judenverfolgung. Und die Judenverfolgung war der Anlass für die Gründung Israels. Wenn ich weiterdachte, dürften Juden auch ausgestorben sein. Sie würden sich kaum künstlich befruchten lassen. Ihr Glauben ließe das nicht zu. Und schon gar nicht ihre Rassenhygiene!

„Israel gab es in meiner Welt. Ich erzähle dir später etwas darüber, wenn es dich interessiert. Aber wo bringt ihr uns eigentlich hin?"

„Das darf ich nicht sagen."

Selbstverständlich brachte man uns in eine Ecke dieses „Persien". Das war klar!

„Du bringst uns also zu deiner – wie hieß sie noch?"

„Meine Herrin ist die Emira. Sie ist gütig und weise."

In diesem Moment landeten wir. Die Pilotinnen verließen das Cockpit, sahen Aischa und es begann eine heftige Streiterei. Eine beschimpfte die andere. Aischa deutete dabei immer wieder zu mir, während die anderen auf Aischas Haare und ihrem Schritt zeigten. Ich ahnte um was es ging. Sie hatten strikten Befehl mich in Ruhe zu lassen. Die Spermaverklebten Haare Aischas sprachen eine eigene Sprache. Ich lachte laut auf. Sogar Nelly verstand und stimmte ein.

Plötzlich richtete sich ihr Zorn gegen meine Person. Mit einer unglaublichen Kraft zog mich die Eine aus dem Sitz und wollte mich schlagen. Sie beherrschte sich dann doch und stieß mich wütend zurück. Aufgebracht verschwand sie. Ich schaute aus dem winzigen Fenster. Hinter dem Flughafengebäude bogen sich Palmen im Wind. Wir waren in Tunis, wie ich erkannte. Sicher nur zum Auftanken. Ich konnte mir nicht vorstellen, dass Tunesien unser Ziel war. Eher Oman oder eben Persien. Sie flogen den Umweg über den Atlantik, um nicht über Europe abgefangen zu werden, falls unser Verschwinden schon entdeck worden war. Und richtig, nach einer Weile hoben wir wieder ab. Eine seltsame Flugroute war es allemal. Inzwischen war die Nacht hereingebrochen und ich schlief ein wenig. Nelly lehnte an mir und schnarchte leise.

Die Landung verschlief ich. Nelly weckte mich. Die Tussis nahmen mich in die Mitte und Nelly trottete allein hinterher. Sie würde keine Schwierigkeiten machen in diesem fremden Land.

Eine Nobelkarosse erwartete uns. Die Fahrerin in einer schwarzen, silberdurchwirkten Fantasieuniform öffnete die blechernen Türen und Aischa forderte uns auf, einzusteigen. Die anderen verabschiedeten sich höflich. Auch das Innere des Wagens strahlte Exklusivität aus. Leder, Teakholz mit eingeschnitzten Ornamenten in allen möglichen Variationen ließen auch hier viel Geld vermuten. Der Motor schnurrte nur und die Federung war sehr weich.

Los ging die Fahrt. Zunächst „schwebten" wir an unbestimmbaren alten Ruinen vorbei. In der Ferne leuchteten die Lichter einer Großstadt. Kurz vor der Stadt bogen wir ab und fuhren am Meer entlang. Nach etwa 20 Kilometern bogen wir wiederum von der Straße ab und gelangten an einen riesigen Palast. Er lag größtenteils im Dunklen. An der Schranke standen Soldatinnen mit MPs. Wir passierten den Eingang ohne Probleme und fuhren durch einen feudalen Park zum Palast. Man öffnete uns die Tür und geleitete uns ohne ein Wort hinein. Aischa diskutierte mit den Bediensteten. Die Nacht war alt und alle müde. Aischa und eine Dienerin geleiteten uns in ein Gemach. Wenn ein Zimmer je diese Bezeichnung verdiente, das dieses!

Das Zimmer beherrschte ein großes Himmelbett, getragen von vier verschnörkelten Säulen aus Ebenholz. Auf einem Tisch stand eine Karaffe aus Kristall mit dazugehörigen Gläsern. Das Mobiliar schien aus einer anderen Zeit zu stammen. Und im ganzen Zimmer diese typischen orientalischen Spielereien. Weiße Stuckornamente verzierten die Decke. Über allem lag der Duft von Myrrhe. Ich fühlte mich wie in einem Hollywood-Streifen. Nein, Hollywood war es keineswegs. Denn die Ornamente zeigten größtenteils Swastikas in allen Variationen. Es entlockte mir ein Lächeln, wenn ich daran dachte, welche Freude Staatsschützer und linke Gutmenschen in diesem Raum empfinden würden. Vor allem in Deutschland reagierte man auf das Hakenkreuz wie die Pawlowschen Hunde. Dabei war es doch ein uraltes Glückssymbol!

Allein 12 Jahre machten aus diesem Jahrhunderte alten Zeichen ein Symbol des Satans. Eigentlich unverständlich wenn man bedachte, wie viele Kriege und Verbrechen unter dem fünfzackigen Stern geschehen sind.

„Möchtet ihr getrennt schlafen?", riss mich Aischa aus meinen Gedanken.

„Ja, ginge das denn?"

„Der Palast bietet genügend Räume!"

Ich sah fragend zu Nelly.

„Nein, ich bleibe bei Adam. Auf keinen Fall möchte ich allein sein!"

„Gut. Die Dienerin bringt der Kleinen noch etwas zum drüberziehen für die Nacht. Bis morgen dann."

„Ich bin keine „Kleine"", rief Nelly ihr noch hinterher. Aischa winkte nur lässig ab und schloss die Tür hinter sich.

Eine Dienerin, umhüllt von fast durchsichtigen Stoffen, trug auf beiden Händen für Nelly ein Gewand. Sie legte es behutsam auf einen Stuhl und verschwand geräuschlos.

Nellys Augen funkelten.

„Ist das nicht ein Traum? Ich glaube nicht, was ich sehe. Endlich erlebe ich etwas!"

Sie warf sich auf das Bett, das mehrmals nachfederte.

„Nelly, es ist schon spät und ich glaube kaum, dass man uns ausschlafen lässt. Legen wir uns hin. Aber ich warne dich: Ich schlafe nackt. Wenn du also Prob…"

Nachsichtig unterbrach sie mich:

„Adam, ich bin erwachsen und ich sah dein Glied bereits."

Nelly verschwand mit dem Stoff hinter einer spanischen Wand. Ich zog mich aus und legte mich inzwischen hin.

Mir verschlug es die Sprache, als die Kleine hervor trat. Ihr Negligee war ein golddurchwirkter Hauch. Ihre kleinen festen Brüste wirkten unter dem Schleier wie aus Alabaster und mehr als erregend. Ihr ganzer Körper strahlte Sinnlichkeit aus. Gott sei Dank ließ sie ihren kleinen String an. Nackt wäre sie nicht halb so verführerisch gewesen! Nelly stand da und ließ meine Musterung verschüchtert über sich ergehen.

„Gefalle ich dir, Adam?"

„Nelly, morgen schläfst du in einem anderen Zimmer. Ich kann nicht die Nächte ruhig neben einem so engelhaften Wesen verbringen. Du bist so schön!"

Sie legte sich zu mir, näherte sich meinem Gesicht bis sich unsere Lippen fast berührten.

„Danke für die Komplimente. Auch wenn sie nicht wahr sind."

„Nelly, du bist kein Mädchen mehr, sondern eine sehr erregende Frau."

Ich wandte mich zögernd ab. Ihr Körper erregte mich mehr, als im Moment gut war.

„Du gabst mir auch noch keine Antwort auf meine Frage: Willst du bei mir bleiben als meine Gefährtin?", erinnerte ich sie.

„Küss mich und streichle mich. Beweise mir, dass du in mir eine erwachsene Frau siehst."

Ihr Körper und ihr verhaltenes Drängen nahmen mir meinen Willen und ich küsste sie zärtlich auf den Mund. Dann leckte ich ihr Ohrläppchen und den schlanken Hals. Ich fuhr unter ihrem Negligee mit einer Hand zu ihren Brüsten. Sie ließ es aufstöhnend zu und ertastete mein Glied.

„Ich möchte dich so gern in mir spüren, Adam"

War es die erotisch aufheizende Umgebung oder ihre Liebe zu mir.

Ich zog ihr den Stoff über den Kopf und ging nach unten. Der String troff vor Feuchtigkeit. Die kleine Nelly wollte gefickt werden! Und ich konnte nicht behaupten, dass es mich Überwindung kosten würde. Auch das kleine Stoffdreieck war schnell entfernt und Nelly öffnete ihre langen und eher dünnen

Beine für mich. Mein Schwanz zuckte bei diesem Anblick. Doch irgendetwas hielt mich zurück.

„Ich darf es nicht tun, Nelly. Du bist mir einfach zu wertvoll für einen schnellen Fick", sagte ich auf dem Rücken liegend. Enttäuscht beugte sie sich über mich.

„Vielleicht hast du recht", sagte sie und wischte mit spitzem Finger einen Tropfen von meiner Eichelspitze.

„Aber ich muss mich einfach sofort abreagieren. Darf ich meine Scheide an deinem Penis reiben?" Dabei lächelte sie verschmitzt. Schon war sie über mir und suchte mit dem Hintern den Kontakt. Er war nicht schwer zu finden. Nelly rieb sich zwischen ihren Schamlippen an meiner Eichel. Ihre hitzige Nässe benetzte meinen Schaft. Ihre Brüste standen vor meinem Gesicht. Ich konnte einfach nicht wiederstehen und nahm ihre erregten Nippel in den Mund.

Zufällig oder mit Absicht stieß ihr Eingang an meine Eichelspitze. Ihr Muskelring stupste darauf und massierte die Eichel gleichzeitig. Ich verlor langsam die Beherrschung und erwiderte die kurzen Stöße. Ich hielt es nicht mehr aus. Es war einfach zu viel.

Oh allmächtiger Gott. Warum gabst du den Frauen ein solches Instrument der Macht zwischen ihre Schenkel? Der Mann wird willenlos und schwach, wo er doch stark und beherrscht sein müsste! Dafür wurde getötet, obwohl es doch Leben schenken sollte.

Aufstöhnend griff an ihren Knackarsch und stieß meinen zum Bersten harten Penis genießend in sie.

Nelly belohnte mich mit einem langgezogenen „Ahhhh" und einer ungewohnten Enge. Sie sank zurück und nahm nun alles in sich auf. Lange benötigten wir nicht mehr. Sie kam mit einem erleichterten Schrei. Schnell ließ sie mich aus sich gleiten und erledigte den Rest mit sanften Fingern. Sie sank neben mich.

„Ich bin dein, Adam. Für immer."

Entkräftet schliefen wir ein.

Ein lautes und blechernes „Allahu akbar" weckte mich. Nelly lag halb auf mir. Ihr zarter schlanker Körper gab mir meine Lebensgeister wieder. Sie schlug ihre Augen auf und küsste mich.

„War alles nur ein Traum, Adam?"

Über mir schwebte der blassblaue Himmel des Bettes. Nein, es war kein Traum.

Ich fühlte mich zu einer Entschuldigung genötigt:

„Nelly, was heute Nacht geschah – ich wollte es nicht. Nicht so."

„Aber ich wollte es! Genau so! Weil ich dich mag. Du brachtest mich dem Himmel nahe. Und nun entschuldigst du dich dafür? Tut es dir schon leid?"

Statt einer Antwort warf ich sie auf den Rücken und bog ihre Arme über ihren Kopf. Wir lachten nicht mehr. Verliebt sahen wir uns an. Unsere Münder fanden sich und unsere Zungen tanzten einen Reigen.

„Adam, du bist der schönste Mann den ich kenne."

„Und du kennst natürlich viele?"

Ein zaghaftes Klopfen unterbrach unser Lachen. Ich bat sie herein.

Eine Einheimische in orientalischer Kleidung betrat den Raum und verbeugte sich mit gekreuzten Armen.

In gebrochenem Englisch begrüßte sie uns:

„As-salam alaykom. Die Emira bittet euch zum Empfang. Benötigt ihr Hilfe beim Ankleiden?"

Dunkel erinnerte ich mich an die arabischen Grußformeln und antwortete:

„Wa Alykom As-slam, schöne Fremde. Für eine Hilfe wären wir dankbar. Wir kennen uns hier nicht aus."

Die Frau warf noch einen schnellen Blick auf mein Glied und ging.

„Was wird uns dieser Tag bringen, Adam?"

„Nelly, ich glaube, uns wird es hier gut gehen. Wenn wir mitspielen und es geschickt anstellen."

„Du weißt sicher, was sie von dir verlangen werden?"

„So schlimm wird es nicht werden. Sie werden nicht mehr von mir verlangen, als ich in England auch geben sollte. Ob ich nun dort Kinder zeuge oder hier ..."

Zwei Frauen betraten in durchsichtigen Gewändern den Raum Allerdings trugen diese Unterwäsche, was meine Freude ein wenig trübte. Sie führte uns freundlich in den Waschraum neben der Toilette, die ich des Nachts schon aufgesucht hatte.

Sie waren schön. Überhaupt gab es auf diesem verfickten Planeten keine hässlichen Weiber! Und mein Dasein in dieser Weiberwelt beschränkte sich ausnahmslos aufs Begatten ebendieser schönen Frauen. Ich ahnte, dass es auch ein Fluch werden könnte.

„Dürfen wir euch bei der Morgentoilette behilflich sein?"

„Hast du schon einmal einen Mann gewaschen?", fragte ich zurück. Stumm lächelte sie mich an.

„Also lass gut sein, Mädchen. Wieso könnt ihr alle so gut Englisch?"

„Die Emira legt Wert darauf. Alle, die die Ehre haben ihr dienen zu dürfen, müssen Englisch und natürlich Deutsch kennen."

„Es ist also eine Ehre für euch. Werdet ihr bezahlt oder seid ihr Sklavinnen?"

„Wie kannst du so etwas behaupten? Natürlich werden wir gut bezahlt. Außerdem ist es eine Auszeichnung in Emiras Dienst zu stehen!", meinte sie entrüstet.

Ich beobachtete Nelly. Sanft wurde ihr nackter Körper von ihrem Mädchen abgerieben. Ihre Nippel standen hart nach vorn.

„Wer sagte euch eigentlich, dass wir zwei zusammen gehören? Wenn die Kleine sich nun vor mir geschämt hätte?"

„Das ist schlecht möglich, Herr. Emira ist sehr weise. Sie bedenkt alles."

„Was ist eure Emira für eine Frau? Ich meine, rein menschlich. Herrscht sie mit strenger Hand?"

Die Schöne blickte mich scharf an, während sie mir ein Handtuch reichte:

„Es steht uns nicht an sie zu beurteilen. Sie ist gütig und wird vom Volk geliebt."

„Na, dann führt uns mal zu eurer allmächtigen Emira."

Ich zog meine verschwitzten Klamotten in Ermanglung sauberer Wäsche wieder drüber.

„Folgt mir, bitte", sagte eines der Mädchen.

Wir betraten einen Wandelgang und blickten auf den malerischen Innenhof. Mittendrin plätscherte beruhigend ein Springbrunnen. Orangenbäume, Sykomoren und kleine Palmen säumten die Wege. Bunte Schmetterlinge umflatterten sich im Spiel. Unbekannte Blumen in allen Farben blühten wie im Garten Eden und verströmten einen lieblichen, unaufdringlichen Duft. Eine Gärtnerin jätete Unkraut. Zwei Katzen mit langen Ohren balgten sich im Schatten einer Tamariske. An den Mauern rankten sich mir unbekannte Gewächse. Ein lauer Wind ließ die Mandelbäume sanft erzittern. Etwas fehlte in diesem unwirklichen Bild. Nein! Hinter einem Busch sah ich die vermisste Voliere mit bunten Papageien. Wie im Märchen aus tausendundeiner Nacht! Nelly beeindruckte alles sehr. Längst waren wir stehen geblieben, um uns von diesem Anblick verzaubern zu lassen. Hier konnte man es aushalten. Zumindest für eine Weile. Automatisch flogen meine Gedanken zurück ins kalte England. Das Mädchen forderte uns höflich, aber bestimmt auf, ihr zu folgen. Vor einer Tür standen zwei Frauen. Sie öffneten uns mit einer tiefen Verbeugung und wir betraten einen unbeschreiblichen Raum. Reich geschmückt und verziert, aber nicht aufdringlich oder überladen. Staunend blickten wir uns um. Wer auch immer hier wohnte, wusste zu leben. Lange sollten wir nicht im Unklaren bleiben, wer sich diesen Luxus gönnte. Am Ende des Raumes saß eine Frau, umhüllt von einer Wolke aus Kissen. Der „Hofstaat" stand Spalier. Dies konnte nur die Emira sein! Eigentlich erwartete ich einen dicken, sabbernden Emir mit einer Hühnerkeule in der Hand. Nelly drängte sich an mich. Mit einer ausholenden Handbewegung bat uns unsere Begleiterin, näher zu treten. Alle Augen waren auf uns gerichtet. Ich trat mit Nelly vor und in gebührendem Abstand verneigten wir uns. Die Person in den Kissen ließ uns warten. So hatte ich Muse sie zu checken. Angespannte Stille herrschte im Saal.

Die Emira war schön. Natürlich! Eine hässliche Frau erwartete ich nicht wirklich. Etwas fraulich - füllig und älter, aber durchaus attraktiv. Ich kannte mich nicht in diesen orientalischen Kleidungsstücken aus. Sie trug ein einem BH ähnliches Oberteil, aus dem sich die Brüste drückten. Unten herum trug sie eine Art Rock. Der Bauch blieb frei. Die Emira lungerte in ihren Kissen und dachte nicht daran aufzustehen und uns zu begrüßen. Letztendlich waren wir ihre Gefangenen. Dann ließ sie sich herab:

„Ich begrüße euch in meinem Palast. Seid willkommen. Ich hoffe, ihr hattet bisher einen angenehmen Aufenthalt."

„Wir waren zufrieden, Emira. Nur der Form halber: Warum hast du uns entführen lassen?"

„Du hast eine sehr hübsche Frau an deiner Seite."

Ehe sie zur Sache kam, pflegte sie anscheinend gern leichte Konversation.

„Sie ist noch ein Kind!"

„Nana, wir wollen doch ehrlich sein. Und überhaupt! Weil wir beim Thema sind: Euer Aufenthalt soll sich auf Ehrlichkeit und Respekt gründen. Gegenseitig! Das Mädchen hier ist deine Frau. Sie ist dir lieber als deine zu Hause gebliebene Frau. Stimmt das?"

„Soweit würde ich nicht gehen. Ich habe sie gern – ja. Ich wünsche sie mir als Gefährtin, aber nicht als Frau", antwortete ich und zog mir damit einen vorwurfsvollen Blick von Nelly zu.

„Ich weiß alles über dein Leben hier in dieser Welt. Seit dem du geruhtest zu erscheinen, beobachten dich alle Geheimdienste dieser Welt. Auch ich verfolgte dein Leben seit deiner Ankunft. Frag nicht wie! Jede kann nachvollziehen, dass dies Mädchen dir am liebsten ist. Lieber als diese Beata."

„Lassen wir das bitte. Es tut nichts zur Sache und ich möchte im Moment nicht über meine Beziehungen zu irgendwelchen Frauen reden. Du hast uns entführt und ich möchte die Gründe erfahren."

„Du möchtest es also direkt? Gut. Das vereinfacht die Sache natürlich. Dann will ich dir auch direkt sagen, was ich fordere. Ich habe einen - früher sagte man – Harem. Fünf liebliche Frauen. Ich wünsche, dass du mit ihnen Söhne zeugst. Deshalb holte ich dich. Du bleibst so lange mein Gast, bis ihre Schwangerschaften feststehen. Danach steht es dir frei zu gehen, oder zu bleiben. Bis dahin soll es dir gut gehen. Sehr gut sogar. Niemand soll mir nachsagen, ich wäre geizig oder würde meine Gäste vernachlässigen. Ich bin eine gutmütige Frau. Das kann dir jede hier bezeugen. Aber wenn du auch nur einen Fluchtversuch wagst oder dich mit dem Ausland in Verbindung setzt, ist deine Freundin die erste, die meinen Zorn zu spüren bekommt. Hast du mich bis hierhin verstanden?"

„Ich habe dich klar und deutlich verstanden. Du verlangst nichts weiter als deine Gespielinnen zu decken. Und du möchtest nicht auch einmal von mir genommen werden?"

„Schluss mit deinen Frechheiten", schrie sie und erschrak selbst über ihren Ton. „Ihr bekommt eigene Gemächer. Jeder Wunsch soll dir erfüllt werden. Heute Nachmittag stelle ich dir die Mädchen vor."

Plötzlich und ohne eine Antwort von mir abzuwarten, schrie sie kreischend in den Raum:

„Aischa, sofort zu mir!"

Ihr hysterischer Ausbruch kam so unerwartet, dass mir der Schreck in die Glieder fuhr.

Aus dem Halbdunkel schälte sich die Gerufene und verbeugte sich.

„Du kennst Aischa. Man erzählt sich, du hättest sie schon sexuell belästigt", wandte sich Emira an mich.

„Das war keine wirkliche Belästigung. Nur eine Machtdemonstration. Sie behauptete Macht über alles zu haben. Insbesondere über mich. Ich überzeugte sie vom Gegenteil. Deine Aischa kann nichts dafür. Ihre „Arbeit", also deinen Auftrag erledigte sie absolut perfekt."

Die Emira lachte laut auf.

„Es gibt noch viel über Männer zu lernen für uns Frauen. Ich hoffe auf eine Zukunft mit vielen männlichen Bewohnern. Weißt du, das Aischa meine beste Frau in der „Sicherheit" ist? Von klein auf ausgebildet in vielen Nahkampfarten. Sie lernte Schmerz zu ertragen und ihre Gefühle unter Kontrolle zu halten."

Sie wandte sich an Aischa:

„Was sagst du dazu? Muss ich mein Vertrauen in dich überdenken?"

Hochrot im Kopf stammelte sie einige Worte in Arabisch.

„Rede Englisch in seiner Gegenwart", wies sie Emira scharf zurecht.

Trotzig und gleichzeitig stolz hob Aischa ihren Kopf und vermied es, mich anzusehen.

„Ich bin nicht mehr würdig für den Dienst. Ich bitte dich, weise Emira, mich zu entlassen. Der Mann hat mich entehrt."

„Wie ist deine Meinung dazu, Adam?"

Ich hielt es für klüger zu schlichten.

„Emira, gleich welche Ausbildung Aischa genoss – sie ist eine Frau. Und das ist ihr Schwachpunkt. Nun gibt es nicht viele Männer und sie wird sicher nie wieder in Versuchung geraten. Es war auch eher meine Schuld. Wenn du jemand bestrafen musst, dann mich. Eigentlich machte sie ihre Sache mit meiner Entführung sehr gut."

Die Emira lächelte.

„Du bist ein kluger Mann, Adam. Ich sehe die Sachlage ähnlich. Deshalb ergeht folgender Beschluss: Für die Dauer des Aufenthalts dieses Mannes wirst du, Aischa, seine persönliche Dienerin. Jeden Wunsch liest du ihm von den Augen ab und gehorchst ihm ohne Widerwort. Außer er stiftet dich an, ihm zur Flucht zu verhelfen. Und du beschützt ihn und seine Freundin."

Aischa riss ihre Augen auf:

„Emira, ich diente dir immer treu. Allah ist mein Zeuge! Für dich nahm ich nicht nur einmal den Tod in Kauf. Für dich würde ich jetzt und auch in Zukunft mein Leben geben. Du schuldest mir keinen Dank, aber wenigstens meine Ehre solltest du mir lassen."

Die Emira setzte ein mitleidvolles Lächeln auf.

„Aischa komm zu mir, bitte."

Sie zog Aischa zu sich auf die Kissen und zärtlich strich sie durch ihr Haar. Mein erster Gedanke war: Da ist mehr als nur Sympathie! Sie gehen zu liebevoll miteinander um!

„Aischa, du machtest einen Fehler. Du hast dich übertölpeln lassen. Also tue was ich sage. Dieser Mann ist ein wertvoller Schatz. Er ist unbezahlbar. Keiner anderen würde ich seine Sicherheit anvertrauen. Wenn ich zufrieden bin, mache ich dich zur Chefin der Palastwache. Du weißt, die jetzige ist langsam zu alt dafür."

Aischa fasste sich wieder und stellte sich neben mich.

„Runden wir die Sache ab. Ich werde euren Aufenthalt so angenehm wie möglich gestalten und du, Adam, verpflichtest dich meine Frauen zu schwängern und keine Scherereien zu machen. Einverstanden?"

Ich überlegte. So schlecht fühlte ich mich hier bisher nicht. Da war nur Beata, die ich liebte und die sich sicher Sorgen machte. Und Nelly.

„Emira. Es geschehe, wie du sagst. Ich werde meiner Pflicht nachkommen. Aber ich stelle Bedingungen."

„Bedingungen? Du bist nicht bei Trost."

„Ich möchte, dass meine Frau Beata eine Nachricht erhält. Zweitens möchte ich, dass Nelly nach Hause gebracht wird. Ich verspreche, auch ohne sie hier zu bleiben.

Drittens lehne ich Aischa ab. Nimm sie wieder in deine Dienste. Ich brauche sie nicht wirklich."

Verblüfft sah ich mich urplötzlich dem Zorn dreier Frauen ausgesetzt. Was war das für eine Welt?

Zuerst Nelly:

„Das kannst du nicht machen, Adam", zischte sie. „Empfindest du denn gar nichts für mich. Hast du nur mit mir gespielt?"

Danach ließ sich Aischa aus. Entrüstet sah sie mich an:

„Du lehnst mich ab? Bin ich dir nicht gut genug? Warum demütigst du mich schon wieder? Was habe ich dir angetan? Nur weil ich für deine Entführung verantwortlich war?"

„Ich kann keine Nachricht nach England senden. Bist du verrückt? Das würde einen internationalen Konflikt auslösen, wenn sie wissen wo du dich befindest", ereiferte sich Emira.

„Emira, lass ihr einen Brief zukommen. Drohe mit meinem Leben, wenn sie etwas erzählt. Sie wird schweigen."

Emira dachte nach.

„Also gut. Ich werde es veranlassen. Und nun kläre die Sache mit den anderen Frauen."

„Wenn eure Majestät erlauben, würde ich es gern intern klären."

„Ich bin keine Majestät! Es wäre mir eine Ehre, wenn du mich „Freundin" nennen würdest."

Geraune im Saal. Wahrscheinlich zeichnete mich Emira gerade aus damit.

„Ihr könnt gehen. In einer halben Stunde essen wir."

Eine Dienerin führte uns in neue, größere Gemächer. Zimmer konnte man es nicht nennen. Überall Luxus pur! Neue Klamotten lagen bereit. Mehrere Djellabas für mich, sowie Abayas für Nelly.

Aischa stand verloren in der Gegend rum. Ich streifte meine Kleidung ab und blieb vorerst nackt in dieser Hitze. Nelly tat es mir gleich. Vom Bett aus auf dem ich nun lag, beobachtete ich die Kleine, wie sie nackt etwas Passendes für sich in dem Kleiderstapel suchte. Wunderschön fand ich sie. Etwas schmächtig, aber für ihr Alter ausreichend gebaut. Ihre Brüste wackelten kaum bei Bewegung.

Während Nelly noch suchte, beschwichtigte ich sie und versicherte ihr, nur ihr Bestes gewollt zu haben. Sie winkte nur ab.

Ich spürte einen Blick auf mir ruhen. Aischa checkte meinen nackten Körper. Sie war eine schöne Frau – zweifellos. Doch in ihren Klamotten wirkte sie wie eine verhinderte Amazone.

„Aischa, du möchtest mir dienen?"

Fast hasserfüllt blickte sie mich an.

„Du bist schuld, dass ich die Gnade der Emira verlor. Nein – ich möchte dir nicht dienen. Aber ich muss!"

„Meine glutäugige schöne Kämpferin. Was dir wiederfuhr im Flugzeug, ist die normalste Sache der Welt. Bisher rammtest du immer nur die Plastikstäbe in dich hinein. Dabei stelltest du dir sicher die Frage nach dem ursprünglichen Sinn. Plötzlich hattest du den Grund dafür in der Hand. Also, was soll es? Bleib bei mir und sei mir eine Freundin, die mich beschützt und mir dient. Ganz nach Emiras Willen. Und ehrlich gesagt, brauche ich dich. Und du, Nelly. Komm zu mir."

Sie legte sich nackt neben mich. Ich zwirbelte einen ihrer Nippel.

„Nelly, ich habe dich sehr gern. Du bist hier mein Halt. Du solltest aber nicht unter den Umständen leiden. Deshalb wollte ich dich nach Hause schicken."

Sie spielte nun versonnen und ohne Scham vor Aischa mit meinem Penis.

„Wenn ich zu Hause wäre, würde ich leiden. Ich möchte in deiner Nähe sein."

Inzwischen zeigte Nellys Zärtlichkeit Wirkung. Hart stand mein Glied nach oben. Nelly begann zu reiben. Auch Aischa rieb bei diesem Anblick. Nämlich sich selbst.

„Aischa, du bist nun meine persönliche Dienerin. Und als dein Herr befehle ich dir, dich auszuziehen, wenn du dich befriedigen möchtest."

Stolz hob sie ihren Kopf.

„Nein", sagte sie kurz und bündig. Es brachte mir nichts, sie erneut zu demütigen. Also gab ich mich den Händen Nellys hin. Ihre Nippel standen hart und spitz von ihren kleinen Höfen ab und stupsten bei jeder Bewegung an meinen Oberkörper. Ich nahm sie sanft, bis ihr schmaler Körper erzitterte. Ein kurzes Aufbäumen und sie fiel erleichtert nach hinten. Ich zog meinen Penis aus ihr und erleichterte mich auf ihrem Bauch. Aischa verfolgte das Geschehen seitlich und sehr interessiert. Ihr Stolz verging und überließ seinen Platz den Emotionen einer Frau. Überaus glücklich blieb Nelly liegen, während ich ging, um mich zu waschen. Im Bad hörte ich Aischa Nelly fragen:

„Mädchen, ist das wirklich so schön?"

„Wenn du einmal ein Glied aus Fleisch und Blut in dir hattest, möchtest du es dir nie wieder mit herkömmlichen Mitteln besorgen. Wie er vorsichtig deine Vagina dehnt und in dir warm und weich pulsiert! Du spürst seine Eichel in dir entlang gleiten und bei jedem Stoß fühlst du dich wie im Himmel. Deine Hände sind frei, um seinen Körper zu erfühlen. Ja – und der Orgasmus ist mit nichts zu vergleichen. Egal welche Hilfen du sonst hast. Auch eine Frauenzunge kann dir nicht das bieten, was ein Penis vermag."

Ich kehrte nackt in das Zimmer zurück. Aischa checkte mich von oben bis unten. Dann bekam sie sich wieder in den Griff und stellte sich trotzig wie ein pubertierender Teenager in den Raum. Ich griff eines der Gewänder und warf es ihr zu.

„Das ziehst du sofort an", befahl ich. „Erstens siehst du ziemlich beschissen in deiner Uniform aus. Und zweitens gehe ich nicht mit einer Dienerin, deren Spalte sichtbar ausgelaufen ist."

Schlagartig blickte sie an sich herab und bemerkte den nassen Fleck.

„Du solltest wieder einmal Sex haben, meine Liebe. Ich meine richtigen Sex!", fügte ich lächelnd hinzu.

Aischa nahm die Abaya und wollte verschwinden.

„Halt, nicht so schnell! Hier ziehst du dich um."

„Ich soll mich vor dir ausziehen – Herr?"

„Vor mir und vor Nelly. Wir laufen doch auch nackt vor dir herum."

Sie zog sich aus. Es wirkte unabsichtlich wie eine Strip-Show. Ihre unsicheren Bewegungen machten die Sache erst interessant. Aischa besaß einen Traumkörper. Schöne feste und große Brüste von dunklen Warzen gekrönt. Eine Traumfigur – durchtrainiert und griffig! Das schwarze Dreieck glänzte silbrig. Ich pries mich glücklich kurz vorher abgespritzt zu haben. Doch schon ließ sie den Stoff über sich gleiten.

„Du bist so hübsch, wie du stolz bist. Werde unsere Freundin, bitte. Lege deine Ressentiments uns gegenüber ab. Nur für diese verhältnismäßig kurze Zeit. Und hilf mir bitte. Ich bin neu in dieser Welt und brauche dich."

„Du bist hier nicht die Kampfmaschine Emiras. Bei uns kannst du einfach nur Frau sein. Berichte deiner Emira, wie wir leben und lieben. Werde locker und lebe deine Weiblichkeit aus. Ich meine damit nicht nur den Sex. Ich bin sicher, Adam wird dir nichts zu leide tun. Nichts, mit dem du nicht ausdrücklich einverstanden bist", meinte Nelly.

Ich war stolz auf sie. Sie entwickelte sich zu einer echten Gefährtin.

Nach einem opulenten Mittagsmahl legten wir uns zur obligatorischen Mittagsruhe. Nackt natürlich. Die Temperaturen ließen keine Kleidung zu. Mitteleuropäer, besonders die aus England, brauchten eine bestimmte Zeit um sich zu akklimatisieren. Aischa wich uns, eingedenk des Befehls Emiras, nicht von der Seite. Sie wartete einfach ab, wie die Dinge sich entwickeln würden und suchte einen Sessel für sich. Fordernd klopfte ich auf den freien Platz neben mir. Sie verstand uns und wollte sich in voller Montur neben uns legen. Ich schüttelte stumm mit dem Kopf. Sie entkleidete sich und bedeckte verschämt ihre interessantesten Stellen mit der Hand. Nelly spielte gelangweilt mit meinen Brustwarzen.

„Du, Aischa. Warum bist du eigentlich so – zurückhaltend? Du bist bald Chefin der Palastwache und müsstest vor Selbstbewusstsein strotzen. Doch du benimmst dich wie eine keuche Jungfrau. Erzählst du uns von dir?"

Aischa dachte nach. Selbstvergessen nahm sie ihre Hände von den Brüsten. Im Stillen dankte ich ihr für diesen Anblick. Voll und fest standen sie nach oben. Von weicher und elastischer Haut umspannt. Sie verlangten geradezu, liebkost zu werden. Sie waren das perfekte Gegenstück zu den kleinen Titties, die Nelly ihr Eigen nannte. Doch alle vier Brüste sprachen mich an. Nur waren die von Aischa im Moment unerreichbar für mich.

Aischa begann zu erzählen:

„Ich wuchs im Palast auf. Meine Mutter stand im Dienste von Emiras Mutter, die damals die Emira war. Schon zeitig bereitete man mich auf meine zukünftige Tätigkeit vor – die Palastwache! Mit sechs begann alles. Schule, Fremdsprachen büffeln, Körperertüchtigung bis an die Schmerzgrenze, Kampfsportarten und vor allem eiserne Selbstdisziplin! Die jetzige Emira pflegte mit mir eine enge Freundschaft, obwohl sie deutlich älter war. Sie war es auch die mich entjungferte. 12 Jahre zählte ich, als sie mich beiseite nahm und mich auf den Akt vorbereitete. Um mir die Angst zu nehmen, legte sie sich auf ein Bett, spreizte weit ihre Beine und forderte mich auf zuzuschauen. Sie rieb sich ihre Klitoris hart und die Spalte feucht. Dann nahm sie einen Dildo und schob ihn sich langsam und unter Stöhnen in ihre Vagina. Sie verlangte von mir, sie damit zu befriedigen. Schließlich war ich an der Reihe. Ich hatte fürchterliche Angst. Gewiss befingerte ich mich manchmal selbst. Aber nie führte ich mir etwas ein. Der Stab war kalt und dehnte fast schmerzhaft meine Vagina. Dann kam der Schmerz! Aber ich gewöhnte mich an das Gefühl und empfand es schließlich als äußerst angenehm. Sie nannte mich danach ein „tapferes Mädchen" und erzählte mir von alten Zeiten, als es noch Männer gab. Diese besaßen ein Werkzeug, mit dem sie Frauen in den Himmel stoßen konnten. Warm und hart und gleichzeitig weich und anschmiegsam, groß und dick und doch unendlich zärtlich soll es gewesen sein. Kräftige Kinder wurden dadurch gezeugt. Alte Schriften berichteten davon genauso oft, wie von Schlachten. Ich wünschte mir nichts sehnlicher, als ein solches Teil nur einmal in mir zu spüren. Es waren Kinderträume. Zu Emira jedoch, fühlte ich seitdem eine tiefe Verbundenheit. Sie wurde mir Freundin, Vertraute, Geliebte und Herrin zugleich. Meine Ausbildung machte mich hart. Prädestiniert auch für solche Einsätze wie bei euch. Man lobte meine überlegene Ruhe, Schnelligkeit und rasche Auffassungsgabe. Gefühllos manchmal und immer über den Dingen stehend. Eines Tages nahm sie mich beiseite und forderte von mir unbedingte Treue ein. Ich sollte ihre einzige Vertraute sein. Sie fragte mich, ob sie sich auch einmal bei mir ausheulen könne. Ich schwor alles was sie wollte. Hatte ich doch selbst niemanden außer ihr. Und ich war stolz auf diese Ehre."

Sie machte eine Pause. Ihre Brüste hoben sich rascher als am Anfang. Sie glänzten vom Schweiß wie Bernstein. Die schwarzen Haare lagen wie ein Fächer um ihren Kopf herum.

„Aischa! Hol mir diesen Mann aus England, von dem die ganze Welt spricht!" So lautete ihr Befehl und ich gehorchte. Ja – und dann die Szene im Flugzeug. Du hieltest mir den Wunsch meiner Jugend vor die Augen und brachst mich damit. Von einem Augenblick auf den nächsten zweifelte ich an allem was mir heilig war. Jahre meiner harten Ausbildung an Disziplin, dahin im nu. Ich werde nie wieder die Alte sein. Allah verfluche dich dafür."

Nun tat sie mir leid. Unüberlegt zerstörte ich ihr Selbstbewusstsein. Aber warum eigentlich?

„Aischa, das alles tut mir unendlich leid. Aber es ist nicht mehr zu ändern. Ich wollte es nicht. Hätte ich gewusst, was du für ein tolles Mädchen bist, hätte ich anders reagiert. Du bist eine gute Frau und eine Verlässliche für die Emira. Warum gibst du dich auf? Wegen des einen Moments? Du bist ein Mensch und menschliche Wesen dürfen Emotionen zeigen. Und schließlich war es keine gefährliche Situation, in der du versagt hast. Warum also?"

Sie reagierte nicht gleich. Aischa schwelgte noch in Erinnerungen. Mit einem Ruck fuhr sie hoch und zeigte auf mein, inzwischen versteiftes Glied:

„Deshalb! Wegen diesem Stück Fleisch. Warum bist du in diese Welt gekommen? Wir waren glücklich ohne dich!"

Dann rannte sie aus dem Zimmer.

„Aischa ist wie ein Kind in der Pubertät. Sie kann ihre Gefühle nicht einordnen und weigert sich eine Frau zu werden und zu sein. Du hast in ihr etwas aufgewühlt, das sie vergessen und verdrängt glaubte."

Still stimmte ich Nellys Einschätzung zu.

Eine Dienerin bat mich zur Audienz. Die Fleischbeschau konnte also beginnen. Mit ziemlicher Sicherheit waren die zu begattenden Mädchen von ausnehmendem Liebreiz. Und es sollten ja auch nur fünf sein. Vorbei am leise plätschernden Springbrunnen und im Schatten der Orangenbäume, brachte mich die Dienerin in einen Außenbereich der Anlage. Der ganze Palast erschien mir wie ein orientalisches Museum. Jeden Moment erwartete ich, dass der kleine Muck um die Ecke gerannt kam. Oder eine Haremsfrau in luftigem Outfit mit ihrem dressierten Äffchen am Springbrunnen spielte. Ich erhaschte einen kurzen Blick in den Springbrunnen. Durch das kristallklare Wasser sah ich am Boden ein kunstvolles, farbiges Mosaik schimmern. Als ob das alles noch nicht genug war, hörte ich auch noch einen Pfau schreien. Natürlich! Pfauen waren die Garnierung auf solch einer prächtigen Torte. Ich fragte mich ernsthaft, ob ich nicht schon wieder in ein anderes Paralleluniversum gerutscht war, ohne dass ich es merkte. Die ganze Anlage passte ins 21. Jahrhundert, wie ein Moslem in den Vatikan! Das Gebäude selbst war jedoch noch nicht so alt, wie es aussehen sollte. Gleichwohl fühlte ich mich gut hier. Viel zu gut! Welch ein gewaltiger Unterschied zur profanen und pragmatischen Architektur und Kultur des Abendlandes! Die Emira wusste zu leben. An einem mit viel Stuck verzierten separaten Anbau, standen zwei Frauen mit verschränkten Armen vor einem prächtig geschnitzten, etwa 3 Meter hohen Holztor. Zum größten Teil vergoldet, warf es die Sonnenstrahlen so gekonnt zurück, dass jeder Besucher zunächst geblendet wurde. Alles um mich herum war so ausgewogen, dass ich nicht an einen Zufall glaubte. Emira oder wer auch immer wollte beeindrucken!

Die Damen der Palastwache ließen derweil ihre Muskeln auf den entblößten Oberarmen spielen. Dennoch wirkten sie eher grazil. Sie trugen unpassender Weise einen gelb - braunen Tarnanzug. Sie störten damit die Harmonie um sich herum gewaltig und waren eine Beleidigung meiner Augen. Nicht die Frauen selbst, sondern ihr Outfit. Sie öffneten unaufgefordert die zweiflüglige Tür nach innen. Wir betraten eine Art Vorhalle und ich wurde gebeten, meine Schuhe und Strümpfe auszuziehen. Eine weitere Tür öffnete sich und ich sah mich einem weiteren orientalischen Traum gegenüber. Leises Schwatzen und Kichern verriet mir die Anwesenheit mehrerer Frauen. Den Raum, ca. 50 x 70 Meter in den Abmessungen, beherrschte ein riesiges Bett. Ein weiter Baldachin aus himmelblauer Seide spannte sich locker darüber. Allerlei Kissen lagen verstreut und unordentlich darauf. Inmitten dieser unüberschaubaren Anzahl von Kissen jeder Größe und Farbe regte sich Leben. Staub tänzelte im diffusen Sonnenlicht aus den Oberfenstern. Wandteppiche zeugten von der hohen handwerklichen Kunst ihrer Knüpferinnen. Das ganze Interieur erzeugte eine unrealistische Atmosphäre. Als verkappter Orientfan las ich früher gern Romane, die in einer solchen Umgebung spielten. Nun befand ich mich mittendrin. Ich erschrak: Ein weiterer Teil meiner Erinnerung meldete sich zurück. Und dieser Teil fühlte sich überaus wohl! Gedämpft rief ein weiblicher Muezzin die Gläubigen zum Gebet und pries Allah in seiner Größe. Der dezente orientalisch – uneuropäische Geruch im Raum, erregte meine Sinne. Ich glaubte einem Trugbild zu erliegen. Ein Traum, dem hintersten Teil meines Hirns entstiegen!

„Gefällt dir mein Spielzimmer?", fragte eine sanfte Stimme aus dem Kissenberg.

Überwältigt antwortete ich:

„Es ist einfach fantastisch, Emira. Unglaublich!"

„Dann zieh dich aus und komm zu uns. Wir sind alle nackt."

Erst jetzt bemerkte ich die Körper in den Kissen. Sie verloren sich förmlich in dem überdimensionalen Bett. Ich zog meine Djellaba über den Kopf. Sonst trug ich nichts. Mit baumelndem Schwanz stellte ich mich dem Urteil der Damen. Doch sie urteilten nicht, sie kicherten verschämt. Ich fühlte deutlich ihre Blicke auf meinem guten Stück. Die Emira lag nackt seitlich auf den Ellenbogen gestützt. Ihre vollen schweren Brüste zollten der Schwerkraft Tribut, ohne jedoch die Bezeichnung „Hängetitten" zu

verdienen. Mein Blick fiel auf die anderen Mädchen. Sie
verdeckten ihre Körper schamhaft mit Kissen.

„Leg dich zu mir, Adam. Und ihr stellt euch in einer Reihe vor
das Bett", befahl sie.

Ich robbte ca. 2 Meter zu Emira, während die Mädchen wie
geheißen vor dem mächtigen Teil, das Emira profan „Bett" nannte,
Aufstellung nahmen. Emira betrachtete wohlwollend mein
Gehänge und leckte sich kurz über ihre Lippen.

„Nun, wie gefallen sie dir. Ich gebe zu, Schönheit liegt im Auge
des Betrachters. Aber ich finde sie eben schön."

Alle fünf waren blond! Sicher eine Seltenheit in der Welt
schwarzhaariger Frauen. Gut – in dieser Welt konnte man solche
Schönheiten sicher auch züchten. „Züchten", was für ein
unangenehmes Verb in Bezug auf Menschen.

Schlank, straffe Brüste, die in ihrer Größe variierten und jung –
sehr jung waren sie alle. Ich wagte nicht nach ihrem Alter zu
fragen. Aber eine Besonderheit verblüffte mich: Sie sahen meiner
Sandy sehr ähnlich! Ihre rasierten Spalten mit den vollen Lippen
ließen höchsten Genuss erwarten.

„Du hast eine sehr gute Wahl getroffen, Emira."

Sie richtete sich auf und ihre Brüste hingen nun griffbereit
neben mir.

„Aber da ist noch etwas?!" Sie sah mich an.

„Du bist eine gute Beobachterin. Ich möchte nicht darüber
reden."

„Ich akzeptiere das. Nun such dir die erste Frau aus."

Mein Schwanz stand inzwischen in voller Härte ab. Kein
Wunder bei dieser geballten Weiblichkeit.

„Emira, wenn du die Erste sein möchtest?"

„Mich lass aus dem Spiel", antwortete sie, nicht ohne mit ihrem
Finger kurz auf meine Eichel zu tippen. Mein Schwanz zuckte auf
und die Mädchen glucksten.

„Also gut. Dann nicht. Deine Mädchen kommen mir aber etwas
jung vor", wagte ich einzuwenden.

„Sie sind freiwillig bei mir, wenn du das meinst. Ich bin auch nicht ihre Herrin. Sie sind alle in ihren Entscheidungen frei. Die Mädchen können gehen, wenn sie möchten. Zu jeder Zeit. Ich dränge sie nicht. Noch einmal betone ich: Es ist ausschließlich ihre eigene Entscheidung. Ich bat sie lediglich um diese Gunst. Frag sie selbst, ob sie ein Kind möchten."

„Nicht nötig. Ich nehme als erstes die Linke. Deine Anwesenheit ist dabei nicht erforderlich, Emira."

„Bist du beleidigt wegen meiner Weigerung?"

„Du redest viel, Emira. Du musst dich vor mir nicht rechtfertigen. Wenn die Damen freiwillig bei dir bleiben, ist das so."

„Glaubst du mir nicht?"

Statt einer Antwort erhob ich mich und ging zur Auserwählten. Mein steifes Glied stupste an ihren Bauch. Sie senkte verschämt ihren Blick. Auch ich senkte den Meinen und betrachtete ihre kleinen und harten Brüste. Kleine rosa „Kissen" krönten die Alabasterhaut und forderten jeden Mann heraus.

„Möchtest du ein Kind von mir gebären?", fragte ich sanft.

Sie hob ihr Haupt. Dieses Kunstwerk der Natur „Kopf" zu nennen, wäre mehr als unangebracht.

„Ja, ich möchte es", antwortete sie bestimmt.

„Hast du Angst?"

„Nein, Herr."

„Natürlich hast du Angst. Aber das musst du nicht! Ich lege mich auf das Bett und du kannst meinen Penis in Ruhe betrachten."

Ich schmiss mehrere Kissen beiseite und legte mich hin. Sie hockte sich neben mich und fuhr mit zarten Fingern am Schaft entlang. Ihre vorsichtigen Berührungen waren mehr als aufreizend. Ich stand schon kurz vor dem Abspritzen. Ich zog sie auf mich und ihre Scham rieb sich an mir. Sie erschien mir fast noch wie ein Kind. Ich durfte sie nicht einfach lustlos ficken! Meine Hände glitten über ihren runden Hintern und in Gedanken hatte ich Sandy auf mir liegen. Und natürlich erinnerte mich die Situation an

Eve! Mit meinem Mittelfinger ertastete ich ihre Schamlippen und drang mit der Kuppe ein. Warme Nässe benetzte meine Hand. Die Schöne stöhnte auf. Emira beobachtete alles genau. Die anderen Mädchen befummelten sich gegenseitig ohne den Blick von uns zu lassen. Ich blendete die Zuschauer aus und konzentrierte mich auf meine Partnerin.

Die begann, sich ungeduldig an meinem Schaft zu reiben. Er überzog sich mit einer Lotion aus ihrem Körperinneren. Sie atmete tief und schwer. Ihr Atem roch nach Mandeln.

„Nun richte dich auf und lass ihn in dich gleiten. So kannst du selbst bestimmen, wie tief du ihn in dir spüren möchtest."

Die Kleine nahm mein Rat an und setzte sich die Eichel an ihren Eingang. Ein leichter Widerstand und schon flutschte sie in das Jungmädchenloch. Weiter traute sie sich noch nicht. Ich hob mein Becken und trieb so meinen Schwanz langsam und tief in sie. Sie dankte es mir mit einem spontanen Orgasmus. Sie wand sich auf mir und ihre Scheidenmuskulatur krampfte rhythmisch. Ihre Enge saugte mir den Samen hoch. Ein letztes Zittern durchfuhr ihren Körper. Dann sank sie auf mich. Ich tätschelte ihren Hintern.

„Sehr gut, meine Kleine. Leg dich auf den Rücken."

Nun lag sie breitbeinig vor mir. Aus ihrer Spalte lief ein Rinnsal ihrer Säfte. Ihre rosige Spalte lud zum Lecken ein und die zarten Brüste standen zur Massage bereit nach oben. Doch für mich war es zu spät. Mein Sperma suchte die Freiheit. Und diese Freiheit fand es nur tief im Inneren des Mädchens. Also in einem neuen Gefängnis, wo es seiner Bestimmung zugeführt wurde. Ich legte mich auf sie. Meine Härte fand sofort Einlass und ich konzentrierte mich nun auf ihr enges Geschlecht. Sie legte ihre schmalen Hände auf meinen Hintern und ich stieß zu. Ihre Vagina nahm mich dankend und schmatzend auf. Als ich mit meiner Eichel gegen ihre Rückwand stieß, wurde ihr Körper vom nächsten Orgasmus geschüttelt. Mit jedem meiner Stöße trieb ich auch Luft in sie, die unter furzähnlichen Geräuschen wieder heraus gepresst wurde. Schließlich hielt ich es nicht mehr aus. Die Kleine stöhnte unter mir und ihre Vagina wurde eher enger als weiter. Ich spürte ersten

Samen aus mir fließen, dann schoss Schub um Schub in sie. Sie spürte mein Zucken und kam, unter lauten Schreien, abermals. Auch ich machte den Tarzan und stieß noch einmal tief in sie.

Verschwitzt und ausgepowert lagen wir da. Die anderen Mädchen hingen auf je einem Divan. Auch sie hatten sicher ihren Spaß gehabt. Emira, die nun neben mir kniete, lief der Schweiß zwischen ihren Brüsten herab. Und sicher lief nicht nur ihr Schweiß!

„Lana, was hast du dabei empfunden?", fragte sie. Lana hieß die Gute also.

„Ich bin nicht sicher", piepste sie. „Aber ich kann es nicht beschreiben, Emira. Es war so schön und der Mann war so einfühlsam. Halt einfach unbeschreiblich."

„Kannst du den Mädchen ihre Ängste nehmen?"

„Sie müssen keine Angst haben. Es war wie die Dichter es beschrieben. Nur noch schöner! Das Gefühl kann man nicht in Verse fassen!"

Emiras volle Brüste baumelten vor mir. Zaghaft griff ich an eine ihrer Brüste. Sie fühlte sich wunderbar weich an. Emira entzog sich mir ohne Zurechtweisung.

„Adam, deine Vorstellung war wirklich beeindruckend."

„Nur beeindruckend? Du bist dabei geil geworden!", lachte ich sie an.

Die Mädchen lagerten um uns herum und überhäuften mich mit Zärtlichkeiten. Die Emira klatschte wie im Film in den Händen und zwei Dienerinnen brachten umgehend Getränke. Ich verlangte, dem Rahmen unangemessen, ein Glas Bier.

Emira wurde ernst:

„Adam, versprichst du solange zu bleiben, wie ich es wünsche? Und zwar freiwillig?"

Ich trank einen Schluck um Zeit zu gewinnen. Überlegend streichelte ich eine der vielen Titten um mich herum. Was zog mich ins kalte England zurück? Welche Gründe gäbe es? Zunächst einmal die Möglichkeit, zurück in meine Welt zu kommen. Wenn ich es denn überhaupt noch wollte. Mir ging es hier eigentlich gut.

Selbst die Entführungen gestalteten sich mehr als angenehm. Ich musste hier nichts weiter tun, als Frauen zu vögeln. Und in dieser Beziehung fühlte ich mir hier wohler. Was könnte noch Heimweh nach England auslösen? Doch nur eine Sache. Genauer gesagt, eine Frau! Ich vermisste Beata mehr, als ich es mir eingestehen wollte. In England war ich dabei, mir eine Familie zu gründen. Wen könnte ich dazu zählen? Beata – natürlich. Gloria und Sandy – nicht unbedingt. Aber Eve! Ich konnte sie nicht im Stich lassen und sie vertraute mir. Nelly war ja bei mir. Hier könnten wir uns eine neue Existenz aufbauen. Männliche Freunde gab es nicht. Also kamen nur Frauen in Betracht.

Ich drehte mich zu Emira.

„Wie nennt man dich eigentlich? Hast du keinen Namen?"

„Fatma! Bürgerlich heiße ich Fatma."

„Also, Fatma. Was hätte ich davon, hier zu bleiben? Was kannst du mir bieten?"

So billig wollte ich mich denn auch nicht verkaufen. Ich ging tatsächlich mit dem Gedanken schwanger, im Paradies zu bleiben.

„Verlange keine Versprechen von mir. Nicht zu diesem Zeitpunkt! Das Wesen eines Mannes ist mir fremd. Deine Freundlichkeit könnte nur Fassade sein. Ich möchte dich erst kennen lernen. Dann reden wir über deine Zukunft. Aber ich würde deine Nelly nach Hause bringen lassen. Du sollst hier in Geld schwimmen und nach erledigter „Aufgabe" und wenn ich Vertrauen zu dir habe, biete ich dir an meiner Seite die Partnerschaft an. Zusammen könnten wir eine neue Dynastie gründen. Adam, ehrlich. Lange dachte ich über diese unverhoffte Chance nach. Ich möchte dem Emirat wieder einen männlichen Herrscher geben. Deshalb solltest du meine Mädchen schwängern. Wenn du aber bei mir bleibst, könnte mein Traum schon früher wahr werden."

„Ah, deshalb veranstaltest du hier dieses Märchen aus Tausend und einer Nacht. Damit ich mich hier wohl fühle. Woher weißt du von meinen Träumen? Dein Geheimdienst?"

„Nein! Es ist mein Hobby, die Tradition zu bewahren. Das hat nichts mit dir zu tun. Überlege dir deine Entscheidung."

Ihre nackten Brüste bebten und forderten meine Beherrschung heraus.

„Aber Nelly bleibt hier!", stieß ich zu schnell hervor.

„Du bleibst bei mir?"

Die Emira besaß sehr sinnliche Lippen, wie ich erst jetzt aus der Nähe bemerkte. Feucht glänzend vom Weingenuss und halb geöffnet. Ich musste mich etwas von ihr distanzieren. Eine Dame der Security heraus zu fordern war eine Sache, eine Herrscherin zu reizen eine Andere.

„Emira, glaubst du, die Engländer lassen das so einfach durchgehen? Mir gefällt es hier sehr gut. Meine Aufgabe wird mir durch die Lieblichkeit deiner Frauen sehr leicht gemacht und meine Nelly ist auch da. Dein Geld brauche ich nicht wirklich. Ich habe in England verschiedene Projekte am Laufen. Und dann ist da noch Beata. Regle die Sache auf diplomatischer Basis. Dann reden wir über meine Bedingungen!"

„Ich besitze einige Erdölquellen, an denen auch England hängt. Du verstehst? Sage mir deine Bedingungen!"

„Zunächst sollen die Mädchen ihre Pfoten von mir lassen! Ich kann mich nicht konzentrieren."

Mein Glied gewann schon wieder an Festigkeit. Emira winkte kurz und ich hatte Ruhe. Lana lag noch immer verzückt und wie entrückt am Ende des Bettes. Ich verschränkte meine Arme hinter dem Kopf und blickte zum blauen Seidenhimmel. Noch einmal dachte ich nach. Schließlich ging es ging wieder einmal um meine Zukunft. Mir blieben kaum Alternativen. Immer war ich vom Wohlwollen irgendwelcher Frauen abhängig. Da konnte ich den Macho geben, soviel ich wollte. In England wurde ich herumgereicht als Deckhengst. Wollte ich aber in meine Welt, musste ich zurück nach England! Dunkel erinnerte ich mich an mein früheres Leben: Es war ein Leben aus Arbeit und Entbehrung. Ich hatte, glaubte ich mich zu erinnern, keine Familie. Keine Frau, keine Kinder. Dunkel schälten sich die Bilder aus dem Nebel.

Längst waren meine Augen geschlossen. Ich sah ein altes Haus in Paytonhill. Das ganze Nest war mir zutiefst verhasst. In London kümmerte ich mich nebenbei um sozial benachteiligte Menschen. Ich fickte alte Weiber, nur um nicht ständig wichsen zu müssen. Dann kam dieses „behinderte" Mädchen ins Spiel. Meine erste richtige Liebe. Ich erinnerte mich nicht so sehr an ihre Brüste oder ihre Figur – nein! Ich sah immer nur ihre traurigen blauen Augen. Sie schauten mich flehend an: „Hilf mir, Geliebter. Lass nicht zu, dass sie das mit mir machen." Und ich half ihr nicht! Dann die neue Arbeit. Der Job in der Fabrik füllte mich nicht aus. Depressiv und ständig schlecht gelaunt, trank ich immer bis zur Gesichtslähmung. Nur, um am nächsten Tag noch schlechter gelaunt zu erwachen. Nein, mich verlangte nicht nach meiner alten Welt! Gott oder das Schicksal meinte es gut mit mir. Vor meinem inneren Auge glitten wieder ihre Gesichter vorüber: Beata – die Fürsorgliche, Nelly natürlich, aber auch das ängstliche Gesicht von Eve. Ob sie wohl schwanger war? Ich sah sie, wie sie einen Sohn gebar. Ein Blutbad ohne Ende. Sie schrie fürchterlich meinen Namen! Ich konnte nicht helfen! Eve – meine Eve ...

„Wach auf. Was ist mit dir? Ich mache mir Sorgen."

Emira rüttelte mich unsanft und ich schlug schweißgebadet meine Augen auf.

„Allah sei Dank!", betete sie erleichtert und küsste mich im Überschwang der Gefühle. Ihre Brüste drückten sich auf meinem Oberkörper breit. Warm und weich.

„Was ist los?", fragte ich noch nicht ganz bei Sinnen.

„Du schliefst einfach weg. Plötzlich schriest du verzweifelt einen Namen – Eve - und ich weckte dich."

„War das ein Kuss? Nicht das du deine Ideale verrätst."

„Bilde dir ja nichts darauf ein." Sie lächelte mich an.

„Das Mädchen, nach dem ich rief, ist Teil meiner Aufgaben in England. Ja, ich möchte bei dir bleiben. Machen wir also Nägel mit Köpfen. Wenn ich hier bleibe, soll es offiziell sein. Ich möchte mich frei bewegen können und auch nach England fliegen. In dieser, eurer Welt habe ich keine Familie. In England gibt es Frauen, die zu mir gehören möchten. Wenn du mich wirklich haben möchtest, ohne Hintergedanken, bleibe ich gern bei dir. Sag ehrlich und frei heraus: Bin ich nur ein Zeitvertreib für dich?"

„Nein, Adam. Ich liebe deine Art und deinen Pragmatismus. Du würdest frischen Wind in die Hierarchie meines Emirates bringen. Du musst nicht mit mir schlafen, wenn du es nicht möchtest. Lebe bei mir. Es soll dir gut gehen. Ich werde alles arrangieren. Ich habe Beziehungen."

„Dann sorge bitte als erstes für meine Freiheit!"

„Ich beginne sofort", versprach sie freudig. Sie sprang auf und ließ sich ankleiden. Ich beobachtete ihren fraulichen Körper. Mich dürstete nach etwas Handfestem. Einen Körper wie dem ihren. Ich durfte alle ficken. Aber alles waren zierliche Mädchen.

Sie ging froh gelaunt. Ich zog mein Gewand drüber und ließ mich zu meinen Gemächern begleiten. Die Vögel zwitscherten und ein exotischer Duft lag in der Luft. Glücklich mit meiner Entscheidung, betrat ich meine Räume und glaubte nicht was ich sah. Nelly versilberte Aischas Döschen!

Sie hatte sie geknackt! Aischa befand sich anscheinend schon in einer anderen Welt. Breitbeinig und laut stöhnend lag sie da. Nelly kniete zwischen ihren Schenkeln und schmatzte laut. Zwei geschwollene Wülste quollen unterhalb ihres kleinen Arsches hervor. Mein Djellaba wölbte sich nach vorn. Mein freier Wille wurde mir von diesem Anblick genommen. Also runter mit den Fetzen und hinter Nelly postiert. Ich zwang ihre Schenkel auseinander und drang langsam ein. Im Rhythmus meiner Stöße leckte die Kleine über Aischas Fotze. Dieser, von mir bestimmte Rhythmus, gleichmäßig, aber fest, brachte Aischa zum Glück. Laut arabische Flüche und meinen Namen schreiend, ergab sie sich ihrer Lust. Nun begann Nelly entgegen zu stoßen und zu krampfen. Ich trieb meinen Riemen ein letztes Mal tief in sie und ließ sie auszucken. Sanft legte ich sie zur Seite, nahm mein Glied in die Hand und gab Aischa meinen Segen.

Ich sah Nelly fragend ins Gesicht. Sie zuckte nur mit den Schultern:

„Wir verstehen uns halt."

Ich hatte nichts dagegen. Nur Aischa schien sich über meine Gegenwart in einem, für sie peinlichen Moment zu ärgern. Hatte ich sie damals wirklich so tief verletzt?

Emira weilte seit Tagen aus geschäftlichen Gründen im Ausland. Sie versprach, sich nebenbei um meine Belange zu kümmern. Aischa nahm sie mit, um ihr ihre Gunst zu beweisen. Ich begattete regelmäßig ihren „Harem", und Nelly verlangte auch mehr und mehr ihr Recht. Den Palast durfte ich zu meiner eigenen Sicherheit nicht verlassen. Mir blieb viel Zeit nachzudenken und eventuelle Konfliktsituationen durchzuspielen. So lungerte ich wieder träge mit den halbnackten Mädchen auf meinem Divan und ließ mich verwöhnen. Als ich noch arbeiten ging, war es einer meiner Träume, im Orient als Pascha mit nackten Schönheiten das Nichtstun zu pflegen. Damals winkte ich resigniert ab. Nun führte ich genau dieses Leben und ich sehnte mich nach Arbeit.

Ich brauchte eine Aufgabe. Doch solange Emira noch nicht zurück war, wuchs mir hier ein drittes Ei. Und ich machte mir berechtigte Sorgen um Emira. Sie muss sich in England als Entführerin „outen". Wie die stolzen Britinnen reagieren würden, stand in den Sternen. Wiederum hatte sie ein Druckmittel in der Hand – das Erdöl!

Sollte Emira das Wunder vollbringen und mich von allen Verpflichtungen und Zwängen entbinden können, wäre ich in England nur noch Gast. Hier fühlte ich mich wohl und hier sah ich meine Zukunft. Mein geplantes Haus für mir nahestehende ledige Mütter, wäre dementsprechend zumindest dort sinnlos. Hier wäre es dann passender. Ich könnte sie alle holen: Beata, Eve, Sandy und Barbara. Emira bot mir die Partnerschaft an. Das bedeutete wahrscheinlich auch die Ehe. Wieviele Frauen durfte man denn hier heiraten? Ich musste einfach abwarten!

Gestern erst ließ ich mir von einer Ministerin, von denen es hier nur drei gab, erklären, wie das Emirat funktionierte.

Politisch war es Teil des Persischen Reiches, jedoch weitgehend autonom. Zufällig lag es über einer großen Erdölblase. Das Erdöl bildete die Basis für den Wohlstand. Den 6 Millionen Einwohnern ging es sehr gut. Emira herrschte uneingeschränkt, wie schon vorher ihre Mutter und deren Mutter. Sie pflegte die islamische

Tradition und respektierte den islamischen Glauben, ohne selbst gläubig zu sein. Außenpolitisch genoss sie hohes Ansehen für ihr diplomatisches Gespür. Gern wurde sie von aller Welt bei Konflikten angefordert. Innenpolitisch war sie sehr beliebt und das Volk hielt ihr uneingeschränkt die Treue. Ihr Palast, in dem ich mich befand, lag 5 Km von der Hauptstadt entfernt. Sie suche sich ihre Freundinnen sehr genau aus. Enttäuschte sie eine, wurde ihre Palastwache aktiv. Diese Wache bestand aus ausgewählten Frauen, die von Kindheit an eine Spezialausbildung durchliefen. Sie waren international bekannt und gefürchtet durch ihr schnelles und rigoroses Handeln. Schließlich warnte mich die Ministerin. Ich solle mir sehr genau überlegen, was ich wann tue und sage.

Das waren also die Fakten. Ein anderer Fakt klemmte zwischen meinen Schenkeln. Ich wälzte mich auf die nächstgelegene Frau, die sich mir bereitwillig öffnete. Eine andere nahm mein Glied und führte es an den Ort seiner Bestimmung. Die Mädchen hatten sich in inzwischen an den Umgang mit dem Freudenspender gewöhnt. Ich drang lustlos ein. Der Appetit kam bekanntlich beim Essen. Aber nicht heute. Ihre Fotze nahm mich bereitwillig, heiß und eng auf. Sie grub ihre Nägel in meinen Hintern und zog mich wieder und wieder in sich hinein. Meine Gedanken schweiften wieder ab. War das hier wirklich meine Welt, in der ich leben wollte? Ein goldener Käfig, wie der Dichter sagt. Nelly wurde ein silberner Dildo, besetzt mit Rubinen zwecks besserer Reizung, in die Spalte geschoben. Die Schöne unter mir wand sich in ihrem Orgasmus und mein Samen lief eher, als das er spritzte in ihre heißgelaufene Vagina.

Plötzlich meldete eine Dienerin die Ankunft Emiras! Endlich hatte die süße Qual ein Ende. Sofort verlangte ich, zu ihr gebracht zu werden. Man beschied mir zu warten. Es gäbe einen offiziellen Empfang am Abend. Den Rest des Nachmittags spielte ich alle Möglichkeiten zusammen mit meiner guten Nelly durch. Dabei versicherte ich ihr, dass ich den Harem nicht mehr aufsuchen würde. Alle Mädchen wurden ausreichend besamt und müssten, so Allah wollte, schwanger sein. Meine eigentliche Aufgabe war vollbracht, stellte ich fest. Und Nelly seufzte erleichtert auf. Ich versicherte ihr meine Liebe und sie war zufrieden.

„Duuuu, Adam! Wird nun alles wieder normal?"

„Nelly, was ist schon normal bei mir? Es hängt davon ab, was Emira erreicht hat. Unabhängig davon kannst du jederzeit zurück zu deiner Mutter."

„Ich möchte bei dir bleiben. Wir gehören doch zusammen!"

„Das freut mich zu hören."

„Wenn Emira dich auswählt um zu regieren, bist du sicher oft nicht hier. Deshalb möchte ich Aischa bei mir haben. Bitte frag Emira."

„Ich werde nicht regieren! Emira wird mich nur als Statussymbol behalten wollen. Ein Mann, der keine andere Funktion hat als zu repräsentieren. Und Aischa kann mich nicht leiden. Warum gerade sie?"

„Im Grunde ist sie sehr liebebedürftig. Sie braucht mich auch, glaub mir."

„Ja, warum eigentlich nicht? Ich mag sie auch irgendwie. Sie ist so anders. Ihre Art gefällt mir. Nach außen die coole Powerfrau, mit der nicht gut spaßen ist. Und nach innen schüchtern und zurückhaltend. Sie umgibt irgendein Geheimnis. Nein – sie ist eine geheimnisvolle Frau. Genau wie du auch. Vielleicht ist es gut, wenn ihr zusammen seid. Ich habe so ein nicht fassbares Gefühl."

Nelly legte ihren Kopf auf meine Brust:

„Ich mag dich, Adam."

Die Zeit der Audienz rückte heran. Man brachte uns unsere europäische Kleidung. Frisch gewaschen und gebügelt. Es tat meinen Augen gut, Nellys straffe Brüste in dem enganliegenden T-Shirt bewundern zu dürfen. Auf dem Weg zu Emiras Audienzsaal, fing mich die Ministerin Ablah ab.

„Auf ein Wort, Adam."

Sie nahm mich beiseite.

„Was gibt es, Ministerin?", fragte ich.

„Adam! Ich sprach vorhin mit der Emira bezüglich ihrer Zukunftspläne. Sie hüllte sich in Schweigen und verwies auf die

Audienz. Was auch immer sie verkünden wird: es wird mir nicht gefallen. Du bist mir sehr sympathisch. Und du gabst uns die Chance, dem Emirat wieder einen männlichen Herrscher zu schenken. Aber nicht du sollst das Land führen! Es wäre für uns fatal. Zeuge einen Sohn, den wir in unserem Sinne erziehen können. In unserer Tradition und in unserem Glauben. Und sicher ist das auch schon geschehen. Emira wird den Jungen einer ihrer Mätressen als ihren annehmen. Deine Arbeit ist getan. Du wirst dieses Volk nie verstehen. Ich gebe dir den wohlgemeinten Rat, zusammen mit deiner Gespielin wieder nach England zu reisen."

„Du drohst mir offen!?" Ich war ehrlich überrascht.

„Das war keine Drohung. Ein Rat nur."

„Und warum sollte ich nicht herrschen? Mal abgesehen davon, dass ich es auch nicht möchte?"

„Du kennst die Mentalität der Menschen hier nicht. Ein Europäer sollte nicht in einem islamischen Staat regieren. Das weißt du genauso gut wie ich. Und dann kommst du auch noch aus einer fremden Welt!"

„Lass uns erst hören, was Emira zu sagen hat. Ich werde ihr gehorchen und lasse mich nicht einschüchtern. Von dir nicht und von niemand anderem."

Wütend ging ich zurück.

Man brachte uns in einen mir unbekannten Raum. Neben der Tür blieben wir stehen und beobachteten das Geschehen. Emira wertete gerade mit den Ministerinnen ihren Europabesuch aus. Es ging um neue Verträge und Öllieferungen. Vor allem nach England und Deutschland. Der höhere Bedarf, hervorgerufen vor allem durch die Umstellung von Kohle auf Heizöl wirkte sich auf den Preis aus. So ging es einige Zeit weiter und ich hatte Muse den Raum in Augenschein zu nehmen. Er strahlte durch und durch europäische Atmosphäre aus. Er diente sichtlich nur einem Zweck – von hier aus wurden Geschäfte gemacht und Politik betrieben. Emira saß auf einem Podest und trug einen Hosenanzug. Die oberen Knöpfe waren geöffnet und der Spalt zwischen ihren Brüsten lugte einladend hervor. Nur nebenbei dachte ich daran, dass der Begriff „Busen" eigentlich nur diesen Raum zwischen den Titten bezeichnete.

Ab und zu traf mich wie zufällig ihr Blick. Auch Ministerin Ablah war inzwischen anwesend. Was konnte sie mir schon tun? Wenn ich hier bleiben sollte, hatte ich eine Feindin. Ich war für sie, und sicher nicht nur für sie, ein Eindringling, der die bewährte Ordnung durcheinander brachte. Sie fürchtete sich vor Veränderungen. Einen Nachkommen könnten sie langsam in ihrem Sinne und im Sinne der Staatsraison erziehen. Ich aber, war ein Buch mit sieben Siegeln. Sie fürchteten sich vor meiner Unberechenbarkeit. Im Grunde konnte ich sie verstehen. Doch glaubte ich nicht, dass ich eine große Rolle spielen würde. Dennoch musste ich Ablah im Auge behalten. Aischa musste mir dabei helfen. Ein Lächeln huschte in mein Gesicht. Höfische Intrigen kannte ich aus Filmen. Ich hielt es immer für stark überzogen. Nun befand ich mich mitten in einer solchen. Warum nur? Konnte sich Ablah nicht einfach mit mir zusammen setzten und über eine eventuelle Zukunft diskutieren? Ich widerstand dem Versuch, mit dem Finger auf sie zu zeigen und sie anzuschwärzen. Freunde würde ich mir damit sicher nicht machen. Sie hatte sich Verdienste erworben. Ich besaß keinen Beweis für ihre Drohung und hätte jeglichen Respekt verloren.

Mein Blick ging wieder zum „Thron".

Einen Meter neben Ablah stand Aischa. Streng fixierte sie die anwesenden Damen, deren Funktionen mir weitestgehend unbekannt waren. Aischa hatte mir in diesen Tagen ihrer Abwesenheit mehr gefehlt, als mir lieb war. Dieses Eingeständnis trug unangenehme Züge. Aischa charakterisierte der Begriff „Powerfrau" am besten. Zur Feindin mochte ich sie nicht haben. Und eine richtige Freundin wollte sie mir nicht sein. Sie war bildschön wie sie dort stand. Die Arme unter den Brüsten verschränkt, auf welche die langen schwarzen Haare fielen und die Wölbungen sanft umflossen. Die schwarzen Augen funkelten bis zu mir, wenn sie mir einen Blick schenkte. Die Konturen ihres durchtrainierten Körpers waren ausgewogen und perfekt. Man mochte sie einfach in die Arme nehmen und Zärtlichkeiten tauschen. Doch dieser Eindruck täuschte. Die Frau Aischa war eine fleischgewordene Waffe! Gern hätte ich sie einmal gefickt – aber wiederum auch nicht. Sie faszinierte mich schon, doch gleichzeitig fühlte ich eine Gewisse Kälte in unserer Beziehung. Von Aischa war es nicht weit zu Fatma, der Emira. Was erwartete mich von dieser Seite? Auch sie blieb mir gegenüber eher distanziert. Und doch glaubte ich ein Leuchten in ihren Augen zu erkennen, wenn sie mich sah. Oft lagen wir uns nackt gegenüber. Über zufällige Berührungen ging unsere körperliche Kontaktaufnahme aber nie hinaus! Was hatte sie mit mir vor?

Ich glaubte meinen Namen zu hören.

„Mann Adam! Tritt vor."

Ich löste mich von der Wand und ging unter den Blicken aller Frauen zu Emira.

„Emira! Wie kann ich dir dienen?"

Ich verbeugte mich vor ihr.

Sie gönnte sich eine Kunstpause. Bildete ich es mir nur ein, oder atmete sie schwerer? Ihre Brüste hoben sich fast aus ihrer Verschalung. Nervös rutschte sie auf ihrem Stuhl herum.

„Adam!", hub sie an. „Du hast den Wunsch geäußert, hier zu bleiben. Ich frage dich nun hier unter Zeugen. Überlege dir deine Antwort gut. Möchtest du in meinem Emirat bleiben und Bürger des Persischen Reiches werden? Freiwillig und ohne Hintergedanken? Möchtest du dem Emirat und mir dienen, so wie es dein Gewissen zulässt? Unterwirfst du dich unseren Gesetzen und unserem Glauben?"

Das verursachte also ihre Nervosität. Sie wollte mich und hatte Angst, dass ich „Nein" sagen könnte. Sicher plante sie schon mit mir. Meine Anwesenheit gäbe ihrer Herrschaft einen nicht zu unterschätzenden positiven Schub. Wie weit würde sie mich integrieren? Meine folgende Antwort duldete keinen Rückzieher. Mein Schicksal entschied sich hier und jetzt! Und das erste Mal seit ich in dieser Welt erwachte, hatte ich wirklichen Einfluss darauf. Sicher war, dass Emira mich nicht in einen hinteren Winkel des

Palastes verbannen würde, um Frauen zu vögeln. Sie brauchte meine Person zum Repräsentieren. In wieweit sie mich in die Regierung einbinden würde, stand abzuwarten. Und ich legte auch keinen Wert darauf. Ich fühlte mich einfach nur wohl hier. Warum sollte ich das Angebot nicht nutzen?

Die Emira deutete mein Zögern falsch. Ihre Augen flatterten, sie wusste nicht wohin mit ihren Händen. Eigentlich kannte sie meine Antwort. Nun wollte sie es offiziell machen. Unter der Anwesenheit der internationalen Presse. Ein Paukenschlag und ein Schlag ins Gesicht Englands! Ich lächelte. Laut und vernehmlich antwortete ich:

„Ja Emira! Ich möchte dir dienen und ein Bürger Persiens werden. Dem Wohl des Emirats verpflichtet, werde ich jede Aufgabe übernehmen, die mir meine Emira anbefiehlt. Ich werde eure Gesetze respektieren und eure Gebräuche erlernen. Ich bitte das Volk des Emirats, mich auf – und anzunehmen."

Sie atmete hörbar aus.

„Dann sei es so! Herzlich willkommen."

Ihr war ein Stein vom Herzen gefallen. Jede im Saal sah ihre Erleichterung. Bedeutete ich ihr wirklich so viel? Wenn ja, was bedeutete es für mich? Die Antwort ließ nicht lange auf sich warten.

Emira fuhr fort.

„Adam bedeutet für uns alle Ruhm und Anerkennung. Und er bedeutet frisches Blut. Die Verhandlungen über den Verbleib des Mannes mit Europa gestalteten sich sehr schwierig. Eine jede glaubte Rechte auf ihn anmelden zu dürfen. Erst meine Hinweise auf die Menschenrechte, insbesondere das Recht auf Selbstbestimmung brachten die Wende. Adam erhält die doppelte Staatsbürgerschaft. Es ist ihm also auch möglich, seine Heimat England zu besuchen. Adam wird an meiner Seite das Emirat leiten. Ist eine im Saal, die berechtigte Einwände gegen diese, meine Entscheidungen hat? Dann bitte ich sie zu sprechen. Hier und jetzt!"

Gemurmel hub an. Die mir bekannte Ministerin trat vor.

„Darf ich sprechen, Emira?"

Eine huldvolle Handbewegung erlaubte es ihr.

„Der Mann soll an deiner Seite sein? Mein Amt verpflichtet mich, dich auf mögliche Risiken hinzuweisen. Er ist fremd in dieser Welt. Und das im doppelten Sinne. Du hast noch keine Nachfolgerin. Möchtest du mit ihm eine Erbin zeugen?"

Mit fester Stimme antwortete Emira:

„Ja. Eine neue Dynastie wird auferstehen. Eine Dynastie männlicher Herrscher. Wie von Allah gewollt. Sollte ich aber Mädchen bekommen, so nehme ich auch das als Allahs Willen an."

Die Ministerin zog sich zurück. Keine erhob mehr Einwände. Ich blickte diese Ablah an. Entschlossenheit erkannte ich in ihrem Gesicht. Und Wut!

Erhaben blickte derweil Emira in die Runde. Ihre Augen blieben an Nelly haften. Die Emira winkte sie heran.

„Nelly, ich frage auch dich: Bleibst du hier bei Adam?"

„Wo er ist, will auch ich sein."

„Dann sei auch du meine Freundin. Aischa, du bist mir seit meiner Kindheit eine Stütze in jeder Beziehung. Ab heute bist du für die Sicherheit von Adam und Nelly persönlich verantwortlich. Und nun zu unserem Ehrengast."

Was für ein Ehrengast? Emira blickte zur Tür und klatschte zwei Mal. Sie öffnete sich und herein trat ein Gespenst. Ich glaubte meinen Augen nicht zu trauen. Verschüchtert und nervös stand Beata in der Tür. Emira forderte sie auf, näher zu treten. Kurze Zeit später stand sie neben mir. Ich zuckte kurz, um sie in meine Arme zu schließen. Ein solches Verhalten wäre aber hier nicht angebracht gewesen. Also beschränkte ich mich auf ein Lächeln. Im Stillen dankte ich Emira für diesen Dienst. Wie hatte sie das nur fertig gebracht? Als hätte sie meine Gedanken erraten, sagte sie:

„Adam, du musst mir jetzt nicht danken. Wir reden nachher. Die Sitzung ist hiermit aufgehoben!"

Der Saal leerte sich umgehend. Emira bat uns zu bleiben. Endlich konnte ich meine Beata in den Arm nehmen und küssen.

„Liebe Beata. Ich bin nicht leicht zu überraschen. Aber damit rechnete ich nun wirklich nicht. Mein Gott, wie ich dich vermisst habe."

„Hier hat wohl eher Allah das Sagen. Ich bin doch für dich verantwortlich, weißt du das nicht mehr. Außerdem hattest du doch Nelly."

Emira meldete sich:

„Adam ich habe mir dir zu reden. Komm nachher zu mir. Nach eurer – Begrüßung."

Sie lächelte hintersinnig. Nelly nahm Aischa an die Hand und winkte mir zu. Die beiden verließen Hand in Hand den Raum.

„Adam, es gibt so viel Neues zu berichten."

„Nicht jetzt, Liebes. Ich möchte deinen Körper spüren, deine Wärme und Liebe. Lass uns in meine Gemächer gehen."

„Gemächer? Ja, mein Pascha."

Beata lehnte sich an mich. Am Springbrunnen küsste ich sie leidenschaftlich. Dann ließ sie ihren Blick über den Park schweifen.

„Es ist so schön hier. Wie im Märchen", hauchte sie.

Verlangend nahm ich sie an die Hand und hatte es eilig an mein Bett zu kommen.

Halb zog ich sie, halb sank sie hin, wie der Dichter sagt.

Süchtig nach ihrem Körper zog ich Beata umgehend den Pulli über den Kopf und vergrub mich zwischen ihren Brüsten. Ich genoss ihren sehr eigenen Körpergeruch. Währenddessen nestelte sie an meiner Hose und schob sie mir in die Kniekehlen. Ihre warme Hand schmiegte sich um meine prallen Hoden und ich spürte Blut fließen. Nämlich vom Kopf in den Schwanz.

Ich schob auch ihre Jeans runter und sie zurück zum Bett. Beata stolperte und fiel auf das Bett. Sie streifte ihre Hose ganz ab und öffnete lasziv ihre Schenkel.

Schnell versanken wir im Nirwana der Ektase. Ein Knäul aus menschlichen Leibern, in Liebe versunken und die Welt vergessend.

Ausgelaugt und das Letzte gegeben, lagen wir schließlich nebeneinander.

„Es ist so viel geschehen, nachdem du verschwunden warst",
sagte Beata als sie wieder Luft bekam. Ich bat sie zu erzählen.

„Du gingst an jenem Abend mit Nelly. Zunächst sorgten wir
uns nicht. Gegen Mitternacht griff Sandy zutiefst besorgt zum
Handy. Die Polizei wimmelte ab. Es wäre noch zu früh für einen
Einsatz. Am nächsten Morgen jedoch, begriffen sie den Ernst der
Lage. Du warst einfach zu wichtig um einfach so abgetan zu
werden. Zeuginnen meldeten sich. Sie sahen euch in Begleitung
dreier Damen, welche einen orientalischen Touch besaßen. Eine
Entführung wurde immer wahrscheinlicher. Auf dem Flughafen
hätte eine Maschine der Arabischen Union gestanden. Keine
wusste Näheres. Eine schob die Verantwortung zur Nächsten. Ihr
bliebt verschwunden und mir brach es fast das Herz. Die
Ungewissheit machte mich schlaflos. Ich nahm meinen Dienst im
Institut wieder auf. Ich war unkonzentriert und wurde beurlaubt.
Ich besuchte oft Barbara, die sich ja um Nelly ängstigte."

Beata nahm sich eine Pause und kraulte versonnen und
nachdenklich meine Hoden. Dann fuhr sie mit ihrem Bericht fort,
während ich mich mit ihren Büsten beschäftigte.

„Und eines schönen Tages fand ich einen anonymen Brief im
Kasten. Einfach nur ein geblümter Umschlag mit einer Nachricht
auf edlem Papier. Er roch ungewöhnlich exotisch und ich zögerte
ihn zu öffnen. Doch meine Neugier siegte. Euch ginge es gut und
ihr wärt inzwischen freiwillig dort, wo ihr eben wärt. Ich solle mir
keine Sorgen machen. Es war ein schwacher Trost. Aber eben doch
ein Trost!"

Beata verarbeitete kurz ihre Erinnerungen, ehe sie fortfuhr:

„Die Wochen vergingen und nur am Rande nahm ich in den
Nachrichten den Besuch einer hohen Persönlichkeit aus dem
Persischen Reich wahr. Sie käme, um die Beziehungen zwischen
beiden Ländern zu vertiefen und über neue
Wirtschaftsbeziehungen zu verhandeln. Einen Tag später fuhr ein
Konvoi aus Polizeifahrzeugen und einem Regierungswagen vor.
Eine attraktive Frau bat um ein Gespräch unter vier Augen mit mir.
Ich bat sie natürlich herein und entschuldigte mich, ihr nichts

anbieten zu können. Die Frau stellte sich vor und ich versank vor Ehrfurcht fast in den Boden. Schließlich habe ich nicht oft die Gelegenheit, Staatsoberhäupter in meinem Haus zu empfangen. Die Dame erzählte mir von dir und Nelly. Wie gut es euch ginge und ihr vorerst bleiben möchtet. Ich freute mich natürlich sehr. Vor allem weil sie mir versicherte, dass ich euch bald wiedersehen würde. Aber weißt du, was mich am meisten irritierte? Während wir uns unterhielten, fixierte sie ununterbrochen meine Schwester. Und die lächelte zurück. Sie flirteten ganz offensichtlich miteinander. Selbst meine Mutter befremdete ihr Verhalten. Es war einfach unhöflich. Kannst du mir dafür eine Erklärung geben?"

Ich lächelte. Beata bestätigte meine Vermutung. Sandy passte in Emiras Beuteschema.

„Das ist ganz einfach: Emira unterhält einen privaten Harem. Diesen Harem sollte ich schwängern. Deswegen auch meine Entführung. Und Sandy ist der gleiche Typ wie die Mädchen. Emira möchte sie!"

„Du meinst …? Es würde dem kleinen Biest sicher gefallen. Aber nun weiter in der Erzählung.

Emira lud mich ein in ihr Emirat. Ich sagte sofort zu. Meine Sehnsucht nach dir war zu groß. Ebenso groß meine Neugier. Den Rest kennst du. Nun bin ich hier."

„Wie dem auch sei! Was machen wir nun? Wie geht es weiter?", fragte sie nach einer Schweigephase.

„Wir brauchen einen Plan für die Zukunft. Und zwar mit allen Beteiligten! Ich habe auch in England noch Verpflichtungen."

„Adam, ich muss dir noch mehr mitteilen. Es wurden inzwischen 108 Frauen mit deinem Samen künstlich befruchtet. Dazu weiß ich von meiner Mutter, Barbara und Eve. Auch sie sind schwanger. Außerdem gelang den Wissenschaftlerinnen die Herauslösung des XY-Chromosoms. Sie sind kompatibel mit unserem künstlichen Sperma und werden nicht abgestoßen. Also steht der Zeugung männlichen Nachwuchses nichts mehr im Wege. In dieser Beziehung hast du keinerlei Verpflichtungen mehr.

Nur noch Versprechen wie der Aufklärungsfilm und natürlich dein Haus."

„Das sind ja gute Neuigkeiten. Hier sind die Damen des Harems schwanger geworden. Ich muss mich mit Emira beraten. Auch sie hat Pläne mit mir."

„Möchtest du wirklich hier bleiben?"

„Mir gefällt es. Und Nelly ebenso."

„Gut, dass du mit Nelly anfängst. Ich habe recherchiert. Wegen deiner angeblichen besonderen Beziehung zu ihr. Und ich bin auf Erstaunliches gestoßen. Du solltest aber darüber mit ihrer Oma und Barbara reden."

„Mit ihrer Oma? Mach es nicht so spannend, Beata."

„Wie gesagt, rede mit Oma."

Eine Bedienstete teilte uns mit, dass Emira uns zu Tisch bat. Sie führte uns in ihre privaten Räume. Emira thronte an der Stirnseite eines reich gedeckten Tisches. Sie trug eine Art Bikini, der ihre frauliche Figur stark betonte. Der private Charakter dieser Audienz war offensichtlich. Sie bat uns Platz zu nehmen. Nelly und Aischa griffen schon zu. Auch wir nahmen uns vom Essen.

„Werden wir nun konkret", begann sie direkt. „Nun, da du dich entschlossen hast bei mir zu bleiben, reden wir über die Zukunft. Über unsere Zukunft, wohlgemerkt. Und natürlich werden unsere Pläne Auswirkungen auf das ganze Land haben."

„Das wäre angebracht", stimmte ich zu.

Emira trank einen Schluck Wein und begann ihre Pläne zu entwickeln.

„Ich wünsche die Ehe mit dir zu schließen. Des Weiteren möchte ich einen Sohn von dir. Du hast innerhalb dieses Landes volle Handlungsfreiheit. Und sicher möchtest du auch nach England. Ich erfuhr von deinen Verpflichtungen. Ein Privatjet steht dir jederzeit zur Verfügung. Solltest du bestimmte Frauen in deiner Nähe haben wollen, hätte ich nichts dagegen. Meine privaten Frauen sind allesamt schwanger dank dir. Ich plane einen eigenen Trakt in meinem Palast für Mütter mit Kindern. Mit deinen Kindern, wohlgemerkt. Nun zu dir, Beata. Du bist mir willkommen. Ich weiß, dass Adam dich liebt. Du und Nelly, ihr könnt mit ihm zusammen bleiben. Ich hoffe, dich stört unsere Hochzeit nicht. Eine Bitte habe ich an dich: Deine Schwester gefällt mir. Darf ich sie zu mir holen?"

„Große Emira. Ich kann nicht für Sandy sprechen. Frag sie selbst. Und deine Hochzeit stört mich nicht. Längst erkannte ich, dass ich Adam nicht allein für mich haben kann."

„Dann werde ich mit deiner Schwester reden. Nein - ich bitte dich, Adam, mit ihr zu sprechen. Sicher fliegst du bald nach England."

„Es wäre mir ein Vergnügen. Und ehe du in Verlegenheit kommst, mich zu fragen: Ja, auch ich möchte dein Ehemann werden."

Wir lachten auf. Es war ein warmes, herzliches Lachen. Ein Lachen unter Freunden.

„Entschuldige bitte", sagte Emira verlegen. „Das war dumm von mir."

Sie sah sehr sympathisch aus in ihrer Verlegenheit. Und sexy! Sie war eine schöne Frau.

„Darf ich nun meine vagen Pläne erläutern?", fragte ich.

Ich wartete nicht auf eine Antwort, sondern fuhr fort:

„Vor der Eheschließung gibt es tatsächlich noch vieles zu regeln. Zum einen in England. Ich muss dort etwas mit Nelly und ihrer Mutter klären. Das ist mir sehr wichtig. Auch wenn es im Moment ziemlich irrelevant ist. Egal! Ich werde auch Sandy holen. Ich schob in London ein Projekt an. Wie du hier, ein Heim für Mütter meiner Kinder. Zumindest die Knaben sollte eine gleiche Erziehung genießen. Dafür muss ich die finanziellen Mittel auftreiben. Wenn ich zurück bin, möchte ich mir mit deiner Erlaubnis ein eigenes Haus bauen. Vor allem für meine Frauen, die du mir großzügiger Weise zugestehst. Und ich möchte mit dir ein Kind zeugen. Aber schon ehe ich nach England fliege."

„Es sei wie du sagst. Privat bitte ich dich, mich Fatma zu nennen. Aber halt! Ich vergaß. Aischa trat mit einer Bitte an mich heran. Sie möchte mit Nelly zusammen leben. Erlaubst du es ihr?"

Ziemlich überrascht blickte ich fragend zu Nelly. Aischa hielt sich zurück und sah verlegen nach unten.

„Adam", begann Nelly. „Ich liebe dich und ich fühle mich auch zu Aischa hingezogen. Und wir möchten auch ein Kind erziehen. Dein Kind! Bitte erfülle uns diesen Wunsch."

„Und wer soll das Kind bekommen?"

Nelly war selbst noch ein Kind. Ihr zarter Körper war für eine Schwangerschaft nicht geschaffen.

„Wenn du mir diese Ehre erweisen würdest?", flüsterte Aischa zaghaft ohne mich anzusehen.

Es verschlug mir die Sprache! Aischa wollte sich von mir ficken lassen! Empfand sie etwas für mich oder wollte sie nur besamt werden? Das war die große Frage. Aber egal. Diesen Wunsch würde ich den beiden gern erfüllen.

„Sehr gerne, Aischa. Aber nur, wenn du es von ganzem Herzen möchtest. Ich lasse mich nicht zum reinen Samenspender degradieren. Dafür ist mir die Beziehung zu dir zu wertvoll. Das Kind soll mit Liebe gezeugt werden. Ich schätze dich als ehrliche Frau ein. Deshalb frage ich dich, ob du etwas für mich empfindest oder ihr nur ein Kind möchtet?"

Die Nahkampfexpertin und Elitekämpferin scharrte wie ein Mädchen verlegen mit den Füßen. Endlich rang sie sich eine Antwort ab.

„Du bist gütig, Herr. Ich werde den Akt mit dir genießen", antwortete sie diplomatisch. Ich musste lächeln. Sie würde sich nicht ändern. Auch die Emira blickte sie amüsiert an. Ich durfte ihre zaghaften Gefühle, die sie begann für mich zu entwickeln, nicht zerstören, indem ich sie der Lächerlichkeit preis gab:

„Gut Aischa! Es wäre auch für mich eine Ehre, mit der stolzesten Frau die ich kenne, das Bett zu teilen. Und nenn mich bitte nicht „Herr". Ich bin kein „Herr"!"

„Darüber wird noch zu reden sein, Adam", mischte sich Emira ein. Was auch immer sie damit meinte.

Damit hatte sich der offizielle Teil erledigt. Die Weiber begannen mit ihrem Geschwätz, natürlich auf meine Kosten. Emira, nunmehr Fatma, meine zukünftige Frau, sah öfters zu mir. Der Saal hatte sich gefüllt. Immer mehr „Hofschranzen" kamen hinzu und mir blieb nichts weiter übrig, als das Geschwafel über mich ergehen zu lassen. Auch Fatma schien reichlich genervt. Folgerichtig fanden sich unsere Blicke und wir verschwanden bei der erst besten Gelegenheit in einem Nebenraum. Sie schloss hinter mir die Tür ab. Der Raum war in einer blassblauen Farbe gehalten. Tapete, Teppichboden und der orientalische Stuck an Wänden und Decke strahlte in den Farben der hereinbrechenden Nacht. Wie nicht anders zu erwarten, stand in der Mitte ein Bett. Der Ausdruck

„Bett" beschrieb auch hier das Schlafmöbel nur sehr unzureichend. Ein blauer „Himmel" spannte sich darüber, getragen von gedrehten Säulen aus Ebenholz. Die Kopfkissen schwebten wie Wolken, die in einem blauen Meer versanken. Fatma sah mich verklärt an. Sie öffnete ihr Oberteil und befreit wippten ihre vollen Brüste hervor. Danach streifte sie sich die Hose vom Unterleib. Ihre Brüste schaukelten vergnügt und hingen nach unten. Genauso wollte ich sie nehmen. Mein Schwanz wurde hart bei diesem Anblick. Von hinten in sie eindringen und meine Hände in die dicken weichen Titten vergraben. Fatma richtete sich auf und ich kam nicht umhin, ihre reife Schönheit zu bewundern. Ausgewogen und sehr fraulich, exotisch sinnlich und verführerisch. Eben anders als meine europäischen Frauen. Fatma stand da und wartete. Ungehörig ließ ich sie warten. Sie beeindruckte mich einfach in ihrer Nacktheit.

„Ich bitte dich, Adam. Betrachte mich nicht wie eine Dirne. Und gib mir bitte nicht das Gefühl, ich wäre für dich nur eine lästige Pflicht!"

Schnell zog ich mich aus.

„Fatma! Vergib mir bitte. Es lag nicht in meiner Absicht, dich zu erniedrigen. Ich war nur überrascht. Überwältigt von deiner Schönheit. Bisher sah ich in dir mehr die Herrscherin. Nun sehe ich eine sehr attraktive Frau. Und nie würde ich dich wie eine läufige Hündin nehmen. Ich bin dein Mann. Heute und in Zukunft."

Ihre Scham lag in Höhe meines Gesichtes. Ihr rosiger Spalt blitzte durch den schwarzen Busch. Ich zog sie an ihrem Hintern an meinen Mund. Sie roch herb nach Frau. Der Duft, der Männer den Verstand verlieren lässt. Fatma zog mich hoch.

„Steh auf, mein stolzer Mann. Zeig mir die Liebe. Bring mir bei, wie ein Mann eine Frau liebt. Lass mich in deinen Händen eine Frau sein, so wie es in alten Büchern geschrieben steht und wie es die Dichter besangen. Und sei nachsichtig mit mir. Und wenn …"

Ich verschloss ihren Mund mit einem Kuss. Sie schlang ihre Arme um mich und ich fühlte ihren hitzigen und aufgeregten Körper. Meine beginnende Erektion drückte gegen ihren Bauch und die Herrscherin erzitterte. Meine Hand ging zwischen ihre Schenkel und erfühlte eine sämige Feuchte. Ich gestattete meinem Finger jedoch nicht in die seidige Grotte der Wollust einzudringen. Emira musste an die Liebe herangeführt werden wie ein Teenager. Sie war keine Frau zum ficken. Dieser Akt musste zelebriert werden. Kurz ertastete sie meine Hoden. Sie zitterte immer noch in meinen Armen.

Dann sank sie auf das Bett und öffnete ihre Schenkel. Ich fand die Zeit der Phrasen gekommen. Doch ich meinte meine Worte ehrlich:

„Fatma, du bist eine wunderschöne Frau. Betörend und begehrenswert. Noch liebe ich dich nicht richtig. Aber ich werde dich lieben lernen. Bitte lass uns unsere Körper verschmelzen. Lass es einfach geschehen und lass dich fallen. Gib dich mir voll hin. Hab keine Angst."

Ich nahm ihre Schenkel weiter auseinander. Das schwarze Dreieck öffnete sich leicht und in der Mitte schimmerte der rosa Spalt.

Meine sensible Eichel spürte ihren Eingangsring und gleichzeitig die Hitze, die aus ihrer Vagina trat. Ich genoss das Gefühl, meine Spitze zwischen ihrem Muskel zu reiben. Fatma wurde ungeduldig. Sie forderte meine ganze Länge. Ich tastete mich zentimeterweise in sie. Wieder und wieder zog ich mich zurück um den nächsten Zentimeter ihres Inneren zu erforschen. Mutig geworden, begann ich heftiger zu stoßen. Ich passte meinen Rhythmus ihrem Herzschlag an, der sich stetig erhöhte. Ihre Brüste wippten wie Wackelpudding bei jedem Eindringen. Längst waren ihre Augen geschlossen. Sie lernte sehr schnell, meinen Penis in sich als Teil ihres eigenen Körpers zu fühlen und akzeptieren. In diesem Augenblick war sie nicht Regentin, sondern Frau! Und auch ich fühlte mich gut in ihr. Nach einer gefühlten Ewigkeit erzitterte ihr Leib. Ihre Vagina krampfte sich rhythmisch um mein Glied. Mit einem lauten Schrei kam sie. Gleichzeitig mit ihr entlud ich mich.

Schwitzend wie ein Schwein fiel ich von ihrem Körper. Weiße Punkte tanzten vor meinen Augen und die Luft blieb weg. Ein solcher Ritt konnte bei der schwülen Hitze für einen Herzkranken tödlich sein. Völlig verausgabt lag ich neben ihr, wie ein Maikäfer auf dem Rücken.

„Du … wolltest mich … umbringen. Es wäre … ein süßer Tod … gewesen", japste Fatma.

„Wie empfandst du dein „erstes Mal"?", fragte ich und hoffte, dass sie sich nicht in schwülstigen Lobpreisungen meines Schwanzes und mir erging.

„Er pulsierte in mir. Warm, hart und doch so zärtlich und weich. Ich fühlte ihn ganz intensiv. Es verlangt mich nach mehr."

Nach einer längeren Phase der Erholung führte mich die Emira auf verschlungenen Pfaden und nackt wie Allah uns schuf, zu einem Swimmingpool. Marmorverkleidete Säulen mit vielen Goldornamenten umsäumten das Bassin. Ein steinerner Löwe spie dampfendes Wasser in den Pool. Jeden Moment erwartete ich halbnackte Sklavinnen, die Früchte und Wein servierten. Alles wirkte so unwirklich wie in einem neuen Paralleluniversum.

Tatsächlich erschien eine holde Dame. Jedoch leicht bekleidet. Sie brachte mir ein gekühltes Bier und Fatma einen Cocktail.

„Weißt du eigentlich, dass du bald ein Emir bist?" Ihre Brüste schwammen auf der Wasseroberfläche.

„Es ist so schön hier. Du verstehst es zu leben." Ich legte mich neben sie ins Wasser. „Aber warum lebst du so, Fatma? Ich schätze dich als eine weltoffene Frau ein. Du weißt, was du willst und setzt es durch. Als Diplomatin bist du weltweit gefragt und du verstehst die Gefühle der Europäer. Aber hier befinde ich mich in einer anderen Welt. In einer Märchenwelt. Warum also?"

„Mich faszinierte schon immer die Architektur der alten Zeiten. Die prächtigen Paläste, die Farben und Formen. Ich wollte etwas davon in diese Zeit retten. Viel von unserer Tradition ging mit dem Sterben der Männer verloren. Unsere Kultur war so reichhaltig, so fantasievoll. Ich möchte versuchen, es zu bewahren für unsere Nachkommen. Es ist nur ein Spleen von mir. Ein Traum! Von der

Moderne kann ich mir nichts abgewinnen. Alles zu monoton, zweckbestimmt und einfallslos. Nach außen muss ich mich arrangieren! Doch hier kann ich mir mein eigenes kleines Reich aufbauen und einrichten. Allah in seiner Güte, gab mir die Mittel und Macht dazu. Du kannst der Mann sein, der mir fehlte zu meinem Glück. Nur versprich mir eins: Beschneide nicht meine Macht! Du würdest es bereuen."

„War das eine Drohung?" Ein Schreck war mir in die Glieder gefahren. Ich dachte sofort an die Drohung der Ministerin.

„Nein, keine Drohung. Sondern ein Rat. Von mir aus könntest du regieren. Aber man würde dich nicht akzeptieren. Es gäbe Probleme, große Probleme. Die brauchst DU nicht und ICH nicht. Lass uns harmonisch zusammen leben und auch regieren. Die Zeit wird alles regeln. Inschallah, wie wir sagen. Und nun lass uns zurückgehen."

Dort erwartete uns eine böse Überraschung.

Beata setzte sich mit ernstem Gesicht zu mir.

„Adam! Nelly ist verschwunden."

„Was soll das heißen?"

„Sie ging vor einer halben Stunde auf die Toilette. Seither ist sie nicht zurückgekommen. Aischa sucht sie schon."

„Wo wird sie schon sein?", fragte ich sorglos. „Sie geht halt etwas an der frischen Luft spazieren."

„So einfach ist es nicht. Selbst der Palast hat seine Grenzen. Und nach draußen ist sie ja wohl kaum gegangen", antwortete Beata.

Mein Blick ging zur Emira. Mir entging nicht, dass auch sie sich Sorgen machte.

„Bring sofort Aischa zu mir", herrschte sie eine Dienerin an. Die erschrak und entschwand, um sie zu suchen.

„Beata! Sie ist ein junges Ding und sicher mit einem anderen Mädchen in irgendeiner Ecke", beschwichtigte Emira.

Erbost blickte Beata sie an:

„Das würde sie nie tun! Erstens ist sie mit Aischa zusammen. Und zweitens hätte sie uns verbal oder nonverbal einen Hinweis gegeben."

Plötzlich kam Aischa völlig außer Atem gerannt. Aischa wurde am Vortag offiziell zur Chefin der Palastwache ernannt. Somit war sie für alle Vorgänge innerhalb des Palastes verantwortlich. In dieser Funktion nahm sie nun Haltung vor Emira an.

„Was hast du mir zu berichten, Aischa?", fragte Emira streng.

Schwer hoben sich ihre Brüste, als sie antwortete:

„Emira – Adam. Ich konnte Nelly nirgends finden. Wir durchsuchten den ganzen Palast. Sie kann einfach nicht innerhalb dieser Mauern sein!"

Gemeinsam mit der Emira stand ich ruckartig auf.

„Was hast du gesagt?", schrie sie Aischa an. „Du bist verantwortlich für die Sicherheit aller. So also, versiehst du deinen Dienst?"

Ich legte beruhigend eine Hand auf ihre Schulter:

„Fatma. Lass uns ins Bett gehen. Es war eine lange Nacht. Morgen früh sehen wir weiter. Vielleicht ist sie dann wieder hier."

Innerlich „kochend" zwang ich mich zur Ruhe. Momentan brachte es nichts, sich aufzuregen.

Ich würde nicht schlafen können und Aischa sicher ebenfalls nicht. Sie stand da mit Tränen in den Augen.

Ich ging mit Beata in meine Gemächer und legte mich wie paralysiert auf mein Bett. Zärtlichkeiten von ihr lehnte ich kategorisch ab. Ich hoffte auf den Morgen und mit ihm auf die Anwesenheit Nellys.

Nelly blieb verschwunden. Ich befahl Beata, in den Räumen zu bleiben. Die Sache war eine Angelegenheit zwischen Fatma und mir. Wutentbrannt stürmte ich in Emiras Räume. Mein Entschluss stand längst fest.

Ohne einen Gruß sagte ich:

„Emira! Nelly ist nicht da. Ich werde sie suchen und finden. Tot oder lebend. Und wenn ich sie gefunden habe, dann verlasse ich diesen „gastfreundlichen" Ort für immer. Ich bin so enttäuscht. Wir hätten eine glückliche Zeit vor uns haben können."

Traurig schaute mich Fatma an. Dunkle Ringe um die Augen ließen ihr Gesicht alt wirken. Gebrochen und krumm stand sie vor mir. Eine solche Reaktion meinerseits hatte sie wohl schon erwartet. Gefasst sagte sie:

„Adam. Lass es nicht so zu Ende gehen. Bitte. Wir werden sie finden und alles wird sich aufklären."

Ich war versucht, sie in die Arme zu nehmen, als ich ihre Körperhaltung sah. Meine Ankündigung hatte sie erschreckt und resignieren lassen. Aber ich konnte nicht zurück. Ich musste es durchziehen.

„Nein Majestät! Ich hätte mich sicher mit allen Schwierigkeiten arrangiert. Aber nicht mit dem Verlust eines Teils meiner Familie."

„Warum nennst du mich „Majestät"?", fragte sie mit Tränen in den Augen. Die Antwort kannte sie selbst. Plötzlich richtete sie sich auf. Mit kreischender Stimme schrie sie:

„Aischa! Sofort zu mir!"

Die Gerufene erschien wenige Augenblicke später. Sie sah grauenerregend aus. Das Gesicht eingefallen und die Augen rot. Sie warf sich, mit zur Seite ausgebreiteten Armen, Emira vor die Füße. Ihre Nasenspitze berührte den Boden. Noch nie sah ich ein menschliches Wesen so demütig und schicksalsergeben liegen, außer in historischen Filmen.

Ohne ein Wort zu sagen, lag sie da und harrte ihrem Schicksal. Und die Emira ließ sie über Gebühr liegen. Wut las ich in ihrem Gesicht – unbändige Wut. Sie musste sich erst sammeln, ehe sie mit Aischa reden konnte.

Bedrohlich leise fragte sie etwa fünf Minuten:

„Nun, Aischa. Was gibt es Neues? Oder hast du etwa die Nacht ruhig geschlafen? Ich machte dich zur Chefin der Palastwache. War das ein Fehler?"

Aischa erhob sich auf die Knie. Ungehemmt liefen Tränen die Wangen hinab und tropften vom Kinn auf ihre bebenden Brüste.

„Wir haben mehrmals alles abgesucht, Herrin. Sogar den Teich. Nichts! Sie ist weg." Das Sprechen fiel ihr schwer. Ein Weinkrampf schüttelte sie.

„Wenn das Mädchen nicht leben gefunden wird, bist du in Zukunft für die Sicherheit einer Herde Ziegen verantwortlich! Doch auch so werde ich meine Entscheidung dich betreffend noch einmal überdenken. Du bist unfähig und undankbar! Wie konnte ich mich nur so in dir täuschen? Ruf den Hofstaat zusammen. Alle sollen kommen. Auch die niedrigste Tellerwäscherin. Und zwar sofort."

Fatma schrie, außer sich vor Zorn, die Worte in Aischas Gesicht. Die große Emira kannte sich nicht mehr beherrschen. Sie war ungerecht zu Aischa. Das Mädel konnte sicher nichts dafür, aber sie musste den Kopf hinhalten. Zu gern hätte ich Aischa in die Arme genommen um sie zu trösten. Sie blickte mich kurz an und rannte hinaus.

Fatma wiederum, kam mit gesenktem Kopf zu mir:

„Adam, bitte. Ich kann dich verstehen. Auch ich liebe Nelly über alles. Aber …"

Nun weinte sie. Sicher nicht nur um Nelly, sondern weil sie mich und ihre Freundin Aischa verloren glaubte. Auch sie tat mir nun leid. Alle bemitleidete ich.

„Ich gebe dir einen Tipp. Frag Ministerin Ablah", sagte ich emotionslos. Emira sah mich komisch an, fragte aber nicht nach.

Emira schritt majestätisch durch die Reihe des versammelten Hofstaats. Verstohlen wischte sie sich eine Träne aus dem Augenwinkel, ehe sie sich auf ihren thronartigen Stuhl setzte. Selbst in dieser Verzweiflung wirkte sie noch erhaben. Emira hatte nicht nur innen- und außenpolitisch ihr Gesicht verloren, sondern auch mich und damit ihre geplante Zukunft. So eine Entführung im eigenen Haus sprach sich schnell herum. Der Name Emira Fatma stand weltweit für Ordnung, Sicherheit und Stabilität. Das war nun vorbei. Es fragte sich nur, was sie mehr schmerzte: Ihr beschmutzter Ruf oder der Verlust meiner Person.

Aischa stand neben ihr. Beide waren gezeichnet von den Sorgen. Blass, mit eingefallenen Gesichtern, waren sie ein Schatten ihrer selbst. Ich hatte Unfrieden in ihr Reich gebracht. Wäre ich doch nur zurück gefahren nach England!

Lange blickte Emira in die Runde der versammelten Personen. Vereinzelt erhellte ein Blitzlicht ihr Gesicht. Vor allem die Presse und natürlich die Bewohner des ganzen Landes erwarteten gespannt ihre Rede. Fernsehstationen der ganzen Welt stritten sich um die besten Plätze für ihre Kameras.

Endlich raffte sie sich auf:

„Ich habe veranlasst, dass meine folgende Rede von den Medien übertragen wird! Das nur zur Einleitung."

Sie gönnte sich eine kurze Pause.

„Eine große Schande liegt seit gestern auf diesem Haus! Und damit auf dem ganzen Emirat! Ein Mädchen wurde entführt. Innerhalb dieser Mauern. Nicht irgendeine Frau, sondern die Gefährtin des Mannes Adam!"

Sie warf Aischa einen vorwurfsvollen Blick zu.

„Der Sicherheitsdienst hat versagt. Damit beschäftige ich mich aber später. Es geht hier nicht nur um das Leben eines Menschen – es geht um die Zukunft des Emirats. Ich glaubte, eine glorreiche Zeit vor mir zu sehen. An der Seite dieses Mannes wäre uns weltweit Achtung und Respekt entgegen gebracht worden. Die erste, mit Unterstützung eines männlichen Bewohners geführte

Regierung. So wie Allah in seiner Güte es verlangt. Ich hatte eine Vision. Was davon übrig blieb, ist Beschämung!"

Fatma ließ ihre Worte wirken. Ich suchte derweil die Ministerin Ablah mit den Augen. Ich fand sie in einer Ecke stehend. Eigentlich erwartete ich ein Schmunzeln. Denn ich hatte sie unter starkem Verdacht. Aber sie wirkte eher nachdenklich und erschrocken.

„Ich bin maßlos enttäuscht, dass es in meinem Reich zu solchen Vorfällen kommen kann. Ich nahm bisher an, eine gute Herrscherin gewesen zu sein. Keine hatte Grund zur Klage, noch musste jemand hungern. Unsere Kriminalitätsrate ging gegen Null. Ein paar Diebstähle oder Rangeleien... Und nun das!

Auch Allah hätten wir durch eine neue Dynastie von Männern zufrieden stellen können.

Es sollte nicht sein. Der Mann wird uns auf Grund dieses Verbrechens wieder verlassen und anderen wird Ruhm zuteil!

Wir haben Verbrecher in unserer Mitte. Was auch immer sie mit dieser Entführung auch bezweckten? Das Reich haben sie jedenfalls in ihren Grundfesten erschüttert und es wird nie wieder sein wie vorher. Ich fordere sie auf, das Mädchen sofort freizulassen oder ihre Bedingungen für eine Freilassung zu stellen!"

Fatmas Stimme war laut geworden.

„Und die Bewohner des gesamten Emirats bitte ich, die Augen offen zu halten. Lasst nicht zu, dass die Schande über euch kommt. Denn meine Schande ist auch eure Schande!"

Wieder machte sie eine Pause. Dieses Mal ließ sie sich ein Taschentuch reichen, um sich die Tränen zu trocknen. Ich hatte sie scheinbar bisher falsch eingeschätzt. Ich schätzte sie beherrscht und eigene Gefühle zurückstellend ein. Als sie fortfuhr, erkannte ich den Grund ihrer Tränen.

„Ich ziehe die Konsequenzen aus diesem Vorfall, der eindeutig gegen meine Person und die des Mannes gerichtet ist.

Folgendes soll im Emirat und im gesamten Persischen Reich verkündet werden!"

Sie erhob sich. Mit fester Stimme gab sie ihre Entscheidung bekannt:

„Ich kann und will nicht mehr über ein Volk herrschen, das solche Monster hervor bringt.

Ich kann und will nicht mehr über ein Volk herrschen, das mir misstraut und meine Entscheidungen in Frage stellt.

Ich kann und will nicht mehr über ein Volk herrschen, das undankbar und hinterhältig ist.

Ich kann und will nicht mehr über ein Volk herrschen, das in ihrer Entwicklung stagniert und eine neue bessere Zukunft boykottiert.

Ich kann und will nicht mehr über ein Volk herrschen, das dekadent und selbstzufrieden vor sich hinlebt.

Für mich gibt es nach diesem verbrecherischen Akt nur eine Konsequenz:

Ich trete mit sofortiger Wirkung von allen meinen Ämtern zurück. Bis ihr eine neue Herrscherin gewählt habt, führe ich die Geschäfte aber weiter.

Dies ist mein Wille! So soll es geschrieben werden! So soll es geschehen!"

Fatma atmete schwer und ließ sich auf den Stuhl sinken. Was nun folgte, war ein Vertrauensbeweis erster Güte. Wenn mir einer diesen Vorgang erzählt hätte, hätte ich ihn einen infamen Lügner genannt.

Aischa, die sich für die Hauptschuldige hielt, warf sich schluchzend vor den Thron und küsste Emiras Füße. Geraune hub im Saal an. Zuerst leise, dann immer lauter. Ein Aufschrei ging durch die Massen! Eine nach der anderen ging auf die Knie, um Emira zu huldigen. Stimmen wurden laut: „Das kannst du nicht tun", „Das darf nicht sein", „Was soll aus uns werden?", „Das ist unser Ende".

Die Frauen schlugen sich mit ihren eigenen Fäusten den Kopf blutig. Einige stierten nur apathisch vor sich hin. Unglaublich!

Ich blickte mich um. Beata stand erschrocken in einer Ecke. Von dieser Ablah war nichts zu sehen. Sie musste den Raum verlassen haben. Emira saß zusammengesunken auf ihrem Thron und nahm nichts mehr wahr. Seit Generationen führten Frauen ihrer Familie erfolgreich dieses Emirat an. Eine Ära schien beendet. Und alles nur, weil ich in dieses Paradies eingedrungen war. Wenn ich ehrlich war, wurde Nelly nur wegen meiner Anwesenheit entführt. Das wusste natürlich auch Fatma. Was gäbe es sonst für einen Grund. Vor mir lagen Emiras Untertanen und weinten, wie sicher das ganze Land. Und Emira Fatma? Die erhob sich, befreite ihre Füße aus den Händen Aischas und verließ gebeugt den Saal. Was hatte ich getan? Die Szene war so ergreifend, dass selbst mir die Tränen kamen. Ich nahm Beata und ging in mein Zimmer, um nachzudenken.

Beata versuchte auf mich einzuwirken. Ich sollte Emira nicht in den Rücken fallen, sondern sie stärken. Sollte meine Entscheidung rückgängig machen, um die Entführer nicht triumphieren zu lassen. Hart erwiderte ich, dass ich weder dem Emirat noch Emira etwas schuldig wäre.

Ehrlich gesagt, war ich mir nicht sicher. Sollte ich nun bleiben? Dann wäre Nelly in Gefahr. Und Fatma hatte ihren Rücktritt ja schon offiziell gemacht. Was würde es bringen? Ja, ich hatte auch in England eine Zukunft. Doch dieses Land hier war mir lieb geworden. Sollten ich zu Gott oder Allah beten, mir Weisheit bei meiner Entscheidung zu geben?

Zwei Stunden später klopfte eine sichtlich aufgeregte und lächelnde Dienerin an meine Tür. Ich hätte sofort bei Emira zu erscheinen.

Im Audienzsaal erblickte ich zunächst drei auf dem Boden kniende Frauen. Wie im Mittelalter mit eisernen Ketten gefesselt. Es handelte sich um die drei Ministerinnen, die beschämt zu Boden sahen. In einer Ecke des Zimmers sah ich dann sie, im Liebesspiel mit Aischa. Sie hatte mich noch nicht bemerkt. Meine Nelly! Dann endlich, nahm sie von mir Notiz. Sie löste sich von ihrer Freundin, rannte auf mich zu und sprang mir überglücklich an den Hals.

„Ich hatte solche Angst dich nie wieder zu sehen, Adam", hauchte sie.

„Meine kleine Nelly. Wie ich dich vermisst habe. Haben sie dir auch nichts zu Leide getan?"

„Mir geht es gut, Adam."

Vorsichtig stellte ich sie auf den Boden und begab mich zu Fatma.

„Was ist hier los?"

„Das sollen sie dir selbst sagen", antwortete sie und zeigte auf die knienden Frauen.

Mein Blick ging zu den gefangenen Frauen. Ministerin Ablah ließ ihren Kopf hängen. Dennoch erkannte ich das zugeschwollene rechte Auge und das Hämatom am Kinn. Aischa war beileibe nicht das schüchterne und zurückhaltende Mädchen, als das sie sich immer gab! Es war sicher ihr Werk. Ihre ganze Wut hatte sie an Ablah ausgelassen und sie dann noch auf demütigende Weise in Ketten gelegt. Aischa war ein Vulkan! Aber was hatte ich anderes erwartet. Nicht von ungefähr machte man sie zur Chefin der Palastwache. Sie kannte keine Gnade gegenüber ausgemachten Feinden.

„Also, Ablah. Warum?", fragte ich streng.

Trotzig hob die Angesprochene ihren Kopf:

„Wir sahen dich als Bedrohung unserer gewohnten und bewährten Ordnung an. Das sagte ich dir bereits einmal. Durch die Entführung hofften wir, dich loszuwerden. Erst die Emira öffnete uns durch ihre Rede die Augen. Wir sahen nicht so weit wie sie. Ich bitte dich und das Mädchen und Emira um Vergebung."

Sie senkte wieder den Kopf.

Emira setzte ein mitleidiges Gesicht auf:

„Nehmen wir an, ihr erfahrt Gnade. Seid ihr bereit, eurer neuen Herrscherin Treue zu schwören? Wenn sie euch denn haben möchte?"

Dieses Mal hoben alle drei ruckartig den Kopf. Unisono antworteten sie mit einem deutlichen „Nein" und schüttelten unter lautem Kettengerassel die Köpfe.

„Und warum nicht?", fragte Emira verwundert.

Ablah antwortete:

„Wir sind bereit dir, Herrin, die Treue zu schwören. Du bist unsere Zukunft. Das haben wir erkannt. Wir waren verblendet und dekadent. Du hast uns die Augen geöffnet. Plötzlich erkannten wir die Weisheit in deinen Plänen. Lieber gehen wir ins Exil, als eine neue Herrin zu akzeptieren. Und das ganze Emirat denkt so wie wir. Gehe hinaus auf die Straßen. Hör dir dein Volk an. Sie wollen keine andere als dich. Mit oder ohne dem Mann. Wir können dich nur noch einmal um Vergebung bitten. Mit Freuden nehmen wir jede Strafe an. Wenn du nur unsere Herrscherin bleibst!"

Emira hatte ihre Nerven nicht mehr im Griff. Sie setzte sich und starrte vor sich hin. Die Anspannung forderte ihren Tribut. Ich musste etwas tun! Ich wollte aber auch nicht so schnell mein Gesicht verlieren.

Also sprach ich sie barsch an:

„Majestät. Auf ein Wort unter vier Augen."

In einem Nebenzimmer blickte sie mir traurig in die Augen:

„Du nennst mich nicht mehr Fatma? Bin ich nun deine Feindin? Mit dir erlebte ich die schönsten Stunden meines Lebens."

Sie tat mir unendlich leid. Ihr leerer Blick und die hohlen Wangen ließen auf ihren Gemütszustand schließen. Sie sah ihr Lebenswerk vernichtet. Ich nahm sie in meine Arme. Sie schmiegte sich an mich und fragte leise:

„Nimmst du mich mit zu dir nach England? Ich kann hier nicht bleiben."

Von Ferne hörte ich leise Sprechchöre. Ich zog Fatma zu einem Fenster an der Außenmauer und öffnete es.

„E-mi-ra ... E-mi-ra ... E-mi-ra", tönte es zu uns herauf. Es mussten Tausende sein.

Ich hob ihr verheultes Gesicht am Kinn an:

„Fatma", flüsterte ich. „Fatma. Hör zu. Sie wollen dich und sie brauchen dich. Du gehörst hierher. Hier ist dein Platz. Genau hier! Du kannst dein Volk nicht im Stich lassen. Nicht wegen mir und auch nicht wegen Nelly. Das sind wir nicht wert. Sei deinem Volk auch weiterhin eine gute Mutter. Was soll aus diesem braven Volk werden ohne dich? Und wenn du möchtest, aber nur wenn du es von ganzem Herzen willst, bleibe ich bei dir."

Sie sah mich ungläubig und erstaunt an. Ich küsste ihr die Tränen aus dem Gesicht und ein Lächeln stahl sich auf ihren Mund. In diesem Augenblick war sie nicht Herrscherin, sondern ein Kind, das gerade erfuhr, dass es mit in den Urlaub durfte. Nein – ich liebte sie nicht! Wen liebte ich überhaupt von ganzem Herzen in dieser Welt. Liebesschwüre waren das Eine und einer, meist besonderen Situation geschuldet. Es war mir nicht möglich, meine gesamten Gefühle in eine einzige Frau zu investieren. Nicht in Beata, nicht in Fatma oder welche auch immer. Alle hatte ich gern – sehr gern. Aber Liebe ...? Diese Erkenntnis traf mich wie ein Stromschlag. In einer Welt voller Frauen konnte und durfte man sich nicht verlieben. Ich hatte einfach nicht das Recht dazu! In diesem Moment war mir aber Fatma am nächsten.

„Du bleibst wirklich bei mir?", fragte sie nach.

„Nur, wenn du die Führung wieder übernimmst."

Endlich straffte sie sich. Ihre ganze Haltung strahlte Entschlossenheit aus. Sie würde weiterregieren.

„Folge mir!", forderte sie mich streng auf. Sie war wieder Herrscherin.

„Halt, Halt!", rief ich. „Schau in den Spiegel."

Sie zog die Nase geräuschvoll hoch und begutachtete sich. Dann brach sie in schallendes Gelächter aus. Doch – ich konnte mir ein Leben an ihrer Seite gut vorstellen.

Im Audienzsaal knieten die Ministerinnen immer noch gefesselt auf dem Boden. Die Ketten klirrten bei jeder Bewegung. Ihnen schmerzten sicher die Knie, denn sie rutschten unruhig hin und her.

Emira setzte sich auf den Thron und rief Nelly. Fatma sah aus wie Alice Cooper nach einem Regenschauer. Die letzten Stunden hatten sie gezeichnet. Aber daran störte sich heute niemand. Aischa näherte sich und warf sich wieder vor Emira in den Staub.

Leise, fast unhörbar zischte Emira ihr zu:

„Hast du kein bisschen Würde oder Ehrgefühl mehr? Steh endlich auf wie eine Frau!"

Verblüfft ob des Stimmungswandels ihrer Herrin, erhob sich Aischa und postierte sich neben dem Thron. Diese wandte sich wieder Nelly zu.

„Du bist die Leidtragende der Entführung. Sprich du ihr Urteil", forderte sie Nelly auf. Fatma strahlte Zufriedenheit und Ruhe aus. Alle Last war von ihr abgefallen. Es fiel ihr schwer nicht vor Freude zu lachen.

Meine Kleine schaute mich unsicher und hilfesuchend an. Emira forderte von ihr nicht mehr und nicht weniger, als über die Zukunft dreier Menschen zu bestimmen! Nelly zählte gerade mal 19 Lenze und hatte nichts vorzuweisen, das rechtfertigte, über drei Menschen zu richten.

Ich zuckte nur erbarmungslos mit den Schultern.

„Weise Emira!", versuchte sie das Unheil von sich abzuwenden. „Ja, ich wurde von diesen Frauen entführt. Aber ich glaube nicht, dass ..."

Harsch unterbrach sie Fatma. Ich bekam selbst fast einen Schreck. Ich musste mich revidieren. Fatma war keineswegs zufrieden und ruhig! Drohend und genervt schrie sie fast:

„Was glaubst du nicht? Du bist volljährig und im Besitz deiner vollen geistigen Kräfte. Ich setze eine gewisse Reife voraus und kann also von dir verlangen, dass du Verantwortung übernimmst. In dieser Verhandlung geht es einzig um deine Entführung. Meine Abdankung resultierte nur daraus und war eine Konsequenz meinerseits auf dieses Verbrechen. Ich behalte mir vor, ein weiteres Verfahren wegen Hochverrats anzustrengen gegen diese Delinquenten. Nun verlange ich von dir, endlich über diese Subjekte zu richten. Und zwar zeitnah! Wenn du kein Urteil sprichst, so lasse ich sie ohne Urteil auf dem Markt in der Hauptstadt hinrichten. Also, was ist?"

Aus welchem Grund Fatma so hart zu Nelly sprach, wusste ich nicht. Sie kehrte sicher die unerbittliche Herrscherin hervor. Oder ihre Nerven spielten einfach nicht mehr mit.

Nelly wurde nervös. Schweißperlen traten auf ihre Stirn und suchten sich einen Weg nach unten, um dann in kleinen Rinnsalen zwischen ihren Titten zu verschwinden. Totenstille herrschte im Saal. Selbst in der entferntesten Ecke des riesigen Saales konnte man das Klirren der Ketten hören, wenn eine drei Frauen auch nur tief Luft holte. Und alle blickten erwartungsvoll zu ihr. Fatma gemahnte Nelly erneut, endlich das Urteil zu sprechen. Ich war gespannt darauf. Und ich war mir sicher, dass selbst ein Todesurteil vollstreckt würde, wenn meine Kleine es forderte.

Nelly räusperte sich:

„Sie behandelten mich gut in meiner Zelle. Und sie taten es in gutem Glauben und zum Wohl des Emirats. Verblendet versuchten sie vermeintliches Unheil abzuwenden. Das war ein Grund für ihre Tat, aber keine Entschuldigung. Da du, Emira, die Regierung niedergelegt hast, sehe ich keinen Grund mehr, sie übergebührlich zu bestrafen. Die neue Emira wird wissen, wie sie mit ihnen zu verfahren hat.Lass sie auf die neue Herrscherin schwören. Tun sie es nicht, so droht ihnen die Verbannung und die Einziehung ihres Vermögens. Sie sollen in der Fremde einen Neuanfang wagen. Schwören sie aber, so sollen sie zwei Jahre auf den Feldern wie die herkömmlichen Bauern arbeiten. Auf das sie demütig werden und genügsam. Hernach sollen sie sich der neuen Emira wieder als Ministerinnen zu Verfügung stellen. Sie haben große Erfahrung und es wäre schade um sie."

„Du hast das Urteil gesprochen! So soll es geschehen. Was sagt ihr dazu?"

Alle warteten nun auf eine Antwort der Angeklagten.

Ablah erhob sich unter lautem Kettenrasseln. Sie schwitzte fürchterlich. Wirr und strähnig hing ihr das Haar ins Gesicht. Ihr leichtes, auf Grund der Schweißfeuchte fast durchsichtiges Kleid, schmiegte sich nass um ihre halterlosen Brüste. Ihre dunkelroten Nippel stachen hart nach vorn. Sogar ihr behaartes Dreieck schimmerte durch und sprach mich mehr als nur an. Nur kurz bewunderte ich ihre Figur. So wie sie nun dastand, strahlte sie eine ungewöhnliche und starke Erotik aus. Die altertümlichen Ketten verstärkten diesen Eindruck noch. Auch sie war durchaus hübsch, wie alle Frauen in dieser Welt. Bisher sah ich sie nur nicht als begehrenswerte Frau. Ihre Erscheinung machte mich ungewollt geil, wo sie doch eher abschreckend wirken sollte. Ungepflegt, übernächtigt und in Eisen gelegt, dazu nicht mehr die Jüngste, brachte sie meinen Saft zum Kochen. Sicher stank sie auch gen Himmel – oben wie unten. Gerade dieser Allgemeinzustand machte mich seltsamerweise rasend. Ich musste mein Sexualverhalten dringend überdenken! Vielleicht sollte ich mich ab und zu in Kerkern austoben? Nun verstand ich die Inquisitoren des Mittelalters, die sich an Hexen während der Folter vergingen. Warum hatte Nelly nicht ein anderes Urteil gesprochen:

„Die Dame Ablah hat ihr Recht auf ein Weiterleben verwirkt! Deshalb ergeht folgendes Urteil: Sie soll ins Verlies verbracht und dort breitbeinig angekettet werden. Der Mann Adam wird sie so lange ficken, bis ihr Tod eintritt. Selbiges soll den beiden anderen geschehen."

Oder so ähnlich. Eigentlich bin ich ein Schwein. Aber träumt nicht jeder Mann davon, einmal ein solches Schwein sein zu dürfen? Ohne ständig Rücksicht nehmen zu müssen? Jeder Mann besitzt doch eine sadistische Ader. Entweder unterdrückt er sie oder lebt sie in exklusiven Zirkeln aus. Sicher gab es auch Männer, die ihre sexuellen Träume mit Gewalt verwirklichten. Aber nicht ich!

Ehe ich mich weiter diesen Gefühlen hingeben konnte, riss mich die Ministerin aus meinen Gedanken:

„Darf ich sprechen?"

Emira winkte lässig mit der Hand.

„Ich spreche hier für uns alle drei. Wir ziehen die Verbannung vor. Wir dienen keiner Herrscherin außer dir, Emira! Und wir bitten Nelly und Adam um Vergebung. Wir sahen eine Bedrohung die keine war, sondern ein Neubeginn. Dabei beschworen wir eine Krise selbst herbei. Deine Weisheit, Emira, öffnete uns die Augen. Wir sind uns einig und bitten nicht um Gnade. Bestrafe uns, wie du es für richtig hältst. "

Sie hatten begriffen! Fatma überlegte, ob sie ihren Rücktritt vom Rücktritt schon bekannt geben sollte. Das stand deutlich in ihrem Gesicht geschrieben. Sie blickte in die Runde der erwartungsvollen Frauen. Liebevoll sah sie auch mich an. Dann wandte sie sich den Angeklagten zu:

„Dann ab mit euch auf die Felder. In zwei Jahren sehe ich euch wieder."

„Heißt das …?", fragte eine der anderen Ministerinnen. Ihre Minen hellten sich auf. Zwei Frauen der Palastwache führten sie nach draußen ehe sie ihre Frage vollständig formuliert hatten. Freude spiegelte sich auf ihren Gesichtern wieder. Und auch ich lächelte in mich hinein. Vor allem aber Nelly hatte ein sehr weises Urteil gesprochen. Sie wuchs über sich selbst hinaus und bekam die Situation in den Griff. Ich war so stolz auf sie.

Nachdem sich die Türen hinter den Gefangenen geschlossen hatten, kreischte die Herrscherin auf:

„Aischa! Sofort zu mir!"

Warum, zum Teufel, musste sie immer so schreien, wenn sie nach ihr verlangte? Dabei befand sich die Gerufene nur einen Meter neben ihr! Es gab viele Rätsel auf dieser Welt!

Die Gerufene wankte aus einer hinteren Ecke des Throns nach vorn. Sie fiel diesmal nicht auf die Knie. Sie hatte wohl schon mit sich abgeschlossen. Auch sie gab ein Bild des Jammers ab. Die gestern noch so stolze und unnahbare Kriegerin, stand ungepflegt und zusammengesunken vor dem Thron. Sie tat mir unendlich leid.

„Emira?", flüsterte sie.

„Wie stellst du dir deine Zukunft vor? Wirst du der neuen Herrscherin dienen, so wie du mir dientest? Wie sind deine Pläne?"

Aischa blickte der Emira tief in die Augen. Fahrig wischte sie sich eine Strähne aus dem traurigen Gesicht. Fest antwortete sie:

„Nein. Ich werde keiner anderen Herrin dienen!

Erstens habe ich versagt. Ich bin nicht gut genug für diese Aufgabe. Ich erwarte demütig deine Strafe für meine Nachlässigkeit.

Zweitens schwor ich dir die Treue bis zum Tod.

Und drittens möchte ich mit Nelly zusammen leben. Wir sind uns einig. Wir werden ein Paar. Wo auch immer Adam mit ihr hingeht, werde ich dabei sein. Ich bitte dich nur darum, mich von meinem Eid zu entbinden und mir zu gestatten, mich zurückziehen zu dürfen."

Ich musste umdenken. Nelly gehörte anscheinend nicht mehr zu mir. Und ich gönnte den beiden ihr Glück. Sie deuteten etwas in der Art zwar schon an, aber es war doch anscheinend Liebe daraus geworden. Ich dachte eigentlich an eine vorübergehende Schwärmerei und nahm ihren Kinderwunsch nicht sonderlich ernst.

Emira schickte alle Anwesenden nach draußen.

„Aischa, komm bitte zu mir."

Dabei klopfte sie auf das Kissen neben sich. Es war die alte Vertrautheit zweier Freundinnen.

Sie nahm Aischa in die Arme und streichelte ihr Haar.

„Erstens hast du nicht versagt. Wenn die Entführer von außerhalb gekommen wären, hätte ich dich zur Rechenschaft gezogen. Aber es war eine Revolte innerhalb des Palastes.

Zweitens danke ich dir für deine Treue. Ich würde dir immer wieder mein Leben anvertrauen und auch für dich in den Tod gehen. Ich entbinde dich nicht von deinem Eid. Denn du wirst auch weiterhin für meine und Nellys Sicherheit sorgen.

Und drittens wünsche ich dir vor allem Glück mit deiner Partnerin. Ihr sollt ein eigenes Haus bekommen. Ihr bleibt doch sicher bei mir. Und eventuell sorgt Adam für Nachwuchs bei euch. Unser Reich wird mit einer neuen Dynastie in eine neue Zeit gehen. Dafür brauche ich dich. Lehre Adam und Nelly unsere Gebräuche und Riten. Und sei mir weiterhin eine gute Freundin und Vertraute. Darum bitte ich dich. Du sollst nicht länger Dienerin sein. Ich liebe dich so sehr und brauche dich. Ich - die neue Herrscherin des Emirats."

Nun sank Aischa doch vor Emira auf die Knie und weinte vor Freude. Die ganze Belastung der letzten Stunden fiel von ihr ab. Kurz und gut: Zwei Stunden später verkündete Emira ihren Entschluss, die Regierungsgeschäfte wieder aufzunehmen. Im ganzen Land brandete Jubel auf. Die Krise war beigelegt.

Ich aber, nahm mir Nelly noch einmal beiseite. Ihr jugendlicher Körper übte immer noch eine starke Anziehungskraft auf mich aus. Und so massierte ich zärtlich ihre jungen Brüste. Beobachtete wie sich ihre Warzen verhärteten. Ich erkundete mit meinen Händen ihren Körper und erforschte mit meiner Zunge das Tal zwischen ihren Schamlippen. Zu Schluss ergoss ich mich in ihr Innerstes. Nelly genoss es. Aischa würde nicht zwischen uns stehen, denn sie wollten Nachwuchs.

Heute nahm ich mir vor, endlich den Palast verlassen. Seit meiner Ankunft hielt ich mich ausschließlich innerhalb der weiträumigen Anlage auf. An den Strand wollten wir, oder einfach nur spazieren. Nelly und Beata begleiteten mich. Aischa schloss sich natürlich an. Die Tore des Palastes öffneten sich und wir traten auf eine Palmenallee. Nach 100 Metern blickte ich mich um. Die Umgebung des Palastes war parkähnlich angelegt. Trotzdem lag er in wüstenähnlicher Landschaft. Außerhalb der palmengesäumten Straße wuchs nichts als ein paar erbärmlicher Büsche und Kakteen.

Aischa nahm Nelly an die Hand und ich Beata. Eine Ziegenhirtin grüßte von weitem und ich fühlte mich ungeahnt frei. Nach einer Weile wuchsen links und rechts imposante Ruinen aus längst vergangenen Zeiten aus dem Wüstensand. Dazwischen suchten Ziegen nach den wenigen essbaren Hälmchen. In der Ferne sah ich die große Hauptstadt in der Hitze flimmern und einige Einheimische grüßten uns freundlich. Ich nahm mir vor, mich später mit den Ruinen zu beschäftigen. Von Bewahrung historischer Stätten schienen Frauen nichts zu halten. Von Ferne hörte ich das Meer rauschen. Endlich standen wir auf einer Düne, der laue Wind wehte um unsere Haare und das blaue Mittelmeer grüßte uns. Nelly rannte übermütig wie ein Kind in die Brandung.

„Schade", meinte ich. „Wir haben keine Badesachen bei."

„Du vergisst, dass du dich in einer reinen Frauenwelt befindest. Vor wem sollten wir Frauen uns schämen? Wir baden alle nackt!"

Ich gab Beata recht, wagte aber doch einen Einwand:

„Aber ich bin keine Frau! Und ich habe ein gewisses Schamgefühl. Ich lasse wenigstens meinen Slip an."

Nelly lachte auf:

„Habt ihr das gehört, Mädels? Unser Emir schämt sich vor uns. Dabei hatte sogar Aischa schon seinen Schwanz in der Hand! Noch dazu glaubt er, mit diesem Frauenslip sieht er besser aus als nackt."

„Was? Du hast Aischa auch schon gefickt?" Beata warf mir einen bösen Blick zu.

„Nein, es ist nicht so wie du denkst. Ich habe nur …"

„Was hast du nur …? Sofort sagst du mir die Wahrheit!"

„Das werde ich nicht! Aus Rücksicht auf Aischa. Sie ist so stolz."

Aischa warf mir einen dankbaren Blick zu, während sie sich entkleidete. Auch ich entledigte mich meiner Klamotten und mein Blick fiel auf den traumhaften Körper von Aischa. Sie bückte sich, um ihren Oberkörper zu befeuchten. Dabei quetschten sich ihre dicken Schamlippen durch die Schenkel. Augenblicklich zuckte mein Schwanz nach oben.

„Sie gefällt dir also doch?", fragte Nelly mit Blick auf mein erhobenes Glied.

Die anderen wurden auch aufmerksam und statt einer Antwort zog ich es vor, mich mitsamt meiner Latte im Meer zu versenken. Trotzdem ließ ich es mir nicht nehmen, zu provozieren. Ich schwamm auf dem Rücken und mein immer noch steifes Glied ragte wie das Periskop eines U-Bootes nach oben. Beata griff danach und schob meine Vorhaut nach unten.

„Na warte! Gleich bist du dran!", rief ich und schnappte sie mir. Spielerisch kämpfte sie mit mir, bis mein Glied an ihren Venushügel stieß. Augenblicklich veränderte sich ihre Miene. Sie schlang ihre Beine um mich, griff nach unten und ließ ihn in sich gleiten. Im Intervall der Wellen stieß ich in sie. Ich begriff: Beata war nicht auf einen Orgasmus aus. Sie wollte mich nur in sich spüren. Sie liebte mich und musste mich doch teilen. Lustlos und mehr der Natur folgend, spritzte ich in sie.

Dann nahm ich sie an die Hand und etwas abseits der anderen legten wir uns in den Sand.

„Beata, ich … wie soll ich sagen? Ich habe dich so gern. Und doch können wir nicht zusammen sein. Nicht allein. Es tut mir so leid."

„Weißt du, Adam. Als du damals angeschnallt auf der Liege im Institut lagst, beschlich mich ein ungutes Gefühl. Du würdest nur Ärger machen und wir sollten dich besser töten. Und ich behielt

Recht. Du machst nur Ärger. Mein Herz hast du erobert. Und das vieler anderer Frauen. Einschließlich das von Aischa. Absicht oder nicht – es ist so. Wir werden nie zusammen leben können wie Mann und Frau. Wenn du mir nur deine Zuneigung gibst, bin ich zufrieden. Die Welt ist nicht mehr die, die sie war. Du bist zu Höherem berufen. Denk bitte immer an mich. Ich liebe dich so sehr."

„Beata, in mir reift ein Plan. Ein Plan in dem du eingebunden bist. Ich werde mir abseits vom Palast ein Haus bauen. Nur für mich und meine lieben Frauen. Ähnlich wie ich es in England vorhatte. Bleibe hier bei mir. Wenn du möchtest."

„Natürlich möchte ich es, du Dummer."

Eine einheimische Frau mit ihren zwei halbwüchsigen Töchtern spazierte vorbei. Ungeniert zeigte sie auf meinen schlaffen Penis und erklärte den etwa 12 – 13jährigen Mädchen etwas. Ohne Scham rieben sich die Kleinen ihre kaum behaarten Spalten. Geistig noch Kinder, forderte die frauliche Natur schon ihr Recht.

Ich fand es an der Zeit zu gehen. Doch eine Szene hielt mich davon ab. Aischa tobte ausgelassen mit Nelly im Meer. Sie, die von Kindheit an zur Selbstdisziplin und Gefühllosigkeit erzogen wurde, ging aus sich heraus. Sie fühlte sich in unserer Mitte wohl und durfte sich als Frau fühlen. Eine junge Frau, die einfach Spaß haben wollte. Ich wollte ihr den Spaß lassen. Ihr durchtrainierter Körper glänzte und ihre Brüste hüpften. Nichts erinnerte an die Nahkampfexpertin und Securitychefin, und nichts an die Krise, während der die Zukunft des Emirats auf dem Spiel stand. Kichernd bewarf sie Nelly mit Sand. Im Grunde war sie ein Mädchen, das nie Mädchen sein durfte.

„Aischa fühlt sich wohl", bestätigte auch Beata meine Meinung. „Gib ihr etwas Zuneigung und Wärme. Sie wird es dir danken."

„Aischa möchte ein Kind, aber sie lässt mich nicht ran", stellte ich fest. „Wenn ich ihr befehlen würde die Beine breit zumachen, würde sie es tun. Doch das möchte ich nicht!"

Nach einer Weile kamen beide abgekämpft und mit glücklichen Gesichtern aus dem Wasser. Aischa legte sich neben mich und stützte sich auf ihre Arme. Beata nickte mir zu.

„Aischa, du hast wunderschöne Brüste. Darf ich sie einmal berühren?"

„Wenn es dein Wille ist, Herr."

„Nein, Aischa. Nur wenn du es möchtest und es mir erlaubst."

Sie legte sich zurück und ich verstand es als Aufforderung. Fest und voll zeigten sie mit aufgerichteten Nippeln nach oben. Vorsichtig nahm ich ihre linke Brust und drückte sie sanft. Ich umfuhr mit meiner Handfläche die Wölbung. Zarte bronzene Haut, weich und warm, umspannte diese Prachttitten. Nelly spielte mit meinem halb erigierten Schwanz. Aischa genoss sichtlich meine Berührungen. Als ich mich über sie beugte um ihre Nippel zu liebkosen, sprang sie plötzlich auf und begann, sich anzuziehen.

„Entschuldige, Herr. Aber ich kann nicht …" Das Ende ließ sie offen. Ihr Blick ging zu meinem halb erigierten Schwanz. Nelly hielt ihn gerade in ihrer warmen Hand.

„Lass gut sein Nelly. Gehen wir nach Hause. Dort ist es schöner. Und Aischa – es gibt nichts zu entschuldigen. Aber ich möchte mit dir reden. Irgendwann und unter vier Augen."

„Ja, Herr. Es würde Zeit. Wir müssen uns aussprechen."

Auf dem Weg zurück fiel mir ein Hügel rechts neben dem Palast auf. In der flimmernden Hitze sah ich einzelne Palmen darauf und in der Ferne einen Gebirgszug. Zwischen den Palmen aber, waren Ruinen zu erkennen. Ich sah genauer hin. Die bebaute Fläche zog sich etwa 300 Meter in die Breite.

„Aischa, was ist das dort?" Ich wies auf den Hügel.

„Das ist der alte Palast. Ich spielte mit Emira in unserer Kindheit verbotenerweise oft dort."

„Erzähle mir mehr, Aischa."

Wie es manchmal so ist, zog mich der Ort magisch an. Aischas Augen bekamen einen seltsamen Glanz.

„Möchtest du ihn sehen?", fragte sie aufgeregt.

Im Moment hatte ich Durst und Hunger. Aber es wäre die Möglichkeit, Aischa aus der Reserve zu locken. Ich blickte fragend zu Beata. Die verstand sofort. Sie nickte mir zu und nahm Nelly an die Hand.

„Bring mich hin, Aischa. Bitte."

„So folge mir, Herr."

„Bitte nenn mich nicht immer „Herr"."

„Du bist Emira versprochen und der Urvater kommender Herrscher. Daher bist du mein „Herr"! Ich möchte es so." Ihr Ton duldete keine Widerrede.

Aischa führte mich auf abenteuerlichen Wegen zum Hügel. Feigenkakteen rissen mir die Haut auf. Giftige Hornvipern entflohen unseren Füßen und Geckos huschten kreuz und quer. Aischa zog mich an ihrer Hand hinter sich her. Sie wirkte wie ausgewechselt. Den alten Palast hatten wir im Dickicht schon lange aus den Augen verloren. Nach einer gefühlten Ewigkeit wurde der Bodenbewuchs dünner und vor uns öffnete sich eine Ruinenlandschaft. Ich wollte meine ersten Eindrücke mit ihr teilen. Doch mein Mund war staubtrocken. Aischa erkannte meinen Zustand sofort und lächelte. Sie nahm meine Hand und kroch mit mir durch ein Loch in der verfallenen Mauer. Wir befanden uns in einem fast noch intakten Raum. An den Wänden erkannte ich Fragmente der ursprünglichen Bemalung. Unschwer erkannte ich Frauenmotive. Es war immer die gleiche Frau in unterschiedlichen Posen und Farben. Angenehme Kühle empfing uns und ich vermeinte ein Plätschern zu hören. Aischa zog mich in eine Nische. Aus der Wand lief doch tatsächlich ein schwaches Rinnsal Wasser aus einem alten Rohr. Es versickerte sofort im staubtrockenen Boden.

„Bitte trink, Herr. Das Wasser ist gut."

Das köstliche Nass rann durch meine Kehle, als würde mir ein Engel reinpinkeln.

Aischa zog mich weiter. Sie zeigte mir dies und erklärte mir jenes. Aischa wurde hier wieder zum Kind. Sie fand ihre Jugend. In fast jeder Ecke gab sie ein Erlebnis mit Fatma zum Besten.

Schließlich setzten wir uns in eine schattige Ecke. Meine rassige Schöne sah glücklich aus.

„Bitte erzähle mir nun die Geschichte dieser Ruinen", bat ich sie.

Aischa atmete schwer vor Aufregung und lächelte glücklich. Immer aufs Neue wunderte ich mich über ihre „zwei Gesichter". Mal gab sie die Unnahbare, dann wieder das normale Mädchen

„Es ranken sich viele Legenden um diesen Ort. Einst regierte ein Emir von hier aus. Der Vorfahre unserer Emira. Es war ein Ort des Glücks und des Wohlstandes. Bis zu dem Augenblick, als alle Männer starben. Mit ihnen starb auch dieser Palast. Es wurde einsam hier. Ein Erdbeben zerstörte diesen Ort vollends. Heilloses Durcheinander herrschte im Emirat. Der Führung beraubt und durch Naturkatastrophen geschwächt, war das Emirat dem Untergang geweiht. Emiras Uroma, eine Tochter der ersten Haremsfrau, übernahm daraufhin mit harter Hand die Macht. Damals sprach man viele Todesurteile aus, welche auch vollstreckt wurden, um wieder Ordnung in das Chaos aus Selbstmorden, Plünderungen und Morden zu bringen. Mütter brachten ihre Töchter um und Töchter ihre Mütter, weil man keine Zukunft sah.

Die selbsternannte Emira und ihre Töchter brachten das Emirat wieder zu Wohlstand und Ansehen. Sie verließen diesen unglücklichen Ort und bauten den neuen Palast. Ich möchte dir eine Legende erzählen:

Während des letzten großen Erdbebens erschien an dem Ort, an dem wir Wasser tranken, eine schöne Frau. Viele glaubten zu wissen, es wäre Fatima persönlich gewesen, die „Königin der Frauen des Paradieses". Sie verkündete den Anwesenden, die hier Zuflucht suchten, folgendes: Solange dieses Wasser noch lief, würde es dem Emirat noch gut gehen. Würde die Quelle aber versiegen, so würde es auch das Emirat nicht mehr geben. Wenn jedoch eines Tages ein Mann erschiene und diesen Palast wieder mit Leben füllte, so würde die Quelle mehr Wasser denn je geben. Und große Macht würde dem Emirat beschieden werden. Macht, die sich bis über die großen Wasser erstrecken würde. Dieser Mann aber, käme nicht von dieser Welt. Er käme zurück aus dem Al-

Achira, einem Ort ähnlich eures Paradieses, und begleitet würde er von den Engeln Nakir und Munkar. Auch nach seinem irdischen Tod würde er vom Dschanna aus weiter regieren."

Aischa verstummte. Ihr Blick blieb in weite Ferne gerichtet und ihre Augen waren glasig.

Dann blickte sie mich seltsam an. Mir wurde angst. Sie legte eine Hand auf mein Bein und beugte sich zu mir:

„Adam – Herr! Beantworte mir eine Frage: Warum sollte ich dich hierher führen?"

Ich überlegte. Eigentlich interessierte ich mich nur für die geheimnisvollen Ruinen. Mit genug finanziellen Mitteln könnte ich den Palast rekonstruieren. Es wäre schade um die antiken Mosaike und die noch stehenden Rundbögen. Viele der Gebäude standen noch. Sie könnte man restaurieren. Und den Rest könnte man nach alten Plänen neu erbauen. Geschichtsträchtig waren die Ruinen allemal. Zumindest teilweise könnte man ihn wohnlich machen. Warum ihn nicht für meine Zwecke nutzbar machen? Eine würdige Stätte für eine neue Dynastie, die Geschichte schreiben würde.

„Aischa, ich suchte nur einen Platz für mein neues Heim. Außerdem interessiere ich mich für Archäologie. Es wäre schade, wenn diese Stätte dem Vergessen anheimfallen würde. Wenn ich einen Bauplan besäße, könnte ich mit den nötigen Geldmitteln diesen Palast teilweise wieder wohnlich machen. Und dem Vergessen entreißen. Weiter nichts."

„Weiter nichts?", schrie sie auf. „Du bist der Verheißene! Du kommst aus einer anderen Welt. Und begleitet wurdest du von einem Engel!"

Aischa kniete sich vor mir hin und küsste meine schmutzigen Füße. Das war mir dann doch zu viel. Zorn übermannte mich. Dieses ständige unterwürfige Getue und Gekrieche regte mich mit der Zeit furchtbar auf. Ich herrschte sie an und zog sie hoch:

„Aischa, reiß dich zusammen. Was soll der Unsinn? Spinnst du jetzt völlig? Ich bin ein normaler Mensch und kein Messias."

„Herr, ich fühlte mich von Anfang an zu dir hingezogen. Und gleichzeitig ängstigte ich mich. Nun weiß ich warum. Du bist mehr als ein Mann. Du bist der Angekündigte. Die Quelle ist fast versiegt. Jetzt erschienst du!"

Ich brachte meine Erfahrungen mit geistig Behinderten ins Spiel und sprach ruhig und langsam. Behinderte reagierten äquivalent zum Verhalten ihres Gegenübers.

„Aischa, lass uns vernünftig reden. Du bist nach den letzten Ereignissen nur etwas überfordert. Dazu noch die Hitze! Ich erschien nicht, sondern wurde entführt. Außerdem sprach die Frau von zwei Engeln. Aber mich begleitete nur einer, wenn du Recht hast."

Der Gedanke gefiel mir trotzdem. Nelly als Engel. Ich nahm unüberlegt Aischa in meine Arme und dachte nach. Wenn jemand der Legende Glauben schenkte, könnte er tatsächlich auf solche absurde Gedanken kommen. Und ich würde die Welt regieren. Als Herrscher über Leben und Tod. Ein Mann aus bescheidenen Verhältnissen, der Imperator wurde. Ein Imperator, der Gott wurde. Ein Gott der erschien, um alle Frauen dieser Erde glücklich zu machen. Unübertroffen in seiner Güte und Weisheit. Unerreichbar für alle Sterblichen. Tröster der Witwen und Waisen. Rächer der Enterbten. Unfehlbar in seinen Entscheidungen. Seine Potenz wäre legendär! Meinen göttlichen Samen würde ich nur noch in ausgewählte edle Frauen pflanzen, auf das er Früchte trug und meinen Ruhm vermehrte. Straßen und Plätze trügen meinen Namen. Jede zweite Mutter würde ihren Sohn „Adam" nennen. Bis über die großen Wasser würde ich herrschen. Amerika – ja, Amerika. Wie ich erfuhr, wäre das riesige Land mit seinen Bodenschätzen noch weitgehend unerforscht! Durch eine weltweite Abstimmung würde aus Amerika „Adamerika". Ich würde Grönland vom Packeis befreien und Indien den Indianern wiedergeben! Frauen würden bei meinem Anblick in Ohnmacht fallen oder sich in wilden Sexorgien ergehen.

Dummes Zeug! Ich rief mich selbst zur Raison und schüttelte automatisch den Kopf. Aischa lag derweil in meinen Armen wie ein kleines Kind, das Geborgenheit suchte. Sie fühlte sich gut an. Ich roch an ihren Haaren und strich über ihre weiche Haut.

„Aischa, ich habe dich sehr gern. Das solltest du wissen. Ich möchte mit dir schlafen. Mich verlangt nach deinem Körper. Aber nur, wenn du es auch möchtest. Hast du eigentlich psychisch den Umsturzversuch verkraftet? Es muss eine ungeheure Anspannung für dich gewesen sein. Wenn wir …"

Ich redete weiter die unsinnigsten Sachen, nur um sie von dem Messiaswahn abzulenken und zu beruhigen.

Sie ignorierte mein Geschwätz einfach und fragte mit kindlicher Stimme:

„Bist du unser Retter?"

„Was soll das? Bist du wirklich so naiv? Glaubst du etwa dieses fromme Märchen? Ich hielt dich für intelligenter."

„Ja, ich glaube daran! So, wie ich an meine Emira glaube. Und halte mich bitte nicht für dumm."

Ich gab mich geschlagen:

„Legen wir die Prophezeiung einmal aus. Es ist wahr. Ich komme aus einer anderen Welt. Nennen wir ferner die Entführung nicht „Entführung", sondern „Überführung" zu meinem Bestimmungsort. Das würde natürlich auch erklären, wie ich in diese Welt kam. Jene unbekannte Macht sah in mir den Heilsbringer und beamte mich in diese Welt, um alle Frauen glücklich zu machen. Emira und du ward schließlich die ausführenden Organe, um mich meiner Bestimmung zuzuführen. Ich brachte Nelly mit. Sie stammt aber aus dieser Welt. Auch wenn ich zugebe, dass ich eine besondere Beziehung zu ihr habe. Da fehlt immer noch ein Engel und …"

Ein Gedanke durchfuhr mich wie ein elektrischer Schlag. Durfte das wahr sein? Seit jenem Tag war Aischa an meiner Seite. Auch mit ihr verband mich eine seltsame Zuneigung. Am Anfang war es mehr Hassliebe. Aber nun … Ich hob ihren Kopf und sah in ihre Augen. Schwarz, glänzend und erwartungsvoll blickten sie mich an. Ich konnte sie mit ihren eigenen Waffen schlagen.

„Ja – du bist es. Auch wenn du mich nicht ernst nimmst. Aber der zweite Engel ...?", sagte sie mit fester Stimme.

„Aischa! Ich frage dich noch einmal: Glaubst du an die Legende?"

„Ich wurde so erzogen und es geschehen auch viele unerklärliche Dinge."

„Dann überlege bitte. Der zweite Engel ist auch erschienen. Denk nach!"

Sie legte sich zurück an meine Brust. Die Mauer zwischen uns war eingestürzt. Nach einer Weile zuckte sie hoch.

„Du denkst doch nicht ...? Oh nein! Nicht ich."

„Doch! Nelly und du. Ihr habt euch gefunden. Und nur durch mich. Ihr begleitet mich Tag und Nacht. Du verlangst von mir, meine Bestimmung anzunehmen. Genauso musst du die Deine annehmen. Es sei denn, du hältst alles für ein Märchen."

„Lass uns sofort zu Emira gehen."

Ich hielt sie zurück, als sie aufspringen wollte.

„Nein! Erst möchte ich dich küssen."

Zögerlich näherte sie sich meinem Mund. Unsere Lippen fanden sich und unsere Zungen berührten sich. In diesem Augenblick begehrte ich sie. Aischa gab sich endlich meinen Zärtlichkeiten hin. Ich wollte sie nehmen, ihren Körper spüren. Aber nicht in diesem Dreck.

„Komm, mein wachsamer und starker Engel. Ich habe Hunger. Zweifachen Hunger."

Im Palast bat ich Beata und Nelly, mich mit Aischa allein zu lassen. Die Dienerinnen brachten ein opulentes Mahl. Die Hitze war unerträglich und ich legte mich nackt auf den Diwan. Auch Aischa entledigte sich aller überflüssiger Kleidung. Während wir aßen, legten wir uns einen Plan zurecht. Emira sollte von selbst auf die Legende gebracht werden.

Aischas Brüste drängten aus dem BH. Nachdem der Damm zwischen uns gebrochen war, sah ich sie mit anderen Augen. Ich hielt es nicht mehr aus.

„Aischa, bitte lass mich dich berühren."

„Wenn du möchtest, Herr."

Scheinbar war der Damm nur einseitig etwas durchlässig geworden. Sie war dabei, das Leck zu stopfen und nannte mich wieder ehrfürchtig „Herr".

„Nein, Aischa. So nicht! Ich werde mich nun auf dieses Bett legen und überlasse dir die Entscheidung. Komm zu mir oder geh aus dem Raum. Ich bin dir auch nicht böse, wenn du mich nicht möchtest. Auf keinen Fall sollst du dich gezwungen fühlen! Und außerdem wolltet ihr doch Kinder von mir."

Ich zog den letzten Fetzen Stoff aus und mit halb erregtem Glied legte ich mich fordernd auf die Matratze.

Aischa erhob sich und begann sich auszuziehen.

„Auch ich möchte dich. Schon lange, aber …"

Ich zog sie einfach auf mich. Ihre feuchte Scham rieb meinen Penis hart. Genüsslich streichelte ich ihren Knackarsch.

„Lass mich dein Glied spüren, Göttlicher", hauchte sie. Ich zwang sie von mir herunter auf den Rücken. Sie spürte noch nie einen Schwanz in sich. Warum also, sollte ich zu ihr brutaler sein, als zu den anderen Mädchen? Körperlich war sie mir haushoch überlegen. Kein Gramm überflüssiges Fett bedeckte ihre zarte Haut. Ich befühlte ihr festes Fleisch. Sie war durchtrainiert vom Kopf bis zu den Zehen. Sie öffnete für mich ihre Schenkel. Aischa stöhnte tief auf, als ich in sie eindrang. Sie fühlte sich so herrlich eng und heiß an. Bald fanden wir unseren Rhythmus. Aischa stieß mir entgegen und schon bald zuckte sie ekstatisch auf. Sie krallte sich in meinen Rücken und schrie arabische Wörter stoßweise aus sich heraus. Ehe ich kam, zog ich ihn aus ihr heraus und entlud mich laut aufstöhnend auf ihren Bauch. Dabei beobachtete sie fasziniert die Fontänen, die ich in kurzem Rhythmus auf ihren Körper spritzte.

„Warum hast du mich nicht mit deinem Sperma beglückt? Gönnst du mir kein Kind?", hauchte sie vorwurfsvoll.

„Wenn dem so ist, wie du sagst, können wir kein Kind brauchen. Später vielleicht. Aber nicht jetzt."

„Du hast natürlich recht, mein Gebieter."

„Ich bin nicht dein Gebieter, Aischa. Ich bin dein Freund."

„Du bist unser aller Gebieter. Du bist der Verheißene! Lass uns baden und dann zu Emira."

Fatma lungerte auf einem Diwan als ich das Gemach betrat. „Ich wollte schon nach dir schicken, Adam. Es gibt viel zu bereden."

Sie umarmte und küsste mich zur Begrüßung.

„Es ist schön bei dir zu sein, Fatma – meine Frau."

Sie lächelte.

„Also hast du dich damit abgefunden?"

„Ich könnte mir nichts Schöneres vorstellen. Mit dir im Paradies. Nach deiner Wiedereinsetzung und dem einhelligen Bekenntnis deines Volkes zu dir, steht unseren Vorhaben nichts mehr im Wege."

Wir setzten uns und man brachte mir ein gekühltes Bier.

„Wir müssen noch einmal die Pläne der nächsten Zeit durchgehen, Adam. Da du mein Mann sein wirst, musst du an meiner Seite bleiben. Wir leben und schlafen in Zukunft zusammen. Einverstanden?"

Das sah ich ein und stimmte zu.

„Ich werde dich in meine Politik einführen und dich langsam zum Mitregenten machen."

Fatma sprach lieblos und kalt. Sicher war sie es so gewohnt. Doch mich störte es.

Ich setzte mich an ihre Seite und küsste sie auf den Mund. Danach liebkoste ich ihre Brustansätze.

„Fatma, warum immer so förmlich? Wir sind allein. Lass mich deine Liebe spüren. Auch verbal. Ich möchte die sanfte und sexy Frau um mich haben und nicht die kühle und berechnende Regentin."

„Entschuldige bitte. Es ist auch für mich eine Umstellung. Ich werde mich daran gewöhnen müssen. Wie sind deine Pläne?"

„Zunächst muss ich in England klar Schiff machen. Morgen schon wollte ich fliegen. Danach bin ich für dich da. Du weißt, ich plane in London ein eigenes Haus für meine Frauen. Und auch hier wäre es praktisch. Ich habe da schon ein Objekt im Sinn. Da wäre aber noch eine Sache, die unsere Zukunft stark beeinflussen könnte. Ruf bitte Aischa herein."

Fatma lächelte nachsichtig:

„Geliebter. Du bist mein Mann und Mitregent im Emirat. Alle haben zugestimmt und mein Volk hat die Nachricht sehr wohlwollend aufgenommen. Du selbst kannst rufen, wen du möchtest. Jede hier gehorcht dir."

Ich klatschte also wie im Film in den Händen und eine Dienerin erschien. Ich bat sie, Aischa zu rufen. Umgehend trat die Gerufene ein.

„Aischa – Freundin. Hast du uns etwas mitzuteilen?", fragte Emira Fatma sie freundlich.

„Sei gegrüßt, Emira." Hilfesuchend blickte sie zu mir. Doch sie brachte die unselige Legende ins Spiel und sie sollte sich dafür auslachen lassen.

„Ich weiß nicht recht wie ich es sagen soll?" Aischa zögerte eine Weile.

„Heute Morgen besichtigten Adam – nein, Emir Adam und ich die alten Ruinen."

Wieder folgte eine Pause. Aischa war unsicher. Ihre Augen flatterten unruhig. Dabei hatten wir alles besprochen. Fatma blieb geduldig ruhig.

„Der Emir möchte den Palast wieder errichten. Aber das soll er dir selbst sagen."

Schon wieder brach sie ab. Nun war aber Fatmas Geduld am Ende:

„In Allahs Namen, sag endlich, was du zu sagen hast!"

„Wir waren auch bei der Quelle. Sie ist fast versiegt. Ich erzählte ihm von der Legende um die Quelle. Da begriff ich die Zusammenhänge. Adam ist doch auch nicht von dieser Welt. Wenn eines Tages ein Mann käme ..."

Aischa musste nicht zu Ende sprechen. Fatma sank auf ihrem Stuhl zusammen. Mit einer Handbewegung gebot sie Schweigen. Sie hatte begriffen und ich erwartete Hohngelächter. Ruckartig erhob sie sich und wanderte unstet im Zimmer umher. Ihre vollen, immer noch begehrenswerten Brüste wogten bei jedem Schritt. Noch im Laufen fragte sie:

„Und die Engel? Wo sind die Engel?"

„Wir haben alles bedacht. Emir Adam sollte das erklären."

„Fatma, im Grunde ist es lächerlich. Aber so wie ich es verstanden habe, kamen die Engel mit dem Mann aus einer Zwischenwelt. Auf mich mag das ja zutreffen, aber ..."

Gereizt schrie sie:

„Lächerlich nennst du das? Du hast ja keine Ahnung. Das würde natürlich alles ändern. Erkläre mir die Engel!"

„Also gut. Aber halte mich bitte nicht für einfältig. Zum einen wäre da Nelly. Schon als ich sie das erste Mal sah, fiel mir eine seltsame Seelenverwandtschaft auf. Sie umgibt ein Geheimnis, welches ich in England zu ergründen gedenke. Sie wäre der erste Engel."

Ich brach ab. Mir war das alles irgendwie zu dumm. Fatma stand mit dem Rücken zu mir. Sie drehte sich abrupt um und sah mich scharf an. Dieser Blick genügte.

„Aischa sagte, der Angekündigte käme mit zwei Engeln in dieses Land. Die Eine, die mich seitdem ständig begleitet ist eben Nelly. Und die andere, die immer an meiner Seite war, ist – Aischa."

Fatma brach zusammen. Ich konnte sie gerade noch so halten. Aischa schrie laut auf. Sofort rannten Dienerinnen ins Zimmer. Fatma erholte sich und legte sich auf den Diwan. Nelly sollte sofort kommen. Sie wurde von Aischa kurz aufgeklärt und wollte schon laut auflachen. Aber unsere Blicke ließen sie verstummen.

„Setzt euch alle zu mir." Rund um Fatma nahmen wir Platz.

„Es passt alles. Ich hätte es nicht für möglich gehalten. Aischa, es gibt etwas, dass du wissen solltest. Du bist nicht das Kind einer Dienerin. Du standst eines Tages vor der Palasttür. Wie eine Bettlerin. Kein Wort brachtest du hervor. Deine Ausstrahlung machte uns Angst. Aber eine Dienerin nahm dich an und auf. Den Rest kennst du. So sagte man es mir jedenfalls. Adam, du weißt, ich bin der Tradition sehr verbunden. Es gibt Dinge die wir nicht erklären können. Auch du bist solch ein Wunder. Wenn du der Angekündigte bist, dann bringst du uns auch sehr viel Macht. Sag mir worin diese Macht besteht."

Was wollte sie von mir hören? Mein Gespinne von vorhin in den Ruinen. Entsprungen dem Hirn eines Mannes, der sich nach Anerkennung und Reichtum sehnte?

„Fatma ich möchte dich nicht beleidigen, aber ..." Ich lachte kurz auf.

„Es ist doch nur ein Märchen."

„Genug!" herrschte sie mich an. „Du bist Bürger dieses Landes und solltest unseren Glauben respektieren. Aber ihr Engländer seid ja sowas von aufgeklärt! Dabei bist du selbst ein Wunder. Kannst du mir erklären, wie du in diese Welt gekommen bist? Deine Geschichte ist nicht viel anders als die Legende von der Quelle. Warum versuchst du alles ins Lächerliche zu ziehen. Dann machst du dich selbst lächerlich."

Ich musste Fatma recht geben. Auch mein Erscheinen war ein Rätsel. War ich denn wirklich ein „Heiliger"?

„Fatma. Entschuldige. Aber alles klingt so absurd. In meiner Welt war ich ein „Nichts". Hier soll ich plötzlich ein Messias sein. Aber dein Einwand besteht zu recht. Mein Erscheinen hier ist ebenso unerklärlich."

„Gut – also. Was würdest du machen, wenn du der Verheißene wärst und viel Macht und Geldmittel zur Verfügung hättest?"

Ich dachte kurz nach, ehe ich antwortete:

„Jenseits des Meeres liegt ein riesiges Land mit reichen Bodenschätzen. Wenn wir uns dort einbringen würden, könnten wir die Welt beherrschen. Nicht nur mit Erdöl. Wir hätten ungeahnte Möglichkeiten, aber es würde zunächst Unsummen verschlingen. Aber das nur am Rande. Letztendlich ist es nur Fantasterei von mir."

Nun geschah etwas Unverhofftes und Peinliches. Die große Emira sank vor mir auf die Knie. Ich zog sie sofort hoch und sah Tränen in ihren Augen.

„Du bist es. Du bist mein Herr. Vergib mir, wenn ich dich je schlecht behandelte."

Nelly und Aischa zogen sich diskret zurück. Dankbar blickte ich ihnen hinterher. Fatma zitterte vor Erregung. Ich geleitete sie ins Nachbarzimmer und legte sie behutsam auf das Bett. Plötzlich überkam mich große Lust auf sie. Schnell waren wir nackt und Fatma nahm mich in ihre Arme. Ich rollte mich auf sie und willig gingen ihre Beine auseinander. Mein harter Schwanz fand von selbst ihre nasse Spalte und drang ungestüm ein. Fatma nahm mich stöhnend auf in ihrem herrschaftlichen Schoss und schlang ihre Beine um meinen Körper. Mit ihren Händen zog sie mich immer tiefer in sich und meine Eichel reizte ihren Gebärmuttermund. Gemeinsam erlebten wir einen fantastischen Höhepunkt. Schwitzend und zitternd lagen wir nebeneinander.

Schwer atmend redete ich ihr ins Gewissen:

„Fatma, du bist eine fantastische und starke Frau. Du solltest dich nicht so demütigen."

Sie ging überhaupt nicht darauf ein, sondern fragte:

„Du, Adam! Ändert sich nun etwas zwischen uns?"

„Was sollte sich warum ändern?", fragte ich zurück.

„Ich bin von nun an deine Dienerin. Du bist gekommen, um unser Volk in eine neue Zeit zu führen."

Ich drehte mich zu ihr und spielte versonnen mit ihren Titten. Sie ließ sich also nicht davon abbringen. Wer hätte das gedacht?

„Versprich mir eins, Fatma. Ob die Legende nun durch mich wahr wurde oder nicht: Kein Wort darüber zu niemandem. Ich bin der Mann an deiner Seite und möchte nichts anderes sein. Du bist die Emira. Du hast die Macht. Mich verlangt nicht danach. Unterstütze mich, wenn ich Unterstützung benötige. Liebe mich, wenn ich deiner Liebe bedarf. In dir finde ich meine Erfüllung. Das erkenne ich so langsam. Und hier in diesem Land liegt meine Zukunft. Und neben mir liegt meine Frau. Hebe mich bitte nicht in eine Höhe, in der du mich nicht mehr erreichst. Ich möchte nur ein Mann sein. Das ist mein Wunsch."

Während ich mich erhob und zu einer Karaffe mit Wasser ging, brachte Fatma sich notdürftig in Ordnung. Schlagartig legte sie den Schalter um und aus der liebebedürftigen Frau wurde die besonnene Herrscherin.

„Adam, wir können es nicht ignorieren. Was wir tun können, ist Allah um Weisheit und Beistand zu bitten."

Sie nahm meine Hand und zog mich in einen kleinen Nebenraum, der mir bisher noch nicht aufgefallen war. In ihm befand sich ein heiliger Schrein.

„Ich werde nun ein Gebet sprechen. Du bist noch ein Ungläubiger und musst nicht mit beten. Aber mein Gebet betrifft vor allem dich. Deshalb solltest du zumindest anwesend sein."

Fatma verbeugte sich drei Mal, kniete sich vor ein seltsames Gebilde, dessen Funktion mir unbekannt war, und legte ihre Stirn auf den Boden. In dieser Stellung begann sie ihr Gebet:

„Im Namen Allahs, des Allerbarmers, des Barmherzigen!
Alles Lob gebührt Allah, dem Herren der Welten.
Dem Allerbarmer, dem Barmherzigen.
Dem Herrscher am Tage des Gerichts!
Dir allein dienen wir und dich allein bitten wir um Hilfe.
Führe uns den geraden Weg
Den Weg derer, denen Du Gnade erwiesen hast,
nicht den Weg derer,
die Deinen Zorn erregt haben
und nicht den Weg der Irregehenden."

Es war zu meiner Erleichterung ein kurzes, aber treffendes Gebet. Allah sollte uns führen und vor Fehlentscheidungen bewahren. Fatma sprach das Gebet in Arabisch und danach noch einmal in Englisch. Schließlich erhob sie sich und bat mich, sie allein zu lassen.

Ich ging in meine alten Gemächer. Beata, Nelly und Aischa sahen mich erwartungsvoll an.

„Mädchen", begann ich. „Es hat sich vom heutigen Tage an vieles geändert. Meine Zukunft ist hier. Nelly und Aischa: Bleibt ihr an meiner Seite?"

Aischa kniete vor mir nieder:

„Du bist mein Herr! Ich werde dich bis in alle Ewigkeit beschützen, ehren und lieben."

Nelly – bis dahin unschlüssig, kniet nun auch vor mir:

„Wenn es meine Bestimmung ist, so bist du auch mein Herr. Ich diene dir bis zum Ende."

So hatte ich mir eine Gemeinschaft mit den Frauen nicht vorgestellt. Erzürnt sagte ich:

„Ich brauche keine Sklavinnen an meiner Seite, sondern verlässliche Freundinnen. Steht auf. Diese Unterwürfigkeit steht mir bis zum Hals. Ich bin nur ein Mensch."

Mich kotzte das Getue an. Ich nahm Beata und ging mit ihr in den Garten. Unter einem Mandelbaum setzten wir uns.

Beata lehnte sich an mich.

„So geht es nun zu Ende mit uns."

„Beata, Liebste! Nichts geht zu Ende! Es fängt erst an mit uns. Für uns beginnt ein neues Leben. Ich brauche dich hier. Du kennst meine Pläne. Ein Haus für Frauen mit meinen Kindern. Du hast die Ausbildung und du könntest die Leitung übernehmen. Verlass mich nicht. Ich bin kein „Auserwählter". Ich habe ein Recht auf ein Privatleben. Die Emira ist die eine Sache. Aber dich brauche ich noch immer."

„Ich werde dich nie für mich allein haben. Auch ich brauche dich. Und wenn du glaubst, wir würden uns verstehen in dieser neuen Welt, so bleibe ich gern an deiner Seite."

„Wen habe ich denn noch? Da ist die Emira. Ich habe sie gern, das gebe ich zu. Aber auch sie ist eine Sklavin ihres Emirats. Dann ist da Nelly. Ich fühlte mich zu dem Mädchen hingezogen. Wenn an der Sache mit der Legende etwas Wahres ist, werde ich ihr Geheimnis lüften. Sie ist aber keine Geliebte für mich. Und sie ist mit Aischa mehr als nur zusammen. Bleibe du bei mir als meine Vertraute. Gib mir Stärke und Rückendeckung. Ich bitte dich.

Am Abend speiste ich mit Fatma allein. Es würde in Zukunft immer so sein. Und ich fühlte mich wohl in ihrer Gegenwart. Sie führte mich langsam und geduldig in die Hierarchie des Emirats ein. Mein neuer Status hatte sich im Palast herumgesprochen und alle dienerten vor mir. Ich nahm ihr im Bett das Versprechen ab, mich nicht ändern zu wollen. Dann kuschelten wir noch und schliefen.

Am Frühstückstisch sagte Fatma:

„Ich würde sehr gern mitfliegen. Aber ich muss hier deine Regierungsübernahme vorbereiten."

„Welche Übernahme? Ich werde die Regierung nicht übernehmen!"

„Oh doch! Das wirst du! Du musst einfach. Aber ich würde mich freuen, wenn du mich an deiner Seite ließest."

„Fatma, hast du keine Ehre im Leib? Unter deiner Herrschaft geht es dem Volk gut. Sie lieben dich. Erst vor kurzem bekannten sie sich eindrucksvoll zu dir. Warum schmeißt du alles weg? Wegen eines Dahergelaufenen und einer Legende?"

„Ich gebe dir gern das Zepter. Denn du bist der Verkündete. Das Volk wird dich lieben. So wie ich! Nimm endlich deinen Auftrag an."

Ich sprang auf:

„Nein Fatma. Wenn ich hier die Macht haben soll, die du mir einredest, dann bestimme ich dich zur Herrscherin. Und das werde ich aller Welt verkünden. Du bist mein ausführendes Organ. Jetzt und in Zukunft. Außerdem weiß kein Schwein von mir und der Legende. Also lass alles so wie es ist."

Fatma blickte verschämt nach unten:

„Ich danke dir für dein Vertrauen, Herr. Aber alle Welt weiß von dir. Ich musste es einfach verkünden. Überall im Emirat wird zu dieser Stunde für dich gebetet. Die internationale Presse ist auch schon informiert."

„Sag, dass das nicht wahr ist!" empörte ich mich. „Warum tust du mir das an? Was habe ich dir eigentlich getan, dass du mich so strafst?"

„Weil ich es dem Land schuldig bin. Und eine Strafe ist es schon gar nicht! Als Bürger dieses Landes, der du sein möchtest, ist es deine Pflicht diesem Land zu dienen, indem du es führst. Begreife das endlich", schrie sie zurück.

Resigniert setzte ich mich wieder.

„Dann tue mir bitte einen Gefallen: Nenn mich nicht „Herr". Du bist meine Frau. Desgleichen bitte ich dich, weiterhin die Geschäfte zu führen. Übermittle meinen Entschluss so der Öffentlichkeit."

„Es wird geschehen wie du sagst, Adam."

„Eine Frage habe ich noch: Kannst du mir eventuell etwas Taschengeld mitgeben?"

Fatma blickte mich entgeistert an. Dann brach sie in schallendes Gelächter aus. Sie wischte sich die Tränen aus den Augen. In diesem Moment liebte ich sie.

„Du besitzt alles Geld der Welt, Adam. Du könntest ganze Reiche kaufen."

„Es ist dein Geld, Fatma."

„So begreife endlich: Mit dir brach eine neue Zeit für uns an. Ob es dir passt oder nicht. Du bist der neue Herrscher. Alles gehört von nun an dir. Von den Ölquellen bis zur Ziegenscheisse! Dein Volk möchte dir zujubeln. Zeig dich ihm endlich."

„Ich möchte es aber nicht!"

„Was möchtest du denn dann?" schrie sie mich an.

„Ich möchte sofort meinen Kopf an deine herrlichen Brüste legen und einfach ein Mann sein."

Fatma war fassungslos. Sie winkte aber die Dienerschaft hinaus und entblößte ihre Brüste. Sie setzte sich auf meine Beine und streichelte meinen Kopf. Diesen legte ich an ihre weichen Brüste.

„Fatma. Warum musste es so kommen? Ich möchte es nicht. Und ich habe Angst vor der Zukunft. Können wir nicht einfach zusammen leben und glücklich sein? Es ist alles so furchtbar kompliziert geworden." Wie ein Kind streichelte sie mich.

„Nimm es an Adam. Und wenn du mich bei dir lässt, so bin ich auf ewig deine Sklavin. An die Spitze eines islamischen Staates gehört ein Mann. Leider hatten wir keinen. Nun haben wir einen.

Er erschien wie in der Legende verkündet. Etwas Besseres konnte uns nicht widerfahren. Ja – ich liebe dich und helfe dir. Du musst keine Angst haben. Flieg nach England und löse deine Probleme dort. Dann komm zurück und lass uns glücklich werden. Ach ja – und bring mir diese Sandy mit. Der Sex mit dir ist sehr schön. Aber ich möchte auch Mädchen um mich haben. Meine fünf Damen sind ja dank dir schwanger."

„Ich darf mir auch eine Nebenfrau wählen?"

„So viele du möchtest. Aber bitte lass mich deine Hauptfrau sein."

„Weißt du, dass ich mich in dich verliebt habe?"

„Ach du alter Ochse! Warum bist du nur so störrisch?"

„Glaubst du wirklich, ich bin der Heilsbringer?"

„Ich dachte lange gestern Abend darüber nach. Natürlich zweifelte auch ich. Eine Legende ist eben nur eine fromme Geschichte. Dem Emirat geht es gut. Selbst wenn die Quelle versiegen würde, ginge es uns nicht schlechter. Wiederum sind die Zeichen eindeutig und ..."

In diesem Moment flog die Tür auf und Aischa stürmte herein. Sie beachtete meine Hand auf Fatmas Brust nicht, sondern warf sich vor meine Füße.

„Spinnst du jetzt völlig, Aischa", schrie Fatma.

„Ich bitte um Vergebung Herr und Herrin. Darf ich sprechen?"

„Ich verlange es sogar. Niemand würde ohne triftigen Grund wagen, was du gewagt hast."

Aischa litt unter Atemnot. Sicher war sie gerannt. Sie benötigte eine Weile um zu Luft zu kommen.

„Ich wollte vor unserem Abflug noch einmal in der alten Moschee in den Ruinen für unseren Herren beten. Ich bekam Durst und ging zur Quelle."

Aischa holte Luft. Dann schrie sie mit sich überschlagender Stimme:

„Sie sprudelt in voller Stärke. Ein kleiner Bach bildete sich schon. Viele Menschen pilgern schon zu diesem Bach um sich von dem gesegneten Wasser zu holen."

Fatma rutschte von meinen Beinen und kniete sich neben Aischa.

Dann erhob sie sich wieder und sprach:

„Soviel zu unseren Zweifeln. Du BIST der Verheißene!"

E he ich abfuhr, wurde ich meiner Rolle, die nun offensichtlich war, gerecht. Ich sprach mit der zuständigen stellvertretenden Ministerin und einigen Vertreterinnen des Islam vor dem versammelten Hofstaat. Es kostete mich einige Überwindung. Noch nie hielt ich bedeutende Reden. Außer am Stammtisch in der Kneipe. Alle sollten der Bevölkerung verkünden, dass ich, Adam, der Angekündigte wäre. Eine jede Frau könne sich an der Quelle im alten Palast davon überzeugen. Emira Fatma würde weiterhin meinen Willen kundtun und vollstrecken. Zusammen würden wir das Emirat zu neuer Größe führen. Nelly und Aischa wären die angekündigten Engel Nakir und Munkar an meiner Seite. Man solle sie mit Respekt und Ehrfurcht behandeln. Bis auf weiteres gäbe es keine Veränderung im Emirat. Natürlich waren die Imaminnen gegen eine solche folgenreiche Auslegung einer alten Legende. Aber sie tolerierten meinen Machtanspruch um Unruhen zu vermeiden und wollten die Gläubigen zum Gebet für mich aufrufen.

Nach meiner Rede nahm ich mir Aischa zur Brust. Ob sie denn nicht lieber hier bleiben wollte und ihre Emira beschützen bis zu meiner Rückkehr?

Entrüstet warf sie sich wieder vor meine Füße. Also nahm ich sie mit. Eine Staatskarosse fuhr vor und brachte uns mit Polizeischutz zum Flughafen. Eine jede am Straßenrand verbeugte sich tief vor uns und ich winkte ihnen generös zu. Im Flugzeug redete ich noch einmal mit Aischa.

„Komm zu mir, Aischa, bitte."

Ich nahm sie in meine Arme.

„Warum behandelst du mich so", fragte ich.

„Wie behandle ich dich denn, Herr?"

„Dauernd fällst du mir vor die Füße. Und dein ewiges „Herr" geht mir schon lange auf den Sack. Ich dachte, wir sind uns näher gekommen?"

„Herr – Adam. Es war so schön, mit dir Liebe zu machen und ich wünsche mir nichts sehnlicher, als eine Wiederholung dieser

Stunde. Aber du bist inzwischen unerreichbar geworden. Du bist mein Herr, dem ich zu dienen habe."

„Du vergisst dabei eins, Aischa. Auch du wurdest verkündet von deinen Ahnen. An meiner Seite würdest du stehen als Engel. Auch du bist eine heilige Frau geworden. Auch vor dir wird man sich verneigen. Deshalb und um unserer Freundschaft willen bitte ich dich, nie wieder vor mir auf die Knie zu fallen. Sei mir eine Vertraute und beschütze mein Leben und das Nellys."

Aischa wurde nachdenklich.

„Aber ich möchte keine heilige Frau sein!"

„Und ich möchte kein Messias sein. Du verstehst? Und nun küsse mich!"

Aischa zauberte ein Lächeln auf ihre Lippen und sanft berührten sich unsere Münder. Ich hatte auch sie sehr lieb gewonnen. Ich bat nun Nelly zu mir.

„Nelly, auch du bist eine Auserwählte. Wie gefällt dir das?"

„Es gefällt mir überhaupt nicht! Ich möchte nur an deiner und Aischas Seite sein."

„Du trägst immer noch ein Geheimnis in dir. Wir gehen der Sache in London auf den Grund."

Ich nahm meine zwei Engel und drückte sie an mich. Beata lächelte nur. In London wurden wir mit allen Ehren empfangen. Schließlich war ich das designierte Staatsoberhaupt eines reichen und angesehenen Landes. Eine Nobelkarosse fuhr vor und eine reservierte Dame wollte uns zunächst in ein Hotel begleiten.

„Nein", wehrte ich ab. „Kein Hotel. Ich möchte bei meinen Freundinnen schlafen."

„Aber die Sicherheit verlangt es!"

„Diese Frau hier allein garantiert meine Sicherheit!" Damit zog ich Aischa vor.

Mit großem Brimborium brachte man uns vor Glorias Haus. Ich bat die Dame um größtmögliche Freiheit und ein großes Auto. Nach starken Protesten sicherte man mir beides zu. Gloria und Sandy standen erwartungsvoll vor der Tür. Gloria umarmte mich und Sandy Nelly.

„Komm herein, du mächtiger Mann", sagte Gloria lächelnd.
Als ich die Wohnung betrat, holte ich tief Luft.
„Ich bin zu Hause", rief ich.
„Leider kann ich dir nichts Standesgemäßes anbieten, Adam."
Gloria trug einen Zweiteiler, der den Bauch frei ließ. Ein kleiner
Bauchansatz deutete auf eine Schwangerschaft hin. Sanft strich ich
darüber.
„Ich bin so stolz und freue mich auf unser Kind", sagte ich zu
ihr.
„Es wird ein Sohn. Aber setzen wir uns. Sandy holt ein Bier für
dich und dann erzähle. Und stelle mir deine kleine Orientalin vor.
Sie sieht sehr gut aus."
Aischa stand etwas verloren in einer Ecke und beobachtete die
Begrüßungszeremonie. Sandy zog sie in die Mitte. Ich stellte alle
vor und wies sie darauf hin, mir ja kein Leid anzutun. Aischa
verstünde keinen Spaß. Schließlich hätte sie mich ja auch entführt.
Sandy trat sofort einen Schritt zurück. Ich fand es an der Zeit zu
erzählen. Nach einer Stunde beendete ich meine Geschichte.
„Deine Emira scheint eine interessante Person zu sein", meinte
Sandy.
Und Gloria:
„Ja, ich sah sie damals zwar nur kurz, aber sie beeindruckte
mich schon. Unnahbar und doch anziehend. Übrigens: Heiratest
du meine Tochter nun, oder nicht?"
„Da wird leider nichts draus. Ich werde die Emira ehelichen.
Aber sie geht mit mir. Sie bleibt die erste Frau an meiner Seite.
Leider wirst du nun nicht meine Schwiegermutter."
„Dafür bin ich die Mutter deines Kindes."
„Und nun zu dir, Sandy. Da ich nur ein paar Tage bleiben
werde, gebe ich dir Zeit zum Überlegen und frage dich gleich: Die
Emira war sehr von deiner Schönheit angetan und lässt dich durch
mich fragen, ob du gern an ihrer Seite wärst?"
Sandys Augen leuchteten auf.
„Gib mir etwas Zeit, Adam. Aber abgeneigt wäre ich nicht. Das
wäre ein Abenteuer…"

„Gut, nun meine Pläne: morgen früh fahre ich mit Nelly zu ihrer Mutter. Danach statte ich Agnes einen Besuch ab. Beata berichtete mir von einem Haus für meine Kinder. Auch das sehe ich mir an. Dann sehen wir weiter. Auf jeden Fall muss ich noch einmal nach Paytonhill. Aber heute Nacht möchte ich Gloria bei mir haben. Wenn sie einverstanden ist."

Verlegen senkte die Angesprochene ihren Kopf.

„Ja, Adam. Darauf freue ich mich."

Sandys Blick ging automatisch zu Nelly.

„Sandy, wenn du mit Nelly im Bett Wiedersehen feiern möchtest, dann gebietet es die Höflichkeit, dass ihr auch Aischa einbezieht."

„Warum nicht, mein Gebieter", antwortete Sandy spöttisch.

„Ich kümmere mich um Aischa!", sagte Beata bestimmt.

Wir unterhielten uns noch bis tief in die Nacht. Immer wieder scherzte man über meine Männlichkeit. Wie es Frauen halt so tun.

Schließlich zog mich Gloria in ihr Zimmer. Sie entledigte sich ihrer Kleidung und gab mir ihren Körper preis. Ich checkte sie während ich mich auszog. Ihr Bäuchlein konnte sie nicht mehr verbergen. Auch ihre Brüste waren fülliger geworden. Aus den blauen Äderchen waren Adern geworden. Tiefrot forderten ihre Nippel nach meinen Liebkosungen.

„Komm in mich Adam. Ich sehne mich nach der Wärme und Härte deines Gliedes."

Ich dachte an ihre Schwangerschaft.

„Setz dich auf mich, Liebes."

Ich legte mich auf den Rücken. Sie hockte sich über mich und langsam glitt ich in sie. Ihre vollen Brüste schwangen bei jeder Bewegung hin und her. Ich bändigte sie mit meinen Händen. Nicht lange und sie kam in einem gewaltigen Orgasmus. Ich bat sie in die Hündchenstellung und drang dieses Mal ohne Rücksicht in sie ein. Wir kamen zusammen und schliefen danach zusammen ein.

Ich spürte eine warme Hand um meine Morgenerektion. Gloria schlief noch, hielt aber meinen Steifen fest umklammert.
„Guten Morgen, ihr zwei."
Sandy stürmte herein und setzte sich auf die Bettkante. Mit einem Finger tupfte sie auf meine Eichel.
Gloria einließ meinen Schwanz aus ihrer Obhut und schimpfte:
„Was ist das für ein Benehmen, Tochter? Schäm dich was!"
Die Kleine winkte ab und fragte:
„Duuu, Adam. Fickst du mich auch, wenn ich mit dir mitgehe?"
Frech hatte sie sich inzwischen meine Erektion einverleibt. Ihre Enge machte mich stöhnen:
„Du … gehst … nicht wegen … mir …so beweg dich doch endlich! Das ist ja … nicht zum Aushalten." Ich griff an ihre Hüfte und zwang sie auf und nieder. Endlich kam auch sie auf Touren.
Ich krallte meine Hände in ihre zarten Titten und stieß ihr entgegen. Sandys Vagina begann zu krampfen. Ich stieß ein letztes Mal kräftig in sie und gemeinsam schrien und zuckten wir unseren Orgasmus zu Ende.

Am Frühstückstisch entwickelte ich noch einmal meinen Plan für den heutigen Tag. Aischa bat ich, bei Gloria zu bleiben.
„Bei allem Respekt, Herr. Ich bin für deine Sicherheit verantwortlich. Ohne mich gehst du nirgendwohin." Aischa war empört.
Schon an der Tür, sagte ich:
„Aischa. Ich denke ich bin dein „Herr". Wirst du nun ungehorsam? Und außerdem …"
Ich zeigte auf den Wagen, den man mir bereitgestellt hatte. Daneben standen doch tatsächlich meine alten Bodyguards. Protzig und drohend sahen sie zu mir.
Aischa begann zu lachen:
„Die sind doch nur fett. Nein – denen überlasse ich dich nicht! Die können für nichts garantieren. Schwerfällig und reflexarm."
Eine der beiden zeigte sich beleidigt:

„Du wirst wohl frech, Kleine. Der hat uns schon gefickt, da hast du dir noch Bauklötzer in deine unwürdige Fotze gesteckt! Du dürres Miststück!"

Sie war wirklich stolz darauf, dass ich sie damals wie ein Stück Dreck behandelte. Kurz stand mir ihre beindruckende Klitoris vor Augen.

Aischa schritt würdevoll auf sie zu.

„Dann beweise mir, ob du etwas drauf hast, Dickerchen", zischte sie. Die wollten sich tatsächlich schlagen. Kurz und knapp beendete ich die Situation, ehe sie eskalierte:

„Folge mir Aischa. Und ihr könnt nach Hause gehen."

Die beiden trotteten beleidigt davon und wir fuhren los. Aischa, Nelly und Beata nahm ich mit. Zuerst fuhren wir das Institut an. Es lag am nächsten. Vor der Tür stand eine weiße Wolke. Alles was Rang und Namen hatte, gab sich die Ehre.

„Wer hat mich verraten?", schrie ich meine Mädchen an.

Beata nahm meine Hand:

„Meine Mutter kündigte dich an. Adam, du bist nicht mehr irgendwer. Du bist ein Staatsoberhaupt! Akzeptiere das endlich!"

„Also gut. Du bist mein Gewissen und ich füge mich. Wer öffnet mir die Tür?"

Aischa überschlug sich fast. So hatte ich es nicht gemeint.

Ich stieg aus dem Wagen und die Bürgermeisterin in Begleitung von Agnes schritt auf mich zu.

„Es ist mir eine große Ehre dich hier begrüßen zu dürfen. Ich hoffe auf …"

Ich unterbrach sie, weil ich zu Recht annahm, sie würde eine große Rede halten. Darauf konnte ich im Moment verzichten.

„Ich freue mich auch sehr, wieder hier zu sein. Alles entwickelte sich nun anders als gedacht. Ach – Agnes! Ich möchte mit dir reden. Und auch mit dir, Bürgermeisterin."

Begleitet von vielen Ärztinnen und Schwestern und natürlich von der Presse, betraten wir einen Raum, vollgestellt mit Leckereien. Anstandshalber nahm ich mir etwas und bedeutete meinen Mädchen, zu zugreifen.

„Das ist ja wie im Märchen bei dir", begann Agnes im Nebenzimmer. „Du wirst entführt, verliebst dich in eine orientalische Herrscherin und erscheinst als Märchenprinz wieder. Glaubst du, du bist nicht nur eine Laune von ihr?"

„Ich verbiete dir, so respektlos von Emira zu reden. Außerdem verkennst du die Situation. Erst gestern bat mich Emira Fatma, sie bitte nicht zu verstoßen. Ich bin der Herrscher im Emirat. Und ich lasse weder mich, noch andere beleidigen. Hast du mich verstanden?"

Wütend stand ich auf. Agnes erschrak fürchterlich. Die Bürgermeisterin entschuldigte sich für ihre Entgleisung. Ich setzte mich neben Agnes und legte meinen Arm um sie.

„Liebe Bürgermeisterin! Wie weit ist mein Projekt gediegen?"

„Wir haben eine geeignete Immobilie gefunden. Ein altes verlassenes Schloss in einem abgelegenen Wald. Für unser Vorhaben ist es günstig gelegen. Doch es ist sehr baufällig. Das Geld ist knapp. Aber mit der Zeit werden wir es bewerkstelligen. Das Gelände wird derzeit beräumt, um Platz zu schaffen."

„Ich wünsche das Objekt vor der ersten Geburt fertig zu sehen. Alle männlichen Nachkommen werden dort geschult und erzogen. Agnes übernimmt die Leitung. Zusammen mit Gloria. Ihr bekommt genügend Geldmittel von mir."

Nun rastete die Bürgermeisterin aus:

„Was glaubst du eigentlich wer du bist? Die ganz große Nummer? Du tauchst hier auf und gibst uns Anweisungen. Da mache ich nicht mit! In deinem Emirat bist du vielleicht der große Macker, der kam, sah und siegte. Hier nicht! Hier bist du Gast!"

Sie sah trotz ihres Alters gut aus in ihrem Zorn. Ich stimmte ihr aber grundsätzlich zu. Ich nahm mir viel heraus und musste aufpassen, nicht überheblich zu werden. Etwas mehr Zurückhaltung tat not. Agnes redete beschwichtigend auf die Bürgermeisterin ein. Deren Busen bebte und sprengte fast die Köpfe ihrer Bluse. So gern ich es gesehen hätte – ich überspannte den Bogen und musste sie beruhigen.

„Bürgermeisterin", begann ich ruhig. „Bleiben wir vernünftig und pragmatisch, bitte. Ich entschuldige mich für mein Auftreten. Ich bin hier nur normaler Bürger. Legen wir unsere Vorstellungen und Pläne auf den Tisch und wägen ab. Hört zunächst meine Vorstellungen an. Danach können wir uns einigen und entscheiden, wie wir verfahren. Ich möchte, zumindest die ersten männlichen Nachkommen, konzentriert an einem Ort erzogen sehen. Sozusagen zuerst eine Elite heranbilden. Von klein auf sollen sie auf ihre Aufgaben vorbereitet werden. In einem Internat werden sie wohnen, wenn sie alt genug sind. Das hat also entsprechend Zeit. Aber die Mütter müssen die Notwendigkeit eines solchen Schrittes einsehen und zusammen in einem Haus leben. Es werden nicht viele sein anfangs. Wir können die Zahl beschränken. Bei ihrer Geschlechtsreife ist zwingend Vorsorge zu treffen, dass sie sich mit Frauen auf einem entsprechenden geistigen Niveau paaren. Wenn genügend Männer existieren ist das alles hinfällig. Aber die ersten Männer müssen ganz einfach mit entsprechenden Frauen zusammen gebracht werden. Fehler müssen wir weitgehend vermeiden, denn sie können sich fatal auf eure Zukunft auswirken. Das alles kostet natürlich viel Geld. Ich möchte nur helfen. Und als kleines Entgegenkommen wünsche ich Agnes und Gloria mit eingebunden sehen. Aber ich möchte euch keine Vorschriften machen."

„Wenn ich dich richtig verstanden habe, möchtest du eine elitäre Oberschicht heranzüchten?"

„Nein! Ich möchte nur Fehler vermeiden, die nicht mehr rückgängig zu machen sind. Bedenke: die ersten Jungs bilden den Grundstock für eine neue Gesellschaft. Keine von euch kennt die Mentalität von Männern. Lasst ihr einen gewissen Teil zusammen aufwachsen, könnt ihr selbst beobachten und lernen. Aber ich möchte euch nicht hinein reden. Es war nur ein Vorschlag."

Die Bürgermeisterin überlegte lange, ehe sich zu einem Entschluss kam.

„Gut, ich werde mit den entsprechenden Expertinnen einen Langzeitplan ausarbeiten. Der Grundgedanke ist nicht schlecht.

Das Projekt werde ich persönlich in meine Obhut nehmen. Ich bürge auch dafür, dass das Gebäude rechtzeitig fertig wird. Und danke für deine Ratschläge, Adam. Eine männliche Elite soll es also werden. Über kurz oder lang werden sie die Führung übernehmen wollen. Das wird den Frauen nicht gefallen."

„Das liegt im Bereich des Möglichen. Daran dachte ich auch schon. Aber eine Männerregierung erlebst weder du noch ich. Der ganze Plan trägt natürlich den Keim der Unruhe und Unzufriedenheit in sich. Doch es ist zu spät! Daran hätten wir, vielmehr ihr denken sollen, bevor ihr mein Sperma gefordert habt. Ihr hättet unter euch bleiben sollen. Es wäre wirklich besser gewesen, mich gleich zu töten. Das habe ich erkannt. Was wir momentan alle erleben, ist eine gewaltige Revolution. Eure Welt ist mit meinem Erscheinen nicht mehr die, die sie war. Doch gleichzeitig ist es auch eine Chance! Seht nicht nur die Gefahren, sondern erkennt die Vorteile, mit Männern zu leben. Vermeidet Fehler und lasst euch nicht unterdrücken. Doch gleichzeitig dürft ihr auch die Männer nicht als Menschen zweiter Klasse behandeln. Ihr habt euch in eurer Frauenwelt eingerichtet. Das ist endgültig vorbei! Erziehen wir die Jungs von Grund auf zu Respekt und Achtung den Frauen gegenüber. Das ist die vornehmliche Aufgabe, die es zu bewältigen gilt. Nehmt sie an und, ich wiederhole, minimiert mögliche Fehler. Dann werdet ihr gleichberechtigt an der Seite der Männer stehen. Lest die alten Schriften. Sie geben euch Hinweise und Rat. Erkennt die Fehler von früher. Und besinnt euch auf eure Stärke. Ihr müsst keine Angst vor ihnen haben. Es ist ein Neuanfang für alle. Ein unentdecktes Land, das ihr erobert. Geht gemeinsam mit den Männern in die Zukunft. Und eines Tages werdet ihr glücklich sein. Richtige Familien mit natürlich und in Liebe gezeugten Kindern werden das Zeitalter der Frauen vergessen machen. Und dann verbannt die alten Schriften, die von Unterdrückung und Sklaverei der Frauen künden, in den hintersten Winkel. Gleichberechtigt werden Männer und Frauen zusammen leben. Und vielleicht denkt dann jemand an „Adam", dem ersten Mann, der das Glück in diese Welt zurück brachte."

Ich glaubte selbst nicht, was ich mich sagen hörte. Langsam wurde ich zum Politiker.

Die Bürgermeisterin erhob sich ergriffen und reichte mir die Hand.

„Diese, deine Worte werden morgen in der Zeitung stehen."

Sie hauchte mir ins Ohr:

„Wenn du aber dennoch bereit bist, uns mit Geld zu unterstützen, wäre dir unser Dank gewiss. Und Agnes: Es würde mir gefallen, wenn du vorerst das Projekt übernimmst. Was ist eigentlich mit Beata? Was spielt sie für eine Rolle in deinen Plänen?"

„Beata geht mit mir nach Persien. Dort wird sie ein ähnliches, aber noch elitäreres Projekt übernehmen. Geld sichere ich dir genügend zu."

„Dann sind wir uns endlich einig! Machen wir es so. Wir brauchen noch einen Namen für das „Kind"."

Die Bürgermeisterin sah mich fragend an.

„Ich habe schon eine Idee", rief Agnes. „Mission Adam!"

„Nein, das möchte ich nicht", wehrte ich mich.

„Das kannst du nicht ablehnen. Bitte!"

„Nun gut. Das Haus selbst möchte ich „Arche Eve" nennen."

„Eve? War das nicht die Kleine von der Uni?"

„Genau! Sie bedeutet mir viel. Ehe ihr fragt: Nein – ich liebe sie nicht. Noch eines: Ich habe mehr als genug Erfahrungen in solch einer gemischten Welt. Leider sind es nicht die Besten und ich würde euch nur verschrecken, wenn ich davon berichten würde. Aber wenn ihr einen Rat benötigt, wendet euch an mich."

Die Bürgermeisterin überlegte. Schließlich stimmte sie dem Namen und meinem Hilfsangebot zu. Dann bat sie Agnes, uns allein zu lassen. Sie ging zur Tür und schloss ab. Was nun folgen sollte, war klar. Und warum auch nicht? In dieser Welt sahen alle Frauen gut aus. Egal in welchem Alter. In mir erwachte der Urtrieb des Mannes. Die Frau sollte sich demütigen. Ich sah sie erwartungsvoll an. Mit hängendem Kopf sagte sie:

„Adam! Ich bin alt und nicht mehr gut aussehend. Aber ich bin eine Frau! Und in einer Frau existieren gewisse Bedürfnisse. Diese Bedürfnisse erwachten erst mit deinem Erscheinen. Ich sah den umstrittenen Film und von da an träumte ich jede Nacht davon. Mein Gott – wie soll ich mich ausdrücken?"

„Lass gut sein. Wie heißt du eigentlich?"

„Margret", antwortete sie. Margret wollte gefickt werden. Auch sie war eine Frau und damit Sklavin ihrer Hormone. Sie demütigte sich vor mir, nur um einmal in den Genuss eines Schwanzes zu kommen. Ich empfand Mitleid mit dieser stolzen Frau, deren Spalte sie zwang, sich zu erniedrigen. Ihr Körper zitterte vor Erwartung, als ich ihre schmalen Hüften umfasste.

„Ich gebe dir, wonach es dich verlangt. Du bist immer noch eine begehrenswerte Frau."

„Alter Schmeichler. Was wirst du für eine Meinung von mir haben?"

„Es ist mein Schicksal in dieser, eurer Welt, mein Teil zur Verfügung zu stellen. Mach ihn mir hart, bitte Margret. Ich bedaure nur die Umstände. Gern hätte ich eine Nacht mit dir verbracht."

Langsam schob ich meine Hosen nach unten. Margret bückte sich und hauchte einen Kuss auf meine Eichel. Sie genoss das Fleisch in ihrem Mund. Eigenartigerweise wusste sie genau, was mir gut tat. Immerhin hatte sie ein solches Ding noch nie gesehen, geschweige denn in der Hand oder im Mund gehabt. Sicher las sie viele Bücher. Überhaupt wussten alle Frauen ziemlich gut Bescheid über die Handhabung eines Gliedes. Ein neues Geheimnis, das es zu ergründen galt. Diese Gedanken gingen mir durch den Kopf während Margret ehrfurchtsvoll meinen Schwanz in ihr Gesicht steckte. Ich spürte ihre Zungenspitze meinen Eichelschlitz lecken. Sacht setzte ich sie auf den Tisch und schob ihre Schenkel auseinander. Wie Lappen hingen die inneren Schamlippen nach außen und ließen ein Ekelgefühl bei mir aufkommen. Margrets Atmung ging schwer. Um die Sache hinter mich zu bringen, stieß ich in sie. Sie stöhnte auf und fiel nach hinten. Wider Erwarten fühlte sie sich eng an. Das erleichterte mir den Akt. Nur leicht spürte ich ihre Scheide krampfen. Aber es genügte, mir meinen Samen zu entlocken. Ich spritzte mich in ihr aus und zog ihn sofort heraus. Ein Taschentuch lag griffbereit. Ich reichte es ihr und packte mein Gehänge weg.

„Danke Adam für dieses Gefühl. Und bitte erzähle es niemandem."

„Ich tat es gern für dich und unsere zukünftige Zusammenarbeit."

Die Gespräche der Frauen verstummten, als sie uns aus der Tür treten sahen. Margrets rotes Gesicht sprach Bände! Sie besaßen jedoch soviel Feingefühl, nicht zu fragen. Ich verabschiedete mich wortreich von der versammelten Belegschaft des Krankenhauses, dem ja das Institut angeschlossen war und begab mich mit meinen Mädchen zum Wagen.

Bissig fragte Beata:

„Hat es dir gefallen, die Alte zu ficken?"

„Es war hart an der Grenze zur Leichenschändung", antwortete ich ernst. „Ich muss dir etwas gestehen: Insgeheim war ich schon immer nekrophil. Aber bitte sag es nicht weiter."

„Du bist unmöglich. Und deshalb liebe ich dich", lachte Beata. „Wo soll es nun hingehen?" fragte sie weiter."

„Ich möchte zu Eve, dann zu Babsy!"

„Sehr wohl, mein Gebieter." Wir fuhren los.

„Sag, was hast du mit dieser Eve? Warum sie? Hast du nur einfach Mitleid mit ihr? Oder ist es mehr?"

Ja, warum eigentlich? Schöne Frauen gibt es hier wie Sand am Meer. Alle würden mir zu Füßen liegen. Aber ihre ganze Aura, ihr zurückhaltendes Wesen faszinierte mich. Sie wollte damals nicht von mir genommen werden, um des Aktes willen, sondern weil sie nur ein Mal das Gefühl auskosten wollte, etwas Besonderes zu sein. Selbstverständlich genoss auch sie meine Liebe. Aber sie ging nicht darauf aus. Eve tat es für ihr eigenes Ego. Deshalb war der Fick mit ihr so besonders intensiv und leidenschaftlich. Wir verschmolzen förmlich miteinander. Alle anderen Frauen begehrten nur meinen Schwanz und nichts anderes. Ihre Motive waren andere.

Beata stieß mich in die Seite:

„Also warum?"

„Ich mache mir einfach Sorgen um sie. Das Schicksal schlug sie hart und nun habe ich sie auch noch geschwängert."

„Da ist mehr als nur einfache Sorge."

„Ich liebe sie nicht, wenn du das meinst."

Beata beließ es dabei. Wieder fuhren wir in das Armenviertel der Stadt. Eve öffnete die Tür und ihr Gesicht zeigte Erstaunen, Traurigkeit und auch Freude. So recht wusste ich es nicht einzuordnen.

Als wir saßen, stellte ich zunächst Aischa und Nelly vor. Dann beobachtete ich sie. Eve trug schwarze Kleidung! Sie sah mitgenommen aus. Auch bei ihr zeigte sich schon die Schwangerschaft. Ihre Brüste schienen vergrößert. Sie sagte kein Wort. Ich ließ ihr Zeit. Endlich begann sie:

„Du bist ein berühmter Mann geworden. Ich bin so stolz, dein Kind zu tragen."

„Wie geht es dir und deiner Mutter, Eve?"

Ihr Blick ging in die Ferne. Lange schwieg sie. Dann blickte sie mich mit ausdruckslosen Augen an.

„An jenem Tag, als du das letzte Mal bei mir warst, fand man meine Mutter an der Stelle ihrer Vergewaltigung. Sie hatte – sich erhängt an einem Baum."

Ich war geschockt! Was musste das Mädchen alles ertragen. Ich zog sie auf meine Beine und sie klammerte sich an meinen Hals.

„Das tut mir so leid" sagte ich, um überhaupt etwas zu sagen. Mehr Plattitüden fielen mir im Moment zum Glück nicht ein. Trotzdem fühlte ich mit ihr.

„Es muss dir nicht leid tun. Ich hatte und habe keine Tränen mehr für sie. Vielleicht war es das Beste für uns alle. Nun bin ich allein und kann mein Leben selbst gestalten."

„Du bist nicht mehr lange allein. Bald hast du ein Kind. Du wirst eine gute Mutter. Aber du musst auch hier raus. Bis unser

Heim fertig ist, suchen wir dir eine neue Wohnung. Hier gehst du zu Grunde!"

Beata fühlte mit Eve.

„Sie könnte bei uns wohnen. Meine Mutter und sie verbindet eine große Sache. Ein Kind von dir. Sie würden sich verstehen. Da bin ich mir sicher." Beata wandte sich an Eve:

„Möchtest du es denn? Hier kannst du nicht bleiben. Und Adam ließe es nicht zu, dass sein Kind in dieser Umgebung aufwüchse. Bis das Heim fertig ist, dauert es noch eine Weile."

Ihr Gesicht hellte sich auf:

„Ja, wenn ich euch keine Belastung bin? Ich möchte doch nur ein wenig Glück finden. Warum darf ich nicht glücklich werden? Kann mir das jemand sagen?"

Es brach aus ihr heraus. Sie umklammerte mich und schluchzte. Eve tat mir so leid.

„Ich sorge in Zukunft für dein Glück. Vergiss dein altes Leben. Eve, pack deinen Krempel. Morgen wirst du abgeholt. Einverstanden?"

Sie nickte schluchzend wie ein Kind.

Zum Abschied legte Eve noch einmal ihre Arme um mich.

„Kümmerst du dich um mich? Bitte! Ich habe niemand sonst."

„Dir wird es an nichts fehlen. Das verspreche ich dir, Eve."

Auf dem Weg zu Barbara meinte Beata:

„Meinen Respekt! Du hast dir unter all den geilen Studentinnen die eine herausgesucht, bei der dein Fick mehr als nur Lust hervor rief und die eigentlich nur etwas Liebe und Zuneigung verlangte. Du hast in ihr Bedürfnisse geweckt. Die Kleine befindet sich nun auf einem Scheideweg. Sie macht von dir ihr weiteres Schicksal abhängig."

„Warum von mir? Ich sagte nur, sie soll in mein Heim?"

„Sie erwartet von dir, in ihre Zukunft geführt zu werden. Sie möchte von dir den Weg gezeigt bekommen. Ihre Vergangenheit gestaltete sich mehr als beschissen und dann kamst du. Unbeabsichtigt hast du in ihr mit deinem Jahrhundertfick einen

Urinstinkt geweckt: Ein Mann kann dich beschützen! Du hast in ihr Hoffnung geweckt. Eve ist nur zu schüchtern und zu ängstlich es dir zu sagen oder dich zu fragen. Sie hofft einfach auf dich und deine Empathie."

„Du bist eine gute Psychologin. Was meinst du? Wie könnte der Weg aussehen? Erzähl mir mehr über die weibliche Psyche."

„Du hast sie doch gern! Eve sieht in dir mehr als nur einen „Mann". Sie ist ein junges und unerfahrenes Mädchen. Und sie ist allein und schwanger. Nimm sie mit ins Emirat. Wenn es soweit ist."

Beata erwartete keine Antwort. Ich spürte ihre Zuneigung für Eve. Ihre mütterliche Sorge um sie. Auch sie hatte Eve in ihr Herz geschlossen. Ich schwieg und dachte nach.

Barbara begrüßte uns überschwänglich. Natürlich vor allem ihre Tochter. Bei einem Kaffee erzählten wir unsere Abenteuer. Barbara wiederum, freute sich besonders auf unser gemeinsames Kind.

„Ich habe alles über euch in den Medien verfolgt. Du bist der neue Shootingstar im Politiktheater, Adam. Ein Auserwählter und nunmehr Emir. Und meine Kleine ist nun ein Engel."

„Das ist unser Stichwort. Barbara, wir müssen mit deiner Mutter reden. Unbedingt! Beata fand etwas heraus. Dem müssen wir nachgehen."

„Ja, ich hörte davon. Wir können sofort los. Es interessiert mich auch."

Unser geräumiger Wagen wurde langsam etwas zu klein. Beata fuhr, da ich Diplomatenstatus hatte und nicht fahren durfte. Unterwegs unterhielt sich Barbara mit ihrer Tochter. Sie fragte sie auch nach Emira aus und Nelly schwärmte in den höchsten Tönen. Je näher wir Paytonhill kamen, umso nervöser wurde ich. Die Straße glich der anderen, welche ich früher kannte. Nun befand ich mich in einem Paralleluniversum. Wie und warum auch immer. Und ich fühlte mich wohl hier. Sogar das Saufen hielt sich hier in starken Grenzen. Meine Psyche verlangte nicht mehr nach Alkohol. Die andere Welt wurde mir mit der Zeit immer fremder. Hier hatte ich eine Familie. Ich wurde geliebt, hatte eine Aufgabe. Würde ich Licht in das Dunkel um Nelly bringen? Welches Geheimnis umgab sie?

Oma schien uns erwartet zu haben. Ohne große Begrüßung bat sie uns herein und an die Kaffeetafel. Sie strahlte über alle Backen. Als wir saßen, fragte sie uns natürlich aus. Die Höflichkeit gebot, ihr Auskunft zu geben. Dann hielt ich es aber nicht mehr aus.

„Wir sind hier, weil wir selbst Fragen haben. Ich hoffe, du kannst unsere Neugier befriedigen. Was ist das Geheimnis von Nelly?"

Oma überlegte lange. Schließlich räusperte sie sich.

„Ich erwartete diese Frage schon lange. Schon am ersten Tag hätte ich es euch offenbaren können. Doch ich wusste noch nicht, wo euch euer Weg hinführt. Es ist eine lange und seltsame Geschichte. Ich will euch die Kurzversion erzählen."

Wieder schwieg sie und fixierte ein Bild an der Wand. Ein röhrender Hirsch in einem Wald.

„Es geschah vor etwa 40 Jahren. Ich sehe es wie heute vor mir. Es war später Nachmittag. An meiner Tür klopfte es. Sie benutzte nicht einmal die Klingel. Eine Frau mit zerrissenen Sachen und wirren Haaren stand vor mir. „Helfen sie mir bitte", bat sie am Ende ihrer Kräfte. Natürlich bat ich sie herein. Sie war völlig desorientiert und redete Unsinn. Sie wäre im Wald aufgewacht und hier in Paytonhill zuhause. Aber wiederum auch nicht. Es wäre nicht ihr Paytonhill und alles plötzlich unbekannt. Sie erzählte von einer Welt voller Männer. Sie selbst wäre geschieden und ihr Kind ein Produkt einer Dummheit. Ich hielt sie für geistig umnachtet, aber ich kümmerte mich um sie. Angie, wie sie sich nannte, war im achten Monat schwanger. Aus einem Grund, den ich nicht verstand, ging ich nicht zur Polizei, sondern nahm sie bei mir auf. Sie erholte sich, blieb aber verstört. Ihr Kind brachte sie hier bei mir zur Welt. Eine Tochter. Sie nannte sie – Barbara!"

Unwillkürlich blickten wir alle Barbara an. Oma ließ ihre Offenbarung wirken und holte sich einen neuen Kaffee. Keiner sagte ein Wort. Barbara schlug die Hände vor ihr Gesicht.

Oma setzte sich und fuhr fort:

„Eines schönen Tages kam ich vom Einkauf und Angie war weg. Ich sah sie nie wieder! Oft ging ich zu der von ihr beschriebenen Stelle im Wald. Doch sie blieb verschwunden. Ich zog Barbara wie meine eigene Tochter auf. Und ich liebe sie auch wie eine Mutter ihre Tochter. Das war meine Geschichte. Und nun meine Frage an dich, Adam: Paytonhill ist nicht groß. In deiner Welt sicher auch nicht. Verschwand dort irgendwann eine Frau? Erinnere dich bitte."

Ich erhob mich und lief gedankenversunken im Zimmer umher. Vor 40 Jahren war ich noch nicht geboren. Ich zermarterte mir das Hirn. Im Hintergrund unterhielten sich meine Frauen. Plötzlich fiel mir etwas ein. Meine Mutter – Gott hab sie selig - erzählte oft von ihrer Schwester. Sie verschwand eines Tages während eines Spaziergangs. Wochenlang suchte man sie. Vergebens! Aber wie hieß sie? Mit „A" war es, glaube ich. Wenn sie besagte Angie war, dann wäre Barbara meine Cousine! Und Nelly auch mit mir verwandt. Es konnte nicht anders sein! Ich ging zu den Damen und erzählte ihnen meine Erkenntnisse.

„Barbara, du bist also natürlich gezeugt und quasi aus meiner Welt. Aber Nelly wurde doch künstlich gezeugt?"

„Sie trägt trotzdem mein Erbgut in sich."

„Wir sind also verwandt. Aber was bedeutet das nun für uns?"

Oma kam mir zu Hilfe:

„Es bedeutet vielleicht, dass sich dieses „Tor" nur für Menschen mit euren Genen öffnet."

„Und vor allem bedeutet es, dass ich meiner eigenen Cousine ein Kind gemacht habe! Das ist Inzest!"

„Mein lieber Onkel", meldete sich Barbara. „Nun treibst du es aber auf die Spitze."

„Also haben wir das gleiche Blut", meinte Nelly.

„Das ist ja alles sehr aufregend, aber solche Zufälle soll es geben. Ich muss erst mal an die frische Luft."

Ich musste die Konsequenzen überdenken. Eigentlich erhoffte ich mir mehr. Was Oma erzählte, riss mich nicht von den Beinen. Nelly wollte mich auf meinem Spaziergang begleiten. Und Aischa.

„Nelly, ich möchte allein sein."

„Bitte nimm mich mit."

„Also gut. Aischa, bitte bleib du hier."

„Ich bin aber für dich verantwortlich", antwortete sie hartnäckig.

„Du bleibst hier. Nelly passt auf!"

Sie fügte sich und mit Nelly an der Hand ging ich Richtung Wald.

„Unser „Geheimnis" ist also gelüftet. Es erklärt meine Gefühle für dich, Nelly."

Sie zog einen Schmollmund.

„Du hegst also nur verwandtschaftliche Gefühle für mich? Ich dachte da ist mehr zwischen uns."

„Du weißt, dass ich dich gern habe, mein Engelchen", beeilte ich mich zu versichern.

„Aber unsere Verwandtschaft gibt der Legende neue Nahrung. Du bist als mein Engel erschienen. Völlig legitim. Denn du bist von meinem Blut. Wenn ich aber den Faden weiter spinne, müsste eigentlich deine Mutter ein Engel sein. Sie kam ja quasi auch aus einer anderen Welt. Wenn auch im Bauch ihrer Mutter. Möglicherweise ist sie aber nicht gut genug. Ein Engel sollte reinen Herzens sein. So wie du, Nelly. Andererseits kann es sich auch um reinen Zufall handeln. Wäre sie zusammen mit mir entführt

worden, dann würde sie deine Stelle als Engel angenommen.
haben. Immer natürlich in der Annahme, dass ich tatsächlich der
„Auserwählte" bin. Es bleibt die Frage, warum ich es sein sollte.
Aber Aischa als zweiter Engel gibt noch Rätsel auf."

„Du hast eine blühende Fantasie, Adam."

Nelly riss einen Grashalm vom Wegrand und kaute auf ihm
herum. Die Ruhe des Waldes tat mir gut und lüftete mein Gehirn
durch. Die Sonne schien und Vögel sangen ihr Lied. Ich fühlte mich
wohl in dieser neuen Realität. Einzelne Frauen hatte ich
liebgewonnen und zählte sie zu meiner neuen Familie. Neu war
nicht ganz richtig. Ich hatte in meiner alten Welt nie eine richtige
Familie. Plötzlich blieb Nelly stehen. Unbeabsichtigt und
unbewusst waren wir zu eben jener Stelle gelaufen, an der Nelly
mich fand. Nichts deutete mehr darauf hin.

„Ruhen wir uns eine Weile auf. Dann gehen wir zurück", schlug
ich vor. Wir legten uns ins Gras. Nach einer Weile sagte Nelly:

„Ich habe mir über Aischa Gedanken gemacht. Wenn sie oder
ihre Mutter nun ähnlich dir aus deiner Welt kam. Die Mutter
ahnte, dass sie zurück musste und ließ ihre Tochter hier zurück.
Wie deine Tante damals. Dann wäre auch ihr Status als Engel
legitimiert."

„Aber dieses „Tor" befindet sich hier und nicht in Persien",
wandte ich ein.

„Vielleicht gibt es auch dort einen „Eingang". Denk an die
Quelle, die bei deinem Erscheinen sprudelte. Also gibt es auch dort
paranormale Kräfte!"

„Möglich. Denken wir über deine Hypothese nach. Nehmen wir
an, die Frauen mussten zurück in die alte Welt. Das bedeutet im
Umkehrschluss, dass auch ich zurück muss!"

„Die Frauen mussten zurück, nachdem sie ein Kind geboren
hatten. Du bist aber nicht schwanger. Sie wurden nur in diese Welt
überführt, um ihre Kinder herzubringen. Danach hatten sie ihre
Schuldigkeit getan. Keiner in deiner Welt hätte ihnen die
Geschichte geglaubt. Meine Oma, also meine leibliche Oma hatte
den Verstand verloren! Du betratst diese Welt als Heilsbringer.

Dahinter steckt ein Plan. Aber von wem? Und immer vorausgesetzt, dass der ganze Mist stimmt."

„Nelly, ich habe Angst! Ich möchte nicht zurück. Ich habe hier liebe Menschen getroffen und eine sinnvolle Aufgabe."

Nelly lächelte.

„Ich dachte gerade an die Situation als ich dich fand. Dein Penis hing aus deiner Hose und ich wusste nicht richtig, was das für ein Ding war."

Automatisch griff sie mir in den Schritt. Sie zog den Reißverschluss auf, wühlte etwas und holte meinen Schwanz hervor. Mit zwei Fingern ihrer zarten Hand schob sie meine Vorhaut zurück. Dann beugte sie sich über meinen Unterleib und umspielte mit ihrer kleinen spitzen Zunge meine Eichel. Sie zog meinen Schlitz vorsichtig auseinander und leckte den Tau, der sich kontinuierlich bildete. Mich verlangte danach, in ihr Innerstes vorzustoßen, meinen Höhepunkt in sie zu zucken. Nelly spürte mein Verlangen. Sie ließ ab und entblößte ihren Unterleib. Sie hockte sich auf mich und schnell war der Widerstand ihres kleinen Spaltes überwunden. Zusammen stöhnten wir tief auf, als einer den anderen intensiv spürte. Gemeinsam trieben wir dem Höhepunkt entgegen, der auch alsbald kam. Ein letztes Aufbäumen und unsere Säfte vermischten sich in ihrer engen Vagina. Just in diesem Augenblick geschah es. Ich sah wieder dieses seltsame Licht! Eher war es ein Blitz. Ich wollte noch verzweifelt schreien, aber dann wurde es finster.

Es musste früher Abend sein, als ich erwachte. Hunger und Durst quälten mich. Benommen blickte mich um. Neben mir lag ein Mädchen. Es kam mir seltsam vertraut vor. Ihre Kleidung war zerrissen. Und ihr Unterkörper lag nackt vor mir. Ich ließ mich zurück fallen, um mich zu sammeln. In meiner Erinnerung erschien nur dieses Licht. Dieser Blitz von einem unwirklichen Weiß. Was war geschehen? Und wer war das Mädchen? Hatte ich sie vergewaltigt? Die Kleine hustete. Ich sah zu ihr. Sie blickte mich fragend an. Dann wurde sie ihrer Blöße gewahr. Sofort bedeckte sie ihre Spalte mit einer Hand. Ein Gefühl der Liebe stieg in mir auf. Ich liebte dieses Mädchen. Mehr wusste ich nicht. Meinen Blick abwendend, reichte ich ihr ihre Hose. Dankend nahm sie sie und zog sie an. Auch die Hose war ein einziger Fetzen. Plötzlich meldete sich auch meine Erinnerung bruchstückhaft wieder. Die kleine war meine Vertraute – meine Geliebte. Zaghaft sprach ich sie an:

„Ich habe deinen Namen vergessen. Erinnere mich bitte. Ich bin Jack."

Sie überlegte und sagte:

„Entschuldige. Aber auch ich kann mich nicht erinnern. Wo sind wir?"

Ja – wo waren wir? Unzusammenhängende Gedanken jagten durch mein Hirn. Bunte Fetzen der Erinnerung an Frauen, die ich nicht kannte.

Von Ferne hörte ich die Geräusche von Autos. Die Kleine hatte sich inzwischen notdürftig bekleidet.

„Zunächst müssen wir hier weg. Gehen wir zu Oma. Hoffentlich nimmt uns eine Frau ein Stück mit. Du kommst doch mit mir?", meinte sie

Oma? Welche Oma? Natürlich, die Oma! Langsam kam die Erinnerung zurück. Das Universum der Frauen – die Oma – die Emira und … . Ich konnte mich an keine Namen erinnern.

„Wir haben eine Amnesie, Kleine. Warum weiß ich nicht. Ich erinnerte mich nur an die Oma. Lass uns gehen."

„Ja, langsam erinnere ich mich auch. Du bist der berühmte Mann. Und ich glaube dich zu lieben. Zumindest fühle ich großes Vertrauen zu dir."

„Was auch immer passierte - lass uns zu deiner Oma gehen. Ich glaube, wir waren bei ihr zu Besuch."

„Ja, du hast recht. Meine Oma in - Paytonhill."

Wir erhoben uns. Dabei bemerkte ich meinen Schwanz, der aus den Resten meiner Hose baumelte. Die Kleine sah verschämt und belustigt weg. Ich stopfte das Teil in die Hose. Wir kletterten zur Straße. Das erste Auto fuhr vorüber und versetzte mir einen Schock. Am Steuer saß ein - Mann!

„Neiiiiiin!", schrie ich gequält auf und sank ins Gras. „Das darf nicht sein!"

Die Kleine setzte sich zu mir.

„Was ist los?", fragte sie unschuldig. „Warum bist du so verzweifelt."

„Kleine. Ich bin zurück in meiner Welt und habe dich mit hinein gezogen. Hier gibt es deine Oma nicht!"

„Was meinst du damit?"

„Komm. Wir gehen zu mir. Wir können kein Auto anhalten. Nicht so, wie wir aussehen."

Wir liefen schweigend los. Am Ortsrand begegneten wir einer Gruppe von Männern. Die Kleine drückte sich ängstlich an mich, als die Männer anzügliche Bemerkungen machten. Sie ahnte das schier Unmögliche und Panik stieg in ihr auf. Ich klingelte bei meinem Nachbarn und bat um meinen Zweitschlüssel. Er checkte uns von oben bis unten. Alwin, wie er hieß, stank nach billigem Fusel und Schweiß. Mit den herabhängenden Hosenträgern und der ausgebeulten Jogginghose bediente er voll das Klischee des arbeitslosen Proleten in der Provinz. Er steckte sich eine Kippe ins Gesicht und sagte wissend:

„Ihr habt es ja toll getrieben. Deshalb warst du also zwei Wochen verschwunden. Ich fragte mich schon, wo du steckst. Habt ihr die ganze Zeit in einer Waldhütte gefickt? Wo hast du die

Hübsche überhaupt aufgerissen? Gekauft kannst du sie ja nicht haben. Hast ja nie Geld."

Mir war nicht nach derben Scherzen zu Mute.

„Hast du nicht noch etwas zu Essen und eine Flasche Schnaps?"

Mit einem schmierigen Lächeln gab er uns etwas Brot, Butter und Wurst. Zum Nachspülen eine Flasche Gin.

Meine Wohnung strotzte nur so vor Staub. Auf dem Herd schimmelte ein Suppenrest vor sich hin. Alles roch sehr streng. Die Kleine hielt sich angeekelt die Nase zu und öffnete die Fenster. Sogar die Fliegen nutzten die Gelegenheit und ergriffen panikartig die Flucht durch das offene Fenster.

„Wie kann man nur so wohnen? Das ist ja schlimmer als bei ... Wie hieß sie noch?"

Die Kleine entrüstete sich maßlos über den Zustand meiner Behausung. Sie vergaß darüber sogar ihre Angst.

„Ich weiß, wen du meinst. Aber Namen ...?"

Sie begann nach Frauenart sofort mit dem Saubermachen.

Ich hielt es im Moment für unangebracht. Unsere Sorgen waren andere.

„Setz dich zu mir. Deinen Putzfimmel kannst du später ausleben. Wir müssen reden."

Ein große Schluck Gin tat mir gut.

Am Tisch begann sie zu fragen:

„Jack. Wo sind wir? Hier sind so viele Männer. Bei mir zu Hause gab es keine Männer. Das weiß ich noch."

Ich goss ein beschlagenes Glas voll Schnaps und schob es ihr hin. Amüsiert beobachtete ich ihr Ekelerschaudern, nachdem sie den Dreifachen auf Ex hinter kippte.

„Wir müssen uns konzentrieren, Kleine. Fassen wir zusammen was wir wissen. Wenn mich meine Erinnerung nicht trügt, lernten wir uns in einer Frauenwelt kennen. In diese wurde ich sozusagen hinein transportiert. In eine Parallelwelt. Dort lernte ich noch mehr Frauen kennen. Aber wir zwei lieben uns. Das ist Fakt! Ich erinnere mich, dass wir es an eben jener Stelle trieben, ehe das „Licht" kam. Nun bin ich wieder in meiner Welt. Und du mit mir."

Ich fühlte, wie eine tiefe Depression in mir hochkroch. Nein – das hier war nicht mehr meine Welt. Mein Leben war von einer unmenschlichen Tristesse geprägt. Ganz zu schweigen von meinen Erinnerungen an meine einzige große Liebe, welche ich so schmählich verriet. Sie verursachte fast jede Nacht Alpträume. Selbst in jener anderen Welt. An diese andere Welt erinnerte ich mich im Moment nur sehr vage, aber diese wenigen Erinnerungen prägten Lebenslust und Freude.

„Ich habe solche Angst, Jack. Ich möchte hier nicht sein. Wir waren, glaube ich, bei meiner Oma zu Besuch und gingen spazieren. Dunkel erinnere ich mich an eine Orientalin, die dabei war und an meine Mutter. Aber nicht an Namen", riss mich die Kleine aus meinen Gedanken.

Ich trank das fünfte Glas auf Ex. Der Schnaps betäubte wohltuend meine Sinne. Auch die Kleine trank, um ihren Schmerz zu ertränken.

„Wie dem auch sei. Ich kann dich nicht immer „Kleine" nennen. Ich nenne dich ab sofort „Mia", wenn es dir recht ist."

Sie nickte leicht und ich fuhr fort:

„Also Mia. Wie verfahren wir weiter? Du möchtest nicht hier sein und auch mich verbinden schöne Erinnerungen mit der anderen Welt. Lass uns schlafen und morgen früh denken wir uns einen Plan aus."

Damit stürzte ich den 9. Schnaps hinunter. Der Alkohol erfüllte so langsam seinen Zweck.

Wir gingen ins Schlafzimmer und ich schämte mich. Das Bett war zerwühlt und auf dem Laken befanden sich in Hüfthöhe verräterische Flecken meiner einsamen Nächte.

„Das ist ja voll eklig. Was sind das für Flecken?", ereiferte sich Mia.

„Willst du die Wahrheit?"

Sie nickte.

„Ich erzählte dir damals, dass hier die Frauen rar sind und sehr zurückhaltend. Nicht wie in deiner Welt. Und ein Mann hat es nicht leicht, seine Bedürfnisse zu befriedigen. Also befriedigt er sich hin und wieder selbst."

Ich war erstaunt, wie schnell sich meine Erinnerungen wieder meldeten.

„Dann sind das Spermaflecken? Da schlafe ich nicht drauf."

Ich zeigte ihr meinen Wäscheschrank und sie bezog umgehend das Bett neu. Wir zogen uns aus und unsere Fetzen flogen in den Abfall. Ich bot Mia ein Shirt für die Nacht. Sie lächelte mich an. Das erste Mal seit wir hier waren, lächelte sie.

„Da wir uns ja lieben, können wir nackt zusammen schlafen."

Ohne eine Antwort abzuwarten, zog sie sich aus. Schon stand sie nackt wie die Sünde vor mir. Aufreizend schön und erwartungsvoll. Doch mir war heute nicht nach ficken zu Mute. Ich legte mich hin und Mia legte ihren Oberkörper auf den Meinen. Ich legte einen Arm um sie und streichelte ihre samtige Haut.

Ich wollte zurück! In der anderen Welt hatte ich eine Aufgabe, auch wenn sie momentan im Dunkel des Vergessens lag. Was erwartete mich hier? Arbeit und Trostlosigkeit. Über kurz oder lang würde mich auch Mia verlassen. Hier hatte sie die Auswahl. Oder aber, sie würde zugrunde gehen wie ich auch.

Mia begann zu schluchzen und meine Brust mit Tränen zu benetzen. Wir weinten uns zusammen in den Schlaf.

Der nächste Morgen sah mich ausgeruht und voller Tatendrang. Neben mir schlief Mia noch. Auf dem Rücken liegend und ihre straffen Brüste in die Höhe gereckt. Ich konnte nicht umhin, sie zu berühren. Zu verlockend war das Angebot!

„Guten Morgen, Kleine", hauchte ich in ihr Ohr. Sie reckte sich und griff wie selbstverständlich nach meiner morgendlichen Erektion. Lächelnd fragte sie:

„Sagte ich dir schon, dass ich dich liebe?"

„Heute noch nicht", antwortete ich und genoss ihre Hand um mein Glied.

„Kannst du mir sagen, warum ich dich eigentlich liebe? Du bist ein alter Sack und ich ein junges unschuldiges Mädchen, das du verführt hast."

„Du wirst langsam frech. Ein Sack bin ich vielleicht. Aber nicht alt. Und unschuldig bist du schon gar nicht. Du bist ein kleines verdorbenes Biest, dem ich jetzt den Hintern versohlen werde!"

Ich legte mich lachend auf sie und bog ihr die Arme über den Kopf. Mia spreizte automatisch weit ihre Schenkel und wie von selbst fand mein Glied ihren Eingang und flutschte hinein. Ohne Bewegung genoss ich ihre feuchte Enge und fragte sie:

„Ich weiß nicht, warum wir uns lieben. Aber egal. Wir lieben uns und ich bin süchtig nach dir. Du bist so wundervoll!"

Ich begann rhythmisch zu stoßen und Mia fand schnell meinen Takt. Hingebungsvoll und ohne Hektik, die oft bei zu großem Verlangen entsteht, liebten wir uns. Als ich mich in ihr ausgespritzt hatte, stand ich auf und suchte nach etwas Essbarem. Vom Nachbarn war noch Brot übrig und im Schrank fand ich Wurstkonserven. Kaffee stand genügend bereit und so deckte ich den Tisch. Mia säuberte sich ihre Spalte und setzte sich zu mir.

„Mia, ich habe fast alle Erinnerungen wieder. Nur die Namen sind weg. Fassen wir noch einmal zusammen, was wir wissen:

Wir besuchten deine Oma. Du, ich, die dunkle Schönheit ... und wer noch?"

„Ich glaube meine Mutter war dabei und die Frau aus dem Institut, die du auch liebst."

„Richtig, ja. Dann gingen wir spazieren. Bis zu jener Stelle. Dort liebten wir uns, bis dann …"

Das Ende ließ ich offen.

„Wie war es bei dir das erste Mal, Jack? Ich meine … du bist doch schon einmal zwischen den Welten gewandert."

„Damals ging ich auch spazieren bis zu dieser Stelle."

„Gibt es eine Gemeinsamkeit?"

„Nun … nein, eigentlich nicht. Das heißt … Moment mal. Damals überkam mich plötzlich die Lust und ich befriedigte mich selbst. Nach meinem Höhepunkt kam das „Licht"."

Mia überlegte und zählte eins und eins zusammen:

„Ist es möglich, dass folgende Faktoren uns zurückbringen würden:

1. der Ort,
2. die durch den Geschlechtsverkehr freigesetzten Sexualhormone,
3. unsere besonderen Gene und
4. eventuell die Zeit.

Wann waren wir dort Jack?"

„So in der zweiten Stunde. Aber was soll das mit den Genen?"

„Du weißt schon noch, dass wir verwandt sind und dass deine Tante das Ganze in Bewegung gebracht hat?"

„Jetzt wo du es sagst."

„Also gehen wir hin und pimpern. Schon sind wir wieder zu Hause."

„Wo ist mein zu Hause, Mia? Sag mir das."

„Da, wo du dich wohlfühlst, Jack."

„Du könntest mit mir hier bleiben. Viele junge Männer warten nur auf ein Mädchen wie dich."

Ich wollte provozieren. Entrüstet sprang sie auf:

„Nehmen wir einmal an, wir müssten bleiben. Es wäre für mich einfach nur die Hölle! Schon dieser Nachbar! Wenn alle Männer so sind! Nie würde ich mich von dir trennen. Ich fühle mich bei dir geborgen und ich liebe dich. Willst du mich etwa loswerden? Es klang so. Was habe ich dir getan?"

„Ich meinte es doch nicht so. Setz dich bitte wieder. Zunächst benötigen wir Speisen. Ich habe Ersparnisse, die ich abhebe. Du kümmerst dich um die Wohnung. Gott weiß, wann wir wieder weg kommen. Bis dahin müssen wir uns einrichten."

Gesagt – getan. Ich ging zur Bank und hob Geld ab. Ich kam mir wie ein Armhäusler vor. Dabei war ich einmal der reichste Mann der Welt!

Dann kaufte ich ein und musste mich ständig der Fragen von Freunden erwehren.

Ein „Freund" fragte mich direkt:

„Wo hast du denn die kleine Nutte aufgerissen? Auf deiner Sauftour?"

Ich wollte ihm schon ein Brillenhämatom verpassen, aber ich hielt mich zurück. Das ganze Dorf wusste schon von Mia. Und den rüden und beleidigenden Ton war ich nicht mehr gewohnt. Mein Entschluss stand fest. Lieber die freizügige Liebe der Frauen in der anderen Realität, als die unflätigen Reden des sogenannten starken Geschlechts. Vor allem Mia würde darunter leiden.

Zu allem Überfluss fing es an zu regnen. Wieder zu Hause, empfing mich Mia:

„Der Nachbar stand vor der Tür. Ich sagte ihm, du wärst nicht da. Da freute er sich und meinte, ich könne doch solange zu ihm rüberkommen. Was du bötest, hätte er auch. Was meinte er damit?"

Mia trug nur ein mir zu kleines Shirt und keinen BH. Ihre Warzen leuchteten durch. Das Shirt ging ihr nur knapp über den Po. Sie kleidete sich halt wie in ihrer Welt. Das konnte sie hier nicht machen. Und das sagte ich ihr auch.

„Und was, bitte schön, soll ich anziehen? Meine zerrissenen Sachen?"

„Du hast recht. Entschuldige. Du brauchst unbedingt Klamotten. Aber woher? Ins Dorf können wir nicht. Obwohl es dort einen schönen kleinen Modeladen gäbe."

Ich überlegte lange. Endlich fiel mir etwas ein:
„Heute Nachmittag bestelle ich ein Taxi. Du ziehst eine
Jogginghose von mir an. Heutzutage fällt so etwas nicht mehr auf.
Am Rande Londons befinden sich große Einkaufscentren. Viel
Geld besitze ich nicht, aber ich habe noch den wertvollen Ring von
Emira. Den versetze ich vorher."

„Du kannst doch nicht einfach den Ring verkaufen. Wollen wir
nicht vorher im Wald unser Glück versuchen? Ich halte es hier
nicht aus. Hier drehe ich durch. Schon die Nähe deines
aufdringlichen Nachbar ist mir zuwider."

„Das wird heute nichts. Es regnet in Strömen und mir würde er
bei dem Wetter nicht hochkommen."

Mia gab sich zufrieden und beschäftigte sich mit der Hausarbeit,
einfach um sich abzulenken.

Das Taxi hielt gegen 6 Uhr vor der Haustür. Mia sah beschissen
aus in meinen Klamotten. Aber in den Menschenmassen würde sie
nicht weiter auffallen.

Am O2 Centre angekommen, begab ich mich sofort auf die
Suche nach einem Juwelier. Ich zog Mia hinter mir her. Sie hatte
sehr große Angst und weinte fast. Die vielen Männer, die sie
unverhohlen begutachteten und das rücksichtslose Verhalten
einiger Kaufsüchtiger befremdete sie. Ich fand glücklicherweise
sofort einen vertrauenswürdig aussehenden Laden. Es glitzerte
silbern und golden um uns herum wie in Emiras Palast. Durch
einen Vorhang hinter dem Tresen betrat eine stolze Araberin das
Geschäft. Ich schätzte sie auf 40 – 45 Jahre. Sie gab dem Geschäft
einen noblen Anstrich und passte einfach in diesen Laden.

„Guten Tag. Wie kann ich ihnen helfen?"
„Kaufen sie auch an?"
„Natürlich!"

Ich zog den Ring vom Finger. Er bestand aus Weißgold. Sechs
eingefasste Rubine umringten die Mitte mit Emiras Wappen. Sicher
würde ich Mia davon einkleiden können. Leider reichten meine
bescheidenen Ersparnisse nicht, um Mia wenigstens etwas modisch
einzukleiden. Und wir wussten nicht, ob und wann wir zurück in

unsere Welt kamen. Überrascht von meinem Gedanken, dass ihre Welt auch schon meine war, reichte ich den Ring über den Tresen. Die Dame klemmte sich eine Juwelierlupe zwischen ihr schwarzes rechtes Auge und warf einen Blick auf das gute Stück. Plötzlich erstarrte sie. Der Ring fiel gleichzeitig mit der Lupe auf den Tisch. Sie klammerte sich am Rand fest und schloss ihre Augen. Aufgeregt hob und senkte sich ihre Bluse. So wertvoll konnte der Ring nicht sein, dass die Gute bei seinem Anblick fast in Ohnmacht fiel. Minutenlang herrschte Schweigen. Mir wurde angst um sie:

„Ist ihnen nicht gut? Soll ich einen Arzt rufen?"

Sie raffte sich auf und sah mich glutäugig an:

„Wer sind sie und woher haben sie diesen Ring?"

„Gute Frau. Das geht nun doch zu weit. Er ist nicht gestohlen, wenn sie das meinen."

„Verstehen sie mich bitte nicht falsch. Kommen sie von weit her? Ich meine … nein, lassen wir die Farce. Ich kann ihnen den Ring nicht abnehmen."

„Hören sie. Ich bin nicht reich und meine Freundin benötigt dringend Sachen. Also bitte ich sie. Der Ring ist ein Erbstück und viele schöne Erinnerungen sind mit ihm verbunden. Es muss ja nicht viel sein."

Die Araberin begutachtete Mia und überlegte.

„Wenn sie sich von diesem Ring trennen wollen, müssen sie in großer Not sein. Ich mache ihnen ein Angebot. Ich schließe das Geschäft und gehe mit der Kleinen shoppen. Auf meine Kosten. Ich bezahle alles, was sie möchte. Aber behalten sie bitte den Ring. Als Gegenleistung möchte ich mich mit ihnen nach dem Einkauf unterhalten. Einverstanden?"

Sie machte dabei ein Gesicht, wie meine Beschützerin in der anderen Welt. Sie sah ihr sogar irgendwie ähnlich. Unnahbar und doch anziehend. Und staunend bemerkte ich, dass sich meine Erinnerungen unaufhaltsam aus dem Dunkel schälten. Ich ließ mich auf ihr Angebot ein. Welche Wahl hatte ich schon?

Von einem Geschäft zum Anderen zogen wir. Sie redete nicht viel, aber bezahlte alles. Und nur die besten Klamotten suchte sie heraus. Die Fremde gab Unsummen für Leute aus, die sie überhaupt nicht kannte. Welches Geheimnis umgab sie? Meine Hinweise auf die fehlende Notwendigkeit, nur Markensachen zu kaufen, wiegelte sie mit lässigen Handbewegungen ab. Ich war auf das Gespräch gespannt. Mia war schließlich neu eingekleidet und die Dame schleppte uns in ein feines Restaurant. Sie bestellte Sekt.

„Nun sind sie dran", forderte sie uns auf. „Erzählen sie mir ihre Geschichte."

„Was wollen sie wissen? Die Wahrheit würden sie doch nicht glauben."

„Versuchen sie es!"

„Gute Frau. Ich danke ihnen für ihre Hilfe und Entgegenkommen. Wenn ich ihnen meine – nein - unsere Geschichte erzähle, halten sie mich für einen undankbaren Spinner. Lieber gebe ich ihnen den Ring als Bezahlung."

Sie legte ihre Hand auf meine und funkelte mich an:

„Nein! Bitte! Ich flehe sie an! Erzählen sie. Ich werde nicht lachen. Versprochen."

„Also gut. Warum eigentlich nicht?"

Ich erzählte ihr in groben Zügen, was ich noch wusste. Von meinem Übergang in eine andere Welt, von den Frauen und von Emira. Die Nummer mit der Legende ließ ich weg. Als ich fertig war, fragte ich:

„Sie glauben mir kein Wort, nicht wahr. Und sie halten uns für undankbare Junkies."

Sie lehnte sich zurück und verschränkte ihre Arme:

„Jedes einzelne Wort glaube ich ihnen."

„Weshalb sollten sie das tun?", fragte ich erstaunt. Sicher las die Schöne viele Abenteuerromane.

Sie blickte nachdenklich aus dem Fenster. Lange schwieg sie. Dann sah sie mir tief in die Augen. Verschwörerisch sagte sie:

„Sie tragen Emiras Siegelring. Er wird nur an verdiente Persönlichkeiten verliehen und ermächtigt die Trägerin, in Emiras Namen zu handeln. In ihrem Fall eher ein Träger."

Nun war es an uns, verblüfft zu sein.

„Woher wollen sie das wissen? Wie kommen sie auf eine solche Idee?", fragte ich, um sie herauszufordern mehr zu erzählen. Ich blickte spontan zu Mia, deren Unterkiefer herunterhing.

Die Schöne beugte sich vor und nahm meine Hand in die ihre. Ihre langen, zärtlichen Fingerspitzen streichelten meinen Handrücken. Sie gönnte mir unabsichtlich einen Blick in das Tal zwischen ihren braunen Brüsten. Ich war zu sehr „Mann", als das ich sie nicht begehrenswert fand.

„Ich arbeitete in ihrem Palast! Lange Jahre. Fast täglich ging ich durch das Tor mit dem Wappen Emiras."

Ich fiel fast vom Stuhl. Mia sagte kein Wort.

„Jetzt sind sie dran mit der Erzählung!", forderte ich sie auf und strich nun meinerseits mit meinem Daumen über ihren Handrücken.

Wieder blickte sie aus dem Fenster und sammelte ihre Erinnerungen und Gedanken. Wie beiläufig begann sie ihre Erzählung:

„Das ist alles eine gefühlte Ewigkeit her. Und ich glaubte es schon vergessen. Sie können sich den Schock sicher vorstellen, als ich ihren Ring sah."

Wieder machte sie eine Pause. Unsere Finger spielten wie beiläufig miteinander und es gefiel mir. Unser Spiel war eher der Aufregung geschuldet, als der Absicht. Dann fuhr sie fort:

„Ich lebte mit meiner Mutter in der Nähe des Palastes der Emira. Als ich alt genug war, erzählte sie mir folgende Geschichte, die ich damals natürlich nicht glaubte:

Sie wuchs in dieser Realität, in der Nähe des alten verfallenen Palastes im heutigen Irak auf. Den Neuen der Emira gibt es hier nicht. Sie hütete Ziegen und ging öfters zur Quelle. Sie werden sicher wissen, welche ich meine. Mit ihrem Freund traf sie sich auch oft dort. Sie tauschten heimlich Zärtlichkeiten aus. Es war schattig, kühl und einsam. Eines Tages geschah es! Meine Mutter beschrieb das Licht als außerirdisch schön. Sie erwachte in einer anderen Welt. Ziellos und verwirrt irrte sie umher. Eine alte Frau nahm sie zu sich in ihre Hütte. Nach 6 Monaten gebar sie mich. Sie verdingte sich im Palast und führte auch mich dort ein. Wir hatten ein inniges Verhältnis. Doch sie vermisste ihren Freund und ging deshalb täglich zur Quelle, in der Hoffnung zurückzukommen oder auch nur der Erinnerungen wegen. Dann war sie doch verschwunden und ich sah sie nie wieder. Weder dort, noch hier. Ich lebte mein Leben und ließ mich befruchten. Ein Mädchen gebar ich und doch vermisste ich meine Mutter sehr. Oft ging ich zur Quelle. Vielleicht kam Mutter ja wieder? Statt Mutter sah nun ich das Licht. Ich wollte nicht in diese Welt! Sie können sich meine Verzweiflung sicher gut vorstellen. Hier kommt mein jetziger Mann ins Spiel, aber das gehört nicht zur Sache. Ich wollte bei meiner Tochter bleiben. Sie war doch erst 6 Jahre alt."

Die Schöne weinte und suchte ein Taschentuch. Ich reichte ihr eines. Unser Fingerspiel war leider damit beendet.

„Wie es ihr wohl erging? Meine kleine Aischa!"

Sofort fiel es mir ein. Aischa hieß meine Begleiterin. Die unnahbare und kämpferische Schöne. Alles fiel mir ein! Mia hieß Nelly. Da waren noch Beata und Barbara. Und auch das Schicksal von Barbara und Nelly kam mir ins Bewusstsein. Wie sich alles ähnelte. Dieser Zufall war unmöglich. Und doch gab es ihn! Das ich ausgerechnet hier die Mutter von Aischa traf?! Ich sollte Lotto spielen.

Die Dame weinte still vor sich hin. Ich setzte mich neben sie und nahm sie in meine Arme. Vertrauensvoll lehnte sie sich an mich.

„Ich kann ihnen versichern, dass es ihrer Tochter sehr gut geht. Aischa ist meine Freundin und mehr als das. Sie ist auch eine enge Vertraute der Emira!"

Sofort heiterte sich ihr Gesicht auf. Ungläubig sah sie mich an:

„Sie kennen meine Aischa? Und es geht ihr gut?"

„Das sagte ich doch. Sie ist für meine Sicherheit zuständig und ein Engel", sagte ich doppeldeutig.

Ich wandte mich an Nelly:

„Dein Name ist Nelly. Ich erinnere mich plötzlich an alles wieder."

„Ich auch, Adam", antwortete sie sichtlich erleichtert.

„Sie sind also auch durch das Tor an der Quelle gekommen?", fragte die Schöne.

„Wie heißen sie eigentlich?", fragte ich zurück.

„Yara – nennen sie mich bitte Yara."

„Gut, Yara. Wie ich ihnen schon vorhin erzählte, gibt es hier in der Nähe ein ebensolches Tor. Und wir möchten zurück! Ich habe noch viel zu erledigen und meine Nelly fühlt sich hier nicht wohl. Auch ihre Tochter Aischa wartet sicher auf mich. Sie und Nelly sind die zwei Engel an meiner Seite."

„Jack – ich darf doch Jack sagen? Wenn ich nicht irre, sind sie der „Verheißene"! Zumindest machte man sie dazu. Ich kenne die Legende, wie jeder dort. Ob ich daran glaube oder nicht. Damit haben sie aber eine große Machtfülle. Sorgen sie bitte für meine Aischa. Beschützen sie sie. Und sagen sie ihr, dass es mir so leid tut."

Die Erinnerung an ihre Tochter trieb Tränen in ihre Augen.

„Sie können es ihr selbst sagen. Kommen sie mit."

„Nein! Ich habe hier einen lieben Mann und Kinder. Ich kann nicht weg."

„Ich verspreche ihnen, dass Aischa immer an meiner Seite sein wird. Außerdem ist sie für meinen Schutz zuständig, und nicht ich für ihren. Sie ist eine starke Frau geworden."

Das entlockte Yara ein Lächeln.

Noch lange unterhielten wir uns über die verschiedensten Sachen und ich gab Episoden aus meinem anderen Leben zum Besten. Es blieb nicht bei der einen Flasche Sekt. Es wurde viel gelacht und ich vergaß meine Traurigkeit.

Wir verabschiedeten uns mit dem Versprechen, in Kontakt zu bleiben, solange wir noch hier waren. Und in der anderen Welt würde ich ihrer Tochter von ihrer Mutter erzählen.

Ich fuhr mit Nelly nach Hause.

„Fassen wir einmal zusammen, Nelly. Diese Yara – oder nein! Die Mutter von Yara ging schwanger durch das Tor, gebar sie und verschwand wieder. Die Tochter wiederum gebar Aischa und durch einen dummen Zufall kam sie zurück in diese Welt. An der

Quelle gibt es ein weiteres Tor. Ist unsere Theorie richtig, musste sie dort sexuelle Energie freigesetzt haben. Vielleicht besorgte sie es sich selbst. Egal! Wir kennen nun Aischas Geheimnis. Und nun zu dir. Deine legale Oma und meine Tante, wenn sie es denn war, ging ebenfalls durch ein Tor, gebar deine Mutter Barbara und verschwand wieder zurück. Deine Mutter gebar dich. Es ist das Gleiche, nur eben anders. Jedenfalls wäre Aischa damit als Engel legitimiert. Warum auch immer ich Engel brauche."

Nelly ging nicht darauf ein. Es war ihr schlichtweg egal. Sie fühlte sich hier nicht wohl und wollte einfach nur zurück.

„Du sagtest noch nichts zu meinem Outfit. Und noch etwas: Soll ich dich nun Jack nennen oder Adam?"

Das war die Frage? Jack erinnerte mich stark an mein altes Leben. Mit „Adam" begann für mich eine neue Zeitrechnung. Auch ich wollte unbedingt zurück. Ich betrachtete Nelly. Yara besaß Geschmack. Das enge Shirt betonte ihre Figur und die kleinen Brüste kamen gut zur Geltung. Ihre langen Beine umhüllte eine Jeans wie aufgesprüht. Unaufdringlich und doch wirkungsvoll.

„Du siehst scharf aus, Nelly."

Ich zog sie auf meine Schenkel und drückte ihre Brüste.

„Nur der BH stört mich. Du hast doch noch keinen nötig", reizte ich sie. Unaufgefordert zog sie ihr Shirt aus und bat mich, ihren BH zu öffnen. Nur zu gern tat ich ihr den Gefallen. Zwei feste, schneeweiße Brüste lachten mich an. Ich umrundete ihre Nippel mit dem Zeigefinger und beobachtete, wie sie hart wurden und sich aufrichteten. Nelly schloss ihre Augen und genoss. Ich saugte an einer ihrer Titten und öffnete den Reisverschluss ihrer Hose. Meine Finger fuhren hinein und ertasteten ein nasses Höschen. Nelly war bereit und auch mein Blut sackte vom Gehirn ins Glied. Ich forderte sie auf, sich ihrer Sachen zu entledigen. Bereitwillig hüpfte sie von meinen Beinen, zog sich aus und legte sich mit weit geöffneten Beinen auf unser Bett. Ohne weiteres Vorspiel drang ich in sie ein. Ich gewann den Eindruck, dass sie mich einfach nur in sich spüren wollte. Ich genoss eine Weile die sämige Feuchte ihrer engen Vagina. Dann begann ich zu stoßen. Schnell fanden wir unseren Rhythmus. Nelly krallte ihre Finger in meine Oberarme und stöhnte im Takt meiner Stöße. Das Zucken meines heiß gelaufenen Gliedes gab Nelly den nötigen Kick und auch sie entlud sich unter lautem Schreien. Ich fiel zur Seite und schlief bis früh.

Der neue Tag sah Nelly halb auf mir liegen. Ich sah aus dem Fenster und wusste: Heute war der Tag unserer Rückkehr! Die Sonne brach durch die Wolken und leichter Wind ging. Ich weckte meine Kleine mit einem sanften Kuss. Sie reckte sich und öffnete verschlafen ihre Augen.

„Nelly – Liebes! Möchten wir es heute wagen?"

„Ja, Liebster. Ich sehne mich so nach Aischa und meiner Mutter. In dieser Reihenfolge."

„Du liebst Aischa wohl sehr?"

„Nach dir selbstredend. Aber du wirst für mich auf Dauer unerreichbar sein. Emira wirst du heiraten und den Staat führen. Ich möchte Aischa heiraten. Wenn wir zurückkommen."

„Wir werden einen Weg finden."

„Warum ist unser „Tor" ausgerechnet dort, wo es ist? Dort ist doch nichts! Nur Wildnis."

„Keine Ahnung. Die Pikten kannten viele solcher magischen Orte, von denen besondere Energie ausging. Ich vermute, Paytonhill war eine alte Ansiedlung, von der aus sie an diesem Ort Kulthandlungen durchführten. Ein alter knorriger Baum genügte für ihre Anbetung. Nimm z.B. Stonehenge. Aus einem uns nicht bekannten Grund stellten sie dort Megalithen auf. Sicher gibt es dort auch einen Übergang. Nur hat eben dort noch niemand gefickt zur Mittagszeit. Die zweite Möglichkeit ist, dass das Tor von der anderen Welt aus aufgeht. Jemand erzählte mir, dass ein Stück des Meteoriten in der Nähe von Paytonhill niederging. Aber das ist alles Theorie."

„Essen wir etwas, dann machen wir uns auf den Weg. Ich halte es hier nicht mehr aus. Dein Nachbar wird auch immer aufdringlicher", beendete Nelly das Thema.

„Möchtest du es vorher noch einmal mit unserem Nachbarn treiben?"

Nelly antwortete nicht, sondern gab mir eine schallende Backpfeife. Die hatte ich mir auch redlich verdient.

Ich erinnerte mich plötzlich an den Briefkasten. Er war randvoll mit Rechnungen und meiner fristlosen Kündigung. Falls ich nicht zurück konnte, hätte ich ein echtes Problem. Aber im Moment war es mir einfach scheißegal! In dieser Welt als Versager zu leben, schien mir nicht verlockend. Und Nelly würde mich hier verlassen. Ich würde wieder wichsend den Feierabend genießen. Ab und zu eine Nutte aufreißen und am Abend am Stammtisch die Regierung übernehmen. Nein! Nur zurück zu Fatma und den anderen Frauen. Dort fühlte ich mich wohl und dort war ich King. Pläne hatte ich genug. Den Palast für meine Frauen wieder herstellen. Ich würde uns in die Wirtschaft Amerikas einkaufen. Söhne zeugen, die mein Erbe antreten würden. Und ich fände mein eigenes Glück mit meinen Frauen. Sehnsüchtig dachte ich an Beata, Aischa, Fatma und Eve. Aber zuerst musste ich hier weg! Eine Sache gab es aber noch, die mir keine Ruhe ließ: Meine Tante! Ehe ich verschwand, musste ich versuchen, sie zu finden.

„Nelly, wie alt ist deine Mutter?"

„Sie ist 38 Jahre alt. Warum?"

Dann konnte meine Tante höchstens um die 60 sein.

„Ich habe noch etwas zu erledigen. Komm mit. Wir suchen deine Oma."

„Was soll das jetzt wieder?", fragte Nelly enttäuscht. Sie zog es so schnell wie möglich zurück.

„Diese Oma ist doch uninteressant. Sie hält uns nur auf."

Auch mich zog es zurück. Nie wieder in diese perspektivlose Zeit!

„Kleines. Wenn wir zurückkommen, dann möchte ich nie wieder hierher. Deshalb möchte ich alle Unklarheiten beseitigt wissen. Wer weiß, ob wir diese Frau überhaupt finden? Lass es uns versuchen, bitte."

Mit einem Achselzucken gab sie sich geschlagen.

Das Gemeindeamt schien mir die richtige Anlaufstelle zu sein. Leider konnte ich der Dame im Amt nur ihren Vornamen nennen – Angie oder Angela. Obwohl sie meine Tante war, wurde sie mir nie vorgestellt. Ja, wenn ich mich richtig erinnerte, verleugnete meine Sippschaft sie regelrecht. Sicher kam sie verwirrt wieder in dieser Welt an und man schämte sich für sie. Und ihr Kind verlor sie anscheinend ja auch.

Das Amt glich einem besseren Kuhstall. Unbewusst suchte ich nach dem zugehörigen Misthaufen. Oh – wie ich alles hasste hier!

Die genervte und bebrillte Beamtin gab mir zu verstehen, dass das meine Angaben zur Tante etwas dünn wären, selbst wenn ich ihr Alter auf ca. 60 schätzte. Sie gab mir den Rat, zunächst auf dem Friedhof zu suchen. Ich versuchte es anders und fragte, ob nicht eine geistig verwirrte Frau mit einer seltsamen Geschichte vor ca. 30 Jahren hier auftauchte. Sie verwies darauf, dass ich selbst Bürger dieser Gemeinde bin und eigentlich alle Gerüchte kennen müsste. Ich wiederum verwies darauf, dass mir bis zum heutigen Tag Gerüchte scheiss egal waren. Die Diskussion zog sich in die Länge und wurde zunehmend lauter. Bis die Frau mir sagte, dass sich tatsächlich im Pflegeheim eine solche seltsame Frau befand. Dem Alter nach gehöre sie nicht dorthin, doch wäre sie völlig durchgeknallt und lebensuntüchtig.

Zwei Kilometer durch den Wald, dann waren wir da, am Pflegeheim „Zur letzten Instanz"."

Das Prozedere begann von vorne. Diesmal mit der diensthabenden Schwester. Sie führte uns schließlich in einen Aufenthaltsraum. Nach fünf Minuten brachte man meine Tante. Ein körperliches Gebrechen konnte ich nicht feststellen. Automatisch suchte ich nach Ähnlichkeiten mit Barbara.

„Guten Tag, Tante", begrüßte ich sie und schob ihr galant einen Stuhl unter den Hintern. Nelly reichte ihr emotionslos die Hand.

„Wer sind sie", fragte sie mit trüben Augen zurück. Diese Frau erwartete nichts mehr vom Leben!

„Ich bin der Sohn deiner Schwester, Jack."

„Ahh, du bist also der missratene Jack. Was willst du?"

„Ich möchte ein paar Fragen stellen. Und dir deine Enkeltochter vorstellen", ging ich in die Offensive. Meine Zeit war knapp bemessen.

Die Frau fühlte sich natürlich verarscht. Statt einer Antwort erhob sie sich und wollte gehen. Nun spielte ich meinen letzten Trumpf aus:

„Und viele liebe Grüße von deiner Tochter Barbara!"

Ein Ruck ging durch ihren Körper. Ihre Hände verkrampften sich an der Stuhllehne und ihr Gesicht wechselte schlagartig die Farbe. Sie nahm wieder Platz und Tränen tropften von ihrem Kinn. Ich gab ihr die Zeit zur Besinnung zu kommen und ihre Gedanken zu ordnen. In diesem Augenblick tat sie mir unendlich leid. Hätte ich es auf sich beruhen lassen sollen. Sicher war ich mir nun allerdings, die richtige Frau gefunden zu haben.

Sie hob den Kopf und sah mich mit traurigen Augen an.

„Erzähle! Was weißt du von meinem Kind?", forderte sie mich kurz und bündig auf.

„Eigentlich kam ich, um von dir etwas zu erfahren", antwortete ich.

Sie überlegte lange. Dement war sie sicher nicht.

„Alle halten mich für eine durchgeknallte Frau, die ihr Kind umbrachte und diesen Verlust nicht verkraftete. Ich bin nun schon fast 40 Jahre hier. Zunächst als Angestellte. Doch meine Aussetzer wurden immer schlimmer. Die Psychopharmaka gab mir den Rest. Ich habe nichts zu verlieren, wenn ich meine Geschichte erneut erzähle."

Sie unterbrach sich und ging zum Aquarium, um das muntere Treiben der Fische zu beobachten.

„Glaubst du auch, dass ich mein Kind umbrachte?"

Ich trat vorsichtig hinter sie und berührte sanft ihre Schultern.

„Tante! Ich bin hier, weil ich deine lebendige Tochter traf und dir Grüße ausrichten soll."

Das war natürlich gelogen, aber der Sache dienlich.

„Im 8. Monat war ich damals schwanger. Die Sonne schien und ich musste an die frische Luft. Einfach nur etwas spazieren gehen. Ich lief mehr als mit gut tat und setzte mich auf einen Stein im Wald."

Sie überlegte, ob sie weiter sprechen sollte. Das sah man ihr deutlich an.

Jedenfalls überkam mich eine gewisse Begierde und ich streichelte mich selbst. Dann war da plötzlich diese Helligkeit!

Ich erwachte und mir fehlte jede Erinnerung. Ich ging zum erstbesten Haus und trommelte wie wahnsinnig gegen die Tür. Eine Frau etwas älter als ich öffnete und bat mich herein. Sie sorgte sich rührend um mich. Sie erzählte mir die unglaublichsten Dinge. In einer Welt voller Frauen war ich gefangen. Zwei Wochen später entband ich. Eine Tochter! Ich nannte sie Barbara. Ich fühlte mich als glücklichste Frau der Erde. Als meine Kleine schlief, ging ich wieder zu dem Stein. Ohne Grund, nur so. Und wieder überkam mich dieses seltsame Verlangen! Und wieder dieses „Licht".“

Hier brach Angie wieder ab, um sich die Augen zu säubern.

„Ich kam zurück und konnte mich an alles erinnern. Der Schmerz brachte mich fast um. Ich hatte meine Tochter zurücklassen müssen. Nie wieder erholte ich mich von diesem Verlust. Nie wieder konnte ich lachen. Das Trauma überwand ich bis heute nicht. Dazu kam, dass sie mich wegen Kindestötung vor Gericht zerrten. Ein psychologisches Gutachten bescheinigte mir meine Unzurechnungsfähigkeit und man sperrte mich in dieses Heim. Anfangs arbeitete ich noch in der Küche oder wo man mich brauchte. Doch meine tiefen Depressionen brachen immer wieder durch. Und nun sitze ich nur noch herum und denke an meine Tochter, die ich nie hatte. Jetzt kommst du und wühlst alles wieder auf.“

Ein Weinkrampf ließ meine Tante verstummen. Nelly sprang auf und half ihr auf einen Stuhl. Vorwurfsvoll sah sie mich an.

Mit ihren Augen fragte sie mich.“ Warum mussten wir hierher kommen. Die arme Frau“

Stattdessen sagte sie:

„Oma! Alles ist gut.“

„Ihr glaubt mir die Geschichte? Und du bist wirklich meine Enkeltochter?“ Sanft strich sie Nelly über die Wange und lächelte.

Dann bat sie uns zu erzählen. Und ich war es ihr schuldig!

Also erzählte ich von dieser Frauenwelt und wie ich Barbara kennenlernte. Die ganze Geschichte eben. Irrelevantes ließ ich weg und Angie lachte mit uns. Nie sah ich ein glücklicheres Gesicht, wenn ich von ihrer hübschen Tochter und der nicht weniger hübschen Enkeltochter erzählte. Nelly erzählte dazu noch Episoden, die ich nicht kennen konnte. Eine hereinkommende Schwester schlug die Hände vor ihr Gesicht, als sie Angie sah. Die verkündete ihr stolz ihre Verwandtschaft mit Nelly. Die Schwester rannte unverständlicherweise davon und rief die ganze Belegschaft. Noch nie hätten sie Angie so aus vollem Herzen lachen sehen und so glücklich. Zauberer nannten sie uns.

Es war der glücklichste Tag in ihrem Leben. Schließlich verabschiedeten wir uns und nahmen ihre Entschuldigung und die besten Grüße und Wünsche für Barbara mit. Natürlich sagten wir ihr, dass wir zurück wollten.

„Ich glaube, Oma wird nicht mehr lang in diesem Heim sein. Wir brachten ihr die Lebenslust zurück."

„Ja Nelly. Im Nachhinein war es eine gute Idee."

Froh gelaunt gingen wir essen. Wir ließen eine glückliche Mutter zurück, die ihre Sorgen um ihr Kind ad Acta legen konnte. Ich schrieb einen Brief an die Heimleitung. Wenn Angie sich gefangen hatte und entlassen werden konnte, sollte sie in meine Wohnung ziehen. Alles was dort stand vermachte ich ihr. Viel war es nicht, aber ein Anfang. Zuversichtlich sagte ich schließlich:

„Nelly, lass uns die Sache hinter uns bringen. Hoffentlich gelingt es beim ersten Mal."

„Ja Adam. Gehen wir. Ich werde dich weiter „Adam" nennen. Einverstanden?"

Ich war einverstanden und Hand in Hand gingen wir, das Experiment zu wagen. Die Sonne schickte uns ihre wärmenden Strahlen und die Wiesen dampften. Der Wald duftete nach frischer Feuchte und Ameisen flitzten emsig umher. Die bewusste Stelle schien leidlich trocken. Ich schaute mich nach möglichen Anzeichen einer früheren Kultstätte um. Zeit bis gegen zwei Uhr hatten wir noch. Und tatsächlich! In etwa drei Metern Entfernung von „unserer" Stelle fand ich einen von Gras überwucherten und bemoosten Stein. Ich glaubte ein Zeichen erkennen zu können und entfernte das Moos an dieser Stelle. Zum Vorschein brachte ich ein verwittertes Keltenkreuz! Als die Pikten nach Nordfrankreich geflohen waren, übernahmen die Kelten das Land. Und sicher auch einen Teil des Pikten - Kultes. Ein heiliger Ort mit magischen Kräften blieb ein heiliger Ort! Doch halt – daneben erkannte ich noch ein Zeichen. Zunächst entzog es sich einer Zuordnung. Wenn ich die alte Gravur jedoch richtig erkannte und mich meine Erinnerung nicht trog, erblickte ich etwas, das nicht hierher gehörte: Das Auge des Horus! Und noch etwas. Das „Auge" schien zu tränen. Nein, es war eher ein kleiner Bach, der aus diesem Auge floss. Oder eben eine Quelle! Die Quelle des Palastes! Natürlich! Nur das ägyptische Symbol passte nicht. Ich zeigte Nelly meine Entdeckung. Die winkte nur mit typischem jugendlichem Desinteresse ab. Die Zeit war fortgeschritten und unser Akt musste beginnen.

„Machen wir es wie damals", schlug ich vor.

„Dann zieh deine Hose runter."

Als mein Unterkörper nackt war, legte ich mich ins Gras. Nelly stellte sich mit entblößter Scham vor mich hin und wartete, dass sich mein Schwanz erhob. Doch der dachte nicht daran.

„Was ist los, Adam? Hast du keine Gefühle mehr für mich?"

Ich wichste schon vorsichtig an mir herum. Es wollte keine Lust aufkommen.

„Hilf mir bitte."

Nelly spreizte ihren Schritt und zog ihre Schamlippen auseinander. Mit zwei Fingern quetschte sie sich ihren Kitzler hervor. Dieser schwoll unter ihrer Massage sichtlich an. Sie hockte sich über mein Gesicht und ich begann zu lecken. Endlich erhob sich auch mein Teil zwischen den Beinen. Schließlich waren wir beide bereit. Nelly hockte sich über meinen Schwanz und stülpte ihre Vagina wie ein Futteral über meine dicke Eichel. Langsam glitt ich in sie. Ich schloss wie immer die Augen. Es war immer wieder ein besonderes Gefühl, wenn ich das erste Mal in ein solches

Futteral einfuhr. Alles andere nahm ich als Zugabe. Nelly bewegte sich nicht. Ich krallte mich in ihren Knackarsch und hob und senkte mein Becken. Auf diese Weise fickte ich sie eine Zeit lang. Schließlich ging die Lust auch mit ihr durch. Sie bockte mir entgegen und nun fanden wir unseren Rhythmus. Vergessen im Reich der Lust war unser eigentliches Vorhaben. Wir gaben uns unserer Liebe hin. Gemeinsam ritten wir zum Orgasmus und noch während ich mich aufbäumte, um Nelly meinen Samen zu injizieren, wurde es, von uns unbemerkt, dunkel.

Wie damals erwachte ich vor Nelly. Nach einer kurzen Orientierungsphase schaute ich mich um. Unsere Unterkörper waren nackt und ziemlich dreckig. Die Kleidung zerrissen. Mein erster Eindruck war: Es hatte funktioniert! Ich beugte mich zu Nelly und küsste sie. Nelly öffnete ihre verklebten Augen.

„Willkommen im Reich der Frauen, Liebes. Wir sind zu Hause", begrüßte ich sie. Es dauerte eine Weile, bis sie zu Verstand gekommen war.

„Bist du sicher, Adam? Hat der Horror endlich ein Ende?"

Ich legte mich zurück. Bisher erwachte ich immer mit einer Amnesie. Wobei diese beim letzten Übergang schon merklich schwächer ausfiel. In diesem Moment erinnerte ich mich an alles! Das sprach gegen einen neuerlichen Übergang. Oder mein Hirn gewöhnte sich langsam an die psychische Belastung. Ich würde es herausfinden.

„Zieh die Reste deiner Hose drüber und lass uns gehen."

Nelly erhob sich noch immer zweifelnd. Einer Eingebung folgend, suchte ich den Stein. Ich fand ihn dort, wo ich ihn vermutete. Er war stark bemoost. Also war ich doch in der anderen Realität angekommen. Ich entfernte das Moos und zum Vorschein brachte ich das Zeichen. Kein Zweifel! Der Sache würde ich noch nachgehen.

„Wohin gehen wir, Nelly?"

„Was für eine Frage! Natürlich zu Oma. Wohin sonst?"

Ich blickte sie an und begann zu lachen. Ihre Hose hing in Fetzen und ihr Oberteil verbarg kaum noch ihre Titten.

„Warum lachst du so blöde? Denkst du, du siehst besser aus?" Beleidigt ging sie.

„Warte doch. Ich bin einfach nur froh. Ich freue mich, wieder bei meiner Familie zu sein."

„Die werden uns schon für tot erklärt haben."

Ich nahm sie in die Arme.

„Wie kannst du nur so cool sein? Freu dich doch mit mir."

Nun brach es aus ihr heraus.

„Es war so furchtbar in deiner Welt. Und ich bin froh wieder hier zu sein. Glaub mir. Und danke für deine Hilfe. Lass uns hier ein schönes Leben aufbauen. Und lass mich immer an deiner Seite sein."

Nelly klammerte sich um meinen Hals und weinte. Sie bebte in meinen Armen und ich streichelte ihren schmalen Körper.

Hand in Hand liefen wir Richtung Paytonhill. Hatte man uns schon aufgegeben? Aus dem Auge, aus dem Sinn? Und in welche Zeit kehrten wir zurück? Vor meiner letzten Ankunft, oder später? Frauen kamen uns tuschelnd entgegen. Sie schlugen einen auffällig großen Bogen um uns. Mich, den Mann, grüßten sie natürlich trotzdem ehrfürchtig. Glücklicherweise lag das Häuschen am Rande des Dorfes und aus diesem Grund erregten wir kein unnötiges Aufsehen.

An Omas Tür hob ich meinen Arm, um zu klingeln. Nelly schüttelte stumm ihren verwahrlosten Kopf. Vorsichtig drückte sie die Klinke herunter und wir betraten das Zimmer. Die Alte unterhielt sich mit einer Unbekannten, die ich durch die Größe des alten Ohrensessels nicht sah. Abrupt unterbrach besagte Oma die Unterhaltung und blickte lächelnd zu uns.

„Was ist jetzt, Oma?", fragte die andere Dame mit einem harten Akzent, der mir bekannt war.

Eine Sekunde später erschien ein Kopf unter dem linken Ohr des Sessels. Die schwarzhaarige Schöne riss Augen und Mund auf. Sie erstarrte einen Moment. Erstaunen, Unglaube und Freude spiegelte sich auf ihrem Gesicht wieder. Sie sprang auf und kurz hielt sie die freudige Überraschung gefesselt. Dann rannte sie auf mich zu und fiel mir um den Hals. Mein Gesicht wurde mit Küssen bedeckt.

„Du bist wieder hier, Herr!"

„Aischa. Du nimmst mir die Luft, mein schwarzer Engel. Scheinbar werde ich dich nicht los."

„Entschuldige Herr." Sie löste sich von mir und war um Kontenance bemüht. „Ich vergaß mich. Bitte vergib mir."

„Aischa, Aischa. Warum sagst du mir nicht einfach, dass du mich gern hast? Sei nicht immer so kühl."

Ich nahm ihren Kopf in beide Hände und küsste sie leidenschaftlich. Nelly umarmte unterdessen ihre Oma.

„Ehe ihr zwei berichtet, nehmt ihr ein Bad. Ihr stinkt wie die Iltisse." Oma hielt sich demonstrativ die Nase zu. Seltsamerweise nahm sie unsere Rückkehr sehr gelassen. Oder war sie einfach nur durch das Alter abgeklärt?

Gemeinsam nahmen wir in der Wanne Platz. Das Bad tat mehr als gut. Ich sog den Lavendelduft tief ein und betrachtete Nellys jugendlichen Körper. Mir gefiel, was ich sah. Ihre Spalte überwucherte ein dichter Pelz. Ihre Schamhaare waren in der Zwischenwelt unübersehbar gewachsen. Dennoch schimmerte ihr Spalt rosa hindurch.

„Warum betrachtest du meine Scheide so genau? Ich rasiere mich schon nachher."

Mein Glücksgefühl machte mich redselig:

„Nelly, ich möchte dir etwas erzählen: Ich hatte einmal eine Freundin. Etwas älter als ich, aber durchaus hübsch. Die hatte zwischen ihren Beinen überlange Schamhaare. Nach jedem Geschlechtsverkehr bedeckte ihre Behaarung rund um das Loch weißer Schleim und Fäden zogen sich hindurch. Ich fand das immer so erotisch, dass er mir gleich wieder hochkam. Eigentlich müsste man sich ekeln. Aber Ekel gibt es in der Liebe nicht. Doch wie es so ist – ich sehnte mich immer mehr nach einer jungen und unbehaarten Spalte. Wir gingen auseinander und ich fand einen Teenager. Sie war eher hässlich, hatte aber eine dicke und rasierte Spalte. Wenn ich sie leckte, musste ich nicht ständig Schamhaare aus meinem Mund entfernen. Wenn ich in ihr stak, rieben ihre dicken Lippen an meinem Schaft entlang. Ich genoss es.

Was wollte ich dir nun damit sagen? Keine Ahnung. Jede Scheide hat ihren besonderen Reiz. Ich kenne dich nur rasiert. Im Moment übt deine ungewohnt bewachsene Ritze eine starke Wirkung auf mich aus. Bitte rasiere dich vorerst nicht."

„Deshalb hast du einen Steifen!", stellte sie fest.

„Nelly, du sitzt breitbeinig vor mir. Und ich bin auch nur ein Mann."

„Und was für einer!"

„Magst du mit mir …?"

„Auch ich bin scharf, Adam. Aber auf Aischa. Entschuldige, aber ich möchte lieber mit ihr Liebe machen. Ich sah sie so lange nicht. Und im Grunde bin ich immer noch Lesbe."

Etwas enttäuscht blieb ich sitzen, während Nelly ausstieg, sich abtrocknete und zu Aischa ging. Ich schwankte zwischen Wichsen und Resignation. Mein Schwanz nahm mir die Entscheidung ab und schrumpfte. Ich zog den Stöpsel und trocknete mich ab. Im Zimmer erwartete mich ein neuer erregender Anblick.

Nelly lag zwischen Aischas weit gespreizten Beinen. Beide küssten sich innig.

„Ist dieser Anblick ihrer Liebe nicht schön?", fragte Oma lächelnd.

„Schön – ja. Aber ich kann mich noch nicht so recht daran gewöhnen. Eure Freizügigkeit macht mich manchmal noch immer verlegen. Sie genieren sich nicht. Ich stehe so unter Druck und muss zusehen. "

„Du musst nicht verlegen sein." Sie zwinkerte mir zu.

„Adam, wir helfen uns gegenseitig bei Überdruck. Das weißt du."

Sie ging doch tatsächlich in die Hocke und zog meinen Slip nach unten. Mit der reichen Erfahrung ihres vorgerückten Alters bearbeitete sie meinen Penis. Sie besaß segensreiche Hände und sehr gefühlvolle Lippen. Es tat mir einfach gut. Nebenbei konnte ich das Spiel der Mädchen betrachten. So dauerte es nicht lange und die Alte schluckte tapfer alles hinunter.

„Entschuldige bitte. Aber selten kam ich in den Genuss eines solchen Blowjobs. Du bist wirklich gut."

„Du musst dich nicht entschuldigen. In dieser Welt gehört es zum guten Ton, anderen zu helfen. Und du hattest es sehr nötig, wie ich feststellen konnte."

„Schon immer wollte ich fragen, woher ihr so gut blasen könnt? Ihr hattet doch keine Penisse. Oder übt ihr an Dildos? Woher also?"

Sie zog mich zum Sofa:

„Weißt du, Adam. Im Grunde ist es nicht anders, als große Klitorides zu reizen. Auch sie besitzen eine Eichel und eine Vorhaut. Nur eben etwas kleiner. Außerdem gibt es Literatur. Du wirst lachen. Alte Schriften wurden ausgewertet und überarbeitet. Erotische Literatur wurde auch bei uns geschrieben. Von Frauen, für Frauen über Männer. Geschichten schrieb man darüber, wie man sich Geschlechtsverkehr mit einem Mann vorstellt. Und ich verschlang diese Werke sehnsuchtsvoll. Jetzt bin ich alt und kann dir nur noch meinen Mund anbieten.
Nein – wir haben keine Penisse. Aber viel Fantasie. Und es freut mich, wenn unsere Fantasie in der Wirklichkeit funktioniert. Und dein Lob ist dafür Beweis genug."

„Du bist eine tolle Frau. Schade, dass ich erst so spät in diese Welt kam. Mit dir an meiner Seite, hätte ich die Erde aufgemischt."

„Mein Lieber. Die Weisheit kommt erst mit dem Alter. Aber Danke."

„Möchtest du nicht mit mir ins Emirat kommen? Als meine Beraterin?"

„Nein danke. Für solche Abenteuer bin ich zu alt."

Das zukünftige Ehepaar lag schwer atmend nebeneinander auf dem Bett. Ich gönnte ihnen diese Phase der Erholung. Ich zog meinen Slip über. Übrigens eine Leihgabe Aischas. Der Männerslip aus der anderen Welt war nur noch ein Fetzen. Mein Gehänge fand keinen Platz, mit der Folge, dass meine Eier links und rechts heraus hingen.

Die Mädchen erholten sich und nahmen ebenfalls Platz. Nackt wie Gott sie schuf!

Oma legte ihre dicken Titten auf die Platte und sagte:

„Erzählt schon. Wie ist es euch ergangen?"

Nun beugte sich Nelly vor. Ihre Titten legten sich nicht auf die Kaffeetafel, aber ihre Nippel standen erregt nach oben.

„Also. Wir gingen damals spazieren, wie ihr wisst. Eigentlich ziellos. Irgendwann standen wir an bewusster Stelle und ruhten uns aus. Uns überkam die Leidenschaft und wir trieben es. Ja und plötzlich dieses Licht. Wir erwachten völlig verwahrlost irgendwo. Wir bekamen schnell heraus, dass wir uns in Adams Universum befanden. In der anderen Welt war es furchtbar, trist und grau. Alles voller geiler Männer, die sich unmöglich benahmen. So schnell wie möglich wollten wir zurück. Einmal gingen wir einkaufen. Geld hatten wir nicht, aber Adam oder Jack, wie er eigentlich heißt, wollte Emiras Ring verkaufen. Und …"

Hier unterbrach ich sie.

„Lass mich bitte weiter erzählen. Wir fanden schnell einen entsprechenden Juwelier und ich bot der Verkäuferin meinen Ring an. Sie betrachtete ihn und fiel fast in Ohnmacht. Wisst ihr auch warum? Sie erkannte das Siegel."

Um der Wirkung willen, machte ich eine Pause. Gespannt starrten mich alle an. Ich zog den Ring vom Finger und hielt ihn in die Mitte.

„Wie konnte sie das Siegel kennen?", fragte Aischa. „Das lügst du doch."

„Das muss ich aber auch sagen", entrüstete sich Oma. „Das ist doch unmöglich!"

Ich lehnte mich genüsslich zurück und richtete meine Eier. Schmerzhaft erinnerten sie mich an das enge Gefängnis. Schließlich vergaß ich allen Anstand und zog das Stoffding vor aller Augen aus.

„Nun sag endlich, was es mit dem Ring auf sich hatte", forderte nun Oma.

„Es war deine Mutter, Aischa!"

Ihre Kinnlade klappte herunter. Sie sprang auf:

„Wie kannst du nur so schamlos lügen!", schrie sie mich an.

„Du nennst mich einen Lügner!", schrie ich zurück. Resigniert ließ sie sich zurück fallen.

„Bitte entschuldige Herr."

Ich erzählte die Geschichte mit Yara. Am Ende sagte Aischa enttäuscht:

„Dann hat sie mich einfach in Stich gelassen."

„Nein Aischa. Sie fand ein neues Leben und eine neue Familie. So wie ich. Sie wollte einfach nicht mit mir zurück in diese Welt, weil sie in der anderen glücklich wurde. Ich möchte nicht zurück, weil ich hier glücklich bin. Sie fand dort eine Familie und ich fand meine Familie hier. Verstehst du?"

Ich zog sie auf meine Beine.

„Du gehörst auch zu meiner Familie. Ich sehnte mich so nach dir."

„Ist das wirklich wahr, Herr?" Sie küsste mich.

„Ach, ehe ich es vergesse ..." Nun erzählte ich unser Treffen mit Angie. Nun wiederum freute sich Oma.

„Wenn das geklärt ist, möchten wir nun eure Geschichte hören", forderte Nelly ungeduldig.

Oma überließ mit einer Handbewegung generös Aischa die Berichterstattung. Die schien zu überlegen, wo sie beginnen sollte.

„Da gibt es nicht viel zu erzählen. Nachdem ihr das Haus verlassen hattet, unterhielten wir uns noch eine Weile. Indirekt gab sie mir die Schuld an eurem Verschwinden. Am Abend begannen wir uns Sorgen zu machen und suchten euch im Dorf. Keine konnte uns Auskunft geben. Also blieb nur noch die bewusste Stelle im Wald. Beata wollte die Suche auf den nächsten Morgen verschieben, aber ich bestand darauf, die Suche fortzusetzen. Wir fanden dort nur niedergedrücktes Gras. Beata verhielt sich dabei mehr als aggressiv mir gegenüber. Das weiß ich noch.

Am nächsten Morgen alarmierten wir die Polizei. Die Damen fanden es noch zu früh für einen Einsatz. Ich wies sie energisch auf die möglichen Konsequenzen ihrer Untätigkeit hin. Du bist schließlich nicht irgendwer. Auch die polizeiliche Suche blieb ergebnislos. Es war uns allen klar. Du hattest uns wieder verlassen und Nelly mitgenommen. Beata fuhr nach London in ihr Institut. Barbara fuhr nach Hause. Ich berichtete Emira von den Vorfällen und die befahl mir, noch hierzubleiben und zu warten. Ohne dich bräuchte ich nicht mehr zurückzukommen. Das war eigentlich im Groben alles."

Wenn ihre Erzählung stimmte, dann hatte Beata mich sehr schnell aufgegeben und kaum Trauer gezeigt. Oma korrigierte Aischas Worte:

„Ganz so war es nicht. Warum erzählst du nicht die Wahrheit, Kind? Schämst du dich? Das musst du nicht!

Solange Beata und meine Tochter noch anwesend waren, beherrschte sich Aischa. Als sie weg waren, brach sie zusammen. Sie weinte Tag und Nacht. Sie, die für die Sicherheit einer Königin verantwortlich war, eine Frau, die für sich in Anspruch nahm, über jede Art von Gefühlen erhaben zu sein, wurde in meinen Armen zum Kind. Jeden Tag saß sie stundenlang an der Stelle im Wald und wartete auf dich und Nelly. Und ich hörte auch ihr Gespräch mit dieser Emira mit an. Sie forderte Aischa auf, sofort zurück zu kehren. Aischa lehnte eine Rückkehr brüsk ab, solange noch Hoffnung bestand. Emira drohte sogar mit ernsthaften Konsequenzen. Doch Aischa blieb. Sie liebt euch sehr, Adam und Nelly."

Aischa senkte verschämt ihren Kopf.

„Warum sagst du das, Oma?"

„Weil es die Wahrheit ist!" Die Alte lächelte: „Und ganz nebenbei möchte ich betonen, dass ich mich freue, dass du mich „Oma" nennst. Bist ein liebes Mädchen."

Aischa wurde rot.

Ich ging zu ihr und küsste sie.

„Aischa, ich liebe dich und es ist schön, dich bei mir zu haben." Eine Weile gaben wir uns unseren Gefühlen hin. Dann sagte ich:

„Morgen früh holen wir Beata und fliegen zurück. Gehen wir nun schlafen."

„Aber diese Beata gab dich doch so schnell auf. Warum möchtest du diese Frau mitnehmen?"

„Aischa, gib ihr die Chance sich zu erklären. Auch sie habe ich gern."

Aischa gab sich damit zufrieden und ich zog sie ins ehemalige Kinderzimmer Barbaras. Dort zog ich sie aus. Sie ließ es geschehen. Sanft legte ich sie hin und bedeckte ihre Bronzebrüste mit dem Spiel meiner Lippen. Sie schloss die Augen und genoss. Meine Zunge wanderte kreisend nach unten. Als ich an ihrem Schamhügel ankam, öffnete sie ihre Beine bis die Knie das Bett berührten.

„Bitte Herr. Dring in mich ein. Ich möchte dich spüren in mir", flehte sie keuchend.

Nur zu gern erfüllte ich ihr diesen Wunsch. Um uns herum versank die Welt im Nebel der Wollust.

„Herr, wach auf. Es ist Zeit zu gehen."

Aischa rüttelte an mir, bis ich meine Umgebung wahrnahm. Sie beugte sich über mich und küsste mich sanft. Ihre nackten Brüste streichelten meinen Oberkörper.

„Guten Morgen meine Geliebte."

„Ich bin so glücklich, Herr. Lass uns nach Hause fliegen."

„Wo bin ich denn zu Hause? Kannst du mir das sagen?"

„Da, wo deine Familie ist."

„Habe ich denn eine Familie?" Ich wollte ihre Gefühle heraus locken.

„Gehöre ich nicht zu dir? Bin ich nur eine Gespielin für dich? Ich weiß, ich bin deine Sklavin, aber …"

„Aischa, du bist nicht meine Sklavin, ebenso wenig wie ich dein „Herr" bin. Und ich möchte dich immer an meiner Seite haben."

Plötzlich und völlig unerwartet sprang sie auf, zog sich an und verbeugte sich vor mir.

„Ich erwarte deine Anweisungen, Herr."

„Was soll das Aischa? Was ist plötzlich los mit dir?"

„Herr, es war schön mit dir. Aber nun bin ich wieder deine Dienerin."

Aischa blieb rätselhaft. Sie schwankte zwischen Liebe und Pflicht. Sie ließ ihren Gefühlen nicht zu viel Spielraum. Sich Gefühlen hinzugeben, gehörte nicht zu ihrer Erziehung.

„Bereite ein Frühstück, danach brechen wir auf", befahl ich streng.

Unser Abschied von Oma fiel herzlich aus. Sie bedankte sich noch einmal für meinen Besuch. Aischa nannte sie beim Abschied „Meine Tochter".

Während der Fahrt blickte ich noch einmal mit gemischten Gefühlen in den Waldabschnitt, in dem sich dieser Stein befand. Ich für meinen Teil hatte mir der alten Welt endgültig abgeschlossen. Meine Zukunft lag hier. Vorbei die Stammtischfreundschaften und die Nächte mit alten Weibern. Nichts und niemandem trauerte ich nach. Einzig die Erinnerungen an das behinderte Mädchen, dessen Namen mir noch immer nicht eingefallen war, ließen mich nicht los. Fast jede Nacht träumte ich noch von ihr.

London wollte ich schnellstens wieder verlassen. Beata traf ich bei Barbara. Sie hatten sich angefreundet in gemeinsamen Schmerz. Barbara glaubte mich verloren. Ich stellte Beata zur Rede.

„Liebst du mich denn überhaupt noch?", fragte ich rundheraus.

„Wie kommst du darauf, ich würde dich nicht lieben? Nur weil ich nicht in dem Dorf wartete? Es gab nur zwei Möglichkeiten: Entweder du bliebst verschwunden in deiner Welt. Dann wäre ich lieber mit meiner Trauer allein gewesen. Oder du fändest einen Weg zurück. Das war wahrscheinlicher. Und tief in meinem Herzen wusste ich, dass du einen Weg findest. Es hätte mir sonst das Herz gebrochen. Ich liebe dich doch so sehr."

„Möchtest du noch mit mir gehen?"

„Nichts würde ich lieber tun."

„Dann lass uns nach Persien fliegen."

Aischa stand abseits und in ihrem Blick erkannte ich Eifersucht. „Krieg" zwischen meinen Frauen konnte ich nicht brauchen und durfte ich nicht zulassen! Für meine kommenden Aufgaben benötigte ich einen starken Rückhalt. Ich befand mich noch in England und wollte Klarheit.

„Nelly, Aischa und Beata. Bitte kommt zu mir", befahl ich. Als alle am Tisch saßen, trank ich einen Schluck Bier und sah sie eine nach der anderen an.

„Ihr drei kennt meine Pläne für die Zukunft. Ich werde Emira heiraten und danach den alten Palast aufbauen. Für euch und meine Kinder! Gemeinsam mit Emira habe ich vor, in Amerika eine Enklave aufzubauen. Wir werden ein Imperium schaffen. Doch das ist ferne Zukunft. Für alle Aufgaben benötige ich zuverlässige und sich gegenseitig respektierende Partnerinnen. Ich liebe euch alle drei. Ihr seid meine Familie. Von euch verlange ich Zusammenhalt. Keine Eifersüchteleien – keine Gehässigkeiten. Ich muss euch bedingungslos vertrauen können. Nelly und Beata – noch könnt ihr es euch überlegen. Dann bleibt bitte gleich hier. Aischa! Akzeptierst du die zwei und wirst sie lieben? Und ihr? Nehmt ihr Aischa als eure Gefährtin an?"

Betretenes Schweigen herrschte im Raum. Hatte ich die auf dem falschen Fuß erwischt?

Gloria brachte mir wortlos eine neue Flasche Bier. Die Tür öffnete sich und Sandy betrat den Raum.

„Du bist wieder da, Adam!", rief sie freudig erregt und stürmte auf mich zu. Sie setzte sich auf meine Beine und drückte ihre zarten Titten an mich.

„Schön dich zu sehen, Sandy", sagte ich und griff, um klare Fronten zu schaffen provokativ an ihre Brüste. Die anderen tuschelten miteinander. Schließlich ergriff Beata das Wort:

„Sandy, beweg bitte deinen kleinen Arsch zur Couch. Wir haben zu reden!"

Beleidigt sprang sie von mir.

„Adam. Wir sind uns einig. Und wir haben es doch schon hundertmal besprochen! Für uns gibt es nur mit dir eine Zukunft. Wir lieben dich und würden für dich in den Tod gehen. Du bist unser Freund und der Auserwählte. Vielleicht nicht in England, aber im Emirat. Lass uns eine Familie sein. Wir stehen zu dir. Und natürlich zu Emira. Weise du uns den Weg und wir werden folgen. Lass uns das Abenteuer beginnen. Schon als du erschienst, wusste ich, dass mein Leben eine andere Richtung nehmen wird. Bringe uns auch Achtung und Liebe entgegen. Dann sind wir dein. Das schwören wir!" Beata sprach wie selbstverständlich für alle.

Die zwei anderen nickten.

„Ihr habt mich nicht enttäuscht. Ich danke euch. Ihr halft mir, mich in dieser Welt zurechtzufinden und sie lieben zu lernen. Auch du Gloria und du, Sandy. Meine Zukunft liegt im Emirat. Ich möchte aber meine Lieben um mich haben. Gloria und Sandy. Seid ihr bereit zu kommen, wenn ich euch rufe?"

Gloria strich zärtlich über mein Gesicht.

„Was ist nur aus dem schüchternen Mann geworden? Ein dominanter Herrscher und ein verrückter Fantast. Natürlich wäre ich gern in deiner Nähe. Und Sandy sicher auch. Übrigens hast du jemanden vergessen. Wo ist sie eigentlich, Sandy?"

„Wir waren spazieren, Mutter. Sie wollte noch kurz im Park bleiben, allein. Sie hat keine Ahnung, dass er schon hier ist."

„Sagt mal – habt ihr hier keine Handys?", fragte ich. „Und von wem sprecht ihr?"

„Eigentlich schon. Aber nur für Notfälle", meinte Gloria. „Und wir sprechen von einer Verehrerin. Hast du sie schon vergessen?"

Die Tür öffnete sich. Eve sah mich nicht sofort. Die Weiber standen ja alle um mich herum. Doch dann erkannte sie mich. Eve reagierte unerwartet. Sie sah mich mit großen Augen an und Tränen flossen. Stumm kam sie auf mich zu und schlang ihre Arme um mich. Ihr spürbarer Babybauch drückte gegen mich. Sie trug mein Kind in sich. Es erfüllte mich mit Stolz und Freude. Alle meine Mädchen sprachen von Liebe. Bei keiner war ich mir sicher. Eve sprach noch nie davon. Sie begnügte sich mit einer Person, der sie vertrauen konnte und die sie in ihre Zukunft begleiten würde. Und doch verspürte ich eine tiefe Verbundenheit. Ohne Worte und nur durch Gesten gab sie mir das Gefühl, von ihr geliebt zu werden. Sie liebte, ohne von mir ähnliche Gefühle zu erwarten. Die plötzliche Erkenntnis reifte in mir, dass sie mir eigentlich näher stand, als alle anderen zusammen. Sie besaß diese unerklärliche Anziehung meiner Freundin in der anderen Welt. Ich erschrak darüber und überspielte meine Verlegenheit mit dem Befehl, alles für unseren Aufbruch vorzubereiten.

„Aischa, ruf an. Sie sollen die Maschine startklar machen. Beata und Nelly – ihr packt euren Krempel."

Ein Gewusel hub an. Freudig erregt schnatterten die Frauen durcheinander. Einzig Eve drückte sich traurig in eine Ecke und strich verstohlen über ihren Bauchansatz. Ich ging zu ihr und fuhr zärtlich mit meiner Hand durch ihr Haar. Ich brauchte sie! Das wurde mir erst in den vergangenen Minuten richtig klar. Mit einem Tuch tupfte ich ihre Tränen von den Wangen.

„Eve, wir könnten eine Ärztin brauchen. Möchtest mit uns kommen und dich um unsere Gesundheit kümmern?"

Sie reagierte wieder unerwartet. Sie lehnte sich an meine Brust und schluchzte. Sie weinte dieses Mal vor Freude. Ich nahm ihren bebenden Körper in meine Arme und zog sie etwas abseits.

Dort blickte sie mit tränenfeuchten Augen zu mir hoch:

„Aber ich bin doch nur ein junges dummes Ding. Ich möchte keine Laune sein und wieder enttäuscht werden."

„Ich liebe dich. In dir steckt die Kraft, die ich für meine Aufgaben brauche. Jeden Tag. Der Dumme war ich. Ich hätte es schon eher merken sollen. Die anderen habe ich auch gern. Eine jede mit ihrem Charakter. Sie werden mich unterstützen und vertrauen mir, so wie ich ihnen vertraue. Du sollst für meine innere Stabilität zuständig sein. Nein – ich muss mich entschuldigen. Wie soll ich mich aber ausdrücken? Ich will ehrlich sein. Ich benötige deine Hilfe für mich selbst. Nein – auch dieser Ansatz ist falsch. Pass auf. Ich erzähle dir etwas, das niemand sonst weiß, außer Beata. Ich liebte einmal ein Mädchen. Sie war nicht klug, aber sehr feinfühlig. Wie es manchmal so ist, verliebte ich mich in sie. Dann wurde sie plötzlich mit Gewalt aus meinen Armen gerissen. Ich tat nichts um sie zu halten oder zu beschützen. Ich verriet sie feige. Nun ist sie mein Albtraum. Du bist ihr so ähnlich. Bitte hilf mir sie zu vergessen. Später erzähle ich dir mehr von ihr. Und keiner hier, weder ich noch die Frauen werden dich enttäuschen. Du bist Teil unserer Gemeinschaft. Du hast eine Familie. Denke immer daran."

Eve nickte zögerlich:

„Lass mich einfach nur in deiner Nähe sein. Hier oder am Nordpol oder in Persien. Wenn ich helfen kann, helfe ich natürlich."

Damit war alles gesagt.

Eng006ngland machte uns den Abschied leicht. Es regnete in Strömen. Natürlich ging mein Verschwinden und Auftauchen durch den Blätterwald. Die verschiedensten Personen des öffentlichen Lebens wollten mit mir reden und mit mir gesehen werden. Geduldig ließ ich es über mich ergehen und Aischa bemühte sich redlich, allzu aufdringliche Reporter fern zu halten. Unser Flugpersonal empfing mich wie einen König. Fast wären sie auf die Knie gefallen. Ich sprach der Kapitänin meinen Dank aus. Schließlich warteten sie auf Aischas Geheiß und mit Fatmas Billigung seit über vierzehn Tagen. Im Flugzeug gönnte ich mir eine Auszeit. Ich bat die Frauen Ruhe zu geben und schlief weg. Von Fatma träumte ich und Kindern. Und natürlich von jenem geheimnisvollen Mädchen! Eva war es, die mich besorgt weckte. Sie tupfte mir den Schweiß von der Stirn. Ich erzählte ihr von meinem Alptraum und dass ich so gerne vergessen möchte. Schweigend nahm sie mich in ihre Arme und liebkoste mich. Dankbar ließ ich es geschehen.

Am Flughafen erwarteten uns zwei Staatskarossen. Zum Palast war es nicht weit. Eve sog die Eindrücke in sich auf, mit neugierigen Kinderaugen. Aischa wurde während der Fahrt nervös.

„Was ist los mit dir?", fragte ich sie.

„Emira wird mir die Schuld für dein Verschwinden geben."

„Warum sollte sie das tun? Ich bat dich doch, zu Hause zu bleiben."

„Trotzdem! Ich hätte darauf bestehen müssen."

„Mach dir keine Sorgen, Aischa. Die Schuld lag allein bei mir."

Am Tor zum Palastgelände lehnten nachlässig zwei Gardedamen mit Maschinenpistolen. Aischa kochte und stieg aus. Sie „faltete" die armen Mädchen zusammen, die sofort Haltung annahmen. Ihre ganzen negativen Emotionen entluden sich aus einem relativ geringfügigen Anlass. Ich fragte Aischa was sie zu ihnen sagte.

„Ich wies sie nur freundlich und in aller Ruhe darauf hin, dass sie gefälligst vor ihrem Herrscher Respekt an den Tag legen sollten. Sonst würden sie ab morgen Ziegen hüten."

„Aischa, ich bin kein Herrscher." Erstaunt antwortete sie: „Doch, natürlich bist du das! Du bist unser neuer Gebieter." Eve blickte mich stolz an und ich ließ es dabei bewenden.

Schließlich standen wir vor dem „Thronsaal". Standesgemäß baten wir bei einer Empfangsdame um eine Audienz bei Emira. Sie sah mich komisch an und ging hinein. Die Tür öffnete sich und wir betraten den Raum. Fatma lungerte auf einem Divan. Ich spürte einen Stich im Herzen. Sie sah so wunderschön aus. Ja – ich hatte sie ins Herz geschlossen. Fatma erhob sich und blickte meine nacheinander Mädchen an. Aischa, Beata, Nelly und Eve.

„Raus – alle raus", schrie sie plötzlich. Auch ich wandte mich zur Tür.

„Adam – du doch nicht." Nun klang sie fast erschrocken.

Mit wogenden Brüsten stolzierte sie auf mich zu. Keine Regung erkannte ich in ihrem Gesicht. Oder doch? Ich glaubte eine Träne zu erkennen, als sie vor mir stand und durch mein Haar fuhr. Gleich darauf ging sie in die Knie.

„Mein Gebieter. Schön dass du wieder hier bist."

Ich zog sie hoch.

„Fatma. Hat sich etwas geändert? Warum bist du so reserviert?"

Nun brach es aus ihr heraus. Sie bedeckte mich mit Küssen und zog mich zum Divan.

Ohne unnötige Worte zu verlieren, tauschten wir Zärtlichkeiten aus.

Ich war einfach nur glücklich. Eine Dienerin gab Bescheid, dass ein Lunch aufgetragen war. Die anderen Mädchen warteten uns bereits.

Die Stunde der Wahrheit brach an. Ich blickte am Tisch in die Runde. Sie erwarteten von mir eine Ansage! Neben mir saß Fatma. Sie würde ich ehelichen. Aischa und Nelly – meine beiden Engel. Sie hatten sich und mich gefunden. Dann noch meine schüchterne Eve. Ihre tiefe und stille Liebe zu mir rührte mich.

„Meine Lieben", begann ich. „Ich wurde in diese Welt
verschlagen und ich lernte sie lieben. Ich wurde in eine Rolle
gedrängt, die ich nicht wollte. Ihr wisst, was ich meine. Nun
erwartet ihr sicher meine Führung. Um es vorweg zu sagen: So wie
ihr hier sitzt, seid ihr meine Familie. Auf euch baue ich meine und
unsere Zukunft auf. Vom heutigen Tage an, beginnt eine neue Zeit
für uns alle. Wer sich unwohl bei diesem Gedanken fühlt, soll sich
melden und seine Einwände vorbringen."

Ich wartete auf eine Reaktion. Es gab keine. Also fuhr ich fort:
„Welche Pläne habe ich nun? Fatma, du sollst meine Frau
werden. Und du übst weiterhin bitte die Macht im Emirat aus. Du
bist gütig und gerecht und es geht den Menschen hier gut. Bist du
einverstanden?"

„Liebster. Du bist der Verheißene und die Menschen
akzeptieren es so. Sie möchten, dass du dich ihnen zeigst, damit sie
dir huldigen. Ich habe das Emirat im Rahmen meiner
Möglichkeiten gut geführt und mein Volk war und ist zufrieden.
Nun ist meine Zeit zu ende. Der Staat hat wieder einen
männlichen Herrscher! Verlange von mir weiterhin zu regieren
und ich werde es tun."

„Ich verlange überhaupt nichts von dir. Ich bitte dich darum.
Von keiner verlange ich, dass sie meinen Ideen folgt. Das möchte
ich klarstellen. In meiner Heimat war ich ein Prolet. Ein Niemand.
Ich kann mich nicht über Nacht ändern, nur weil eine Quelle
wieder sprudelt. Also noch einmal: Sagt, wie ihr darüber denkt."

Aischa sprach aus, was alle dachten:
„Du bist unser Herr. Ob es dir gefällt oder nicht. Du kannst
nicht zurück. Wir akzeptieren deine Führung. Lenke und leite uns
in die Zukunft. Bitte enttäusche uns nicht."

„Also gut. Dann sei es so! Fatma bleibt an der Macht. Offiziell
von mir eingesetzt. Aischa und Nelly. Ihr seid Gesandte wie ich.
Bleibt an meiner Seite und führt meine Anweisungen aus. Eve, wo
siehst du dich?"

Die Angesprochene wirkte überrascht, dass sie überhaupt gefragt wird. Eve fühlte sich nicht zugehörig. Mit flatterndem Blick sah sie mich an.

„Ich - ich weiß nicht recht. Ich gehöre doch eigentlich nicht hierher." Sie verstummte.

„Eve, möchtest du zu uns gehören oder nicht?", fragte ich barsch. „Ich nahm dich nicht aus einer Laune heraus mit. Auch nicht, weil du hübsch bist. Sondern weil ich dich brauche. Also – wo siehst du dich in Zukunft?"

„Wenn mich denn alle haben wollen. Ich fühle mich bei euch angenommen und respektiert. Das erste Mal in meinem Leben. Mein Medizinstudium habe ich erfolgreich beendet und ich bin schwanger, wie viele hier. Schwanger von einem großen Mann. Das ist alles, was ich vorzuweisen habe. Sag du mir meine zukünftige Rolle."

Eve fühlte sich überflüssig! Ich konnte es ihr nicht verübeln. Bisher war sie das „Aschenputtel". Ausgegrenzt mir einer süchtigen Mutter. Im Grunde war ihr Schicksal dem Meinen ähnlich.

„Eve, du besitzt eine tiefe innere Ruhe. Du weißt deine Emotionen zu zügeln. Und ich kenne deine Liebe zu mir. Ich kann mir nichts Schöneres vorstellen, als nach einem stressigen Tag mit dir zu kuscheln. Ich bitte dich: bring mich runter, wenn ich drohe verrückt zu werden. Und wenn es soweit ist, kümmere dich um meine Kinder. Du und Beata. Es werden Söhne und Töchter sein. Ich werde sie alle gleich lieben. Aber sie sollen getrennt aufwachsen. Beata, dir lege ich meine Söhne ans Herz. Es ist eine verantwortungsvolle Aufgabe. Den alten Palast baue ich auf und wir werden eine neue Dynastie gründen. Sozusagen mit Fatma als „Urmutter". Das wird meine erste Aufgabe. Die Legende sprach aber auch von neuer Macht für das Emirat, mit dem Erscheinen des Verheißenen. Fatma möchte ich bitten, mir ihre finanziellen Mittel und die genaue Höhe derselben preiszugeben. Mit ihrem Geld möchte ich in Amerika Fuß fassen. Wenn es dort, wie gehört, noch keinen großen Fortschritt gab, stehen uns ungeahnte Möglichkeiten offen. Unser Emirat wird in Amerika eine Macht bilden. Unabhängig vom Persischen Reich und ohne Krieg. Nicht über Nacht – nein. Immer eines nach dem anderen. Meine Söhne werden dereinst ein Machtfaktor in der Welt sein. Das sind meine Pläne für die Zukunft."

Schweigen herrschte. Eine jede verarbeitete meine Ankündigungen für sich.

„Adam! Es ist dein Emirat und dein Geld. Finde dich endlich damit ab! Deine Pläne sind nachvollziehbar. Wir besitzen dein Vertrauen. Du bist unser Oberhaupt. Deine Wünsche sind uns in Zukunft Befehl."

„Nein Fatma. So möchte ich es auch nicht. Wir sind nun eine Familie und gleichberechtigt."

„Das mag in deiner Welt funktioniert haben. Vielleicht auch in Europa. Hier aber, erwarten wir deine Anweisungen. Natürlich werden wir deine Beschlüsse und Anweisungen hinterfragen. Und sollte uns etwas nicht gefallen oder zu risikobehaftet sein, werden wir dich darauf hinweisen. Ganz so dumm sind wir auch nicht. Bleib so wie du jetzt bist. Solltest du überheblich werden oder zu Größenwahn neigen, bekommst du selbstverständlich von uns eine harsche Rüge. So einfach werden wir es dir auch nicht machen. Nicht wahr Mädchen?"

Sie stimmten alle zu.

Wir verabschiedeten uns voller Tatendrang. Fatma nahm mich an die Hand und zog mich in unser Schlafgemach. Schweigend und lasziv zog sie sich aus. Ich liebte diesen reifen Körper. Das zärtliche Balgen, bevor ich in sie eindrang. Dieses Gefühl, wenn diese gestandene Herrscherin und weltweit gefragte Diplomatin, unter meinen Stößen so verletzlich und angreifbar wurde. Und ich liebt es, nachdem ich mich in ihr verströmte, meinen Kopf auf ihre weichen Brüste zu betten und einfach nur da zu liegen und zu genießen.

Schon in der Nacht bereitete ich meinen Amtsantritt vor. Ich wollte etwas bewegen, um zu sehen, wie die Bürgerinnen auf mich reagierten. Aber natürlich auch, um mich selbst zu beweisen. Am Morgen bat ich Fatma, mir verschiedene Personen vorzuführen. Sie brachte mich in den Audienzsaal. Dort nahm ich auf dem „Thron" platz und fühlte mich unwohl. Nein, von hier aus wollte ich nicht regieren. Es entsprach nicht meinen Prinzipien. Ein nebenan liegendes Büro entsprach eher meinen Vorstellungen.

Noch vor dem Frühstück gab ich Anweisungen, das Gelände in und um den alten Palast zu räumen. Fatma stellte mir die entsprechenden Fachfrauen vor, die sie schon am Abend zuvor benachrichtigt hatte. Ich bat die Empfangsdame, zunächst Eve zu mir zu führen. Sie nahm gegenüber meines Schreibtisches Platz. Fatma saß an meiner Seite und dort wollte ich sie auch haben, um mich vor Fehlern zu warnen.

„Eve, ab heute gestalten wir unsere Zukunft. Wie fühlst du dich?" Sie lächelte uns an.

„So gut wie noch nie. Ich hätte eine Frage: Wie sollen wir dich eigentlich anreden? „Majestät oder Herr"?"

„Hast du meinen Namen vergessen? Was soll das? Ich bin Adam!"

„Gut, Adam. Wie geht es weiter?"

„Ich habe beschlossen …" vorsichtig und unsicher sah ich Fatma an. Mit war nicht richtig wohl bei dieser Formulierung. Fatma war die Emira und konnte „beschließen". Sie ahnte meine Gefühle und Ängste und nickte mich in einen Nebenraum. Ich entschuldigte mich bei Eve für die Unterbrechung und folgte ihr.

Fatma schloss die Tür.

„Ich weiß, es ist ungewohnt für dich, unmissverstandliche Anweisungen zu geben. Doch seit heute ist es offiziell: Du bist der Monarch! Was du sagst, ist Gesetz. Mit deiner Einwilligung behalte ich mir vor, dich auf möglich Fehler und Konsequenzen hinzuweisen. Aber nicht vor aller Augen. Demonstriere Stärke und Gerechtigkeit. Unsicherheit und Zögern macht dich angreifbar. Nun geh raus und zeige uns den Weg – deinen Weg! Deinen

Frauen kannst du gestatten dich beim Vornamen zu nennen. Für alle anderen bist du der „Herr!" oder die Majestät." Ich nickte ihr zu und nach einem flüchtigen Kuss gingen wir zurück.

„Ich habe also beschlossen, in einem Seitentrakt des Palastes, Räume für meine schwangeren Frauen einzurichten. Inklusive medizinischer Versorgung. Du, Eve, wirst dich der Sache annehmen. Dafür bist du verantwortlich und du hast freie Hand."

„Ich danke dir für dein Vertrauen. Aber was ist mit Beata?"

„Du bist Ärztin und weißt, was benötigt wird. Beata mache ich später für die Erziehung der Bälger verantwortlich."

„Es geschehe wie du sagst. Trotzdem möchte ich sie dabei haben."

Ich erhob mich und ging zu Eve. Dann gestattete ich mir die Intimität und kniete mich vor sie.

„Eve, du brauchst keine Beata! Ich vertraue dir. Vertrau dir selbst auch. Ja, du bist sehr jung. Gerade deshalb musst du dich entwickeln. Du wirst Fehler machen. Die gehören einfach dazu und ich werde dir nicht den Kopf abreißen. Auch ich werde Fehler begehen, denn auch für mich ist alles Neuland. Wir lernen gemeinsam daraus. Richte die Station ein nach deinem Gusto und den Bedürfnissen der Frauen. Alle werden dir gehorchen, da du meinen Willen ausführst. Du bist die Richtige, glaub mir."

Eve lächelte:

„Ich beginne sofort. Den Frauen soll es an nichts fehlen.", rief sie und entschwand.

„Du hast ein Händchen für die Frauen, Adam", meinte Fatma lächelnd.

In der Hoffnung, Fatma würde wieder kreischen, bat ich sie Aischa zu rufen. Und tatsächlich schrie sie ihren Namen, als würde die Gerufene zum Henker geführt.

Die Glutäugige erschien und warf sich zu Boden.

„Aischa, steh sofort auf. Ich verbiete dir in Zukunft, dich vor uns niederzuwerfen."

Es brauchte einen Moment bis sie auf dem Stuhl Platz genommen hatte.

„Mir kam zu Ohren, dass die Quelle zu einer Art Wallfahrtsort wurde."

„Das stimmt, Herr. Die Frauen glauben an eine Wunderwirkung des Wassers, seitdem sie wieder in voller Stärke sprudelt."

„Du wirst das Gebäude mit der Quelle sichern! Aus verschiedenen Gründen, die du dir sicher vorstellen kannst. Lass den Bach ausbauen und abseits eine Stelle schaffen, an dem die Frauen ihr Wasser schöpfen können. Der Ausbau des Palastes darf in keiner Weise gestört werden. Außerdem ist es direkt an der Quelle gefährlich."

„Ich verstehe, Herr. Es wird geschehen."

„Weiter im Text. Deine Palastwache trägt diese martialischen Uniformen. Das stört mich gewaltig. Emira schuf diese Anlage wie ein Kunstwerk. Diese Kleidungstücke unterbrechen die Harmonie des Werkes. Sorge also für eine angemessene Bekleidung. Zum Nächsten: Wie du weißt, plane ich längerfristig zu Expandieren. Unsere Zukunft liegt jenseits des Meeres. Ob das noch zu meinen Lebzeiten passiert, ist unerheblich. Jedoch brauche ich eine schlagkräftige Truppe. Keine Armee! Eine elitäre Einsatzgruppe für Spezialaufgaben. Die Palastwache ist und bleibt für den Palast zuständig. Rekrutiere also entsprechende junge und sehr junge Frauen und lass sich entsprechend ausbilden. Du verstehst mich?"

„Natürlich! Darüber habe ich mir schon Gedanken gemacht und bereits entsprechende Pläne ausgearbeitet. Schon als du das erste Mal Amerika erwähntest."

„Sehr gut." Nun ging ich zu Aischa und kniete mich vor sie.

„Ich brauche dich. Nicht nur als Sicherheitschefin. Du bist mir ans Herz gewachsen. Und du besitzt mein vollstes Vertrauen."

Ich streichelte sie und küsste ihren Mund.

„Bitte steh auf, Herr. Du darfst nicht vor mir knien."

Ich sah ihr an, dass sie noch etwas sagen wollte, aber sich nicht traute. Schließlich blickte sie mich trotzig an:

„Herr! Nelly ist … Nelly ist schwanger."

Nelly stand beträpfelt vor mir. Mit einer lässigen Handbewegung forderte ich sie auf zu mir zu kommen. Liebevoll zog ich sie auf meine Beine.

„Ich hörte du bist schwanger, Kleines?"

„Aischa sollte doch das Kind bekommen. Es ist mir unangenehm."

„Ich freue mich so darauf. Oder möchtest du es abtreiben?"

„Abtreiben? Was ist das?"

„Nun, einfach wegmachen lassen."

„Warum sollten wir Kinder töten? Das gibt es bei uns nicht. Jede empfing ihr Kind freiwillig und gewollt."

„Natürlich! In dieser Welt gibt es so etwas nicht. Ich freue mich so. Aischa bekam andere Aufgaben. Du wirst mit Eve den Trakt ausbauen, bis der Palast fertig ist. Lass dir von Eve die Grundlagen der Medizin erklären. Rauft euch zusammen und werdet Freundinnen. Eure Aufgabe ist sehr wichtig! Ich weiß, ich verlange viel von euch jungen Dingern. Aber ich weiß dieses Projekt bei euch beiden in guten Händen. Und lerne auch zu führen, denn du wirst viele Untergebene haben. Du bist gerecht und erkennst das Wesentliche. Das hast du bei deinem Urteil über die Ministerinnen bewiesen. Mit Eve zusammen wirst du das Geburtshaus leiten. Jetzt und in Zukunft!

Und wenn noch Platz ist, holst du deine Mutter, Gloria und Sandy. Und eventuell Oma noch. Ich möchte alle meine Lieben bei mir haben. Weil ich sie brauche. Und ich brauche dich besonders. Du bist doch mein Engel. Vorher jedoch, heiratest du Aischa. Es wird ein rauschendes Fest, an das sich alle Beteiligten noch Jahre erinnern werden. Und weißt du was? Wir feiern eine Doppelhochzeit. Ich werde meine Emira heiraten."

„Danke Adam. Danke für dein Vertrauen. Ich werde mich auf unser Kind freuen und auf die Aufgabe. Du hast recht. Gehen wir es gemeinsam an."

Als Nelly gegangen war, sagte Fatma:

„Du bist ein außergewöhnlicher Mann. Und ich weiß nun, warum du der Auserwählte bist. Du verbindest Strenge und Liebe auf seltsame Weise. Deine Anweisungen und Forderungen verpackst du geschickt in das Gewand von Fürsorge und Vertrauen. Ich liebe dich."

„Ich habe auch für dich eine Aufgabe. Du besitzt die entsprechenden Verbindungen. Setz dich mit England und dem Deutschen Reich in Verbindung. Es muss möglich sein, spezifisches Sperma herzustellen, mit dem man konkret männliche und weibliche Nachkommen zeugen kann. Sie entwickelten ja bereit Sperma mit meiner Hilfe. Aber es ist immer noch ein Glücksspiel.

Für meine Pläne benötige ich längerfristig Männer. Stelle jeder Frau im Emirat eine Belohnung in Aussicht, wenn sie je einen Sohn und eine Tochter zur Welt bringen."

Eindringlich nahm Fatma mich am Arm:

„Du möchtest sie dafür bezahlen? Adam, gewinne ihr Vertrauen in deine Pläne. Begeistere sie für eine neue Zukunft. Und sie werden es sich zur Ehre anrechnen, dir in dieser Weise dienen zu dürfen."

Ich fühlte mich missverstanden. Und ich musste vorsichtig sein. Das kam mir seltsam bekannt vor. In meiner anderen Welt begannen in dieser Art große Konflikte.

„Fatma, ich möchte keinen heiligen Krieg ausrufen. Ich möchte lediglich einen Kontinent aus dem Dornröschenschlaf wecken und ihn nicht erobern. Friedlich, auf wirtschaftlicher Basis. Amerika soll sich selbstständig entwickeln. Es ist reich an Bodenschätzen. Und ich möchte, dass man dem Emirat dafür Dank schuldet und uns gewisse Rechte einräumt."

„Es ist deine Bestimmung und deine Vision! Rede mit deinem Volk. Sage es den Frauen so, wie du mir es sagtest. Sie werden verstehen."

„Ich möchte zu ihnen reden. Mit Presse und Fernsehen. Es geht das gesamte Persische Reich an. Und ich möchte mit den religiösen Vertreterinnen sprechen. Arrangiere das bitte. Aber nun möchte ich mich zur Mittagsruhe begeben und ich bitte dich, mir die Gunst zu erweisen, mich mit deiner Anwesenheit zu erfreuen. Einfach ausgedrückt: Ich möchte dich ficken."

Fatma lachte hell auf und zog mich ins Schlafgemach. Schnell stand sie nackt vor mir:

„Komm. Erweise nun du mir die Gunst des Besuchs deines Zeugungsorgans. Und zwar flott!"

Sie legte sich erwartungsvoll und mit weit geöffneten Beinen auf das Bett.

Dieses Angebot konnte kein Mann, der noch bei Trost war, ruhigen Gewissens ablehnen. Ohne Vorspiel versenkte ich mich langsam in sie. Sie stöhnte kurz und nahm mich in sich auf. Wir glichen schnell unsere Schlagzahlen an und ich steigerte stetig die Frequenz. Ihre Brüste wogten im Takt. Fatma schlang ihre Schenkel um mich und zwang mir ihren Rhythmus auf. Schließlich kralle sie mir in süßer Verzweiflung die Nägel in den Rücken und zuckte ihren Orgasmus heraus, während ihre Vagina mich in sich hinein sog. Sie melkte damit meinen Schwengel, der sich endlich der drückenden Last entledigte und ihr Innerstes überschwemmte. Schwitzend und schwer atmend lagen wir beieinander.

„Ich möchte ein Kind", sagte Fatma atemlos.

„Ich brauche dich", antwortete ich atemlos. Sie drehte sich zu mir und drückte ihre Titten auf meiner Brust breit. Tief sah sie mir in die Augen.

„Ich bin eine Frau, Adam. Dank dir darf ich auch eine sein. Ich werde dich am Anfang unterstützen. Doch lange brauchst du meine Hilfe nicht. Du hast konkrete Ziele und bist in der Lage sie zu artikulieren. Ich sorge derweil für legitimen Nachwuchs."

Sie küsste mich zärtlich und hauchte:

„…für unseren Sohn. Dem Zukünftigen Emir."

Großer Bahnhof in der Hauptstadt Tamira. Der Platz reichte kaum um die Neugierigen zu fassen. Alle warteten auf meinen ersten öffentlichen Auftritt und erhofften sich Aufklärung.

Kameras der größten Nachrichtensender aus aller Welt richteten ihre Objektive auf mich. Neben mir auf der Bühne standen Fatma und meine Engel Nakir und Munkar, alias Nelly und Aischa. Um meine Nervosität in den Griff zu bekommen, hatte ich ein Wasserglas Gin im Palast geleert. Demzufolge schwindelte mich leicht. Aber ich war ruhig! „Baldrian" konnte ich heißen, so ruhig fühlte ich mich. Ich zählte den Countdown rückwärts herunter und gab Aischa das Zeichen. Sie trat theatralisch vor und hob die Arme. Sofort verstummte das Gemurmel. Es mussten Tausende sein, die schlagartig verstummten.

„Bürgerinnen des Persischen Reiches – Frauen meines Emirats.

Ich spreche heute zu euch als der „Verheißene". An meiner Seite stehen Nakir und Munkar."

Ich machte eine Pause, um eventuelle Protestschreie hören zu können und meine Rede darauf einzustellen. Keine einzige Frau erhob ihre Stimme.

„Warum zeige ich mich erst heute und stelle mich eurem Urteil erst jetzt? Ich möchte ehrlich sein. Erst eure Emira, Allah schütze sie auf ewig, machte mir meine Sendung deutlich. Wie ihr wisst, war ich eine kurze Zeit zurück in der Zwischenwelt. Dort wurde mir klar, dass ich der Eine war, der euch in eine neue Zukunft führen sollte. Ich nahm meine Führungsrolle an. Deshalb frage ich euch: Nehmt auch ihr mich an als euren neuen Emir?"

Lautes zustimmendes Geschrei hub an. Manche sanken auf ihre Knie. Ich empfand die vielen hohen Frauenstimmen als ziemlich nervig. Wieder nickte ich Aischa zu und diese wiederholte die Prozedur mit den Armen. Sofort trat Ruhe ein.

„Emira Fatma wird eure Emira bleiben, denn es wäre nicht gerecht und außerordentlich töricht von mir, euch einer solchen Persönlichkeit zu berauben."

Wieder brandete Beifall auf.

„Nakir und Munkar werden meinen Willen in die Tat umsetzten, mit der gleichen Strenge, mit der sie einst vor dem Dschanna stehen werden, um euch zu prüfen.

Ich frage euch nun ein letztes Mal, ob ihr uns euer Vertrauen schenkt!"

Ein Sturm der Begeisterung brach los. Minutenlang ergingen sich die Frauen in Beifallsorgien. Derweil betrachtete ich meine beiden Engel. Sie fühlten sich mehr als unwohl. Plötzlich hielt man sie für Heilige! Bis vor kurzem waren sie verschüchterte Mädchen. Dennoch hielten sie sich sehr gut. Europäische Medien interessierten sich mit ihren Objektiven vor allem für die Schönheit meines Engels Aischa. Der Blickfang schlechthin. Auch und gerade für Frauen.

Langsam beruhigte sich die Masse wieder.

„Was erwartet euch nun von meiner Seite? Ich werde euch nicht im Unklaren lassen. Mit meinen Plänen wende ich mich vor allem an die liebreizenden Frauen meines Emirats. Jede von euch kennt die Überlieferung. Die Prophetin von der Quelle sagte euch mit meinem Erscheinen eine glanzvolle Zukunft voraus. Zunächst baue ich den alten Palast auf als Zeichen, dass eine alte neue Herrschaft nach Allahs Willen erstehen wird, euch zu dienen. Ich werde in ein fremdes Land expandieren. Dies wird nicht durch Krieg geschehen und ich werde kein anderes Land uns zum Feind machen. Unser Emirat wird auf einem fernen Kontinent eine Schwester bekommen durch den Fleiß dieser Bewohner – durch euch."

Ich wartete um den Beifall abklingen zu lassen.

„Was erwarte ich nun von euch? Nicht viel! Nur Vertrauen in Emira und mich. Und Söhne! Ich brachte wieder männliche Bewohner auf dieser Welt, damit die unglückselige Zeit der Frauen vergessen wird. Wollt ihr mir Söhne zum Wohle des Emirats schenken?"

Der Mob toste. Eine schrie „Mach mir einen Sohn, Majestät!".

„Gern würde ich persönlich für eure Schwangerschaften sorgen. Aber das würde wohl doch meine Kräfte etwas übersteigen."

Gelächter unterbrach mich.

„Und ich benötige nach wie vor Frauen. Vernachlässigt mir eure Töchter nicht! Wenn ich in die Runde blicke, sehe ich nur attraktive Frauen. Es wäre schade um diese Gene. Es wird Schwierigkeiten geben, die nicht vorhersehbar sind. Aber eines verspreche ich euch: Nie wieder wird uns eine Dürreperiode zum Spielball fremder Mächte machen. Nie wieder wird ein Meteorit uns schrecken. Alle meine Kraft setzte ich ein, euch zu dienen. Zum Wohle des Emirats, des Persischen Reiches, ja der gesamten Arabischen Union. Dem Rest dieser Welt, namentlich Europa, versichere ich, dass ich mit ihnen zusammenarbeiten werde. Für sie geht vom Emirat auch in Zukunft keinerlei Gefahr aus. Friedlich beginne ich meine Regierung und friedlich wird sie bleiben. Das gelobe ich, Emir Adam, auch im Namen der Emira und Nakir und Munkar!"

Ich trat an den Rand der Bühne und hob des Effekts willen beide Arme. Die Ovationen begannen und nahmen kein Ende. Blitzlichtgewitter brachten mich an den Rand eines Nervenzusammenbruchs. Ich kam mir vor wie Josef Goebbels, als der den totalen Krieg ausrief. Ich hatte die Frauen mit Worten auf meine Seite gebracht. Nun mussten Taten folgen.

„Das war eine Kampfansage an das Deutsche Reich und England! Das ist dir doch klar?", begann Fatma ihr Fazit.

„Nein! Das war ein Bekenntnis zum Emirat und der Arabischen Union."

„Trotzdem werden sie es sich nicht so einfach gefallen lassen. Deine Pläne mit Amerika hättest du vorerst verschweigen müssen."

„Und dann? Soll ich meine Regierung auf Lügen und Hinterfötzigkeiten gründen? Neeeein! Sie wissen nun, was sie von mir zu erwarten haben. Wenn Europa klug ist, gehen sie mit mir diesen Weg. Ich habe nichts dagegen. Besser so, als sie zum Feind zu haben. Aber zu meinen Bedingungen! Und es wird deine Aufgabe sein, sie zu beruhigen. Wenn es Zeit ist, wirst du nach Berlin und London fliegen und dich mit ihnen an den Tisch setzen.

Die Diplomatin bist du. Bis dahin wird noch viel Wasser den Jordan hinunter fließen. Ich bitte dich vorerst nur in Bagdad, der Hauptstadt des Persischen Reiches, für Ruhe zu sorgen. Alles, was im Emirat in Zukunft geschieht, dient dem Wohle des Reiches. Wenn es sein muss, verweise sie auf Allah."

Fatma sah mich erstaunt an.

„Mein Gebieter! Alles geschehe nach deinen Wünschen. Du bist der geborene Herrscher!"

Sie verbeugte sich vor mir, um mir kurz darauf ihre Finger in die Haare zu krallen.

„Ooooch, du. Komm her."

Damit küsste sie mich leidenschaftlich. Sie war glücklich und ich ebenso.

„Ich bin so stolz auf dich. Du hast das Volk um den Finger gewickelt."

„Fatma! Ich sagte nur, was ich vorhabe und ich wollte mich ihrer Unterstützung meiner Herrschaft versichern. Ich wünschte, es wäre anders gekommen. Einfach nur an deiner Seite sein …"

„Es wäre wirklich schön gewesen."

„Mich verlangt nach etwas Ruhe. Bitte schicke nach Eve."

Nackt ließ ich mich in den Kissenberg fallen. Eve erschien und ich bat sie, sich zu entkleiden. Sie legte sich zu mir und ich strich sanft über ihren Babybauch. Danach gönnte ich mir ihre vollen Brüste. Eve strahlte die Ruhe aus, nach der mich im Moment verlangte. Die Rede und der Rummel hatten mich sehr angestrengt.

„Wie geht es dir, Eve? Fühlst du dich wohl?"

„Mir geht es sehr gut. Danke der Nachfrage. Der Trakt für die schwangeren Frauen ist abgesteckt und ich orderte bereits medizinische Instrumente für die Voruntersuchungen. Platz ist für …"

„Eve!", unterbrach ich sie. „Das interessiert mich nicht. Auf diesem Gebiet setzte ich volles Vertrauen in dich. Mir geht es einzig um deine Person!"

Nachdenklich strich sie die Unterseite meines hart gewordenen Gliedes entlang.

„Es ist alles so wunderbar! So unglaublich! Wie kann ich dir nur danken, Adam?"

„Ich möchte dich spüren. Hock dich auf mich bitte. Nein – dreh dich auf die Seite."

Sie drehte ihren Hintern zu mir und hob einen Schenkel. Ich fuhr mit meinem Schwanz von hinten durch ihre Ritze, auf der Suche nach dem feuchten Eingang. Der kleine hitzige Ring erwartete mich bereits und langsam fuhr ich ein, bis zum Anschlag. Verharrend griff ich um sie und nahm eine Brust in meine Hand. Ihre Scheidenwände schmiegten sich um meinen Schaft. Unregelmäßig zuckten sie manchmal. Es tat so gut, einfach nur mit ihr zusammen zu liegen und mir fielen langsam die Augen zu. Kurz bevor ich ganz wegdämmerte forderte sie mich ungeduldig auf, endlich zu stoßen. Andächtig und ohne Eile bewegte ich mich in ihr, während sie mir die Hoden streichelte. Nicht lange, und die kleine Ärztin stöhnte tief und langezogen auf. Ihre Krämpfe ließen auch mich umgehend ejakulieren.

Ohne Übergang begann ich ihr mein Herz auszuschütten. Meine Ängste, Sorgen und Nöte berichtete ich ihr. Auch die Geschichte um mein verlorenes Mädchen. Geduldig wie ein Beichtvater hörte sie mir zu. Angeschmiegt an meinen Oberkörper. So schliefen wir dann auch ein.

So verging die Zeit. Eine jede ging mit Eifer ihrer Aufgabe nach und auch ihre Bäuche wuchsen. Im Archiv fand man alte Pläne des Palastes. Jeden Tag ging ich zur Baustelle und überwachte den Fortschritt des Aufbaus. Das Gebäude mit der Quelle hatten die Bauarbeiterinnen bereits soweit fertig gestellt. Täglich nahm ich mir die Zeit, mich eine Weile allein in den Raum zurückzuziehen und Entscheidungen zu überdenken. Das leise Plätschern des Wassers beruhigte mich und half, meine Gedanken zu ordnen.

Eines Tages stand plötzlich eine wunderschöne Frau vor mir.

Noch bevor ich sie zurechtweisen konnte, begann sie, sich zu erklären.

„Adam! Meine Welt sandte mich, um Entschuldigung zu bitten. Es ist an der Zeit."

„Was für eine Welt nun schon wieder? Was soll das Ganze?"

„Es ist eine lange Geschichte und ich bitte dich lediglich, vorerst zu zuhören. Fragen kannst du danach stellen. Einverstanden?"

Ich nickte stumm.

„Ich hoffe, meine Erscheinung beleidigt deine Augen nicht. Ich hätte auch als Mann auftreten können. Aber es wäre unangebracht gewesen.

Mein Volk lebt auf einem Planeten in der Nähe der Wega. Er ist äußerst fruchtbar und mit reichlichen Bodenschätzen gesegnet. Deshalb weckte er die Begehrlichkeiten eines Nachbarvolks aus dem Arktur – System. Fast 200 Jahre führten wir Krieg. So kam es, dass sich vor rund hundert Jahren in Erdnähe zwei verfeindete Schiffe eine Schlacht lieferten. Unseres stürzte schwer beschädigt in die Erdatmosphäre. Dort verdampfte es förmlich. Nur einzelne Überreste fielen auf den Erdboden. Die Antriebsenergie des Schiffes, welche auf biologischer Basis beruhte, ging eine Verbindung mit eurer Atmosphäre ein und mutierte. Es entstand der Virus, der alle männlichen Bewohner tötete! Wir hätten den Virus neutralisieren können. Aber wir erfuhren erst sehr spät davon und hatten außerdem andere Probleme. Bei uns standen viele Planeten auf dem Spiel. Als sich der Krieg seinem Ende entgegen neigte, nahmen wir uns eurem Problem an. Doch es war zu spät. Von einem Land aus, das ihr Ägypten nennt, untersuchten wir die Auswirkungen. Wir fanden die drei Wrackteile und vernichteten sie. Dadurch entstand ein Riss im Raum – Gefüge. Zum Glück nur in eine nahe Welt. Du musst wissen: Es gibt unendlich viele Parallelwelten. Alle zusammen bilden das „Multiversum". Ich versuche es dir zu erklären: Jede Option, die du hast, erzeugt einen neuen Handlungsstrang – eine neue Parallelwelt. Ein Beispiel gefällig? Als man dir damals das Mädchen wegnahm, erzeugte die Möglichkeit, dass du um sie kämpfen würdest und sie bei dir blieb, einen neuen Strang. Es gibt also eine Parallelwelt, in der du mit ihr zusammen bist. Wenn unser „Riss" dich in diese Welt gebracht hätte, wärst du dort doppelt anwesend. Wie in vielen anderen auch. Du erkennst die Probleme? Teilweise haben wir Übergänge in solche Welten im Griff, aber es ist gefährlich und ein Risiko besteht immer. Du weißt, wovon ich rede, wenn du dir deinen Zustand nach einem Übergang vor Augen führst. Physisch und psychisch ist ein Wechsel für den Körper eine große Belastung.

Probeweise überführten wir hier und in England je eine Frau. Zufällig liefen ihre Lebenslinien aufeinander zu. Dies wollten wir nutzen, um einen Plan auszuführen, euch zu helfen. Wir hörten von der Weissagung der Frau an der Quelle. Einen Mann wollten wir in diese Welt schicken. Und er sollte über einen gewissen Einfluss verfügen, damit er nicht in einem Institut zu einem billigen Anschauungsobjekt verkommen würde.

Aber es musste stimmig sein und zur Legende passen. Wir wählten dich! Du warst mit einer der beiden Frauen verwandt und du bist sehr potent. Deine Nachkommen würden gesund sein. Und so brachten wir alles ins Rollen und es funktionierte besser als gedacht. Das war es im Groben von meiner Seite. Nun stelle deine Fragen."

„Star Trek" war ein Scheissdreck gegen diese Geschichte. Das war mein erster Gedanke. Zunächst brachte ich alles auf einen Nenner.

„Fremde! Das mit dem Virus ist einigermaßen verständlich. Der Riss in den Parallelwelten auch. Schließlich bin ich selbst mehrfach durchgegangen. Und alles andere beruht nur auf Zufall?"

„Du sagst es. Wir schnitten lediglich unseren Plan darauf zu. Wir suchten konkret nach plausiblen Geschichten, um dich in dieser Welt zu etablieren. Die Legende erschien uns am erfolgversprechendsten."

„Warum nur ein Mann? Warum nicht gleich mehrere?"

„Es hätte im Chaos geendet, wenn wir wie aus heiterem Himmel viele Männer geschickt hätten. Die Frauen müssen langsam an die neue Herausforderung herangeführt werden. Ein Mann mit viel Macht und Potenz, gleichzeitig mit viel Einfühlungsvermögen würde das Problem auf lange Sicht besser lösen. Er würde eine

Evolution in Gang setzen und nicht die Welt auf einen Schlag in Aufruhr bringen."

Mich beschäftigte noch etwas anderes. Versuchen konnte ich es ja: „Es ist also möglich im „Raum" zu springen. Aber wie ist es mit der Zeit? Könnte ich in die Vergangenheit reisen?"

Sie, oder welches Geschlecht die Erscheinung auch immer hatte, lächelte wissend:

„Nein, leider nicht. Zeit ist eine physikalische Größe. Die Zukunft ist noch nicht geschehen, und die Vergangenheit vorbei. Nur der Raum existiert gleichzeitig. Du kannst deine Fehler nicht ungeschehen machen. Ich weiß worauf du hinaus willst. Aber es ist einfach nicht möglich!"

„Nun gut! Manches ist geklärt. Wie soll es aber weiter gehen?"

„Du bist auf dem rechten Weg. Denk bitte an alle Frauen in dieser Welt. Nutze deine Macht nicht aus und bleib demütig. Lebe dein Leben so, dass Mütter ihre Söhne nach deinem Vorbild erziehen können. Sei weiterhin gut zu den Frauen."

„Das werde ich, schöne Fremde. Und besuch mich noch einmal privat", zwinkerte ich ihr zu.

„Du hast also keine weiteren Fragen?"

Mir lag auf der Zunge zu fragen, ob sie mich nicht in die Welt meines verlorenen Mädchens bringen könnten. Aber es würde mir nur mehr Schmerzen und Schuldgefühle bringen, wenn ich wieder zurückkehrte. Ich gehörte in diese Welt und nirgends wo anders hin.

„Wozu? Es ist alles geklärt. Ich danke euch aber nicht für eure Hilfe. Ihr habt diese Katastrophe schließlich verursacht."

„Dann möchte ich mich von dir mit einem kleinen Geschenk verabschieden. Es steht vor der Tür."

Filmreif löste sich die Dame vor meinen Augen auf. Was für ein Abgang, dachte ich. Unbeeindruckt von dem Vorgang, erhob ich mich, um nach meinem Geschenk zu sehen.

Der Vorraum war verhältnismäßig groß. Im diffusen Sonnenlicht erblickte ich eine Gestalt. Verloren stand sie in einer Ecke. Unzweifelhaft ein Mädchen. Ich ging auf das Mädchen zu und sah in ihre traurigen Augen. Ein Wechselbad der Gefühle durchströmte mich. Konnte das wahr sein? Meine Augen füllten sich mit Tränen. Ich sank auf die Knie, umschlang ihre Beine und weinte. Mein kleines Mädchen, meine große Liebe. Sie hatten sie mir gebracht und mir eine neue Chance gegeben. Sie legte ihre Hände auf meinen Kopf. Ich sah sie von unten an:

„Vergib mir bitte, dass ich dich damals so schmählich verriet."

Ich aber wurde Herrscher in einer Welt, in der ich eigentlich nicht sein sollte und wollte. Das Volk stand hinter mir und meine Frauen wurden als Führerinnen respektiert. Gloria und Sandy ließ ich später noch zu mir bringen. Gemeinsam begannen wir unsere Pläne zu verwirklichen. Ich war angekommen in einer Welt voller Frauen. Oft dachte ich an meinen tristen Alltag in einem anderen Universum zurück. Der Mann aus einem Provinznest schickte sich an, eine ganze Welt zu erobern.

Volker Groh

Der „gebrauchte" Mann

Teil 1 und 2

Erotischer Roman

Tredition 2016

Inhalt Teil 1

Rolf wird von seiner großen Liebe verlassen. An seiner Seite hat er
nur noch die etwas zurück gebliebene, 30 Jahre jüngere Sandy. Rolf
kümmert sich um ihre Entwicklung und sie dankt es ihm mit tiefer
Zuneigung. Es entwickelt sich eine eigenartige erotische
Beziehung, die er mit Skepsis betrachtet. Als sich auch noch seine
Praktikantin und ihre problembehaftete Mutter zwischen beide
drängen, wird es für ihn kompliziert. Rolf macht das Beste aus der
Situation und mit der Zeit vergisst er seine große Liebe, die ihn so
scheinbar schmählich verraten hat. Schließlich muss er auch noch
eine blinde und arrogante Frau betreuen. Rolf ist ein
Durchschnittstyp mit einer unerklärlichen Anziehungskraft. Sein
Einfühlungsvermögen und seine lockere Sicht der Welt, machen
ihn für Frauen jeden Alters äußerst interessant. Er wird also
gebraucht!
Dieser erotische Roman erzählt mit subtilem Humor von einem
einfachen älteren Mann, der durch seine Sicht der Dinge Frauen bei
der Bewältigung ihrer Probleme hilft, ohne sich dessen wirklich
bewusst zu sein. Sie danken es ihm auf ihre Weise.

Inhalt Teil 2

Rolf und seinen Mädchen stehen erhebliche Veränderungen bevor. Er selbst nimmt sich einer eingebildeten blinden Frau an, die das Leben aller durcheinander bringt. Ellen verlässt Rolf in Marrakesch, um sich selbst zu verwirklichen. Dafür nimmt er ein einheimisches Mädchen mit nach Dresden, welche den Umbau seines Lokals leiten soll. Er heiratet seine 30 Jahre jüngere Sandy und erbt viel Geld nebst einer Villa. Die Liebe mit den jungen Frauen, Umzug, Hochzeit und Urlaub fordern ihren Tribut und Rolf bricht zusammen. Er möchte nur noch Ruhe, weniger Sex und keine Aufregung. Doch das ist ihm nicht vergönnt. Die Frauen brauchen ihn mehr denn je. Hier und in Nordafrika, wo er um ein Mädchen kämpfen und um ihr Leben bangen muss. Eine alternde Schlagerdiva stärkt ihm dabei den Rücken. Bis Ägypten treiben ihn seine Unruhe und seine Sorgen um seine "Familie".

Zeitfracht Medien GmbH
Ferdinand-Jühlke-Straße 7
99095 Erfurt, Deutschland
produktsicherheit@kolibri360.de